U0891921

元史演绎系列

李治安　主编

重振北元

草原传奇皇后满都海

冯苓植　著

内蒙古出版集团
远方出版社

图书在版编目(CIP)数据

重振北元：草原传奇皇后满都海/冯苓植著. – 呼和浩特：远方出版社，2016.1
（元史演绎系列）
ISBN 978-7-5555-0587-7

Ⅰ.①重… Ⅱ.①冯… Ⅲ.①长篇历史小说 – 中国 – 当代 Ⅳ.①I247.5

中国版本图书馆CIP数据核字(2015)第303764号

元史演绎系列

主　编：李治安

副主编：包明德　苏那嘎

民俗顾问：托　娅

蒙语顾问：巴拉吉

史学顾问：阿拉腾巴根

重振北元——草原传奇皇后满都海

作　　者	冯苓植
责任编辑	董美鲜
责任校对	张　旭
装帧设计	晓　乔　韩　芳
出版发行	内蒙古出版集团　远方出版社
社　　址	呼和浩特市乌兰察布东路666号　邮编 010010
电　　话	（0471）2236471 总编室　2236460 发行部
经　　销	新华书店
印　　刷	内蒙古爱信达教育印务有限责任公司
开　　本	710mm × 1000mm　1/16
字　　数	350千
印　　张	22
版　　次	2016年1月第1版
印　　次	2016年1月第1次印刷
印　　数	1—5 000册
标准书号	ISBN 978-7-5555-0587-7
定　　价	39.80元

如发现印装质量问题，请与出版社联系调换

总序

◎ 李治安

冯苓植先生的四部大作《震撼崛起——成吉思汗及其英武儿孙》（读史随笔）、《一统华夏——忽必烈大帝之文韬武略》（长篇历史小说）、《宫闱秘史——蒙元帝国的后妃轶事》（读史随笔）及《重振北元——草原传奇皇后满都海》（长篇历史小说），即将汇编为《元史演绎系列》由远方出版社付梓面世。这的确是蒙元文化传播的一件幸事！嘱我作序，我欣然命笔，说几句自己的体会与感受吧。

我和冯先生是五年前在呼和浩特市的一次学术会议上认识的。他长我十岁，是兄长，也是小说家前辈。我们又都曾在山西太原读书和生活，所以那次谈得很投缘。之后，冯先生莅临津门，约定再次会见，面叙旧情。不凑巧，我因兄长突然病故，只得临时取消约定，急匆匆回太原奔丧。错过与冯先生的天津会面，我深感遗憾。

冯先生退休后，离群索居，当起了“游牧作家”，尽情遨游在七八百年前的蒙古游牧世界。初次见面时他已写完《忽必烈大帝与察苾皇后》和《大话元王朝》等，让我非常感动。于是，我对他说：“历史的传承向来是靠双翼的，一翼是靠专家学者的探索和研究，一翼是靠通俗演义和野史笔记的普及和传播。如陈寿的《三国志》以及罗贯中的《三国演义》就是很好的例证。元史所欠缺的正是后者。”我这样说，也是有依据的。蒙元帝国是空前绝后的世界帝国，对中国和世界的影响巨大，乃至人们把13、14世纪视为蒙古世界。虽然元朝统治不足百年，但所留下的历史遗产丰厚而重要，随便就能举出几例，如行省制的实行和西藏归入中国版图，这是对我们统一的多民族国家发展壮大的不可磨灭的贡献。近九十年来，特别是改革开放以来，经过几代学者的不懈努力，中国的蒙元史研究后来居上，取得了许多引人瞩目的成绩，改变了“元王朝在中国，元史学在国外”的窘况。这诚然令人欣喜。另一方面，以通俗文艺方式写作的大众传播作品相对较少，除了20世纪蔡东藩的《元史通俗演义》和黎东方的《细说元朝》及电视剧《成吉思汗》影响较大外，其他蒙元题材的文艺作品寥若晨星，与蒙元帝国的显赫地位很不相称。目前国人对清朝史事相当熟悉，对清朝认同度较高，甚至略强于宋、明，而对元朝史事大多知之甚少，认同度颇低。虽然有多种原因，但以通俗文艺方式写作的大众传播作品偏少，面向亿万百姓同胞的文化熏染欠缺，恐怕也难辞其咎。冯先生以耄耋之年，撰写《元史演绎系列》这一皇皇巨著，可谓“及时雨”。该系列图书艺术地再现了被常年封存的蒙元精彩历史画卷，弥补了这方面的不足，难能可贵，值得称道喝彩！

冯先生之所以退休后老骥伏枥，知难而进，花费十六七年时光，全力以赴地完成《元史演绎系列》，主要动机就是回报草原。他大学毕业后，因为“家庭出身”，不得不“走西口”，长期生活在茫茫的大漠草原上。是蒙古族兄弟姐妹伸出温情的手，给予他许多照料和帮助，伴随他度过那段辛酸而又难以忘怀的岁月。冯先生由衷地感谢多年来无私帮助过他的那些蒙古族朋友们，也感谢蒙古草原！于是，回报草原，准确地传承和普及蒙元历史文化，就成为他人生的一大心愿。他还想得更多、更远：民族的团结，祖国的统一……“谁言寸草心，报得三春晖”，懂得感恩，是人类共同的文化取向。昔日草原恩惠，今朝回报草原。倘若我们都能如此行事，都能做到感恩奉献，那就能够超越自我，造福社会，携手铸成美好的明天。在这方面，耄耋之年的冯先生，已做先驱榜样，吾侪后辈理当效法追随。但愿我们能展开弘扬优秀传统文化的接力，以此回报祖国、回报社会，让未来充满大爱，充满光明！

（作者系中国元史研究会会长、南开大学历史学院院长）

序 为回报草原苦研元史的耄耋作家

◎ 包明德

蒙古民族的历史源远流长。

早在盛唐时期的诸多汉文史籍中就出现过，只不过因汉字音译的不同使人模糊不清。比如说，各种不同的历史典籍中所记述的诸如蒙兀室韦、蒙瓦室韦、梅古悉、谟葛失、蒙古斯、萌古子、萌古、朦骨等。这说明蒙古民族早在数千年前就已融入华夏各民族的历史长河，并曾惊涛拍岸般卷起过“千堆雪”！是历史造就了蒙古民族的辉煌，也是蒙古民族造就了华夏历史璀璨的一页！

从成吉思汗的震惊世界，到忽必烈大帝的一统天下。

但由于语言文字的隔阂、古民俗民风的差异，以及汉文史籍的记述混乱或存有偏见，故有关大元王朝的历史知之甚少，即使内蒙古居民也大都不知元朝历史历经了几代帝王。而现实需要的是，大元王朝是中国历史链条上重要的一环，为奠定祖国现有的疆域和开通古代海上和陆上的丝绸之路等均有其重大的贡献。为了国家的统一、民族的团结，除了专家学者深入地研究探讨之外，似乎还需要利用通俗的笔法尽快将这段历史有根有据地普及开来。然而要做到有根有据，就必须面对中外古今浩如烟海的文献资料。有哪位作家甘愿抛弃信手拈来的写作方式而经年累月地钻进故纸堆里？确实有，我们的冯苓植老先生就较起了这份真。

冯先生在同行里有个绰号：游牧作家！这不仅是指他中壮年时曾“以文养游”遍历名山大川，而且似乎在写作上也颇具“游牧”的特点：时而写动物小说，时而写市井小说，时而写荒野小说，时而写前卫小说。土的、洋的、现实主义的、现代派的什么都涉及，却绝少尝试大题材，所写人物也大多为小人物。20世纪最后一年他退休了，我几次返回内蒙古顺道去看他，发现他确实多了几分沧桑感，似已不适合其昔日那种“游牧”生活方式。居住在一座老旧宿舍没有电梯的六楼顶层，据说一年也难得下来几次。但这位老先生却能安贫乐道，生活得颇为悠然自在。当时我曾问过他退休后的打算，他却回答我说：继续游牧！腿脚不行了，就改为神游！我不明白他的意思，他进而解释说：身为内蒙古人，当知蒙古史！为回报草原，我将神游古代之大元王朝。你我情同手足，还盼包先生相助大力扶持！

这就是我们共同学习元史的发端。

但也必须指出，这是一项复杂而又艰巨的“神游”工程。作者需彻底摆脱现代物欲及名利的诱惑，长时期甘于寂寞方能真心实意地“回报草原”。而冯先生却似乎做到了，从六十岁开始远离文坛是是非非，一头扎进相关元史的浩繁史籍中就是十六七年。而且他自称是“仍生活在上个世纪的老人”，不懂电脑更不会用电脑写作，甚至连手机也不会用。为此，哪怕是摘取某条史料也全凭手抄笔写，实在是太“原始”也太笨拙了。但他却对“神游”古代的草原乐此不疲，十六年来始终在顶楼的蜗居里兢兢业业地摘录或写作着。他的创作态度总是一丝不苟的，难怪著名作家冯骥才曾说他的手稿可称为“工艺品”。埋首耕耘，必有所获！到古稀之年他竟先后完成了有关元史的长篇历史小说或读史随笔：《忽必烈大帝与察苾皇后》（上海文艺出版社出版）、《大话元王朝》（远方出版社出版）、《鹿图腾》（天津人民出版社出版）。从元太祖一直写到元朝的末代皇帝，约一百多万字，真把这位老先生累得够呛。出于对少数民族历史的高度重视和尊重，出于对文学的爱与知，他在写前或完稿后均要找我商酌或征求意见，长途电话每打一次就是一两小时，每每都要请我写序，故三十多年的民族情谊与文学知音早使我们变得无话不说。冯先生在完成这三部作品之后似松了一口气，似大有就此封笔之意。而我却总觉得尚缺失些什么，作为《元史演绎系列》仍感到留有某种遗憾。

我们又想到一起了：似应该补上回归草原后的北元史。

须知，北元史的确是元史的一个重要分支！如果仅写到元顺帝的北归了结，那就等于掐断了蒙古民族的源与流，就连其后之明、清、民国，以至建国后的内蒙古自治区也无从通透地得到解释。正如南开大学著名学者、中国元史研究会会长李治安教授所言：“蒙古人成功北归和继续栖息于大漠，虽给长城以南的明帝国造成长期的骚扰和威胁，但其本身又遏制着该地蒙古族以外的其他部族的兴起和强盛。于是，14世纪至今的大漠南北，始终是蒙古人的世界。这段近百年的光荣经历非常重要，既有征服和反抗的腥风血雨，又有各民族之间的水乳交融。它给蒙古民族留下的心理印记难以磨灭。它让蒙古人视汉地为停云落月的第二故乡，一直和汉地保持着向心和内聚联系。清代以后特别是20世纪以来，蒙古族一直被公认为中华民族的基本成员之一。应该承认，蒙古族融入中华民族大家庭的进程，是从元王朝统治中国和元末蒙古人成功北归发轫的。”（见李治安著《忽必烈传》第七百九十一页）我完全同意李治安先生的看法，并感谢他对蒙古民族的理解和尊重。而史实也证明确实如此，即以北元史最具代表性的历史人物——草原传奇皇后满都海来说，她就从不承认大元王朝的消失，而只是把北归看作游牧民族的一次历史性大迁徙。为此，她为年仅七岁的丈夫所起的名号就叫达延汗——达延即音译大元！并高举这个旗号，一直在驱除异族军阀，终结了近百年的部落纷争，为中华民族的重新融合做出了历史性的贡献。

听人说，从2013年开始，冯先生就又“躲进顶楼成一统，管他春夏与秋冬”了。昼眠夜作，又一头扎进与北元史相关的中外史籍中去了。历时两年有余，终于完成了这部名为《重振北元——草原传奇皇后满都海》的长篇小说。在拜读其一丝不苟犹如“工艺品”的手稿之后，感慨颇多，并深深为这位老作家甘于寂寞辛勤的付出而打动。宝刀不老！在反复阅读手稿之后，便对这部长篇小说有了如下印象——

其一，尊重历史，尊重少数民族，深入地体验，专注地凝视。从这部长篇小说中可以看出，冯先生是详细研读过北元史著的，如《蒙古源流》《蒙古黄金史》《斡亦剌黄史》《阿拉坦汗传》等。即使如救出劫后余生之小达延汗的老妇人巴柴、助满都海抚育小达延汗的赛柴夫妇等小人物，均是有史可查的。就连个别虚构的人物，也大都是见诸史籍而未被点名的，绝对符合历史真实和具体历史环境的。而更重要的还在于，小说中主要的正反面的历史人物和历史事件均详见于中外史籍，绝非因“演绎”就去胡编乱造历史。尤其值得称道的是，作者在小说中所出现的对少数民族特有的尊重。比如说，对内地民众不理解的一些古代草原上的遗风遗俗，诸如继婚制等，他均不以此作为情节大肆渲染，而是以理解的态度耐心地加以言说，从而说明古代游牧民族面对严酷的自然环境和战争产生继婚制等的原因。据我了解，为此他还专门请了内蒙古美术家协会的前秘书长托娅做他的民俗顾问。托娅，我很熟悉。她是个学问精、人品正、作风良的好人。

其二，独具匠心的构思，精确的刻画与描绘。早有评论家称，冯先生乃中国作家中善编故事的高手之一。果不其然，这部小说手稿一捧在手，便令人不忍卒读，欲罢不能，我是直到凌晨一口气读完的。但掩卷之后，又陷入了久久的沉思。似乎仅用“善编故事”来论冯先生的创作功力是远远不够的，而他所追求的仿佛是更高层次的文学境界。就拿小说中第一主人公满都海来说，她的一生从始至终充满了传奇，在蒙古史上开创了许多个“第一”。比如说，她是蒙古史上第一个在老可汗死后传奇式地由小王妃转化为大哈敦（即皇后）的；她是蒙古史上第一个把小可汗装进箱子里传奇式地统率金戈铁马去征战的；她是蒙古史上第一个把七岁的小丈夫传奇式地培养成为一代英武大汗的……多了，多了，真可谓是传奇的一生！但冯先生却在电话讨论中对我说："传奇绝不等于猎奇！如果仅仅把一个传奇故事串起来构成一部小说，那就失去写这段北元史的意义了！"果然，在创作这部长篇小说时，他采用了忠实于历史的进程并人性化地来塑造这位草原上的巾帼皇后。故而在通读手稿之后，我认为在人物塑造上是栩栩如生的，但又绝不偏离历史的轨迹。尤其是满都海的形象更给人留下极其深刻的印象：可信、可亲、可敬！既突显了她的雄才大略，又突显了她那女性特有的美丽和魅力。为此，冯先生还专门特请了《传承》杂志的负责人阿拉腾巴根做他的史学顾问。冯先生的创作给人们提供了宝贵的启示。汉民族的作家创作少数民族题材的作品，有利于中国多民族文学的当代想象和表达，有利于促进我国各民族文学乃至文化的交流互动。无论哪个民族题材的作品，不论哪个民族的作家去写，都应克服千篇一律的扁平化倾向和浅表化倾向，而要特别注重作品的内在性、精神性、文学性与超越性。

至此，冯苓植先生终于完成了他"回报草原"的诺言。他的回报就是用通俗易懂的文学手法普及元史和相关的蒙古史，让更多的人了解大元王朝和蒙古民族曾在历史上为我们伟大的祖国做出过的卓越贡献！将近耄耋之年，现冯先生终于完成了《元史演绎系列》之最后一部。继《震撼崛起——成吉思汗及其英武儿孙》（读史随笔）、《一统华夏——忽必烈大帝之文韬武略》（长篇历史小说）、《宫闱秘史——蒙元帝国的后妃轶事》（读史随笔）完成之后，专写北元史的长篇历史小说《重振北元——草原传奇皇后满都海》也即将付印了。我遥祝他了却了一桩心愿，谁料他竟在电话中回复我说："我只不过捋了捋，顺了顺，白话了白话！北元本来就是蒙古民族创造的，我正好借此到古代茫茫的大草原上神游了一次！"

多么令人敬佩的一位老作家！

2015年9月6日于北京龙泽苑

（作者系全国政协委员、中国社科院研究员、著名文学评论家）

目录

目录

目录

目录

导言

一般来说，汉文史籍均多以1368年（即蒙历猴年），元大都（即今之北京）被徐达与常遇春所率明军攻破，即宣告大元王朝的终结。其实不然！元惠宗（《明史》称之为元顺帝）是兵败后主动撤归到塞北草原母地的，但大元王朝这一页历史似仍很难就此翻过去。详查中外诸多相关蒙古史籍便可发现，虽北归后曾历经百余年的纷争和内乱，但蒙古高原一经被重新统一之后，人们仍推崇那位有功的大汗为达延汗！据当代著名蒙古史学者珠荣嘎注释：达延即大元。似蒙古文音译（详见其译著《阿勒坦汗传》第十二页注释）。而美国当代著名的人类学者杰克·卫则伏（Jack Weat Ford）也同意此说，并在其专著《蒙古皇后秘史：看成吉思汗的女儿如何拯救他的帝国》中特别补充道：1488年，达延汗遣使团赴北京与明廷会谈商贸，在用蒙古文写成的公函中，“达延汗仍清楚地强调他‘大元汗’的身份。”

对此，近代的中外学者们均有所探索和研究。大多认为，这是一种游牧民族特有的文化现象：在回归塞北草原的蒙古民族看来，元大都的丢失并不等于元王朝的终结，充其量也只不过可算作一次历史性的大游牧。而后随着北归时期珍稀史料的发现，诸如《黄金史纲》、《蒙古源流》、《斡亦剌黄史》、朝鲜的《李朝实录》（有关内容）等引起史学界的注目。故而在19世纪末，研究蒙古学的领域里便又新添了一个分支——北元史。

珠荣嘎先生所译著的《阿勒坦汗传》即研究北元史的重要成果之一。

当然，还应以更通俗化的笔触让更多人知晓……

笔者于20世纪50年代初由北京赴呼和浩特，至今已在内蒙古自治区工作与生活将近六十年了。但身为内蒙古人，却鲜知蒙古史。除成吉思汗与忽必烈大帝之外，竟不知大元王朝还曾经历过几个皇帝。再问亲友，也均知之甚少。故退休之后，为回报草原曾供我喝过的羊奶、牛奶、马奶和骆驼奶，遂开始苦心研读《元史》，并力图用小说的形式或读史随笔的手法再介绍给更多读者。纯属一种“安度晚年”之举，谁料竟先后出版了《大话元王朝》（读史随笔，两卷，远方出版社出版）、《忽必烈大帝与察苾皇后》（长篇历史小说，上海文艺出版社出版）、《鹿图腾》（读史随笔，天津人民出版社出版）。这些书籍分别介绍了一代天骄成吉思汗震撼世界的文治与武功、忽必烈大帝统一华夏的雄才与大略，以及从宫闱秘史的角度写了随后历代君王的得失。从元成宗、元武宗、元仁宗、元英宗、泰定帝、天顺帝、元文宗、元明宗、元宁宗，直至元顺帝的溃败与撤回塞北草原——历史又重新回归到起点。笔者之所以穷十年之功力而乐此不疲，乃皆因深知元王朝为华夏历史链条中极为重要的一环。它不但结束了自残唐以来近六百年的封建割据，而且为奠定华夏的疆域和维护祖国的统一做出了卓越的历史贡献。

原本，笔者认为可以就此打住了，并曾认为明王朝的一统中原即宣告元王朝的结束。却不料随后在呼和浩特保留至今的一些历史遗迹，比如，那座风景如画的美丽公园，那座达延汗后裔在山麓所建的召庙式行宫（美岱召）等，似均在不断地提醒着我：就此打住很可能等于“半途而废”，必须就北元史继续写下去。

笔者选择了一位极具代表性的蒙古族历史人物，试图从她入手以小说的形式诠释这段历史。

又历经了三年的苦读苦研，就此尝试动笔了……

但一经动笔，就必须先接触一段不堪回首的岁月。须知，北撤回归草原母地的初期，那些过惯了京都繁华生活的皇室贵族们，竟然对自己的发祥地感到如此陌生和失落。他们甚至早忘记了传统的游牧生产与生活方式，混乱间曾对茫茫的塞北草原造成了极大的伤害和破坏。尤其在元顺帝父子相继死亡之后，则更使得心怀异志的本族和异族军阀趁“群龙无首”伺机而起，纷纷拥立某个皇族后裔为“汗”，欲挟天子以令诸侯，一时间使得蒙古草原又倒退回昔日部族林立、相互恶斗之状态。不但从地理上回到了原点，而且从历史上似也回到了原点。

然而，就在这草原凋零、民族存亡的危难时刻，受两位异族军阀挟持之唯一尚可称圣祖苗裔的满都古勒汗却要“衰年选美”。他不仅情愿多年唯唯诺诺当异族傀儡，而且临死前还要拉上一位十六岁的少女为其殉葬。时人对满都古勒汗的荒唐之举多有谴责，但奈于异族军阀之横行似也只能扼腕叹息。但仅仅过了七八年之后，人们便又开始重新审视这段历史了。人们这才发现，一向被人认为怯懦的满都古勒汗原来是一位胸怀大志的沉默英雄。审时度势，等待时机，其晚年所做的一切均是在为重新统一蒙古高原而暗中布局。就拿选择十六岁的少女为小哈敦来说，满都古勒汗的“慧眼识珠”就广为草原所称颂。后来这位汗王是魂归帝辇谷（即历代大汗长眠之地）了，但是这位被选中的“小哈敦”却创造了一个又一个历史奇迹。她削平了各部族间的本族和异族军阀，使蒙古高原重又统一在成吉思汗之“九脚白旄纛”之下。

这位再造北元汗国的女中豪杰就叫满都海，至今内蒙古自治区首府呼和浩特仍有一座美丽的公园用她的名字命名（即风景如画的满都海公园）。据多种蒙古文史籍记载（多为韵文形式），满都海不仅“天生丽质，聪慧过人”，而且自幼即“娴熟骑射，马上功夫了得”。而更为重要的似还在于，她的一生都充满了异域风情的传奇色彩。比如，老汗王去世后她是因势力更替最终成为“大哈敦”，但她所辅佐的小汗王却只是个六七岁的孱弱小孩子。形势所迫，满都海似也只能扮演起未来妻子和现实母亲的双重角色，故而就连重要的蒙古史籍《黄金史纲》也为她为统一蒙古高原出征而这样吟唱道——

贤者满都海皇后，
想起替前几任可汗雪耻之事，
举兵出征。
她要步兵和牛队先行出发，
三天三夜后她带着骑兵开拔。
贤者满都海皇后，
优雅佩上她的箭囊，
梳理她凌乱的秀发，
把达延汗放进箱子，开拔！

这里所提的达延汗，即上述那年方六七岁孱弱的小汗王。箱子，系指固定在马鞍旁为其藏身之所，从不离左右，激励勇士们所向披靡。而像这样的传奇之举，在她随后的征战岁月里几乎是“比比皆是”。故而相关的蒙古文典籍中，有的在她的名号前冠以“贤者”，有的冠以“智者”，有的冠以“圣者”，等等，致使这位草原上的巾帼统帅至今仍散发着一种神秘而超凡的特殊魅力。

您想了解这位蒙古皇后充满传奇色彩的一生吗？

那就请打开这部长篇小说吧……

第一章

婚夜

1464年，蒙历木鸡年，初秋。大约是在元王朝撤离元大都回归草原母地一百多年之后，一位沉默寡言、从不近女色的暮年汗王却突然要大开“色”戒了。

他就是北元史籍中所提及的：满都古勒汗……

虽然说，在众多部落的汗王之中，他是唯一传承着圣祖血脉而无可置疑之人。利用价值极大，就连背后那些掌控实权的异族军阀也不得不给他留点面子。但满都古勒汗这次“老有所乐”地迎娶小哈敦却又大出众人意料，除赐酒宴于山冈的色目军营纵令其狂欢豪饮外，茫茫草原却并没有因此也变成醉乡，苍茫的夜空下更没出现激动人心的狂欢场景。一切均如他那惜语如金的性格一样，沉默中略带几分无奈，又略带几分执拗。整场婚礼进行得如此低调和冷清，似被涂上了一层凝重的神秘色彩。

夜，更深了……

茫茫的梦可宝力格大草原彻底被夜幕笼罩了，种种的猜疑似也融在浓浓的黑暗之中。只有汗廷所在地尚有三座宫帐灯火通明，似乎仍在激发着人们对婚礼结束后的浮想联翩——

一座是满都古勒汗那老旧且褪了色的金顶汗帐；

一座是大哈敦那华丽而时髦的“斡耳朵”（宫帐）；

一座是专为迎归美少女另立的蒙古包。

当然，在这处流动汗廷的四周，暗夜中还隐没着许许多多的帐篷和毡房。一批批执弓带刀的护卫还在恪尽职守地巡视着黑暗的旷野，一拨拨男女侍从也还在屏神静气地等候着那少女即将变成妇人的一刻，遵从那冷僻寡言汗王的吩咐，绝没有人敢打扰这新婚之夜的神秘与静谧。

而那汗廷中心的“灯火阑珊处”却迟迟不见动静，仿佛这场婚礼就此而凝固了。

三座等级不同的宫帐似在僵化中对峙着，四野一片死寂。

满都古勒汗此时本应激情地扑入那少女的毡房，但他却依然正襟危坐在金顶汗帐内。

思忖着、等待着……

满都古勒汗

汗，草原帝国统治者的特有称号。一般来说，汗又分为两个层级：帝王级与诸侯级。例如，成吉思汗（意为“普天下之大汗”）即为至高无上的帝王级。而其诸子诸弟在自己的封国里也称汗，却只是从属于中央汗国的诸侯级汗。

而若论到满都古勒汗的层级，似尚难说清……

一方面，他确像统领着马背民族发祥地广袤草原的强力大汗。圣祖的血统，皇族的苗裔，似绝对无人可取代。另一方面，他又活得如此不堪回首。在那么血腥而又复杂的历史环境下，能在汗位上活到四五十岁也真可算一大奇迹了。之所以如此侥幸，有人认为皆因“珍稀”，也有人认为乃在于“能端得上场面”。的确，多种史籍均称他“冷峻英武”“无言自威”，但在野史里也有人把他称为“沉默王”“枯坐王”，甚至是“阉王”。

阉王？这似乎仅是指他“徒有其表”，而且还……

也难怪，满都古勒汗后半生除了那位监控自己的异族大哈敦之外，身旁确实再没出现过什么小王妃、小宠姬、小哈敦之类的娇妻美妾。就连独树一帜的嫡正大哈敦也常常“游走于外”，有的野史中甚至还声称他们就从未同房过。满都古勒汗的“不近女色”由此可见一斑，却谁料他偏要在垂暮之年重振雄风、尽显“英雄豪迈”。显然，此举在汗廷上下引起了极大的震动，难怪就连只顾在外寻欢作乐的大哈敦也闻讯立即将自己的“斡耳朵”移回到金顶汗帐旁。但似乎为时已晚，一顶崭新而又朴实无华的毡房已经先她而立，传说中那绝世的十六岁美少女早在其中恭候汗王的恣意疯狂。

只不过此时的满都古勒汗却似突然“冷却”了……

在那祖传的老旧而又褪了色的金顶汗帐里，只见得这位衰年大汗依然像凝固了一般正襟危坐在王座之上。应当说，在古代蒙古高原那样严酷的自然环境里，活到将近五十岁已可算作人间的高寿了。当然满都古勒汗也不例外，岁月沧桑也早已把他重塑为一个形销骨立的垂垂老者了。昔日的“彪悍英武”早消失得无影无踪，唯有那冷峻的“无言自威”却仍然顽强地保持着。这或许不能简单地归结为突显个人自尊心，而似乎更在于奋力维护着黄金家族至高无上的尊严。故而，冷却并不代表着他由于畏惧对美少女的彻底降温，反倒突显了其晚年一步步摆脱控制、维护汗权的决心。而大哈敦的“斡耳朵”里久久的沉寂却颇令人生悸，极端不符合她那骄纵放荡的性格。或许是不屑与一个卑贱的小女孩争风吃醋，唯恐有失自己的高贵与尊严，或许是正在动用父兄的威慑力量，以使汗王主动前来“负荆请罪”。但最令人惊讶的还是，那顶平庸的蒙古包内外竟也显得如此的安详和宁静。听不到哀怨的叹息，更听不到惶恐的啜泣。一个十六岁的少女却能坦然面对这场即将到来的宫廷风暴，不卑不亢，竟然也能保持着一种与年龄极不相符的冷静和自尊。

三足鼎立，相互依然在久久地对峙着……

夜，更深了，就连古老汗帐里熠熠的灯火，也渐渐开始暗淡起来。但衰年的满都古勒汗却依然正襟危坐于王座之上一动不动。似乎凝固了，也仿佛化成了一座刀砍斧凿的石雕。似只剩了那双深陷于鸦翅眉下鹰隼般的眼睛，却仍在已显昏暗的灯火下灼灼闪光。仿佛是在冥想中回首着往事，也仿佛在沉思中审视着未来。或许更像个蒙古民族特有的古典象棋（酥油捏就）之高明棋手，他正在思忖着自己已走过的每一步棋。

可惜，他是如此看重圣祖的尊严，却又如此生不逢时……

不堪回首的往事啊！满都古勒汗确实没有经历过黄金家族震撼世界之最辉煌时期，在他出生时大元帝国已溃退回塞北草原八九十年了。由于元顺帝及其太子的相继而亡，忽必烈大帝一系所传之皇位一时间竟无人可以继承了。群龙无首，慌乱中黄金家族似乎也只有“另立新主”了。虽然说忽必烈大帝之幼弟阿里不哥曾为争夺汗位和兄长有过血腥的火拼，但由于他是个坚定的“草原中心主义”者，并且按蒙古祖俗拥有“幼子守灶”权（即继承权）之优势，故而经各贵族议定由他遗留在草原母地的后裔继承大汗之位。谁料此举反倒被野心勃勃的本族和异族军阀所利用，纷纷自立“幼主”，称雄一方相互攻杀抢掠。而且这些初登大位的阿里不哥汗的后代苗裔，大多下场极其悲惨。军阀们往往等这些幼主稍一懂事就将其虐杀，并另立一个更年幼无知的孩童听任其摆布。更有甚者，如随后曾因俘获那“御驾亲征”的明英宗而崛起的蒙古族瓦剌部军阀也先，就显得更加狂妄无知、胆大包天了。因明廷之失误而获取一次战役之胜，竟使他野心勃勃欲取代一代天骄成吉思汗的历史地位。首要之举，便是对黄金家族和圣祖后裔设计血腥的屠杀，就连自己的女儿和阿里不哥后代所生之子也绝不轻易放过。典型的一次灭绝人性的历史性大洗劫，致使阿里不哥汗的后裔也变得“珍稀”了，而满都古勒汗也就成为这可继汗位的“珍稀”者之一。

后来丧心病狂的也先最终自取灭亡了，东躲西藏的满都古勒汗也如出土文物似的被“挖掘”出来。虽然论年龄已近中年，但仍因“物以稀为贵”他还是被推上了大汗的宝座。当然幕后仍不缺掌控实权的人物，只不过已由也先换成来自西域的两大异族军阀：乩迦思兰与亦思马因族兄弟俩。一开始，这哥俩也曾对这位人近中年的新汗有过猜忌，且不说他那“冷峻英武”的外表让人望而生畏，就单论他那“无言自威”的神态也让人一见便忐忑不安。为此，乩迦思兰与族弟密谋又要“易主”了，并选中了另一弱势部族首领之幼子阿赤来欲冒充圣祖后裔以利操控。

满都古勒汗刚登大位性命便朝不保夕了……

物极必反，先应提到蒙古瓦剌部军阀也先那次对准黄金家族狂妄而又凶残的大屠杀，终于使原本只顾惶惶然自保的人们在血泊中顿时清醒了：灭绝黄金家族即等于灭绝蒙古民族，而没有成吉思汗英灵的保佑便没有马背民族之未来！故而废立之消息传出之后，首先是汗廷的蒙古将士不干了。有的史籍称，他们甚至暗中劫杀了那个名叫阿赤来的伪圣裔。年纪稍轻的亦思马因怒不可遏了，竟欲率由西域带来的上万色目铁骑血洗整个草原。而年纪稍长的乩迦思兰却劝诫族弟切莫鲁莽，以免步瓦剌部统帅也先之后尘。他甚至声称自己早已对满都古勒汗有深刻地了解，并说别看此人表面“冷峻英武”“无言自威”，实际其身材瘦削、内有隐疾，巫师卜算已活不过几年了。更何况，其自幼即过惯了东躲西藏的生活，在提心吊胆中养成了冷僻而孤寂的性格，甚至见了女人也充满了警惕，故至今仍不敢娶老婆……但亦思马因却仍在提醒兄长说，切莫忘了他那“冷峻英武”与“无言自威”，他已被蒙古部众视为果不愧圣祖苗裔，颇具大汗之威严！而乩迦思兰则答曰：“这岂不正好吗？有这样一座端得上场面的‘牌位’，将更利于我们震慑蒙古高原的各诸侯！当然，还必须给他套上一副笼头，缰绳要由我们永远掌控着……”亦思马因沉默了，不得不佩服族兄的深思熟虑。

而满都古勒汗此时却仍认为自己凶多吉少，生死未卜……

也难怪！自从他被拥立为大汗以来，他就像神明一般被“供奉”在金顶汗帐之内。当时他确实不知这对异族军阀“上笼头”之密谋，却深知自己现在并不是被“拥立”而是被“捕获”。面对成千上万的铁骑，他这个“大汗”随时都有被废掉而杀身的危险。虽然说，他也听闻那准备前来易位者已经被蒙古部将所劫杀，并曾经为此激发出一种久已消失的民族自豪感。但他由于从小东躲西藏孤独生活，即使重新回归部族登上大汗宝座也仍然是个“孤家寡人”。没有一个心腹，没有一个亲信，更谈不上有可信赖的一兵一卒。名为大汗，实为困兽。在色目护卫的监控下，活动范围仅限于老旧的汗帐之内。所幸这座金顶汗帐据说是阿里不哥汗为对抗兄长忽必烈登基而在草原称汗时专用的，故而满都古勒汗为维护先祖的尊严尚能在沉默中保持某种王者之风。没有谁能体验他那种随时面临死亡之孤独和绝望，反倒因他这种表面上的冷峻与高傲引来更多的敬佩目光。

再不能等了，随之“上笼头”之举便开始了……

但大出人们意料的是，乩迦思兰和亦思马因竟没用降服烈马的传统方式：既不见绞套烈马的套马索，也不见强悍凶猛、力大无比的驯马手，更不见迫使烈马顺从的铁嚼子、皮笼头、长缰绳，以及供掌控者驾驭的银马鞍和金马镫。没有！完全没有一点将对满都古勒汗动用暴力手段的迹象。反倒是这两位最具实力的异族军阀谦恭地率部将进入金顶汗帐，按色目人的传统首先跪倒向蒙古大汗宣誓效忠。须知，色目人即史称“来自西域各色名目之人”，为最早归附成吉思汗并随之南征北战之人。故而在元王朝时执行的“四等人制”中，其地位仅次于蒙古人，极受历代大汗之宠信和重用。谁料在元王朝崩溃北归后，这些昔日的“奴才”却趁部族内乱拥兵欲做主子了！其中的代表人物便是乩迦思兰和亦思马因！今日之再行效忠蒙古汗王之大礼，是因实现野心的时机尚不成熟。他们仍需借成吉思汗的旗号，仍需彻底掌控汗廷让全蒙古供自己驱使！难怪这突如其来的效忠大礼使臣众大惑不解，也曾使草原上的蒙古庶众大受鼓舞。

但似乎仍不足以表达虔诚，效忠还在继续着……

金顶汗帐之内，乩迦思兰仍匍匐在王座之下涕泪交流地倾诉着忠心。他好像掏心掏肺尚难尽表其诚，最终竟突然提出了“愿拔出自己的‘眼珠子’”奉献于大汗，即将自己宠爱无比的十六岁小女儿差遣来供大汗驱使。目的只有一个，愿英雄的黄金家族之子子孙孙将永远统治大蒙古汗国！而满都古勒汗此时也蓦地恍然大悟了：前面的矢志效忠只不过是为蒙蔽蒙古部众的一场戏，经此铺垫，后面的“献女”才是真实的目的。对自己来说似更像一笔政治交易：是要命，还是要“笼头”？果然，满都古勒汗那“无言自威”似已失去了作用，见久久的“冷峻无语”较年轻的亦思马因已狂怒地拔刀相向了。剑拔弩张，一触即发，大有血溅汗廷之势。此时便听得乩迦思兰一声怒喝：“大汗尊严，神圣不可侵犯！谁再胆敢在圣驾面前舞刀弄枪，杀无赦！”为把自家的女儿强行安排在这位无亲无故的大汗身旁，这异族军阀的族兄弟俩真可谓一文一武配合得相当默契。最终，满都古勒汗那冷峻的脸变得惨白，“无言自威”间竟突然冷汗淋漓地伏案不起了。

他病了！或许这是他维护尊严的唯一方式……

但乩迦思兰兄弟俩又岂肯善罢甘休？最终他们还是利用了整个部族维护大汗和蔑视一个异族小女人的心态，竟然与一些部族有影响力的人物达成一项“保汗”协议。表面看来，满纸尽是“矢志效忠大汗”“誓死维护大汗的尊严”“唯至高无上大汗之命是从”等华丽辞藻，但确实其中也掺杂着一些颇为诱人的“干货”。比如，“保证大汗宫帐优厚的物质供应”“保证整个部族粮食的充足供应”，甚至还同意将四处游走的大汗宫帐“游牧”回漠北圣祖发祥地之茫茫草原……而这兄弟俩得到的似乎并不多，仅有两条：其一，大汗同意迎娶乩迦思兰之女为大哈敦；其二，依大元汉称，大汗同意赐封乩迦思兰为太师并兼任右相（古代蒙古人以右为大，也可称实权大丞相）。与对大汗的许诺那繁文缛节相比，这两项真可谓简之又简。但这已足矣！异族军阀不但无形中早给满都古勒汗套上了“笼头”，而且也等于给这个饱经战乱的游牧汗国戴上了“铁嚼子”。沉默大汗突然生病栽倒是避免不了亲自画押之辱的，但在异族军阀金戈铁马的胁迫下仍是毫无个人尊严可言的。最终，在汗廷北归迁徙于蒙古发祥地之丰饶草原后，这桩强加于人的宫廷大婚总算别别扭扭地完成了。神秘的大婚夜！虽然说大汗又突然晕倒了，但第二天乩迦思兰的女儿还是名正言顺地成为能顶草原汗国半边天的大哈敦。

七八年了！至今已整整七八年了……

金顶汗帐内又重新换了一次灯火，但满都古勒汗那瘦削的脸颊却越来越阴沉了。他竟然无视自己七八年后亲自选定迎娶的美少女的存在，鹰隼般的目光似只顾盯视着汗帐那悬挂着绘有民族纹饰的门头毡帘。也难怪！虽然他累累称病从未和这位异族大哈敦有过亲密的接触，但对她那骄横跋扈、唯我独尊的性格却太了解了。

但这绝不是出于畏惧，而是基于以下判断——

满都古勒汗深知，自己现在已绝无退路了。既然已把那千挑万选的美少女迎娶回汗廷，也就说明与一直给自己带来屈辱的异族大哈敦之彻底决裂已不可避免了。这不仅仅是为了个人的尊严，而且还为民族的振兴向异族军阀发起的挑战！现在步步都在预料之中，唯一令他担心的是那为此自愿献身的美少女。她才刚刚十六岁，清纯得就像晨光中草叶上的晶莹露珠。如果她万一露了马脚或受到伤害，那自己这些年忍辱负重的暗中策划将随时可能付之东流。须知，他已知自己来日无多，早把未来寄托于这个少女的身上了。为此——

僵持不下，只不过是想把异族大哈敦的怨恨引向金顶汗帐。

对峙良久，更不过是为了激怒她亲自前来兴师问罪。

果然，那色目大哈敦终于忘却了自尊难以忍受了。

金顶汗帐的毡帘一掀，随之便似滚进一团怒火。

她的全名叫：也客·哈巴尔图……

哈巴尔图大哈敦

哈敦，草原帝国对汗王夫人的尊称。一般来说，哈敦也分两个层级：皇后级与王妃级。只有帝王级大汗的嫡正妻子才配称为大哈敦，尽享皇后级别的尊荣。而大汗的其他妻妾和诸侯级汗的夫人则只配免“大”而称哈敦，王妃级。如果在哈敦前面再加个“小”字，就更微不足道了。小哈敦，则往往不过是老年汗王们的宠物兼玩物。

而哈巴尔图当属皇后级的大哈敦……

按常理而论，作为草原皇后不但能以品德操守“母仪汗国”，而且在相貌上也应该是美丽绝伦，堪称“碧野花魁”。但关于这位大哈敦的容颜，却极少有史者敢于下笔稍加恭维。而诸多野史及民间传闻就更加直白，称其“奇丑无比，汗王畏之，见其必病，故从未同房”云云。究其被称为“丑女人”的原因，很可能是因为她那在草原上与众不同的大鼻子。太出类拔萃了，故而蒙古牧众都暗称她为：也客·哈巴尔图（蒙古语：大鼻子女人），致使她的本来名字渐渐被人遗忘了。直到近代才有西方学者为她的容貌翻案，称她“并不丑，甚至姣美。皆因东西方审美观念之差异，才造成在草原上对大鼻子的歧视，并以点带面，彻底否定了她之容颜”。或许也有道理。据考证，哈巴尔图的生母乃其父掳来的一位波斯绝代美女，故她那大鼻子和异样的蓝眼珠是“事出有因”的。她绝不缺乏风骚，更不缺少妩媚，只不过因少女期多次偷食禁果已显得过于丰腴罢了。而有家族之金戈铁马为后盾，最终不管美与丑，她还是成为草原汗国至高无上的大哈敦！

七八年了，整整七八年了……

从十六岁的妙龄少女，已经变成二十四岁雍容华贵的大哈敦，但至今她仍对那凄凉的新婚第一夜耿耿于怀。什么？面对自己娇嫩的身体、温柔的怀抱、火一样的激情、梦一般的渴求，大汗竟然拒绝踏入自己这充满西域风情的豪华“斡耳朵”，并一再声称：病了！又病了……难怪第二天一大早她就冲进乩迦思兰的帅帐，斥退左右，怒气冲冲地质问父亲：“病了！又病了！你这是想把女儿嫁给一个大汗，还是嫁给一个太监？”谁料，乩迦思兰却回答得颇为气定神闲：“且莫管他病了还是没病，是大汗还是太监，我儿只要熬过这一夜，就成了名副其实的汗国大哈敦，至高无上的草原大皇后！”没想到她竟不买账地回敬道：“徒有虚名守活寡！”更出人意料的是，乩迦思兰竟为此哈哈大笑起来，他说：“谁说的？为父在西征歼灭丝路群雄时，将留下两百位丝路的铁骑助我儿掌控汗廷，其中绝不乏英俊彪悍的勇士，故你完全可以天天换新郎，夜夜当新娘。那个太监似的大汗完全不用理会，为父还巴不得你能早日生出个纯种的绿洲小汗王呢……”有其父必有其女，在乩迦思兰西征丝路之后，哈巴尔图似比其父还要骄横张狂。一百多位亲信的西域勇士玩腻了，便驱车载着宫帐四处去搜寻新鲜的“猎物”。她越走越远，时间也越来越长。最后竟一去就是一两个月，几乎把其父交给她掌控汗廷的任务完全交给一位被称为

“药渣”的文侍拉合蛮。而她自己却更加随心所欲，恣意妄为，污秽草原，所幸没有生出个纯种的西域孩子。

在寻欢作乐的放荡生活中，一晃就度过了七八年……

但这并不能说，这位异族大哈敦放弃了对汗廷的监控。须知，其父乩迦思兰临别时曾向她托出称霸整个蒙古高原的计划：由她掌控满都古勒汗，实行“尊王攘夷”之策先蒙蔽广大蒙古臣众；由其族叔亦思马因率重兵驻扎长城以北之荒漠草原，掌控粮帛之流通，并伺机征服东部各路蒙古诸侯；再由他亲自出马率千万色目铁骑远征丝路，荡平西部群雄，并猎获更多的金银财宝和战略物资。最终的目的是“吞并大蒙古，再造色目大帝国”。作为异族大军阀野心勃勃的女儿，她当然不敢违背父亲的嘱托了。只可惜！她还是把重任依旧交给了文侍拉合蛮。而这位昔日既雄且壮的首席面首，今日虽已废了却仍绝不辜负她的期望，事事让她放心，甚至她还得到父亲多次密函嘉许。为此，这位大鼻子皇后竟把过多的精力，放在了确认自己那大汗丈夫到底是不是个阉人上。满都古勒汗那冷峻英武的外表曾使她感到深深惋惜：这么一位散发着雄性魅力的男子汉，难道胯下那玩意儿就果真“不举”了吗？

不但她有怀疑，就连史者也有不同的看法……

在古代的茫茫大草原上，一个男人有多个妻子那是财富、权势和地位的象征。至于汗王级的人物，那就更不用说了。比如拔都汗，他有名有姓经册封的哈敦就有二十七个，未经册封的宠姬就更难计其数了。他的后宫连成一片，就像一座繁华的毡包王城。而满都古勒汗自有哈巴尔图大哈敦以来，他不但没有进过她豪华的宫帐，七八年来身边也从未出现过其他任何一个美女。清心寡欲之极，似心甘情愿地枯坐在老旧的金顶汗帐里而成为“孤家寡人”。对此，后代史者有两种对立的看法：一种是满都古勒汗绝非“不举”，而是一位暗蓄大志的一代英主。不近女色仅仅是为了不触发乩迦思兰的防范，并趁其女远游纵欢一步步暗施自己恢复祖志的计划。一个男人能为此强舍自己的情欲，真伟丈夫也！另一种是满都古勒汗乃“后天性性无能者”，并经考证挖掘出以下的史实：他在幼年时曾因“珍稀”被一贵胄掳在家中。后因其夜夜惊啼不止，故贵妇竟采取了揉搓幼童下体使其得到孩子不应有的快感而入睡。日久天长，其小灵根便不再发育，“如蚕”且“不举”。后在一次病中这贵胄意外身亡，他才总算逃出这被贵胄蹂躏的牢笼。但一切均为时已晚，满都古勒汗终生抱憾。

似当时就有此传闻，故哈巴尔图大哈敦偏信后者……

而近日之所以又产生怀疑，那是因为她留在汗廷的文侍拉合蛮前来密报：满都古勒汗渐渐不安分守己了，竟然罕见地走出了他那坚守的老掉牙的祖传金顶汗帐，带着亲随似要纵马到草原深处寻觅什么。什么？这位正在远方寻欢作乐的大哈敦凭着女性的本能开始警惕了。别的先不说，就单说这顶古老陈旧的金顶汗帐而言，他若毅然决然地轻易走出就肯定有猫腻。须知，想当初在她即将成为大哈敦时，父亲癿迦思兰也同时为满都古勒汗送来了一顶新宫帐，中亚式的，不但更加宏伟阔大，而且在金银饰件中缀满各色宝石，豪华无比。但满都古勒汗却不为所动，竟偏要坚持在那顶祖传的古老而陈旧的金顶汗帐里行使汗权。冷峻执拗得很，最终逼得父帅也只好让步了。谁让人家“珍稀”呢？小不忍则乱大谋。从此，这位沉默的大汗就极少走出这顶祖传的老旧大帐。仿佛一离开灵魂就会出了壳儿，主心骨也会跟着再直不起来了。

可现在，是什么使他宁可丢了魂儿和主心骨……

在哈巴尔图大哈敦看来，当然是为了女人！因为据亲信来报，满都古勒汗突然发疯似的游走于茫茫大草原，似乎谁家有十六七岁的女孩他就往谁家的蒙古包里钻。年近半百的老头子几个月来一直乐此不疲，“性”趣的意外爆发由此可见一斑。应当说，哈巴尔图早对自己这桩历经七八年有名无实的婚姻习以为常了，甚至对日渐年迈的满都古勒汗产生了一种厌恶感。如同对那顶散发着古老陈腐气息的祖传汗帐一样，她进而觉得端坐在其中的满都古勒汗也浑身散发着这种令人作呕的陈腐气息。有一次她代父帅传言，刚一进这古老的汗帐便被熏得晕头转向。抬头望去，恍然觉得满都古勒汗已化为一尊僵尸，似乎死亡的恶臭正迎面袭来……从此，她再没有迈进过这顶在草原上象征汗权的金顶汗帐，也不想再见到自己那已散发出死亡气息的大汗丈夫。她厌恶、她恐惧，况且她还夜夜均不乏新鲜的“猎物”……

即使是这样，当她听说满都古勒汗令人匪夷所思地突然“性”趣大爆发，作为大哈敦的哈巴尔图出于女人的本能还是不由得妒火中烧。他霎时便似打翻了醋坛子，立即暂停了寻欢作乐，带着色目护卫返归了汗廷所在的草原。在她看来，满都古勒汗这种突发的“老牛吃嫩草”的现象——尤其是敢公然迎娶回一个十六岁的美少女做小哈敦，简直是对自己大哈敦权威的蔑视和嘲弄，是对父帅成千上万西域铁骑的讥讽和大不敬。是可忍，孰不可忍！她要带着护卫自己的金戈铁马杀回去兴师问罪：不但要当众彻底检验那个高居汗位的“活僵尸”，而且要让那想当小哈敦的小贱人也人头落地。她要杀一儆百，以证明自己才是这草原汗国真正的主宰。

杀气腾腾！多亏乩迦思兰派亲信急使乌斯曼及时阻拦于半途……

似父命难违，果然乌斯曼送来的密函很快便使哈巴尔图冷静了下来。密函的大意是：“汗廷之事，为父尽知。我儿切不可冒失冲动，将七八年来在草原所创之功业毁于一旦。满都古勒汗仍有利用价值，由于其正统正宗之地位，各蒙古部落已纷纷在名义上声称归顺、效忠于其，此乃我方之福也！我儿当监控其异表异行。娶小哈敦乃区区小事何足挂齿？为父已备厚礼一份，儿当代表为父祝贺并彰显大哈敦之高贵与尊严也！为父接内线密报而得知，其来日已无多矣。依蒙古风俗，大哈敦将成为监国——草原汗国之第一人，愿我儿能成为执掌汗权的第二位乃马真·脱列格娜（元太宗窝阔台汗之大哈敦，史称‘六皇后’，曾专政弄权直至其死）……”其实，此时的乩迦思兰也有自己的难言之隐：其族弟亦思马因在长城之外日渐坐大，竟拥兵自重欲与其分权，致使征服丝路诸部进退两难，已久久无暇顾及草原深处的汗廷了。而对女儿的淫恣骄纵，他也十分了解且无能为力，只盼她能不捅出大娄子而保住大哈敦的名分就成。乩迦思兰深知蒙古民族传统的古老民俗，也早探知满都古勒汗没几年活头了。到时候依照祖制一切将由大哈敦说了算——也就是自己说了算。但在得知老可汗将要“娶小”之后，他觉得这个老傀儡似乎是在向自己公然“叫板”了。为此，他不仅怀疑女儿是否被人家利用了，甚至还怀疑女儿的贴身文侍兼面首拉合蛮是否在“谎报军情”……总之，要事缠身，似也只能先派心腹谋臣乌斯曼急驰而来火速稳住阵脚，劝阻女儿千万别骄纵胡为授人以柄，保住大哈敦之位为重，以待老子回去找老东西算账！

女儿是听了老子的劝没有大开杀戒，但心中怒火难平……虽已将自己的豪华宫帐迁回了汗廷的中心，但却迟迟没有谨遵父命前去祝贺并奉上厚礼。哈巴尔图以体现高贵与尊严的方式仍然是自行其是，专门与汗帐、新婚蒙古包对峙，以产生一种唯我独尊的威慑力量。显然这是出自于那文侍拉合蛮的主意，必须先威慑满都古勒汗自行前来“负荆请罪”，然后再遵大帅之嘱“给予恩准”而赐予厚礼，以让整个蒙古帝国的臣民都知道，大哈敦才是这茫茫草原说一不二的真正主人！为此，这位昔日的面首还借口给小主子争面子，还曾多次前往金顶汗帐试图说服老可汗主动前来“负荆请罪”，也不知道是真是假。据拉合蛮回来禀告说：谁料，满都古勒汗却始终不为所动，如石雕般高坐在汗帐中纹丝不动，似为了迎娶这位十六岁的美少女甘愿就这样冷峻地对峙到底。

久久的较量，最终还是哈巴尔图大哈敦先忍不住了……

但这绝不是为了女性的尊严，更不是为了家族的荣誉，而仅仅是因为满都古勒汗的“性爆发”再次打翻了醋坛子。她才不管身份不身份、地位不地位呢，甚至就连父帅的事业和嘱托也全抛之于脑后，心中似乎只剩下了一个字儿：性！她妒火中烧就差发出呐喊：“他行！他能行！为什么七八年来一次也没给过我？这个‘活僵尸’是在羞辱我、蔑视我、欺骗我……”随之，哈巴尔图似忘记了自己大哈敦的高贵身份，竟如泼妇一般扑出门外径直冲进了金顶汗帐。冲动使她变得无所顾忌，竟然疯狂到只想扒下满都古勒汗的裤子，现在就亲自一探个究竟。骄横跋扈由此可见一斑！幸亏还有人怕她坏了老主子的大计，随之便见拉合蛮和那送信的急使谋臣乌斯曼紧紧跟了出去。但令他们感到奇怪的是，这位率先闯进古旧金顶汗帐的大哈敦，竟既没有发出狂怒的咆哮，也没传出任何厮打的声音，仿佛大哈敦已被眼前出现的景象突然给凝固了。拉合蛮和乌斯曼慌忙紧随入内，顿时便明白了小主子“凝固”的原因：天哪！这哪像新婚之夜的汗帐？灯火即将燃尽，昏暗中满都古勒汗虽仍挣扎着力显大汗的尊严，但身后如无突然出现的两位蒙古小将扶持显然早支撑不住了。如小主子所言：虽然目光仍像鹰隼般幽幽闪动，但在身后那两位英武小将衬托下的确像个“活僵尸”呀！随之，似乎汗帐内那近乎死亡的陈腐气息也越来越浓了，难怪身为大哈敦的哈巴尔图也只能语无伦次地发出质问了。而更为罕见的却还在于，以沉默著称的冷峻大汗面对大哈敦的威逼，竟也奇迹般开了口，但仍惜语如金，不失尊严。

“你……”哈巴尔图怒气冲冲地发问，“你娶小美人，为什么不先请示我这个大哈敦？”

“祖制难违！你越权了，请自尊！”他冷漠而答。

“那……”哈巴尔图仍不甘心，“那七八年来，你有一天拿我当大哈敦亲近过吗？”

“我病了……”回答仍很简短。

“你病了？”哈巴尔图似抓住了把柄，“可你一连几个月天天溜出汗帐，夜夜往小姑娘的蒙古包里钻，临完还专门给自己挑了个绝代美少女当小哈敦，这又说明了什么？”

“还是因为我病了……”回答得更加深沉。

“什么？”哈巴尔图被彻底激怒了。

“敢问大哈敦，”满都古勒汗已及时反问了，“太师兼丞相的乩迦思兰将军，早已判断出我阳寿将尽、来日无多，身为大哈敦，你愿陪我葬身于帝辇谷吗？”

“不，不，不！”哈巴尔图失声惊叫了。

“可她愿意为我殉葬！”满都古勒汗却仍在冷漠地说，“大哈敦有两百丝路铁骑侍奉，而我只求得一知己相伴长眠于地下，值得大惊小怪吗？”

哑场！顿时金顶汗帐内只留下一片死一样的寂静……

死之将至？纳妾殉葬？令在场之人听得莫不大惊失色、目瞪口呆。尤其对哈巴尔图来说，似更听出了话中有话、句句带刺，慌乱间竟无言以对。而此时又只见满都古勒汗身后那两员蒙古小将，也早已愤慨不已拔刀在手，公然怒视着大哈敦。太反常了！太出人意料了！平日里以沉默著称的孤独大汗，今日竟为了一个蒙古美少女突然语出惊人，足可见这十六岁的小姑娘也绝非等闲之辈……但由哈巴尔图大哈敦骄纵任性造成的尴尬对峙又必须及时打破，不然在这汗帐里刀兵相见后果将不堪设想。多亏赶来的密使乌斯曼乃乩迦思兰最亲近的心腹谋臣，他见状忙与拉合蛮挟持着哈巴尔图跪伏在王座之下，并谦恭有礼地敬禀道："启奏大汗，臣下乌斯曼乃受大帅乩迦思兰之命，特携百箱珍奇异宝赶回以贺大汗新婚大礼，适才大哈敦有所失言，有悖于大帅本意，请念在七八年夫妻情分上，原谅其一时忘了君臣大礼！恕臣冒昧，就此谨代大帅叩首请罪！世传冲喜乃增寿之举，恭贺大汗从此将万寿无疆，万寿无疆，万寿无疆！"

危机似暂时解除，并为小主子搭好了可下之台也……

但谁料身为大哈敦的哈巴尔图却偏偏不领这个情，竟奋力挣脱了拉合蛮和密使乌斯曼的挟持，起身而怒喝道："谁让你们长他人志气灭自己威风？奴才，叛贼！等我亲自收拾了那甘愿殉葬的小贱人，回来再跟你俩算总账！"说毕，竟头也不回地冲出了金顶汗帐。

"小主子……"拉合蛮哀叫着紧紧追了出去。留下的密使乌斯曼在细细观察大汗的反应，却绝没有想到满都古勒汗竟不阻、不拦，更没有出声喝止，似高居王座更加稳如泰山了。

看来，这回该轮到那年方十六岁的可怜女孩子倒霉了。

新婚之夜，她首先面对的将是气急败坏的大哈敦！

据史载，这位美少女的名字就叫：满都海……

满都海

首先应当指出，在古代茫茫无垠的大草原上，十六岁的花季少女早早成婚是一件很平常的事儿。反之，至十六岁仍迟迟嫁不出去，倒显得这个少女或不能生育或有什么难言之隐。而怪就怪在父母为什么这样忍心，竟然舍得将自己的刚刚十六岁含苞待放的女儿送给一位行将就木的大汗当宠姬。

要知道，最终的下场很可能是悲惨的殉葬……

而据史载，在古代蒙古民族是没有这种遗风的，成吉思汗在《遗言录》中则更严禁这种伤天害理的行为，甚至喊出："留下女人，让她们为我大蒙古繁衍更多子子孙孙！"只可悲！在窝阔台大汗驾崩后，乃马真·脱列格娜皇后逆祖制而行，亲选数十位美女陪葬于帝辇谷，从而开了此恶习之先河。久而久之，这种恶习便习以为常，并时有发生……故而家有少女的牧民人家，总是对汗廷宫帐敬而远之，甚至还不等女儿到了十六岁，便匆忙择个平常女婿出嫁了。越美越是如此，就越怕老可汗临死也要把女儿拉到地下去当垫背的。

而相传，这位绝代的美少女却是自愿的、主动的……

显然，由于她的"挺身而出"，竟又使得这场老少配的大婚氛围彻底改变了。少了几分悲怆，多了几分崇高，甚至连带对衰年的满都古勒汗也充满了理解和尊重。也是！自从那位大鼻子皇后掌控了汗廷后宫，竟威逼大汗永远不能接触任何一个蒙古女人。而受困的大汗也果不愧圣主的嫡传后裔，整整七八年宁可独守空帐，也绝不愿和这个大鼻子皇后为草原再生出个大鼻子、蓝眼珠的小可汗。草原上的牧民百姓并不知道世上尚有什么"性无能"，反倒认为大汗的种种行为颇具蒙古男子汉的气魄，值得敬重、值得追随！而现在他又敢于趁那异族的丞相和副帅久久未现身漠北，公然要娶一位蒙古少女为自己的哈敦。这明摆着是在蔑视大鼻子皇后和她那两百色目铁骑，就是老得快死了也要最后为大蒙古争回这口气！显然，这仅仅是一般牧民庶众的朴实理解，他们并不知道满都古勒汗这些年来胸怀异志的苦心经营，更不理解他之所以再纳蒙古美少女完全是因衰年所迫，他已知自己来日无多而该选择未来能掌控汗廷的人了。

但这样智勇双全、才貌并举的女孩子到哪里去找啊？……

正如上述所说，衰年大汗甘愿挨骂，开始了"谁家有少女便往谁家蒙古包里钻"之探求。却谁料，草原上的美少女并不少，唯缺那种天赋胆略的女孩子。满都古勒汗几近绝望了，好在他的身旁尚有一位亲信的萨满巫师。此人长得瘦小干枯，状若灵猿，似天生就带着几分妖异之气。但他却是满都古勒汗"胸怀异志、重振汗国”的主要心腹之一，常如猿猴般跃身马背传大汗旨意于各部族间。此人名叫密沁（即猴），是唯一可自由出入金顶汗帐之人。但这并不奇怪！北归后喇嘛教曾暂时示威，而原始宗教萨满教又重新占据了汗廷。能通天之人，当然需要特殊对待。据史载，此次“祈问于天”的占卜，君臣均相当虔诚。面对汗帐中央熊熊燃起的篝火，炙烤羊的肩架骨片而观察上面出现的裂纹以求长生天回答。经过种种神秘仪式之后，满都古勒汗悲怆地终于发问了：“至高无上的长生天啊！难道我就要功亏一篑，果真将找不出一位可托付后事的少女吗？”火焰跃荡无力，骨板迟迟未见裂纹。衰年大汗几近绝望地呐喊了：“天断我路！天断我路……”却不料喊声刚落，便见得火苗突然间飞腾跃起，霎时听得那骨板烤裂的声响。而更神奇的还在于，随着火焰的飞跃，一股五彩霞光竟笼罩了整块占卜的骨板，甚至就连晦暗的金顶汗帐也随之闪亮起来。巫师见状不由得失口欢呼了：“长生天果不负有心人，她……她已经等候大汗多时了……”而有些野史就记载得更为神异，相传占卜用的骨板上出现裂纹，不但指明了该女所处的方位，而且交错的裂纹似乎还组成了一组古蒙古文的字根，恰巧同满都古勒汗名字字根的含意一样：上升或腾飞。太不可思议了，随之衰年大汗便命巫师火速前去寻访。

很快便有了回音，草原上果然有这样一位少女……

大汗下属的绰罗斯部族人，她的父亲名叫绰罗斯巴西特穆尔。这个名字很长，似乎还包括了他的部族以及他的身份，故以下简称：特穆尔。此人能力极强，善于统兵，虽同是蒙古族，但因为他曾在乩迦思兰的麾下而被大汗久久不敢重用。这段历史可从他女儿的出生地即可印证。而历代蒙古史学家却对此多有争论：一说称这传奇少女就出生于今日之呼和浩特，当时长城以北的土默川仍是一望无垠的戈壁草原，一说则称这位传奇少女生于丝路之上的哈密绿洲一带，曾远离过蒙古母地。但不管怎样，当时此两地确属乩迦思兰的势力范围。故而虽然特穆尔现在早已脱离和归隐，但满都古勒汗仍敬而远之，对他存有戒心。但造化弄人，没想到好不容易占卜出来的理想人物，竟会是这样一个可疑之人的女儿！

为严守机密，满都古勒汗又犹疑了……

而此时巫师带回汗帐的秘闻却越来越多了，均是有关这神异美少女的，极具传奇色彩。比如说，她九岁即可立危崖山口，望上千匹骏马，由峡谷中奔腾汹涌而出，她仅用目光顺势而点便可“尽知其数”。再比如，她十三岁即突显出某种神奇的魅力，开始代父主持家族事务，不但处理得井井有条，而且竟能让几个桀骜不驯的哥哥也变得服服帖帖。还有，她在十五岁时便因娴熟弓马、能骑善射，代父统率部族勇士追击马匪与盗马贼。她足智多谋，善于决断，她所在的部族从未被盗或没被抢走过一匹骏马。更令人惊叹的还在于，这位草原小女杰不但极具胆识，而且还生得美貌过人。据杰克·卫则伏考证，古代东西方之审美意识确实有着极大的差异。他在其著作中写道：“那个时代蒙古人的审美意识是简单而明确的，即由于身体被层层古典蒙古衣饰遮盖着，因此鉴定美少女的标准着重于脸部相貌。蒙古人偏爱较小五官的圆脸，理想的美女脸形似满月。除了双颊泛红，面庞上的其他部位都要洁白如雪。”而论这位具有传奇色彩的美少女，不但完全符合这种审美鉴定的标准，而且具有一双清澈如水的明媚眸子……总之，满都古勒汗已被这种种传闻说动心了，但他仍在为她的父亲特穆尔迟疑不决。好在当时执行监控任务的大哈敦又远离汗廷到草原深处纵欲寻欢去了，他正好独坐于空旷的汗帐里孤寂地思考决断。

夜，越来越深了。四野寂静得悄无声息……

突然，暗夜之中似有谁向汗帐慢慢走来，但刚等满都古勒汗惊觉，汗帐的毡帘已被掀开了。衰年大汗正要呼叫亲信侍卫，忽只觉眼前五彩霞光一闪，一位亭亭玉立的少女已经垂首站在自己面前了。尚不等他发问，少女竟开始谦恭地跪倒做自我介绍了：“启禀大汗，我，绰罗斯部特穆尔之女，名叫满都海！”满都古勒汗听后大吃一惊，天哪！竟和那占卜时骨板上出现的裂纹预示的情况一模一样，她的名字和自己的名字从字根上说确实相同：上升或腾飞！难道长生天赐予自己未来的希望就是她……而此时，少女又直言坦荡地道出了深夜到此的目的：“我自愿依附于大汗身旁，甘愿为重振我大蒙古汗国赴汤蹈火！”听毕，满都古勒汗已确认无疑了：就是她！

但年方十六岁，似必须对她晓以利害……

“你知道吗？”满都古勒汗难得地开口了，“我是一位日渐衰老的大汗，太师与大哈敦均预言我来日无多！”

“知道。”她只轻柔地应声而答。

“你知道吗？”满都古勒汗仍在提醒，“你依附于我甚至连个正式名号也难获得，但肯定会被连累遭受种种不测和凶险！”

“知道。”她似乎成竹在胸。

“而更可怕的是，”满都古勒汗特别提示了，“我年迈体衰，随时都会发生意外。我一死，大哈敦很可能因嫉恨强迫你为我去殉葬！”

“如是天命，我心甘情愿。”她回答得更出人意料。

“何言天命？”就连满都古勒汗也大感惊讶了。

“在我出生时，”她仍平静而认真地作答，“长生天便命神祇给我长辈托梦，声称若生下女儿必须起名满都海。而且到十六岁，我必须嫁给一个字根同义之男人，以作为他生命的延续。”

“有谁做证？”如此巧合，令人振奋，但大汗还是急问。

“受梦人，”回答得更加直白，“是我的父亲绰罗斯巴西特穆尔，他完全可以做证！”

“特穆尔……”衰年大汗沉吟不语了。

当然，这仍需由巫师密沁占卜解疑释惑了，但最终还是迫使满都古勒汗以“猎美”为名亲自来到绰罗斯部族。为了这位传奇的美少女，更为了重振汗国“后继有人”，他决心冒险对这位异族军阀的昔日部下特穆尔一探究竟了。谁料当他来到这片茫茫的大草原之后，那传奇美少女满都海却神秘地隐没不见了，反倒是她那被怀疑的父亲主动把衰年大汗迎进了自家的毡帐。据传，尚来不及验证“托梦”之事，满都古勒汗便被特穆尔的一项建言深深吸引了：“明修栈道，暗度陈仓！汗国欲求自立，必先秘密打通一条直通长城的生命之路……”内涵难以尽知，但已吸引得满都古勒汗竟三天三夜没有走出这座毡帐了。

而此时作为监控汗廷的大哈敦却为“尝鲜”越走越远，她以为纵欲寻欢就是展现自己的权威！

终于那爆炸性的消息传来了：大汗竟敢公然举行纳妾大典！

随后的事情正如前面所述。而现在呢？

看来该轮到这传奇美少女倒霉了！

如此的新婚之夜……

大鼻子哈敦哈巴尔图是气急败坏的，但眼前这座为大婚新扎的洁白蒙古包却是宁静安详的。仿佛少女仍在幸福的憧憬中迷幻着，等待着大汗进来疯狂地把自己变成一个真正的女人。有幸福的泪，有殷红的血，从此她也有一个男人的胸怀可以夜夜依偎了。哈巴尔图以自己之心度他人之腹，竟越想越气，恨不得立即召唤色目勇士将这座蒙古包新房给烧了。

多亏那串来串去的拉合蛮带着几个侍女及时赶到了……

这位贴身面首竭力劝阻她千万不可，并提醒她往日为突显自己的智勇和权谋常对父帅报喜不报忧，甚至还称满都古勒汗在自己的监控下早已成为一具“活僵尸”！而现今“僵尸”却突然复活了，肯定是趁大哈敦长期远游早有了异端异行！今夜里蒙古包新房竟能如此镇静安详就很异常，切莫忘了老可汗身后还突然出现的两位蒙古小将呀！再不能坏大帅的大事了，若不然奴才们也得跟着掉脑袋！

果然，越看便越觉得那蒙古包寂静得颇为神秘……

哈巴尔图却是个从不服输的人。在她看来，为避免惹怒父帅不放火也成，但以大哈敦的身份进去教训羞辱一番小贱人也算争回一些面子。不然就此折返，将尽失大哈敦至高无上的权威。为此，哈巴尔图似也只能一咬牙向那毡包新房走去。但谁料刚刚来到门前，便猛听得里面突然响起一阵急骤而乖戾的法鼓声，似乎还伴随着众多小铃铛在哗哗作响。紧跟上来的拉合蛮悄声对她说：“大汗很可能就要来了，萨满巫师正在为他作法驱鬼呢……”哈巴尔图另有宗教信仰，根本就不信这个邪，随手便把门上的毡帘狠狠扯落在地。但她绝没想到随着门的无遮无拦，蒙古包内的灯火也尽数熄灭。幽暗中只留下中央灶坑中的火苗儿还在跃动，一个似人、似妖、似猴的萨满巫师还在击鼓、舞铃，念念有词地跳跃作法。哈巴尔图被一种怪异而恐怖的氛围笼罩着，竟不由得脱口惊呼起来。但这一惊叫不要紧，却又引起了那巫师的惶恐，乖戾地痴痴紧盯着毡包外，急骤地敲击法鼓大喊着："鬼来了！鬼来了！"

什么？这妖孽竟敢当众把自己视为鬼……

狂怒反而使哈巴尔图失去了惊恐，一声大叫便招来了五六个最亲信的色目带刀侍卫。很明显，她是想冲进蒙古包新房之内，以血来说明到底谁是人谁是鬼！拉合蛮似生怕坏了老主子的大事，却又似无法阻拦小主子的无法无天。多亏在这千钧一发之际却又有怪事发生了：突然间蒙古包新房又变得灯火通明。那妖异的怪巫师竟如一场梦幻般消失得无影无踪，从门外向内望去似只留下一种因女性存在而特有的温馨。而哈巴尔图似也被眼前的变幻惊得目瞪口呆。这倒不是因为妖巫师神秘地骤然消失，似更像蒙古包内出现的景象太令人不可思议了。天哪！新人并不仅仅是一个，而是有六个，他们穿戴得一模一样排立于其中。她们高高的发髻上都戴着精美的头饰，她们亭亭玉立的身上都穿着锦缎的古典式蒙古族盛装让人几乎难分难辨。她们好像知道大哈敦今夜必然要来，依祖制正垂首而立恭候着她的大驾光临。哈巴尔图一时不知如何是好了，似也只能愤懑地暗骂那个"活僵尸"："好你个大骗子！一骗老娘就是七八年。今天又差点上了你的当！原来娶的并非一个，而老不死的一娶就是六个小妖姬！"

哈巴尔图最终还是不顾一切地冲进了新房……

"我是大哈敦！"她张口便先亮明身份威慑诸少女，"至高无上的大哈敦！将代大汗统领后宫的大哈敦！依祖制你们必须老老实实服从的大哈敦！"

"恭迎大哈敦！"众少女也颇懂规矩。

"懂规矩就好！"哈巴尔图有点得意了，"那本大哈敦问什么，你们就答什么！让你们做什么，你们就做什么！"

"遵命！"众少女还很顺从。

"你的名字？"从左向右开始发问。

"满都海！"第一位少女答。

“你呢？”哈巴尔图再往下问。

“满都海！”第二位少女答。

“你呢？”哈巴尔图继续往下问。

“满都海！”第三位少女答。

“我就不信了！你呢？你呢？你呢？”她开始不耐烦了。

“满都海！”第四位少女依旧回答。

“满都海！”第五位少女答语同样。

“满都海！”第六位少女答语不改。

“什么？什么？”哈巴尔图越听便越感到眼前扑朔迷离，终于气急败坏地呐喊了，“满都海！满都海！从哪儿一下子弄来这么多满都海？”

“只有一个是真的！”拉合蛮从旁耳语提示。

“启禀大哈敦！”谁料众少女竟断然否认，“我们真的都叫满都海，是不约而同来向大汗自愿献身的！”

“一下就娶六个小哈敦？”就连拉合蛮似也有点糊涂了。

“那好！”还是争强好胜的哈巴尔图有主意，她恶狠狠地扫视了一遍诸少女说，“不管是一个满都海也好，六个满都海也罢，既然你们都愿献身于大汗，那本大哈敦将依祖规先对你们一个个进行检验——身上有秽气否？腋下有狐臭否？乳房有隐疾否？骨盆窄小否？更重要的还在于下体，你们更知道是为了什么。脱！脱！快给本大哈敦脱得一丝不挂，脱得浑身赤裸！”

喊毕，这位大哈敦的脸上竟罕见地露出了得意的笑容……

“绝难从命！”谁料这六位少女却敢于公然对抗，“依蒙古祖制，我们的身体是只有大汗才能看的！”

形势变得紧张起来，似六个小哈敦对峙着一个大哈敦……

“来人！来人！”哈巴尔图终于被激怒得不顾一切了，竟连声召唤着门外的色目护卫下令说，“她们自己不脱，你们帮着往下脱！越光越好，然后就由你们轮番检验这一个个满都海！”

色目护卫蠢蠢欲动，情况严峻到似已难挽回……

而就在这千钧一发之际，猛听得一声震荡四野的呐喊：“住手！”随之便见得汗廷四周应声竟有无数火把突然燃起，一员蒙古族年轻将领已持刀挡在蒙古包新房门前。而那几个色目护卫身旁，似乎也早有蒙古勇士团团围住。四野亮如白昼，哈巴尔图一时间也惊慌失措了。她似乎也骤然意识到自己让男性护卫冲进检验，这已触犯了蒙古人的大忌，必然会招致群情激愤。但她却仍然坚信，凭父帅乩迦思兰的武力和权势，活僵尸般的大汗怎么也拿她奈何不了。

只可叹！至此哈巴尔图仍然自视过高……

“大哈敦听着！”果然那年轻将领隔门向内呼喊了，“末将乌纳博罗特代大汗宣旨，敬请恭听！大汗曰：今日辱没祖宗之寻衅滋事，皆源自于汗廷之衰败与朕之老朽无能！故特此宣告，将就此了断这桩延续七八年的婚姻，废去大哈敦之封号，以使名帅之女可自行另谋高就！如尚难见谅，朕将率部众择日东行，以求可容我之蒙古部族另觅生路。钦此！”

“满达图改（即万岁）！满达图改！”顿时，随火把挥舞四野的便是一片欢呼声。

蒙古包新房内，哈巴尔图一听自己被废掉了大哈敦的名号，而且老汗王要弃父帅而另谋出路，刹那间便感到不是自己剥光了六个名叫满都海的少女，而是当着这六个名叫满都海的少女自己先被彻底剥光了。蒙古包新房外那声声的“满达图改”更使她乱了方寸，惶恐中似也只好密令拉合蛮去搬那两百名色目铁骑前来救驾。却谁料，拉合蛮的回答竟是：在大汗的新婚夜宴上，他们大多醉得不省人事，来这里的五六个也是好不容易才拉出来的……更令人胆战心惊的还在于，正在此时便听得一声灵猴似的长啸，顿时蒙古包内的灯火又全都熄灭了。蓦地，那六个均叫满都海的少女竟都随着乍然的黑暗消失得无影无踪，而灶坑的篝火旁又恍然闪现了那巫师妖异的身影，他又在敲击法鼓重新驱魔逐鬼了，而且每狂舞怪叫一声，毡包外也有群情激愤的呼应：“打鬼！”更可怕的还在于，随着声声狂怒的“打鬼”声，四周的火把也越逼近了，似立即就要将其困于其中化为灰烬！走投无路的哈巴尔图第一次屈尊哀叫了："饶命！饶命啊……"

"我来也！"随着乞救声，蒙古包前又闪现出另一员小将。篝火映照下，他似乎比先到的蒙古族将领乌纳博罗特还要年轻，顶多也不过十六七岁，但却显得更为自信。而更为奇怪的是，众将士皆听命于他，霎时四野便又寂静无声了。

而此时新房内突然又灯火通明了，但似只为映辉落难的大哈敦……

"众人听着！"这员凌驾于众人之上的蒙古小将终于英姿焕发地开口了，"我伯彦猛克，现替大汗宣旨！大汗曰：不是亲人，也是客人！念在乩迦思兰太师之忠心，特命朕之侄孙护送客人回其营帐！有敢阻拦伤害者，严惩不贷！"哈巴尔图长长地舒了一口气，目光竟又紧紧盯住了这位突然出现的少年王孙。

但绝不是欲火中焚，而是突然想起这两员小将俱在金顶汗帐中出现过。

至于说到六个满都海，似乎她连一个也没记住！

她只庆幸，自己还能活着回来……

黎明前的夜色是最为浓重的，但作为新房的蒙古包似乎本应展现出一种特有的温馨和宁静。因为其他五个新娘已不复存在了，而现在只剩下了一个真正的满都海。且不论此时她做何感想，就单论今夜之经历也够传奇了……

对此，历代蒙古史学者均有不同的看法，甚至产生过争论。古波斯学者坚持认为，满都古勒汗堪比中原古越国"卧薪尝胆"的勾践，忍辱负重将近十年一直在暗中发愤图强。这出蓄谋已久、审时度势的"罢黜大哈敦"的总策划肯定是他，因为现时草原汗国之进一步壮大已需更大的空间，更大的自由，更大的自主权了。先亮出两员小将（其中还特别点明一位是王孙），继而又派出心腹谋士猴巫师前往掌控情势之变幻，并暗设圈套，诱使嚣张跋扈的哈巴尔图一步一步往里钻，目的只有一个：借这场婚礼亮肌肉、抓把柄、占上风，以利于将来面对异族军阀乩迦思兰兄弟也好讨价还价。处处计算精确，非大家手笔难以完成……而也有一些欧洲学者认为，仅凭那六个"满都海"的出现，就可断定这幕闹剧的总导演是位女性。因为满都古勒汗年老体衰，七八年来根本未接触过女性。一个不懂女性的无为男人，是很难设计出这么别具女性浪漫色彩的场景的：既使大哈敦大出意料，又使大哈敦怒不可遏而最终丧失理智，竟下达了纵兵欲侵大汗后宫之大逆不道的指令！这可是整场戏关键中的关键！没有这六个“满都海”布下的迷魂阵，大哈敦能自投“罢黜”的罗网吗？更何况！即使在随后的讨价还价中哈巴尔图又恢复了大哈敦的名分，但她却一直到死也没搞清哪一个才是真正的满都海！这一点事关重大，绝对有助于实现满都古勒汗那更长远的抱负……故而西方学者的分析，也不无道理。

但不管怎样，现时蒙古包新房内只剩下满都海一个人了……

按理来说，这应该是新婚少女最激动的初夜，为了迎接那个将彻底使自己成为女人的男人，似乎从这一刻开始处处要讨得他的喜欢。为他备好醇香的马奶酒，为他熬好解乏的热奶茶，为他摆好酥油、奶酪、手把肉以及野生的各种小菜，还有为他铺好温暖的毡榻和张开黑貂皮大被……似乎这一切只是为了展示少女的贤惠、能干与已深知“为妇之道”，但她本人却仍须保持着少女的矜持，温顺地抚膝颔首跪坐在一旁等候着他炽热而又猛烈的总爆发。到时候她不会有一丝反抗，只有柔情脉脉地听任摆布：任其扯开腰带，任其剥去衣服，任其近乎疯狂地把赤裸裸的自己压在身下……而只有到“捅破窗外纸”的那一刻，她才会流出幸福的泪，放纵自己搂紧他而欢快地呻吟着。她明白，从此自己已经由少女变成一个女人，可以做母亲了！

而满都海的新婚初夜，却似乎与这场景恰恰相反……

蒙古包的新房内，不但没有奶茶、马奶酒等各种蒙式的美味佳肴，而且眨眼间就变得空空荡荡的，真可谓“家徒四壁”！似只要拆下毡围，收起哈那支架，靠着几峰骆驼运“新房”就很可能消失在黎明前的暗夜里了。是因为衰年大汗迟迟不肯到来，还是因为那两百名色目铁骑酒醒？总之，满都海却仍然在空荡荡的蒙古包新房内独自沉思着。

黑暗中四野静悄悄的，似瞬息万变又有了新的情况……

按说，哈巴尔图的豪华宫帐已被蒙古勇士层层围严了，那两百名色目铁骑虽然酒醒却已全都缴了械，似可顺顺利利地继续来完成这桩多灾多难之宫廷婚礼。但满都海自作主张地突然指挥起自己的陪嫁侍女，即另外那几个“满都海”，撤去并打包毡包内的一切新婚物品，而且同时也传命于守护在外的随从，立即准备好驮载的骆驼，随时准备拆卸蒙古包趁夜色远行。这是怎么了？有不解者便赶紧密报满都古勒汗，没想到以冷峻著称的大汗竟罕见地哈哈大笑曰："好一个聪慧的小王妃，知朕者满都海也！"

正不知如何称呼，从此满都海就暂时有个汉式尊称了……

看来，似还远不到扶正或授予哈敦名号的时候。须知，乩迦思兰那心腹密使乌斯曼在目睹这"捉放"的全过程之后，早趁乱连夜急驰返回报信去了。而更重要的还在于，据报乩迦思兰为平息与亦思马因的内争已率兵来到长城脚下，由此到梦可宝力格草原仅需两三日的路程，故而必须提前布局以防不测。而相关古典史籍并未记载满都海是否参与这次精心的策划，但从她能预知大汗部署并早做准备已可见其之不凡了。要知道，她才仅仅十六岁，而且从未有过汗廷高层内斗外争之种种政治经验。

而被贬的大哈敦似有，只不过缺少的是政治头脑……

果然，当哈巴尔图在极度恐惧中战战兢兢地迎来黎明时，豪华宫帐外那死一般的寂静却使她更加不安了。她忙差遣侍女去传唤拉合蛮以问个究竟，却谁料侍女们用盘子端上一团血淋淋的玩意儿对她说："为证明大哈敦从未带过一个男人闯进过大汗的后宫，拉合蛮大人为保护小主子自阉了！"哈巴尔图大叫了一声："什么？"随之便咬牙冲出了豪华宫帐。天哪！眼前出现的情景太出乎意料了，围困着自己豪华宫帐的那一层又一层狂怒的蒙古士卒已悄然被撤走了，但相随着那象征皇权的古老金顶汗帐、那曾作为新房的洁白蒙古包、那服务于汗廷形形色色的毡房与毡帐，俱都如梦幻般消失得无影无踪，只留下一片茫茫的旷野还有自己这座孤零零的豪华宫帐。而那两百名色目勇士也留下了。只可惜，一个个仍迷迷怔怔的似这才发现丢了弓弩、战刀，还有马……哈巴尔图更加惶恐不安了，重又找到了那自阉的拉合蛮，没想到这小子竟疼得晕死过去了。遥想当年，这家伙既雄且壮，长着一脸吸引色目女孩的大胡子，最终成为自己的首席面首，直至被掏空而成为"药渣"。现如今自己闯下了弥天大祸，他似乎必须来当这个"替罪羊"，不然没法向父帅交代，只能先弄死他才能一推六二五！谁料到刚要下令动手，这小子竟又缓了过来，并且忠心不改，一睁眼看到她便泪流满面，还只顾为了她献计说：“小主子！老可汗果然弃大帅而东行另谋出路了，而大帅却绝不舍得这块正宗正统的神主牌位呀！这回轮到倒霉的恐怕该是咱们了，故而必须先对大帅有个交代！只有废臣随小主子进过老可汗之后宫，下狠手自阉即为了力保小主子无可挑剔。小主子可声称：从未带过一个男丁进过新人的蒙古包，只带了一个太监去严惩几个色目兵丁之醉酒滋事！这犯了谁家的大忌？又何罪之有？只要小主子一口咬定此说，或许尚可转危为安！只怕……”谁料哈巴尔图听后竟冷冷回应道：“有我，就没有‘只怕’！”果然，尚不到中午，那几个跟随她检验新娘的西域护卫便无辜地掉了脑袋。如果拉合蛮不是先阉自己演出这场悲情剧，第一个掉脑袋的肯定是他！

典型的杀人灭口！但刀却是她宫帐里仅留的那几把……

一切都准备好了，就等着父帅统领着成千上万的色目铁骑的到来。一定要坚定地反咬这一口，以激怒父帅真假难辨大开杀戒！首先要对准的便是那六个“满都海”，要用她们的鲜血彻底洗刷自己遭受的这场屈辱！或许如拉合蛮所提醒的“真的很可能只有一个”，那就宁可错杀五个也绝不放过那个真的满都海！一律纵兵蹂躏，一律碎尸万段！

但眼前的茫茫草原却显得越来越空旷，越荒凉，越死寂无声，致使她那豪华的宫帐似变成了大海中的一座绝望的孤岛。

又是两三天，还不见父帅的统兵到来，就连身旁这两百名无马无刀的护卫也准备弃她而去了。

她似乎已经精神错乱了，竟仍然疯狂地诅咒着一个名字：

满都海！满都海！满都海……

第二章

讨价

有句蒙古民谚说得好：任恶狗狂吠，驼队照样前行……

据中外相关史籍考证，满都古勒汗这次率领汗廷一夜之间消失，是经过长期准备和精心策划的。从充分利用哈巴尔图在外的纵欲寻欢，到收买内奸截留粮食军械，从腐蚀涣散那两百名色目铁骑，到暗中组建忠于汗廷的卫队，甚至从选妃、妒后到大婚之夜之惊变，均是早有预谋而见机行事的。如果追根溯源要问为了什么，或许最简单的回答是：为了蒙古民族的尊严。

消失了，带着那新婚的小王妃趁夜色突然消失了……

按说，这里可称得上蒙古母地的一方圣土。西临草原帝国的旧废都哈拉和林，东靠成吉思汗留下永受祭祀的四大“斡耳朵”，背后是布满森林的山峦，眼前有一条名叫“梦可宝力格”（即永不止息的源泉）的河流蜿蜒穿过。水草丰美，景色宜人，历代大汗多在此扎建“夏宫”。但它也有弱点：休闲尚可，自然环境却难允许大量厉兵秣马。故杰克·卫则伏经考察也称：“梦可宝力格像是个注重防守的避居地，或是被迫流亡与拘禁之地……”或许当年乩迦思兰选中这里挟持满都古勒汗登基，就包含有这更深层次的用意。

现在好像终于要跳出这“拘禁之地”了……

但据波斯同时期学者的著作记述，这次东投之行的进程却十分缓慢。除了撤离之夜还算快速有序外，一离开梦可宝力格草原后就变得越来越缓慢和放任自流了。也难怪，为能使汗廷一夜消失，跟随老可汗出走的牧众太多了，还有那相随而行的大批牛马驼羊。目的地似乎很不明确，反倒像一次十分罕见的群体性走“敖特尔”（即转场游牧）。边走边放牧着畜群，致使漫山遍野均可看到牧帐外升起的袅袅灶烟……似很游离散漫，却又难得地突显了追随汗廷的“一片忠心”。要知道！这些年可被这个异族大哈敦害苦了：她不但自己在草原上四处“抢男”，而且纵容自己的铁骑也相随四处“霸女”。过度的纵欲狂欢，往往使各地牧众噩梦连连、不堪其扰。这不仅仅是民不聊生了，更重要的还在于自己的民族也跟着饱受屈辱……终于盼到这一天了！久久沉默的老可汗如睡狮猛醒，不但废了那个十恶不赦的异族大哈敦，而且将她手下那作恶多端的外来铁骑也绞了械！真乃“大快人心事”！能不欢欣鼓舞地追随老可汗干到底吗？

却谁料，满都古勒汗此时竟又突然病倒了……

现今离梦可宝力格草原也才不过四五天的路程，老可汗那古旧的王车便停滞在一个大峡谷的山口不动了。据车上毡帐内传出的消息：病得还真不轻！东行雄心勃勃光复祖业之大计，眼看也要跟着化为泡影了。大峡谷有奔腾涌出的急流，牧众们有心怀不安的种种猜测：一种认为老可汗本来就衰年体弱，连续经历这多日奔波之苦肯定是病了；一种则认为老可汗过去常以病应对各种危机，这回说不定又故技重演，其实并没有什么大病；而更多的廷臣部将却认为“不防一万，当防万一”，当务之急乃册封一位名正言顺的大哈敦以防万一。须知，依照祖制祖规，老汗王驾崩之后将由大哈敦行使监国之权，直至经“忽里台”（即贵族大会）议定选出新大汗为止。草原汗国不可一日没有主心骨，不然必会外患未除又生内忧！

更何况！在人们的心目中早有了最适合的人选……

这显然是指那“自愿献身”的美少女满都海。在经过新婚那魔幻之夜后，她似乎已经被种种传说神话了。比如说，在作为新房的蒙古包里能突然闪现六个满都海，牧众们便认为她会“分身术”。而她以本族小哈敦的身份曾诱使异族大哈敦“自跳火坑”，那牧众们更纷纷认为她有“神祇相助”。甚至还有人忆及她娴熟弓马、善于指挥，曾戎装轻骑率部众围歼了一个极其凶悍的盗马贼团伙……故而一时间牧众们竟纷纷陈情，要求衰年大汗立即将她正式册封为草原汗国的大哈敦。就连那两位突然出现在老可汗身旁的皇族后裔——小王孙伯彦猛克与年轻将领乌纳博罗特——也各怀心思同时响应。

谁料病中的满都古勒汗却闻之勃然大怒……

这对于平时沉默冷峻的老可汗来说是极为罕见的，很可能是因为高烧重疾才做出如此“头脑发热”的决断。谕旨曰：“此种种陈情皆乃对朕之必死诅咒也，故凡有此建言者无论臣众必须自省，小王妃满都海难脱干系，王孙伯彦猛克则更妄言难恕！为此特命乌纳博罗特将军将上述人等尽皆逐入大峡谷，于山野丛林间静穆祈祷以赎前愆，并听候发落！钦此……”这道“莫名其妙”的谕旨，显然只能说明老可汗被高烧烧糊涂了。但圣命难违，牧众们似也只能赶着畜群向峡谷深处走去。似尚有一个好处，人们终于可以从近处一睹那含冤受屈小王妃的芳容了。然而却很遗憾，那另五个自称“满都海”的美少女总是和小王妃穿着一模一样，护卫左右还真让人眼前扑朔迷离难以辨认。据说，就连小王孙伯彦猛克也难分清。有一次，他似乎看到那真正的满都海了，她正亭亭玉立在一片小白桦林前远眺着。他上前抚慰道：“尽可放心！等我他日成了大汗，绝不会让你为老可汗殉葬，我首先要册封你为大哈敦！”谁料对方竟回答：“错了！我不是小王妃，我只是个小侍女！”

但不管怎样，茫茫的大草原上再看不见人迹畜踪了……

不久，就连老可汗那辆古旧的王车也隐没于大峡谷山口的附近不见了，荒野显得更加空旷，也更加死寂无声。显然，那东行大计已经结束了，莽莽苍苍的荒原上似只留下一个又一个的谜。

只有乌纳博罗特尚不时出现在大峡谷前……他似奉命在山谷口等候或期盼着什么重要人物，但久等不至似已经绝望了。这一天，正当他心灰意冷地准备返回峡谷时，便见得一匹无人驾驭的黑鬃烈马向他疾驰而来。扬鬃舞尾，野性勃发，让人很怀疑这是一匹失群的野马。却谁料，尚未等他缓过神儿来，便见得随着烈马的一声长嘶，马背上竟灵猿般地闪现出一个瘦小干枯的人物。乌纳博罗特激动地欢呼了："终于把您给盼回来了！"

没错儿！是满都古勒汗日思夜盼的巫师……

乌纳博罗特尚想向这位"国师"级的人物倾诉大汗之病、东行大计之破产等种种磨难，谁料猴巫师竟反口斥之曰："嫩！老可汗没病，东行之说也只不过是为咱蒙古人重振志气。等着吧，这回咱们可以挺直腰板讨价了。"

"讨价？"乌纳博罗特似更大惑不解了。

但确实是这样：讨价……

异族军阀乩迦思兰与亦思马因

由于在内争中完胜，现一切均由乩迦斯兰说了算……

关于这位异族军阀之挟持草原汗国，前一章已经粗略地介绍过了。总之，他依凭自己统率的上万色目铁骑为后盾，进而以联姻的方式将自己的女儿推上大哈敦的高位，最终使自己成为这内乱中草原汗国大权独揽的太师兼丞相。据史载，他尚深知"尊王攘夷"之要义，充分利用正宗正统的号召力，竟然成了动荡的蒙古高原上最声名显赫的异族大军阀！

但智者千虑，必有一失……

只不该！他为了推行自己那大色目帝国之计划又重新返回丝路绿洲，而将掌控汗廷的全权交给了自己的女儿。在他看来，自己的安排是万无一失的。除确保女儿至高无上的权威之种种措施外，尚特遣自己最年轻的亲信谋士拉合蛮留在她的左右，作为她监控汗廷的军师兼面首。虽然他也听说过拉合蛮不久便被当作"药渣"常常弃置于汗廷，但这也很好嘛！女儿为追求刺激常年"狩猎"于外，正好有这个心腹谋士留守以监视老可汗之动向。况且尚有和女儿立下的死规矩，每月必遣“例行驿使”前来禀报，以便自己及时得知、及时处置。

真可谓，百密而无一疏……

但可悲就可悲在他这份“万无一失”的自信上了，轻信女儿报喜不报忧的表功则更加深了这种隐患。再加上近两年来他正处于“春风得意时”，按照“亲族分工”可以说是在丝路至绿洲间“要风得风，要雨得雨”。依仗手中掌控的西域铁骑中的精锐之精锐，文的可以和沿途部队大做生意，武的可以向河西走廊开疆拓土。真可谓，财源滚滚来，捷报频频传！

而当时种种隐患尚未引爆，似他的声名正如日中天！常令弱势诸侯闻风丧胆，唯恐避之不及。说到这里，似尚有一个问题必须解答——

一个外族军阀怎么可能在蒙古母地称雄争霸？

若要说清，必须回顾一下历史。异族军阀之崛起，有其一定的历史原因。遥想当年，忽必烈大帝在中原汉地建都和称帝，就曾激起众多“草原中心主义”者的愤慨和不满。加之母地尚有阿里不哥因争位引发的手足相残，西部有海都因夺皇权引发的长期叛乱，晚年东部尚出现了乃颜为首之部落反叛……最终造成了忽必烈“既不相信汉人也不相信蒙古人”，致使他的“怯薛”卫队——又称：大中军或禁卫军——大多由异族的奥塞梯人、钦察人、阿速人、中亚之随征的色目人（泛指西域各民族之人）等组成。当时，忽必烈似只顾了这些部族“绝对效忠于他”，而忽略了在日后特定的历史条件下他们很可能“日渐坐大”，更没料到因之将祸及子孙。

而乩迦思兰就是这留下的“后患”中颇具代表性的人物……

据史学家考证，他的祖先起初是为某蒙古宗王在丝路上经营商业的，极具经营头脑，深受主子信赖。至其孙时，已代宗王兼领王府护卫军。又历经几代，终于趁战乱成为一方统兵的军阀。到乩迦思兰时，虽已进入北元回归之后那部族林立、相互恶斗的后期，但他却认为可“火中取栗”以图成就大业。他以先祖遗传的商业基因经营政治和军务，以“和气生财”之道权衡得失输赢，舍得下血本，笑脸隐用兵，利用小女儿掌控老可汗，最终成为当时蒙古草原唯一可“挟天子以令诸侯”之人。他不但身为太师，还兼任丞相，足以证明在逐鹿蒙古的群雄中他已是占尽先机的谋略大师。

但智者千虑，必有一失……

乩迦思兰原本以为，为实现大梦他的那种种战略部署是万无一失的：由身为大哈敦的女儿亲率两百多名色目铁骑监管汗廷，即使她再缺乏政治头脑也不会出什么问题。要知道，困守于漠北草原的汗廷物资匮乏，只要自己掌控好粮食、弓矢、绸布、盐、茶及日用品之开关，即使再有想法的蒙古大汗也会日渐孤僻衰老。据那位巫师（也兼汗廷御医）私下预言说，恐来日无多了……另外，由自己一手抚养长大的族弟亦思马因坐镇长城以北的土默川大草原，扼守盐马古道与茶马古道并趁机招兵买马，以待时机成熟一举征服东蒙古……至于说到自己，乩迦思兰也绝不否认对故乡哈密绿洲和吐鲁番绿洲的眷恋。他愿以此为中心先拿下整个蒙古再向中亚拓展，沿丝路再创造一个惊世奇迹。而现在他似乎正干得顺风顺水，打着满都古勒汗圣主后裔的旗号，已累试累成，初步为征服西蒙古奠定了基础。总之，乩迦思兰以其先祖遗传的经营头脑来计算，似已觉得西蒙古、中蒙古、东蒙古再经两三年便可大一统于自己名下了。但谁料偏偏就在这关键时刻，自己委以重任的亲信家族成员却一个个先后出了问题。

首先便是他一手抚育长大的族弟亦思马因……

一开始，乩迦思兰对内线举报其“心怀异志”之说并不完全相信。因为亦思马因从小就对他表现出极度的感恩和忠诚，不但公然将他称为“父帅”，而且还在一次金戈铁马的激战中舍身救过他的命……但随后传来的密报，就令乩迦思兰不能不信了。原来，亦思马因一驻扎于长城以北的漠南故地便野心勃发了：一方面纵兵攻略汉地的边关城镇，一方面又和守边的贪官污吏暗中大做买卖。财是发大了，人马也越招越多了，但就是不再听“父帅”的指令了。什么征服东蒙古？狗屁！如果不立他当接班人并提前分权于他，他将要买通东蒙古各部族另立大汗另起炉灶，也想尝尝称霸一方的滋味儿，并与昔日之“父帅”公然分庭抗礼！如其若敢率兵前来剿灭，首先必落个纵令色目人屠杀色目人的千古恶名。丝路绿洲肯定后院起火，而其成就大业梦也就快跟着梦断黄泉路了——亦思马因是这样想的，也是这样做的。

只可叹！略显鲁莽，又有些急于求成……

谁料，老帅乩迦思兰虽被公认为“谋略大师”，但了解真相后还是不由得倒吸了一口凉气：这小子想得太绝了、太狠了、太逼人走投无路了！答应他的要求是可求得一时相安，但梦中的大业将来必定会毁在他的手中。如不答应，兵戎相见，后果将不堪设想……帅帐里的众将领和谋士们均义愤填膺地议论纷纷，却没想到一直沉思的乩迦思兰竟突然纵声大笑曰：“先祖经商时曾留有遗言，切莫只死盯着那大老间，或许多接触分销商能尽得商机！”而正当众人莫名其妙时，他突然又板起面孔说：“吾弟亦思马因将军，本来就是我色目铁骑的副帅，战功卓越，乃继本帅之后当然的领军者！何出此言？显然造谣传讯者是为分裂本帅家族，坏我西域人的团结，恶意而为之！故今后有再敢传谣者，杀无赦！”而在土默川上扎营的亦思马因闻知后，竟为有大帅此言颇感洋洋得意。随之又盛传大帅将亲临长城外进而宣示，这就使得亦思马因更晕晕乎乎自以为得计了。

而对于乩迦思兰来说，却似乎又“屋漏偏逢连阴雨”了……

这便是前面已经提到过的，有女儿派来的“例行驿使”飞骑前来禀报：那僵尸般的老可汗突然“色迷心窍”要另纳小美人了！而此时乩迦思兰正率领少量的精锐铁骑和谋臣武将，已靠近了土默川，主要目的仍在于彻底解决亦思马因挑起的这场随时可能爆发的内乱。却不料半道杀出个程咬金，似也只好驻足稍加应对了。大多数武将均认为，这只不过是老东西临死放的一个屁——找个漂亮妞儿出出这口白当大汗的气！唯有名叫乌斯曼的心腹谋士有不同的看法，并敢于附耳对老主子窃窃私语。而乩迦思兰也越听面色越凝重，好半天才缓过神儿向北而拜，当众说：“大汗欲纳小哈敦，乃龙马精神之重现，实为你我臣子之福！可喜、可贺！特命乌斯曼携本帅贺信一封及珍稀珠宝十箱前往，与大哈敦一起代本帅向大汗恭贺大喜，并祝大汗龙马精神、与世长存……”其实，经乌斯曼耳语一指点，乩迦思兰便当即惊觉：大汗之纳妾绝非小事，乃向自己这个太师兼丞相权威的公然叫板！何来这种底气？他立马联想到自己女儿那大哈敦显然是白当了……天哪！为什么给自己招灾惹祸的全是最可信赖的家族亲人：先是族弟，后是女儿。为此，他开始对那个留守的面首有所怀疑了。

但家有三件事，还得先从紧处来……

随之，乩迦思兰便依然按照原定计划，仅带极少的部将和随从进入了土默川上那片连营军帐，似乎只带来了亲情与祥和。百倍警惕的亦思马因一时间也乱了手脚，仿佛也只能顺势跪迎，热情寒暄，然后再把“父帅”恭恭敬敬地让进自己那霸气毕露的帅帐里。更令亦思马因为难的还在于，面对族兄的“缺兵少将”唯留一脸诚恳，他就更难立即开口要兵要权要未来了。也罢！似也只好等今晚在中军帐里一边摆开接风夜宴，一边展示实力军威，力逼老头子当众“分权立储”，以免给他们留下口实……是夜，果然一切均依计而行，老头子也好像根本没发现这是一场另类的“鸿门宴”，竟乐呵呵地自觉坐上了最里面的主位。找死啊？层层阻挡很难夺门而逃！最终还是亦思马因踌躇满志地首先开了口：“父帅亲临于此，必有重要帅谕，就请当众借酒宣示！”而乩迦思兰竟也应声而起举杯而言道：“我西域铁骑历经近二百年方形成今日之气候，吾等后辈儿孙只能维护祖业使其日益光大，而绝不可做亲者痛仇者快使其分化瓦解之事。亦思马因将军！来，为兄先敬你一杯！”全场为之肃然，亦思马因接过酒杯却不解了：“为何先敬我？”乩迦思兰却反问道：“难道你竟然不知宋代中原有个故事吗？杯酒释兵权！吾弟将有更重要的任用，就请为大帝国的前途干了这杯酒吧！”亦思马因被彻底激怒了，连连狂喊：“来人哪！来人哪！”却谁料军帐内外无人应答，看来原先周密的布阵早形同虚设了。他绝望地狂叫着，但随之进来的那几个自己的亲信将领却俱拜倒在老帅脚下。而乩迦思兰也不失时机地向族弟说：“此乃人心所向，非为兄欲为难你！为突显我西域人之精诚团结，为兄我绝不食言！草原汗国之两个最高职位——太师与丞相任你来挑，为兄将念手足深情分权于你！怎么样？如无异议就请将此杯酒一饮而尽！”还能再说什么，在众人的一片欢呼声中，亦思马因似也只好咬牙喝下这杯自酿的苦酒了。

典型的色目版“杯酒释兵权”……

其实，揭开内幕来看手法并不复杂。乩迦思兰既然能放风把族弟吹得晕晕乎乎，便能趁机派亲信潜来做收买工作。身为多年执掌军权的大帅，当然手中掌握有更多从丝路掠获的奇珍异宝、各色美女，甚至还有亦思马因给不了的更高官爵和俸禄。故若论这种暗里的潜实力，不论本族或异族军阀均绝对无人可及。只可悲！亦思马因还在自以为是地布下他那“天罗地网”。却不料，老谋深算的乩迦思兰仅稍动心思便借力使力地给他来了个“请君入瓮”！很显然在这场权力的较量中，胜负早已在兵不血刃中得见分晓了。乩迦思兰几乎取得了“完胜”！他不但成为西域部族精诚团结的象征，而且也成为一个有情有义更受部众拥戴的统帅。而亦思马因就有点惨了，虽仍获得草原汗国两高位之一，但因忘恩负义却很难再有脸回到故乡的丝路绿洲了。

是夜，帐中欢宴重又开始，“大帅英明”的欢呼声响彻四野……

但乩迦思兰并没有参与，而是在自己的军帐里独自问讯着那被他特意留下的汗廷报讯之小驿使。犹如对待亲子一般，和蔼可亲，循循善诱，甚至还不惜在他眼前摆下金银财宝。按说，这只不过是一次依规的例行禀报，当时尚未发生汗廷惊变之事。故乩迦思兰如此极其保密而又高规格地接待一位女儿的“例行驿使”似乎有点小题大做了。其实不然！族弟毕竟是族弟，尚可以用其衬托自己的“高风亮节”，而女儿乃是自己的亲生骨血，如出了乱子则自己也会跟着“一荣俱荣，一损俱损”了。为此，虽已派出心腹乌斯曼前去汗廷接应，但他还是要尽知女儿这些年来的真实情况并提前做好准备。而那位被留下的小驿使也早被大帅殷切款待搞得受宠若惊，最终还是感激涕零地把该说的或不该说的全说了。

天哪！难怪垂死的大汗竟会突然有如此反常之举……

乩迦思兰这才彻底明白，自己的一片良苦用心已逐渐毁于女儿之手。面对她那一次次报喜不报忧之种种丑表功的禀报，按说“知女莫如父”的他心中应该是有数的，但他就是没有想到她会纵欲无度到如此地步，竟敢远离汗廷常年游乐于外寻找新的“猎物”。她不但致使大哈敦之位空悬，而且也在寻欢作乐中腐蚀带垮了自己那两百多名亲信铁骑。他们有的抢掠牧女为妻，有的甚至被汗廷暗中收买。很多粮食、兵器、盐、茶、绸布等战略物资，均是借大哈敦之名而落入汗廷之手的。完全可以这样说，在女儿这位大监军的眼皮子底下，眼见就要僵死的大汗竟然渐渐复活了，不但积累了和自己讨价还价的初期资本，似乎还想有所作为了。

而自己现在仍然很难离开这块正宗正统的神主牌位……

多亏了那小驿使以告辞提醒，才使得乩迦思兰从那久久的沉思中猛醒过来。他依然是满脸微笑地望着小驿使，不但给予好言抚慰，而且将眼前的金银财宝俱都赐给了他。而正当这小驿使趁夜色欢欣鼓舞地欲满载而归时，他在旷野里被一支冷箭射杀了。据说，乩迦思兰闻后只冷冷地回应了一句："他知道得太多了……"历史绝不会为一个小人物之死而刨根问底，而只会为大人物的忧虑留出更大的空间。

现在乩迦思兰只想着那茫茫的梦可宝力格大草原……

须知，那里有他苦心经营多年的汗廷，有他亲手扶植并掌控的沉默大汗，更有他深谋远虑搭建的成就大色目帝国霸业的平台。而且这些年来效果似乎日渐显现，已使自己打着"尊王攘夷"的旗号，将势力范围从丝路绿洲拓展到鄂尔多斯，直达广袤的河套平原。而现在，由于自己对女儿的深信不疑，眼见得后院就要起火了。如若她再要愚蠢到继续耍大哈敦的威风，那就更等于中计上当必然会引火烧身的……而满都古勒汗既然已经被自己当神主牌位"供"了这么些年，那暂时还真动也动不得，打也打不得！要知道！蒙古高原毕竟是蒙古人的天下，触犯众怒后便别想再插足了。

为此，乩迦思兰只盼乌斯曼能及时赶到，劝阻女儿不要冲动……

但谁料，他的这位心腹谋士仅仅三天便又日夜兼程地疾驰返回了。烈马累得倒毙了，人也累得吐了血。乩迦思兰一看便知大事不好，果然从乌斯曼断断续续的禀报中他很快便得知了三点：其一，女儿已被客客气气地废除了大哈敦封号；其二，两百名色目铁骑也被酒后客客气气地绞了械；其三，满都古勒汗率部众似乎正准备客客气气地走……客客气气？乩迦思兰听后顿时大惊失色，且又深感疑惑不解。欲进一步询问，却谁料乌斯曼因体力不支已经累晕过去了。客客气气？客客气气？其间内涵直至深夜这位心腹缓过来他才算尽知其详。本来乌斯曼赶去宣示自己的帅令事态已驱平息，可女儿却还要节外生枝地去检验小新人的贞节，不料反受那年仅十六岁的小新人的捉弄。女儿狂怒之下竟召唤色目护卫进入强行检验，最终触犯了蒙古风俗大忌，引发了草原众怒。如若没有老可汗“客客气气”地派出两员小将，很可能自己的女儿早被成百上千的愤怒火把化为灰烬了……据说，老可汗还在谕旨中宣称，这份“客客气气”皆源于“念在乩迦思兰太师之忠心”的份儿上，这又是什么意思？既没罢自己的官，也没免自己的职，不仅给足了自己面子，似乎还仍保留着自己在草原汗国太师兼丞相之权位……但老可汗却又在前一道谕旨中宣称：“如尚难见谅，朕将率部众择日东行，以求可容我之蒙古部族另觅生路。钦此！”这又是什么意思？是真欲出走，还是借此与自己讨价还价？

天哪！难道僵尸般的老可汗突然也蜕变成了算计高手……

为此，乩迦思兰在帅帐里竟一夜无眠，直到凌晨仍在与乌斯曼共同盘点老可汗积累下的那点“资本”。但不知为什么，越盘点便越只聚焦在几个人物的身上：一个谎报大汗将死的神秘巫师，两个突然出现在金顶汗帐里的英武小将，还有那六个以假乱真均叫“满都海”的美少女……也难怪！仅就这寥寥数人，就足可见老可汗已初具和自己叫板的本钱了。须知，仅凭那猴巫师的煽风点火，这可激发众怒差点把自己的女儿烧死。而再要提到那突然出现的两员小将，更是大有来头身世不凡。那年近二十岁的乌纳博罗特，乃成吉思汗大弟哈撒儿之直系后裔。他意外现身于满都古勒汗金顶汗帐，似也在说明东部蒙古部族正在向中央汗廷逐渐靠拢。而那年仅十六岁的小将伯彦猛克则出身更具号召力，乃成吉思汗正宗的嫡系子孙。他九死一生后曾久久销声匿迹，现突然以“小王孙”的身份出现于汗廷必将影响更加深远。而尤应特别提到的还有，那六个真真假假的“满都海”，但其中必定只有一个才是那个天赋异常的真正满都海。是她，设计激怒了自己的女儿去胡作非为；是她，又设下圈套诱使自己的女儿往里钻；是她，里应外合差点把自己的女儿给火焚了；是她，为老可汗提供了口实最终废掉了自己女儿大哈敦的封号……据说，她才刚刚十六岁，只不过是个眸子清纯、面貌姣好、不谙世事的美少女。如果要把她设想为主要对手，那自己的身价也要跟着大跌了。

但这夜，乩迦思兰却仍不断地念叨着这个名字：满都海……

多亏凌晨的一阵冷风才使得这位色目大帅彻底清醒了，他和心腹谋士乌斯曼的话题才转回到老可汗的身上来。乌斯曼认为，这种种“客客气气”的背后是留有极大余地的，似乎就连满都古勒汗也深知现时谁也离不开谁！大帅离不开大汗这座神主牌位，而大汗离开大帅的粮食、兵械、布匹、盐和茶等之供应也难以为继。若论大汗之出走，实乃以退为进之虚晃一枪。其手下越有能人，各诸侯便越不敢接纳他，故而才有了“念在乩迦思兰太师之忠心”诸语，此乃留有余地以便和大帅讨价还价。因无理失态均在于我方，若大帅能礼让三分迎回大汗，必将在草原上重获蒙古民众之心！其实，很可能大汗要得并不多，或许最需要的仅是蒙古人特别看重的：尊严！

尊严，能值几个钱？况且借此尚可捞回老本儿……

乩迦思兰又经几番算计，最终还是采用了亲信谋士乌斯曼之策，为图大业姑且隐忍不发，先从“讨价还价”入手以促使满都古勒汗之回心转意。况且女儿与两百名绞了械的色目铁骑尚被弃之荒野，毕竟是亲生骨肉与同族子弟，如若见危不救必将引发群情哗然。

随之，三路精悍的铁骑便如脱弦之箭般飞驰出发了……

一路射向东部草原，主要是为了防止有其他诸侯前来接应；一路射向西南部戈壁，主要是为了防止老可汗声东击西另有他谋；一路射向废弃的汗廷，主要是为了解救女儿和手无寸铁的自家人。

但主要口号却只有一个：恭迎大汗！臣愿代女谢罪……

真可谓，为守住这正宗正统的大旗，乩迦思兰也算“客客气气”做到家了。却谁料，直到接回了女儿和那两百名散兵，其他两路日夜查访竟没发现丝毫有关大汗去向的消息。再驰马扩大范围寻找，却还是杳无音信。

乩迦思兰一时间目瞪口呆了，心中涌现出无数“莫非”。

但正当他被搞得心力交瘁、几近绝望的时候，却有快骑传来一个更加惊人的消息：老可汗根本未走，他那古老的金顶汗帐至今仍屹立在梦可宝力格大草原之故地！

天哪！“老僵尸”竟然也学会了神出鬼没？

但不管怎么样，这笔交易还得做下去。

小不忍则乱大谋，且先听他讨价！

色目谋士乌斯曼之献计献策

果然，满都古勒汗那经历数百年的金顶汗帐，竟犹如梦幻般又出现在汗廷故址上了。牛羊在草原上静静地吃草，骏马在河畔欢快地奔腾，好像一切都没有发生过似的，昨日的迁徙不过是个传说中的神话。

一切依旧，只有一点例外……

仿佛是因为大哈敦那中亚风格的豪华宫帐不见了，也仿佛是因为小王妃那简朴的新婚蒙古包也消失了。总之，如今的汗廷给人以面目一新的感觉。尤其是正中那座古旧的金顶汗帐，似经过一种神秘的洗礼之后更突显出一种神圣感、权威感、固若金汤感！

大帐之外，全是由清一色的蒙古武士护卫着……

而详查相关史籍，这阶段似男人们确实在叱咤风云，而作为女人的满都海却似乎暂时隐没了。为此，中外史学家争议颇多，有人认为，初入后宫的她地位一直暧昧不明，编年史家甚至降格仅把她称为“小王妃”，故也只能“昙花一现”，后改作不能参政的“专职主妇”了。但也有史学家认为，这正说明了满都古勒汗对她寄予了极大的期望，从而不愿过早使她锋芒毕露而成为众矢之的。为了更加长远的未来，老可汗最终把她和另外五个“满都海”均安置在皇家牧场去放羊了。禁地，外人不得擅入。至于经过这次大婚，她是否已由少女蜕变成了一位真正的女人，为尊者讳，各种史籍记载均很暧昧。但越想深藏不露，似乎就越有人死盯着她不放。

至于落荒而被救回父亲身旁的哈巴尔图……

作为被废的大哈敦被抛弃在空旷的荒野上，那几天的经历至今回忆起来仍使她心有余悸。先是那拉合蛮自阉后突然彻夜哀号令她烦不胜烦，遂下令先放置于远方荒野草莽之中。谁料次日便被“野狼叼食一空”，竟连一点骨头渣子也没留下。但也留下诸多疑点，比如，难道狼连衣裤靴帽也吃吗？但不管怎样，随之那些昔日号称“铁骑”的护卫因自知即使被救回也没有好果子吃，也纷纷趁夜色结伙悄然离她而去。到被父帅救归时身旁竟只剩下老弱病残尚不到三四十人，故被救前这位曾权倾朝野的大哈敦似只会对天哀叫和诅咒了——

满都海！该死的满都海！当千刀万剐的满都海！

多亏被亲自前来营救女儿的乩迦思兰怒喝制止了：“你还有脸大骂别人？高高在上的大哈敦竟败在一个初见世面的草原女孩的手下，丢人败兴尽显愚蠢！若是个知羞耻之人，早因愧对祖宗而自刎以谢罪了。”哈尔巴图一听“自刎谢罪”当即闭紧了嘴。她也深知父亲常是笑眯眯却杀人不眨眼的……须知，乩迦思兰这次亲自出马迎接是有更深层次的原因的：绝非仅仅是为了“父女情深”，而更是为了“家丑不可外扬”，因此他才把女儿和她那些残兵截留在这半道狂野的。影响太恶劣了，比他预想得还要恶劣数十倍！故而当他得到快马急使有关已经找到女儿的种种禀报后，便只带了亲信谋士乌斯曼和家族卫队离开了土默川大营。目的便是为了个人和家族的荣誉尽量缩小影响，以争取时间、寻找借口，重塑和加固自己在色目上万铁骑中的崇高地位。

出乎意料，这“借口”竟会是女儿送上的……

应当说，这还是那拉合蛮告诫她“一口咬定”的那一套：什么她根本没有错呀，什么全怪那“活僵尸”设“美人计”大搞阴谋呀，什么老东西灌醉了咱们的护卫去“闹新房”呀，什么她只不过是为了维护父帅的尊严前去制止呀，什么拉合蛮为不给汗廷留下口实先为主献身竟自阉了呀……完全可以这样说，哈巴尔图这一套简直就是生拉硬扯、胡编乱造、牛头不对马嘴，就连乩迦思兰听着也连连摇头叹息。但谁料，大帅的高级幕僚乌斯曼却有自己独到的见解，竟认为不但“可信”“可行”，甚至“可令功德圆满”！按说，他也曾是整个事件的目睹者，但他却仅凭三寸不烂之舌的修饰与加工，果真就在谎言的基础上把哈巴尔图变成了一个高贵的人，一个贤良的人，一个脱离了低级趣味的人，一个有益于汗廷的人。乩迦思兰闻之恍然大悟而笑逐颜开，慨然曰："理不亏则利不损矣！"谁料乌斯曼竟敢不给主子留面子曰："不然！小主子之'理'似只可维护家族荣誉，而只有据理争回大哈敦之位，方可'赚'回大帅和色目人之声威！"而乩迦思兰却颇为赞赏道："果不愧本帅之心腹军师！""军师？"乌斯曼闻之大感意外。须知，他和大帅虽同属色目人却又不是同一民族，故而平时就连做梦也是不敢想的！而今日大帅竟亲口称自己为"军师"，能不赶紧叩首谢恩吗？以防生变！谁料大帅仍连声说道："军师请起！军师请起！"言而有信，皆大欢喜！就在此时那哈巴尔图却又在扫兴了："只要我有重登大哈敦之位的一天，第一件事便是千刀万剐那小贱人满都海！"

没辙！骄纵蛮横且又愚昧无知的大哈敦本性难移……

好在正在此时驿使传来急报，按时间推算当应是前面已提到的那件大事：老可汗的金顶汗帐竟犹如梦幻般闪现在汗廷的原址之上了。须知，西城铁骑之暗探曾东找、西寻、南截均难觅其踪影，却不料这"活僵尸"竟神出鬼没地来了个"回马枪"！为此，乩迦思兰暂顾不上女儿扫兴不扫兴了，当然也就更顾不上那五六个被女儿灭了口的色目兵卒，甚至就连那献出生殖器为主出谋划策的拉合蛮也忘了查个究竟。除把跟回来的那三四十个老弱残兵交卫队严加看管外，他只是与新提拔的军师乌斯曼及几个亲信谋士在帅帐里商议对策。

看来，被美少女激活的老可汗再不能小视了……

令乩迦思兰深思的是，满都古勒汗似乎比自己还要老谋深算且工于心计。自己想到的他早已想到了，自己没有想到的他也早已想到了。这次的"偶尔露峥嵘"之举，既"客客气气"又"声东击西"，既维护了圣祖子孙的尊严又促进马背民族的同仇敌忾，恰如一次大练兵，手段不可谓不高明啊！看来，自己过去是上了那猴巫师的当：老汗王并不是来日无多，而更像是越活越精彩了。这次的"回马枪"杀得果然令人大出意外，显然这块"神主牌位"也会随着升值要涨价了？

如何应对？帅帐里竟久议不决……

多亏了新任军师乌斯曼为报大帅知遇之恩，首先建议乩迦思兰要沉得住气，绝不可轻移大驾前往汗廷觐见。老可汗似正想借此抬高自己的身价，而我方就应故作不知偏偏不买他这个“账”！反正粮食茶盐辎重俱掌握在我方手中，看看到底谁能耗过谁！反倒可借小主子所编造的故事修书一封，采用指桑骂槐的手法质问汗廷：“是何人敢于公然乱政，离间君臣、诬陷忠良，废贤德之大哈敦欲取而代之，杀色目兵卒欲挑起内斗，挟大汗东行以败坏圣祖之基业……”其间，为证实小主子之清白与高洁，甚至还把“被狼叼走”的拉合蛮自阉留下的那玩意儿附上以做证明！总而言之，目的只有一个：尽量抬高自己、竭力贬低对手，以利于来日之“讨价还价”！乩迦思兰从之，即令在这离汗廷一日之程的荒漠草原上安营扎寨。既然现在尚对这老东西离也离不得、打也打不得，且先就这样隔空对峙别着劲儿较量一番吧！

猎狐射雕！显然大规模欢腾的围猎是给对手看的……

只不该！刚刚才自以为得计高兴了八九天，快马暗探便传来了个足以令人闻之色变的惊人消息：老可汗大概快要死了，整个汗廷正处于一片悲哀肃穆之中。遵老可汗之命，已于半月前派快马急使携谕旨召见东西道诸王与皇族贵胄，欲在生前主持“忽里台”贵族大会以传位于侄王孙伯彦猛克。现各诸侯已派代表纷纷动身，尤其是沿我丝路的卫拉特各部更由首领亲自率队前来。预估，下月初各诸侯即可会聚于汗廷……乩迦思兰越听越大惊失色，尤其当听到卫拉特各部之响应就更加不安了。为此竟罕见地斥责自己新提拔的军师乌斯曼曰：“误我！误我！卿误我也！”而就在此时，偏偏又有一位快马急使送来了一份丝路传来的急报。乩迦思兰打开一看，原来竟会是老可汗写给自己的，仍保持其一贯“客客气气”的风格。谕旨曰：“不知太师现征战于何方？特请丝路部下代为转之。卿任汗国太师兼丞相以来，劳苦功高，忠心日月可鉴！外所传‘废’大哈敦之事，纯属谬言！乃朕自知行将就木，怎忍再让此高贵之女永无出头之日？非废乃放也，只愿其趁青春年少另谋高就！但愿卿接旨后速返汗廷，以代朕主持‘忽里台’……”典型的以柔克刚，乩迦思兰看后又接连瞪了乌斯曼几眼。

形势突变！讨价还价的天平明显又向老可汗倾斜了……

福无双至，祸不单行！偏偏在此时还有人为他“雪上加霜”——此人即留在土默川大营里“自省”的族弟亦思马因。谁料，老可汗也为他下达了一道谕旨，竟也称他“为重振汗国有功，特诏请将军参加‘忽里台’……”而此时亦思马因已被族兄整得无颜再回丝路去见绿洲父老，遂持此谕旨赶来欲逼乩迦思兰“兑现诺言”。他深知族兄很难离开丝路绿洲这漫长的发祥地，故而他只要在太师与丞相间取其一便可在汗廷也“挟天子以令诸侯”了。为此，他仅带两位亲信溜出大营快马加鞭潜行于此，目的就是欲借这张谕旨把昔日的“父帅”逼向死角。

看来，老可汗不但擅杀“回马枪”也懂暗施“离间计”……

果然，乩迦思兰一时间被这种种错综复杂的情况搞得有点心慌意乱了。他斥退左右只留自己在帅帐里苦苦思索着：“天哪！乱源竟均来自自己的神圣家族：先是女儿在汗廷毁了自己半生的心血，而今又遇到了自己亲手培养的族弟前来‘逼宫’！天不佑我，天不佑我！更不该自己听信了乌斯曼沉稳之说，这七八天的纵情狩猎竟为老可汗施诈留下了更大的空间。误我！误我！乌斯曼误我大事矣！”

月光冷幽幽地映照着，看来新任的军师就要倒霉了……

其实，似乎乌斯曼自己也早知这一点，他已长跪于帅帐外多时准备“受死”了。据史载，乌斯曼实属乩迦思兰帐下少有的饱学之士，精通畏、蒙、汉三种语言文字。其主张乃不多方树敌，而以仁德实现色目人之大梦：与汉地媾和通商，对蒙地多予尊重，先得人心而后取天下！因与乩迦思兰“和气生财”治军理念表面上之不谋而合，故累受重用而成为顶级心腹谋士。而现在？

久久的跪泣最终打动了大帅，大帅恶狠狠地命他进帐……

“臣下前来请罪！”乌斯曼一进帐即伏地泣禀道，“先自贬军师之职，后甘愿引颈受死！唯恳求大帅一事，容臣下将话说完！”

“说！”乩迦思兰怒喝道。

“臣下无错！臣下建言更无错！”乌斯曼竟不顾大帅已拔刀在手仍在一鼓作气

地说，“错就错在我方仍沉稳不够，冷静不够！一触及跳，此乃兵家之大忌也！”

“什么？”难得的是乩迦思兰竟把刀归了鞘。

“其一，”乌斯曼就此滔滔不绝地说了下去，“依臣下看，老可汗之派急使传谕之举，即使属实也只不过是‘虚晃一枪’而已！请想想看，草原上各诸侯无人不知大帅才是汗廷幕后的真正主人，有谁还敢来我色目铁骑面前找死？丝路之旁的卫拉特各部更不敢，只不过是一种虚张声势罢了！”

“再往下说！”此时乩迦思兰已怒气渐消了。

“其二，”乌斯曼也就更直言不讳地继续道，“至于说到亦思马因突然到此逼大帅兑现诺言之事，此乃无耻小人忘恩负义之再次暴露！依臣下所见，正好借此将其流放于远离丝路的汗廷所在地，以免其回到绿洲故里，使大帅家族蒙羞或再生叵测。当应放心！此等小人离开大帅的调教和扶持，所剩的似也只有志大才疏和愚昧无知了！即使将丞相和太师双衔均加在其头上，其也未必是老可汗和众蒙古大臣的对手。权且把其当作大帅之一条看管汗廷的护院狗，完全可以遥控其有时狂吠几声以警示汗廷勿忘丞相仍大权在握！”

“说！继续说！”乩迦思兰似乎已听上瘾了。

“其三，”乌斯曼也终于说到要害之处了，“依臣下之愚见，关键之关键乃老可汗之病与小王孙之继位！姑且不论病之真与伪，看来继位者人选已铁定了。臣以为，既然老可汗已无法改变了，当应为长远计转而在小王孙身上下功夫。臣曾亲眼看见过其人在汗廷婚变之夜之所作所为：少年气盛，目中无人，爱好炫耀，似早以少汗自居，故而在其人身上绝对大有文章可做。风物长宜放眼量！只要掌控了这位未来的可汗，大帅所经营的大色目帝国之梦又可数十年后顾无忧！然而这必须要由小主子亲自出马了，不惜一切代价争回大哈敦之位也就成了当务之急！”

“嗯……站起来说！”看来乩迦思兰已被说动了。

“最后，”但乌斯曼却仍跪伏在地做着总结，“既然老可汗给大帅也传来了一份‘客客气气’的谕旨，大帅也应‘客客气气’外加‘恭恭敬敬’地递上一道奏折。但仍要沉得住气，只需请示‘何日觐见大汗适宜’，切不可急于前往，以免掉了大帅的身价！臣下至此该禀告的话已禀告完了，就等大帅严惩不贷！”

“哈哈哈哈……”乩迦思兰离座亲自扶起了自己的军师。

次日，一切均恢复了“和气生财”的状态。帅帐里专门为亦思马因摆开了“接风”的盛宴，畅叙兄弟之情的确场面令人十分感动。亦思马因之一切要求均予以答应，仅告诫他前往汗廷后当“尊汗、爱民，以突显我色目人之胸怀和气度”。亦思马因唯唯，巴不得早赴汗廷“重振河山”换新天！但乩迦思兰却并不动身，依旧整日在围场里狩猎。就连女儿哈巴尔图也怨声连连，为报与满都海那不共戴天之仇她早就迫不及待了。

但乩迦思兰却仍然乐此不疲，似将大汗忘了……

只有他自己心里明白，这是在汗廷婚夜惊变之后的第一桩“大买卖”。掉了身价就等于丢了还价的底气，似也只能听着老可汗漫天讨价了。必须撑着、耗着、暗中较量着，以先杀杀老可汗的傲气，然后再讨价还价也不迟！

果然，好像是老可汗最终支撑不住了！

他竟首先派出了自己的特使——

钦差级的！

草原钦差特穆尔

对于色目大帅来说，这绝对是个令人鼓舞的好消息……

毕竟，为了抬高身价拖得越久，自己也越耗不起啊！须知，由老可汗率众出走引发的汗廷惊变，已渐渐动摇了自己掌控草原的合法性和权威性。尤其是近日传来的急报，竟称自己的号令均因此开始处处遭到刁难。好在现在是老可汗首先支撑不住服软了，竟派出了钦差级的特史来请自己。这就好办！已无赔本之忧，这次讨价还价赢方肯定将是自己。

但一见草原钦差，乩迦思兰便不由得倒吸了一口气……

怎么会是他？一个久久生死不明的人竟突然出现在自己的眼前，而且还是满都古勒汗亲自派来的钦差大臣？尤令人错愕的还在于，带来的谕旨上还明明写着“朕有疾，不便接待，特遣国丈为使臣前往劳军，并代朕全权与丞相议定兴邦安国之大计……”国丈？天哪！莫非是那妖异小王妃之父，且是自己当年有过交往的故人？想到这里，乩迦思兰的情绪又陡然一落千丈了。看来，老可汗遣使前来并不是服软，而是一箭多雕的步步紧逼。而此人的意外出现就更要严加防范了，但不能有失大帅风度。故而稍一迟疑之后便再现“满面春风”，竟“礼行如仪”亲自迎接钦差于大营之外。礼毕后，他更热情地张开双臂欢呼了：

“特穆尔！老朋友！原来是你……”

是得先说说“原来”！遥想当年，在瓦剌部蒙古军阀也先称雄初期，乩迦思兰与特穆尔都曾为也先部下，各领一彪人马，颇受重用。然而到也先称雄后期，因其野心膨胀竟发展到杀皇族、灭圣裔、欲取代成吉思汗之历史地位……当时特穆尔则已看出其必“自取灭亡”，遂劝乩迦思兰一起脱离以图他日。最可靠的地方当然是远离纷争的丝路绿洲，但令特穆尔没想到的是，刚一到达自己的人马就被兼并了，乩迦思兰仅仅给他保留了一个副将之虚名而且还将其发配到戈壁深处专司放马。更可怕的是，因乩迦思兰妒其用兵谋略故而随时可能性命难保。后多亏了旧部下的暗中相助，才总算携家带口日夜潜行逃出了这虎穴狼窝……而在乩迦思兰看来，特穆尔曾长期率兵驻守在长城以北的土默川的荒凉牧野里，并曾在这儿娶妻生子，对这片草原感情极深，若不死必然藏于此。又是十几年过去了竟听不到这位天才将领的一点动静，莫非他早已被自己派出的铁骑射杀，或在戈壁大漠中因饥渴倒毙早被风沙掩埋了。总之，“特穆尔”这个名字早被乩迦思兰从记忆中抹掉了。

谁料现又被老可汗翻腾出来对付自己，而且就在眼前……

然而乩迦思兰果不愧继承了其先祖经商的遗传基因，并深谙“和气生财”之道，虽然他对老可汗居高临下这手狠招儿心怀不满、深感愤怒，但为了尽早结束这种对峙，他尚能笑脸相迎并谦恭以待之。比如，让出帅帐当钦差行辕，派出随军侍女为钦差轻歌曼舞，严加约束女儿及族弟俱不得胡来搅局，自己首先带头不经请求绝不轻易跨近帅帐一步，甚至当晚便设豪华盛宴专为钦差大人接风。

尊崇恭敬之极，如大汗亲临一般……

但乩迦思兰越想越愤愤不平，酒宴散后竟为此一夜无眠。要知道，昨日盛宴之上那钦差也曾酒后失言，自称大汗绝不允许外戚干政，自己在汗廷只不过是专司管马的“阿塔赤”（也可译为：马司鉴）……什么？以一个专司管马放马的小官员当钦差，来应对自己这率领千军万马之大统帅，明摆着是老可汗对自己的蔑视和羞辱，是可忍孰不可忍！故而第二天谈判期间，乩迦思兰便借口“军务繁忙”仅派了乌斯曼以“亲随”的名义前去应对。乌斯曼也曾劝谏其曰：“不合礼法，且钦差昨日酒后失言恐其中有诈！”但乩迦思兰却斥责其道：“正因如此，叫你去你就去！”在他看来，先扯平了再说，只有保住身价才更有利于讨价还价。

说到这儿，似乎应首先插叙几句——

这就是当时有关称呼或官名的问题，如朕、孤家寡人、皇后、储君、丞相、大帅、太师、少师、钦差等，均为大元王朝统治中原地区之遗留名称。北归后因部族纷争无暇统一，故一直和蒙古式名号杂用了很长时间，直到达延汗重新统一蒙古高原后，才彻底废除了汉式官称，全部启用蒙古式名号。当然用汉文讲述蒙古历史，很多作者为表达更加直白也常借用此种手法。

特穆尔的“钦差”之名就是由此而来的……

其实，在他由绿洲沿丝路携儿带女潜行逃归后，的确曾想就此隐居在离长城最近的故地土默川牧野上。但后来因为乩迦思兰的崛起，势力范围渐渐扩展到此，他才万不得已又随绰罗斯部落辗转游牧来到漠北母地这茫茫大草原。本来他已看破红尘，甘愿就此永伴畜群销声匿迹地度过后半生。但女儿满都海那为了重振草原汗国“甘愿献身”之义举，却又重新激发了他那已沉睡多年的壮志与豪情。他暗中早已看出，满都古勒汗是位久蓄异志的沉默大汗。一切均在异族军阀监控下悄然进行，而所谓的“纳小”也不过是为自己百年后选择一位能担当大任者。为此，这才有了自己和老可汗三天三夜之畅谈。话题只有一个：如何打通那条直达长城之内的商贸通道。只有这样才能逐渐摆脱受制于异族军阀的局面。但现在时机尚不成熟，似也只能以柔克刚一步一步见机行事。

而此时乌斯曼也正受命代大帅前来谈判……

但令这位军师大感惊讶的是，帅帐前竟出现了一位剽悍英武的年轻蒙古勇士，他手牵着两匹已备好鞍子的快马等候着。乌斯曼从昨天的盛宴上早已认识到：这就是特穆尔的长子脱火赤，专门为保驾钦差来到这里的。但这位小将手牵两匹快马是为了什么？乌斯曼刚打算开口发问，便听得帅帐里一声长叹，慨然而言道："想我大汗对丞相是何等敬重，谁料丞相竟对大汗如此不恭！仅派一小吏与吾商谈，此将置大汗于何地？吾断然不敢从命！无须多言，吾就此返回汗廷向大汗复命！"

霎时间，乌斯曼手足无措乱了神儿……

还多亏了乩迦思兰自认倒霉，反斥责乌斯曼办事不力当众杖责四十。但不管怎样，总算摆脱了尴尬，得以面对面地谈上了。在这位大帅看来，汗廷肯定会对自己多有指控，多有谴责，多有进逼！一句话，肯定会先"要价"极高，以利于下一步之"赚得"更多。当然，乩迦思兰也做了精心准备，甚至细微到成百上千个难题均可及时应对。也是一句话，为了"还价"，绝不能丧失权力，绝不能"亏本"！

"大汗嘱咐只有一句话！"谁料钦差竟语出惊人了。

"一句话？请讲！"显然乩迦思兰有些措手不及。

"既往不咎！"特穆尔已恭恭敬敬转述了，"唯今后必须严遵圣祖成吉思汗之'札撒'（法令）与'必力克'（遗言）安邦治国！"

"就此一句？"乩迦思兰脱口而出。

"就此一句！"特穆尔肯定后反问道，"敢问大帅，对大汗有何要求与恳请？也请在此直言！"

沉默！只有良久的对视……

"哈哈哈哈……"乩迦思兰毕竟也算一位阅历颇深的政客，竟突然哈哈大笑曰，"大汗谕旨真可谓'一言可定天下'矣，果不愧圣祖之嫡传子孙！臣下若再俗言碎语烦劳圣驾，那将是不忠不义大不敬也！臣无所欲，臣无所求！"

"那在下就以此回禀大汗！"特穆尔竟再次要走。

“不，不不！”乩迦思兰猛然想起乌斯曼谏言中的重中之重，忙阻拦曰，“大汗一句话可经天纬地，臣之一句话纯属为一己之私。既然天恩浩荡，那……那就……”

“请讲！”特穆尔正言道。

“那……”乩迦思兰俯首敬拜曰，“那臣下这一句便是，念在近十年伴驾恩情上，奏请大汗恩准大哈敦复位！”这一招真可谓“一箭双雕”！一方面射向大汗，逼其进退两难，无法拒绝，另一方面也射向了特穆尔，人家的女儿成了大哈敦，自己的女儿还有好果子吃吗？更何况！其中还含着更深远的打算——蒙古版的“项庄舞剑，意在沛公”！

“可行否？”乩迦思兰还在谦卑地逼问着。

“可行！”没想到特穆尔竟慨然而答道，“在下深知家族荣誉之重要，更深知挺不直腰板难以东征西战！只要大汗与丞相能消除误解，吾将力促大哈敦复位！”

“知我者钦差也！”乩迦思兰竟感激涕零地拜倒了。

随后二人的谈判也就变得格外顺畅了。其间，乩迦思兰尚向特穆尔解释过那昔日的“误会”，称皆为族弟亦思马因妒贤嫉能而为。当他得知后已经于事无补，但因此他将族弟囚禁数月有余。而特穆尔则称：“过去的就让它过去吧，今后你我当同心合力效忠于大汗！”乩迦思兰似更加感动了，竟命上酒上肉上野味佳肴以助谈兴。微醉时他竟向特穆尔提出早已注意到其子脱火赤，他剽悍英武，天生一块统帅的料！觐见大汗时他将力荐封其为“少师”，不知钦差可否容他再收其为“义子”？更没想到特穆尔竟也举杯应允，欢声笑语间似把大汗早抛之脑后了，倒像是酒宴上开家庭会议一般。

但真正的一家子坐在一起不一样了……

是夜，乩迦思兰在自己新扎的军帐里私下召见了族弟亦思马因、女儿哈巴尔图。作陪的还有军师乌斯曼，以及几位近亲的家族将领。一开始氛围就与平时大为不同，大帅那张笑眯眯的脸突然变得格外严肃庄重。他首先不屑一顾地提到了老可汗那一句话的条件，称其“有权即可以任意诠释”，故而全盘接受了。“而因老可汗此次出走，外面对我方之合法性与正统性已纷纷加以质疑，故为了维护我西域存在的正宗性和权威性，就必须依照现达成之议尽快面见大汗以求达成妥协。族弟亦思马因切不可忘却为兄连日来的谆谆教诲，别以为你在汗廷为兄就鞭长莫及！吾女也当牢记昔日汗廷之祸，不到时机成熟万万不可再提那‘一口咬定’的假故事。先不必惊动那妖异的小王妃，主要目标是先拿下那小王孙！事关重大，万万不可再骄纵任性！”

亦思马因与哈巴尔图俱都唯唯诺诺，故次日即在亲随护卫下与钦差一齐向梦可宝力格大草原进发了。

驼队满载着丝路稀世的珍宝，牛车满拉着草原急需的粮食物资，还有马上跨着那骁勇善战的色目勇士！

浩浩荡荡，蔚为壮观！

将朝觐大汗……

第三章

成交

茫茫的大草原静谧得毫无声息，只有云雀在蓝天上不时欢快地鸣叫着。

那顶列祖列宗传下来的古老而又陈旧的金顶汗帐，经过了这次大迁徙的风雨洗礼，不知为什么在牧人们的心目中竟突然变得神圣起来。不仅在于它仿佛再现了昔日那熠熠生辉的风姿，而更重要的还在于它似乎平添了几分庄严肃穆感。为此，无形中它在草原上悄然间就化成了一座圣殿，产生了一股不可抗拒的向心力、凝聚力与号召力。

但它那危坐于其中近十年的老可汗却罕见地消失了……

事出有因：这回他病了、真病了，是被这次维护民族尊严声东击西的“大演兵”累病了！据史学家考证，这位沉默大汗这些年来充分利用了异族大帅的自信和疏忽，故意放纵了大哈敦及其色目铁骑的腐化和堕落，并暗中买通了内奸传递虚假信息和骗取大批粮食辎重，已悄然依祖制在草原深处开始组建自己的蒙古军团。而此次借着再婚之夜所激发起牧人们义愤填膺的“东行之举”，充其量也只不过是一次调动民族自豪感的首次“大演兵”。他并不想离开草原母地，更不想离开梦可宝力格大草原上的汗廷。作为一个冷峻而又深藏不露的战略家，他深知现在时机尚不成熟，那野心勃勃、东西兼顾的异族军阀现在尚有诸多可利用的价值。一切均应适可而止，绝不能激怒成千上万的异族铁骑前来围剿或对决，为逞一时之快而将自己重振汗国之大计被扼杀于摇篮之中。为此，在大峡谷里悄然潜藏了一段时间之后，他又声东击西地率众重新返回了梦可宝力格大草原。

当牧人们了解了他的用意，老可汗已高烧不退昏迷了……

在这与异族军阀“讨价还价”的关键时刻，没有满都古勒汗的运筹帷幄怎么能行？这时多亏有大汗最亲信的萨满、御医兼巫师密沁做主，他命人秘密地用王车将大汗送到碧草如茵且又幽静宜人的皇家牧场进行治疗调养。这对老可汗来说也可算得平生第一次，他将要回到“妻子”身旁、回到“家”！但老可汗昏昏沉沉似也只能任密沁摆布，当然承担此份重任的似也只有初为人妻并受命到此牧羊的满都海。

她，也是第一次将“丈夫”恭恭敬敬地迎进了自己的蒙古包……

这里必须首先说说古代草原上后妃的宫帐文化，它确实与中原的后宫文化大为不同。每座后妃的“斡耳朵”均属后妃终身私有。史料上曾有过这样的记载：某位汗王偶尔获得一位美丽的少女，来不及准备，只好借嫡正哈敦的“斡尔朵”大撒欲火。可能是翻云覆雨的动静太大了，最终竟被难忍难熬的嫡正哈敦撵出了自己的宫帐，致使这位汗王和小美女在牧野里冻了一晚上。第二天一大早，他们还得依祖俗向嫡正哈敦赔礼……即使在普通牧人家也颇讲规矩，如男性长辈不得随意进入已成家的晚辈的蒙古包，而男性晚辈却可随意进入父兄诸多妻妾的毡房。有些史学家考证，这或许和古代草原上的“继婚制”有关。

而满都海将衰年的“丈夫”接回自己的毡帐却是天经地义的……

乩迦思兰为抬高自己的身价迟迟不来，这反倒给汗廷带来喘息和应对的时间和机会。在满都海的精心护理和调养下（当然也包括猴巫师那祖传蒙医秘方的作用），仅仅三天后满都古勒汗就恢复了意识，身体大有好转。而对于这位一生孤寂的大汗来说，这顶处处充满着女人气息的蒙古包竟使他头一次悄然有了“家”的感觉。多么美好、多么温馨！而给予他这一切的便是日夜守候在自己身旁“甘愿献身”之名义妻子：满都海！多么好的一个女孩子啊！比自己小了近三十岁，却又是那么善解人意。她那姣好的面庞上永远带着微笑，清澈的眸子里永远溢满了柔情，轻盈的步履永远倾注着关爱……更重要的还在于，她从不主动要求自己尽一个做丈夫的义务，却甘愿对外扮演一位美满幸福的好妻子。多么难得的理解和尊重！满都古勒汗不但有了“家”的感觉，而且也亲自感受到了有一位贤惠的妻子对男人有多么重要。但就是不知为什么，满都海越是对他照顾得无微不至，他便越对满都海一脸严峻，冷若冰霜。这一天，他的病体稍有好转刚刚能够支撑斜坐时，他便莫名其妙地对满都海冷冷地说：“你知道吗？温柔顺从的妻子在草原上一抓就是一大把，但能够承载汗国命运的女人却少得如凤毛麟角！”

“臣妾知道。”满都海恭恭敬敬地作答。

“故而，”老可汗喘了一口气说，“虽然你护驾疗疾有功，但朕仍不能册封你诸如哈敦之类皇室高级名号，仅能赐你两句古老的蒙古谚语以兹借鉴！”

“臣妾愿受教诲。”满都海更谦恭温顺了。

“老祖宗早就告诫过，”老可汗这才一字一句地说，“聪明的女人靠眼睛积累智慧，愚蠢的女人凭长舌自毁前程！”

“感谢大汗关爱，臣妾心领神会了！”满都海跪倒谢恩了。

但对黄金家族的其他重要成员，满都古勒汗似乎由于血缘关系考虑得就没有那么多了。他给满都海一个贬低身份的汉式“小王妃”的称号，使其身份长期处于不明不白的暧昧状态之中，而对自己的小王孙与侄王孙却频频召见放手任用。很可能是唯恐自己再有不测大权旁落其他家族，故而刚一清醒满都海的蒙古包便成了廷臣会聚之地。虽说她只不过是个十六岁的少女，但她一和老可汗成婚就跟着水涨船高了。人们似乎都成了她的晚辈，好像也就没那么多忌讳了。果然，在病情好转的第二天，满都古勒汗便做出了两项震惊汗廷的重大决定：其一，正式册立小王孙伯彦猛克为“济农”，即“黄金王子”，作为草原汗国的“储君”，在大汗生病期间，可直接进入神圣的金顶汗帐代大汗施行汗权。其二，任命侄王孙乌纳博罗特为初组建的蒙古军团之总统领（也可依祖制译为“怯薛台”或“千户长”），也就是说在大汗生病期间，军权将由他代大汗全权掌控。但也有例外，在皇族血脉执掌廷权与军权之后，满都古勒汗还立即将密沁册封为“国师”。就连满都海这位没有名分的小王妃似乎也看清了，这或许是因为二人过于年轻，老可汗是在借助于“神权”以平衡两个年轻人掌控的“廷权”与“军权”。

但满都海却仍隐隐感到不安……

然而，满都古勒汗虽重病缠身但还在继续大刀阔斧地干着！除上述三人外，他还依圣祖的遗制册封了许多“赤”（亲信执事）。如“云都赤”（带刀侍卫）、“火儿赤”（掌管弓矢者）、“阿塔赤”（掌管战马者）、“必阇赤”（掌管文书者）、“怯里马赤”（译员），等等。除此之外，他还沿用了大元王朝时的种种官称，任命了一些“平章政事”及“参议”等职。总而言之，从上到下新上任的全是清一色的蒙古人，使多年来受异族军阀掌控的草原汗廷为之面貌焕然一新。当然，这一切势必受到马背民族更广泛的拥戴和欢呼，似乎更加理解了老可汗声东击西“大迁徙”的良苦用心。随后，便是满都古勒汗那遣使通报各诸侯召开“忽里台”大会之举，其中当然包括保持其一贯“客客气气”风格写给乩迦思兰和亦思马因的谕旨。只可惜对手帐中也不乏高人，竟为抬高自己的身价迟迟不肯“接招儿”。而此时满都古勒汗由于过度操劳刚有好转的病情竟又突然加重了，显然这唯恐将自己这近年来呕心沥血的“经营”化为泡影。

机不可失，时不再来……

满都海在一旁默默观察着、学习着，似乎对老可汗的所作所为越来越敬佩。为了替自己的“男人”分忧，她竟然第一次私下里密会了自己那也极少过问朝政的父亲。随后不久，便有了其父特穆尔被老可汗任命为“钦差”，主动前往乩迦思兰帅帐，出其不意地“讨价还价”之举。又过了两天，或许是因为得到了快马急使的回禀，满都古勒汗竟然主动将满都海召见于病榻旁。一种罕见而又复杂的感情溢满在他那深陷的眼窝里，他久久地凝视着她一动不动。

有同情、有怜爱，甚至还有某种难言的追悔……

“举贤不避亲，”老可汗半天才开了口，“你做得很好！但你知道吗？你的父亲代朕完成这笔交易后，首当其冲的受害者很可能就是你！为了重振汗国，你将在更长时期内继续保持这种暧昧不明的身份，忍受无休止的屈辱、痛苦、孤寂、劫难，以及种种不测和意外。朕悔不该……”

“臣妾从未有过一丝后悔！”满都海微笑着坦诚而答。

“你知道为什么吗？”老可汗又突然发问。

“大哈敦必须复位！”满都海认真作答。

“长生天啊……”老可汗含泪又昏厥了。

黄金王子伯彦猛克

既然交易平台已经搭好，乩迦思兰时隔数年终于又将踏入茫茫的梦可宝力格大草原了。四野的风光依旧，但他却产生了一种异样的茫然若失感。

乩迦思兰再一次怨恨起由女儿的愚蠢引发的这场祸……

但又有什么办法呢？须知，色目铁骑也并非铁板一块，同样也存在着宗族和派系间的明争和暗斗。家族荣誉尤为重要，稍有疏忽便可成为觊觎者争夺帅位的借口。而自己身旁不但有女儿带来的灾难，而且还有族弟亦思马因留下的遗患。更何况，仍有近两百名守卫在汗廷的西域铁骑之溃败和下落不明，这一切均可在丝路绿洲引发骚乱，动摇他统帅的绝对权威！为了实现他那宏伟的地跨欧亚之大色目帝国梦，首先必须在草原汗廷恢复和维护家族的荣誉和尊严。为此，这笔交易必须做，而且要把亏了的老本一定赚回来！

要知道，世上之事并非仅靠金戈铁马就可解决……

好在跟随他前来的女儿和族弟均很“顺从”，在军师乌斯曼的劝诫下尚深知各自承担的“政治任务”。在亦思马因看来，蒙古人真是些“傻靼子”，提出的唯一条件竟只是什么圣祖的“札撒”和“必力克”？屁！等自己当了太师掌了权，自己的话才是大法、才是圣旨……而对于哈巴尔图这位昔日的大哈敦来说，更似巴不得多有这样的“特殊使命”才好呢！老牛偏爱吃嫩草，她早如饥似渴地准备放倒那黄金小王子呢！为此，临来之前她竟然不惜自己的高贵身份，除了投其所好地准备了大批华丽的衣饰和王帐外，甚至还从下流的妓院专门弄来些秘而不宣的各类春药。

果然，苍天不负有心人……

就在乩迦思兰一行即将进入汗廷禁区之时，便见得从这方翠冈上冲下十数员蒙古骁勇，他们簇拥着一位英姿焕发的少年将军，顷刻间便跃马挡住了进路。虽其身上的铠甲过于古旧，却仍难掩其与生俱来的王者之风。

哈巴尔图在篷车里惊呼了：“黄金小王子……”

“听旨！”而此时那意外出现的小王子却已代大汗宣谕道，“闻知大帅到来，深感欣慰。但朕有疾，特命黄金王子亲往迎接。然而，依圣祖‘札撒’遗规，觐见者必须于汗廷十里之外安营，以候大汗召见！”

天哪！这就开始用“札撒”考验上了……

但此时那小王子宣旨已毕，即高傲地率众纵马返回汗廷复命去了，搞得乩迦思兰一行好不尴尬，进也不是退也不是。亦思马因当即怒火冲天，要亲率卫队冲杀进去。而哈巴尔图也早被小王子的意外出现弄得心痒难熬，竟也同意“不管狗屁规矩”径直去往汗廷。多亏了此时军师乌斯曼提醒了一句：“不遵‘札撒’，也就难有大哈敦之复位！”最终，乩迦思兰再度显示其惯用的哈哈大笑以掩饰尴尬后而言道：“小不忍则乱大谋！就地扎营，等候召见！”

所幸仅仅隔了一夜，就有汗廷驿赤传旨召见了……

当然，与钦差之间的“讨价还价”那只是初步的协议，而最终的“一锤定音”尚必须由大汗亲口敲定。故而哈巴尔图之大哈敦名分尚在“悬”着，乩迦思兰似也只能带着亦思马因和乌斯曼去觐见老可汗。却谁料一进金顶汗帐，竟仍然不见满都古勒汗之身影，高高在上的依旧是昨日已见过的那位黄金小王子——伯彦猛克。除此之外，廷帐之内尚有众多自己不认识的文武官员——清一色的蒙古人，尽显民族自豪感！与自己在朝时的孤单冷清恰好形成了鲜明的对比。这使得这位昔日的“太上皇”不由得倒吸一口凉气！他绝没想到这位活僵尸似的老傀儡，在自己不在期间竟然能不声不响地干出这么多大事！不但有了蒙古铁骑、文臣武将，而且尚册立了汗国的黄金王子！这可是全都在女儿眼皮子底下干的啊！莫非女儿的身边也有老东西的奸细……随之，在一片庄重肃穆的氛围中，便又跳出了那位猴里吧唧的大萨满——密沁巫师，他竟然以“国师”的身份代大汗宣读谕旨了：“朕沉疾日重，特命‘济农’——黄金王子暂代朕主持朝政。为迎接丞相返朝，当应首先介绍依据圣祖之‘札撒’与‘必力克’所设百官与侍臣，以便大丞相统领、兴邦治国……”天哪！乩迦思兰不由得暗暗叫苦了。看来老可汗提出的唯一“讨价”条件并非一句空头口号，反倒将其变成了一道道绊马索，使自己成了一个空头大丞相。

但这又极其符合圣祖法典：蒙古草原当由蒙古人治之……

而更出人意料的还在于，刚刚介绍完上百位文武大员及侍臣，黄金小王子伯彦猛克又在代大汗宣示谕旨了：“大丞相虽难得返朝，其忠心却日月可鉴。今日有幸与群臣相聚，当聆听国师讲述圣祖之‘札撒’与‘必力克’，以相互共勉……”得！这回更倒大霉了。须知，这位瘦小枯干的大萨满似并不大在乎“国师”一职的庄严性，活跃得似乎有些出格儿。说话是翻来覆去，举止是比手画脚。仅仅“札撒”中的两条：“构乱皇室者处死”与“说谎诈骗，以幻术惑人者处死”，这位国师就在文武百官间颠三倒四地说了好多遍。他时而嘻嘻哈哈，时而抓耳挠腮，完全没有一点正形儿。蒙古臣将出于信仰尚能洗耳恭听，只把个异族大丞相搞了个苦不堪言。听也不是，不听也不是，似这才知道昔日的沉默大汗一经爆发便也能尽显狡诈无比。

但乩迦斯兰毕竟是一位老谋深算从不服输的异族统帅……

苦不堪言？他便把双目的余光尽量集中于黄金王子的反应上。看得出，这位未来的大汗年龄顶多不过十六七岁。他双目炯炯有神，身姿堪称英武。虽努力彰显着王者风范，却似乎已难掩其某种少年得志的自恋癖。或许乌斯曼对他那第一眼印象是对的：少年气盛，目中无人，爱好炫耀，似早以少汗自居……果然，不久他便为国师的唠叨皱起了眉头，又过了一阵子他更进而拍案喝止了：“够了！今日就到此为止，下面本王将代大汗为丞相的归来设宴洗尘！”在一片欢呼声中，国师似也只能灰溜溜地靠边了，金顶汗帐里黄金王子又成了绝对的主角。乩迦思兰彻底放心了，竟立即联想起自己的女儿。好在酒席上有的是机会，完全可以不惜血本将宝押在这位未来的大汗身上。果然时机很快就来了！当轮到他这位大丞相率领群臣向黄金王子敬酒时，乩迦思兰竟灵机一动举杯尊称这十六七岁的帅哥为“少汗”！前所未闻，“少汗”这尊称一时间便把蒙古臣将均搞得晕头转向，很多老实的大臣竟也跟着“少汗！少汗！”地叫了起来。随之，便是乩迦斯兰洋洋洒洒的敬酒词：“老臣此次应诏返朝之一大幸事，即两次得见少汗之天颜！少汗英俊神武，智慧超凡，处处皆彰显圣祖之遗风！此不仅说明大汗之慧眼识珠与栽培有方，也说明苍天有眼降祥瑞以助其草原之光复大业！为此，请允许老臣借此酒敬天、敬地、敬大汗，并敬我英勇神武之少汗！此乃国之祥瑞，民之祥瑞。满达图改！满达图改！满达图改！……”“满达图改”，即蒙古语中之“万岁”，一时间竟喊了个令百官措手不及。但乩迦思兰似仍嫌敬意不足，又继而将自己腰缠的象征帅权的缀满珍奇宝石之金腰带解下，双手托起跪献于黄金王子面前。顿时又引起了金帐内的一阵骚动。天哪！这等于他向少汗交出帅权以表忠心啊！只可悲！代行汗权的黄金王子并未及时制止，反倒不时向这位远归的大丞相投来赞许或感激的目光。

是该说说这位突然冒出的黄金王子了……

前面已多次提到，他的名字叫伯彦猛克。而如若提到凶多吉少的那年，就必须提及蒙古史上的一位野心勃勃的蒙古族大军阀——也先！其时，正值部族林立、内斗不休之际，且历任大汗又均是怯懦无能且无大志之辈。而也先正是利用了牧众这种“恨铁不成钢”的心理，凭借自己的军事才能团结了蒙古人，组织了自己的“铁血兵团”。他于1449年利用明英宗的刚愎自用与轻率离京亲征之失策，一举击溃了明北伐的大军，且俘获了那个丢人现眼的明英宗。也先由此“一战成名”，不仅成了权倾朝野的“太师”，而且还和新扶植的傀儡可汗结成了“亲家”。若到此“适可而止”或许他尚可成为一个曹操式的毁誉参半的历史人物，但随着战功越来越多他的野心也越来越膨胀，最终成了个跳梁小丑似的大野心家。首先，他欲以自己的家族而取代黄金家族的历史地位。据诸多文献记载，他曾在自己那阔大而豪华的帅帐里明摆酒宴暗设埋伏。据统计仅这次就毒杀了“四十四名大贵族，三十三名小贵族，六十一名与黄金家族有关联的盟友与武将”。故而当时就产生过这样一个民谚：“贵族聚会死，狗儿干旱亡！”

但说来说去，这些到底和伯彦猛克有什么关系呢?

有！而且颇为特殊。须知，黄金王子即也先的女儿与傀儡大汗的儿子政治联姻之结晶，一出生即带着纯正的皇家血统。这也就是说，伯彦猛克的诞生似又可把圣祖后裔占据的汗位延续好几代，从而有碍于也先取代成吉思汗而成为新一代“战神”的狂妄追求。为此，虽然按祖俗长辈是不能随便进晚辈毡房的，但他还是等女儿刚分娩便差人打探生下的婴儿是女是男。多亏其女深知父亲早丧心病狂到无可救药的地步，她便千方百计地将男婴乔装成女婴严加隐瞒。据史载，也先对他派出的密探兼刽子手曾下令：“如果是女婴，梳她的头发；如果是男婴，梳他的喉咙！”为了斩尽杀绝圣祖的后裔，他还先行派人暗杀了傀儡大汗之子，即使把女儿变成寡妇也在所不惜。最终，已成为幼儿的男婴实在再难遮难掩下去了，所幸军中尚暗藏有一些早不满也先的忠义之士甘愿舍身相救。几经秘密协商，新守寡的母亲还是忍痛割爱，同意了他们的计划：将圣祖后裔转移至也先的势力范围之外，找一户可靠的牧人家先隐姓埋名将幼儿保护起来。据杰克·卫则伏在其著述中记载，这一段“救孤”的过程是相当惊险的。为不引起也先的怀疑，头一天深夜他们即将幼儿放入摇篮捆牢后隐藏于必经的草丛中，以便第二天凌晨“轻装上阵”将摇篮顺势带走。却不料，他们的行动还是被也先察觉了，并立即派亲信的铁骑飞速地追杀了上去。当时根本没有时间再下马去草丛中捡起那摇篮，情况万分紧急中多亏有位忠义之士急中生智，在骏马飞驰的同时，他用强弓的一端猛然挑起摇篮向前面的义士抛去。只可惜用力过猛竟然抛向了半空，幼儿或被摔死，或落入敌手，或意外获救……一时间又成了一个令人提心吊胆的巨大悬念。值得庆幸的是，摇篮最终还是落入一位疾驰在前的义士怀中。随之，他便不顾一切地纵马只管向远方冲去，而其他忠义之士大多为阻击也先的铁骑纷纷中箭倒下了。

蒙汉相通！典型的蒙古版之“搜孤救孤”……

但故事并没有就此结束！那位有着皇族血统的孩子从此被带向远方消失得无影无踪，但那狂妄无比的大野心家的怒火却久久难以熄灭。为解心头之恨，他不仅亲手虐杀了自己的亲生女儿，而且为泄恨还毒死了自己亲手扶植的傀儡大汗，甚至还对那些没有完成追击任务的亲信铁骑来了个斩尽杀绝！逆天行事，树敌太多，尤其是他那对圣祖以及黄金家族自不量力的嫉恨，似早已遭到天人共谴，为自己埋下了杀身的祸根。果然，正当他炫耀自己才是不可一世的真正“战神”时，在1445年他的绝大多数部下却举兵反叛了。据史料记载，突然间“也先的家人和畜群全部被抢掠一空”，而他本人则在“众叛亲离的情况下似也只能孤身落荒而逃”。但最终他还是被一位名叫巴格霍的部将追上杀死了，因为也先曾轻率地杀死过他的父亲。为父雪耻！巴格霍还把也先的尸体挂在库蓄汗山上的一棵大树上示众。谁料这竟然神秘地符合了民族起源的远古神话：在也先所在的氏族看来自己的祖先是个男孩，“被人发现时正像果子般挂在生命的母树上……”而眼前的现实却是也先的尸体被挂在大树上，似“以令人毛骨悚然的方式再现了这一神话”。但更多的使者却这样认为，这是在向广袤蒙古高原的一种无声且又庄严的宣示——

大汗之位只属于圣祖成吉思汗的后裔！

但此时的伯彦猛克虽然暂时安全了，但他似乎对幼儿时的经历没留下丝毫记忆。负责收留和保护他的这家富裕牧户对他极其关爱，甚至有些娇宠，但就是不给他透露一点真实身份的讯息，致使伯彦猛克也认为老两口就是自己的亲生父母，在毡房撒娇恃宠是应该的。在严格保密的状态下他成长得很好，身体结实，体魄健壮，甚至有点早熟。因也先死后留下的政局久久混乱，又迟迟不见约定人的出现，老两口为长期掩护这圣祖留下的一线血脉，待他刚十三岁便为他娶了个名叫失乞儿的姑娘为妻。而这小子果然早熟得惊人，十四岁其妻失乞儿便为他生下了一个儿子：巴图孟克！如果没有后来满都古勒汗被“挖掘”出来登上了大汗的宝座，而且这位大汗自己又绝对不可能有男性的子嗣，那么这位毫不知自己身世的风流少年也许这一生只会扮演个“情场浪子”的角色。只不该，满都古勒汗沉默了八年竟突然励精图治了，并因为已年迈力衰开始暗中寻访年轻的同宗接班人，最终还是把这位早熟的少年千方百计地寻访到了。关于他被“挖掘”出来，相关的史籍有两种说法：一说是应归功于萨满巫师密沁的“神机妙算”，多亏他烧骨占卜探明了“珍惜圣裔”所处的方位和地点。一说是当应归功于当年那“救孤”的忠义之士，他在外躲藏流浪十多年之后，发现老可汗力图摆脱异族军阀控制，便主动密报了遗孤的去向。总而言之，伯彦猛克一经被“发现”便一夜间“身价百倍”，由一个凡夫俗子骤然间成为汗国的顶级贵胄，权欲对人的毒瘾是超过鸦片和海洛因的！不久他便学会了以矜持突显自尊，以炫耀突显高贵，以颐指气使突显权威！一个十六七岁的少年就这样玩权玩上了瘾，自然而然就学会了官场的种种恶习。比如，在老可汗面前他永远表现得毕恭毕敬，唯命是从，甚至不惜装腔作势、投其所好，故而不到一年他便获得了“济农”的封号。按说，他身为“黄金王子”也算顶到了头，正如古代蒙古民谚所言：“顶上的蓝天有日月，脚下的草原有大汗和济农。”但他却依然觉得不放心、不保险，缺少一种铁板钉钉的安全感。好在那位仍在暗中操控大权的异族大丞相难得地回来了，并且率领百官第一个将他尊称为“少汗”。这实在大出他的意料，他绝不会想到会是这个汗国的心腹大患来为自己“铁板钉钉”了。

少汗！少汗！令人心驰神往的少汗……

还应指出，这位深受老可汗偏爱的小王孙原本对乩迦思兰有些妖魔化，故而在受命迎接丞相并宣旨后便立即傲然返回。而使他没有料到的是，“妖魔”竟然如此善解人意，不计前嫌地将他尊称为“汗”。虽然前头多了个“少”字，但毕竟由大丞相亲口叫出，那分量就不一般了。况且自己那位“皇爷爷”正病入膏肓，说不定能替自己圆梦的就是这位统兵数万的异族大帅呢。为此，作为回报，他竟擅用大汗名义将哈巴尔图遗弃的豪华宫帐差人送了回去！

乩迦思兰收到后当即发自内心地开怀大笑了……

也难怪！在这一次有关“讨价还价”之较量中，他似乎一直处于下风。老可汗看似只提出一个条件：严格遵循圣祖的“札撒”与“必力克”之遗规治国。看似空洞，却“花样翻新”累累使他受辱受挫。但现在好了！在这场“讨价还价”之争中总算让自己抓住了老可汗的“要害”，仅仅尊称了一个“少汗”便将希望和未来俱都抓到了自己手中。而据潜伏的内线来报，这次老可汗确实是病了，而且病重到徘徊在生死边缘。再说，面对一个快要死的人还和他斗什么气？要更多的汗国主宰权，给他！要蒙古人更大的自由空间，给他！一句话，让他痛痛快快地去“死而无憾”，反正自己手中已经“控”着自己亲封的傀儡“少汗”……尤其当那顶昔日的大哈敦豪华宫帐被送归大营后，乩迦思兰的帅帐里更是掀起一片欢呼，就连族弟亦思马因也由衷地称颂“父帅英明”，一改过去的桀骜不驯而变得恭顺有加。而女儿哈巴尔图就更不用说了，竟激情洋溢地向乩迦思兰夸下海口：“放心吧，父帅！我让这傻小子一辈子离不开女儿的热被窝儿！”只有军师乌斯曼仍在忠心耿耿地提醒道：“切莫以为蒙古人天生老实厚道好糊弄，他们的机敏与智慧也是举世闻名的！”谁料乩迦思兰竟不高兴地回应曰：“太夸张了吧？”而哈巴尔图也趁势煽风点火地说：“就是！这是在藐视父帅！怪不得这几天命你寻找差点把我害死的满都海，你就是推推诿诿拒不执行！你眼中没有我，还能有父帅吗？你那‘一口咬定’的计谋算个屁！我就是要满都海死，立刻就死！当众让万人奸死，然后拉去再让成百条恶狗分尸吞噬而死！”

天哪！怎么会又莫名其妙地绕回到满都海身上呢？

黄金王子给帅帐带来的欢欣鼓舞一扫而空，唯有族弟亦思马因超然地偷着乐了。他深知自己此生再难回到丝路故乡了，也只有长期流放于这寂寞荒原上辅佐这位即将复位的大哈敦。虽然也会有“太师”之名位，但充其量也只不过是族兄遥控的一条狗。为此，他一直保持着“痛改前非”的模样，极少言语，但内心深处还是“久有凌云志”的。故而一见族兄已轻易将那未来的少年大汗玩弄于股掌之中，而那位尚未复位的大哈敦却又急着再现自己的愚蠢和骄横。这是多么好的表现“忠诚恭顺”的机会啊！况且打的正是设计使自己臭不可闻的狗头军师。随之，他便破口大骂起了那个尚敢直谏的军师乌斯曼：斥他“胆大妄为，目无大帅”，揭他“阴险狡诈，欲贪天之功据为己有”，骂他“竟敢凌驾于神圣的家族之上，藐视大帅之英明，藐视小主子的号令，藐视我伟大家族之尊严和荣誉”云云。你还别说，被乌斯曼败了兴的乩迦思兰听得还真痛快，竟认为族弟亦思马因似已改过自新、大可任用了。

乌斯曼之处境相当尴尬，似在帅帐已无地自容……

而亦思马因为表“忠诚”却仍在滔滔不绝脱口而出：“大帅今日之策乃前无古人之神来之笔，早超越中原汉地所传颂之诸葛孔明！四两拨千斤，已迫使老可汗招招皆输、黔驴技穷了！依末将所见，尚不如乘胜追击，先将那送还之豪华宫帐就势扎起，借回报少汗宴请之名将其隆重地请入其中盛筵款待之。先献锦衣、裘服、镏金铠甲，专为其设计少汗宫帐，再命西域少女轻歌曼舞以轮番敬酒，最终将由小主子亲自出手一举将其拿下！既然老可汗已明令其代行汗权，拿下这位小王孙即等于拿下了汗权……”其实，这“著作权”当属乌斯曼，但乩迦思兰却将其全归功于亦思马因了。皆因这位族弟已连连将自己的女儿也称为“小主子”，足见其已“心服口服”地拜倒在自己这位“老主子”足下了。

据史载，此计第二日便付诸实施了……

但详细情况却鲜见于文献史料之中，尤其关于哈巴尔图是如何“拿下”黄金王子的，则更少之又少。唯有古波斯史学家留下了只言片语，如“知蒙古人不喜其大鼻，皇后用轻纱掩面唯露一双妩媚的眼睛”，再如“由此王孙竟对其妻失乞儿叹息而言道：汝，死肉！其，活肉也！”……但不管怎样，经过此番充满异族风情的特殊款待，再展现其在草原上黄金王子的形象就更“大有改观”了。有翔实的文献史料为证：比如，“在汗廷，从此伯彦猛克便以时髦迷人的形象出现，焕发着独具一格的风采。他身穿内衬松鼠皮毛的绣金锦缎蒙古袍，特别爱骑红鬃马，腰缠象征帝王贵胄、缀满珍奇宝石的黄金腰带，的确与新出现的尊称‘少汗’极相匹配……”至于受没受到“活肉”的指点，查遍史籍，均无记载。

但有一点却是肯定的，那就是任哈巴尔图再如何激发他的性潜能，如何给予他前所未有的性享受等，他从未向她透露过满都海现在何处。

对于一个年方十六七岁性早熟的少年王子来说，这说明了他在性冲动时尚能保持几分冷静。因为他深知，透露将伴随着血腥的杀戮，而满都海的出现意外地将激怒老可汗改变初衷。

要知道，还有一位黄金家族的子孙在汗廷等待着：

他就是现统领军马的乌纳博罗特……

“怯薛台”乌纳博罗特

“怯薛”，也可译作“大中军”或“禁卫军”，从成吉思汗直到忽必烈大帝均有此建制，系蒙古铁骑之核心中的核心。“台”，也可译作“首长”或“统帅”，在此处尚可解释为“掌兵权者”。而满都古勒汗晚年暗中草创的这支“怯薛”卫队人数尚不到两千，故有些史料也直译为“千户长”。

而这支卫队的首任“怯薛台”便是乌纳博罗特……

前面已经提到过，这位年轻的将领为黄金家族孛儿只斤氏尚存的核心成员之一。虽然他不过二十二三岁，但在当时部族纷争中已经过多次战斗的洗礼，被公认为颇具先祖遗风的一位“帅才”。他之所以出现在满都古勒汗之帐下，似乎并没有寻找伯彦猛克那么复杂。据史载，他是因受东部黄金家族成员之委托到此祭奠圣祖的毡帐灵庙与四大“斡耳朵”的。满都古勒汗见其英武厚道遂将之招至麾下共谋大计。据史载，他“识大体、顾大局、谦卑有礼，故‘怯薛’之重建其功不可没”。

即使随后又出现了黄金王子但他依然忠诚不变……

要知道，有关汗位的继承权，黄金家族内有公认的祖制祖规：帝王级的大汗当由圣祖的嫡系后代子孙——孛儿只斤氏一系传承，而其他的近亲近支顶多只能在自己的封地里成为诸侯级汗。为此，乌纳博罗特只因自己是圣祖大弟哈撒儿后裔却非孛儿只斤氏嫡传，不仅一有伯彦猛克出现就得“甘拜下风”，而且尚须遵循祖制将自己“重新定位”。比如说，他明明比伯彦猛克大五六岁，却必须称其为“王兄”，而伯彦猛克则可以颐指气使地叫他为“王弟”。但对这一切乌纳博罗特都谦恭礼让地忍受了，因为他理解并尊重老可汗这种含有深刻意蕴的血缘抉择。眼下，他似乎更顾不上这一切了，正布置好了伏兵严密监视着四周的动静。他更深知，现在的草原汗国尚离不开这位沉默了八载的衰年大汗操控缰绳。挽救大汗，就是在挽救汗国的未来！

从此，他开始感佩起那位为此做出默默贡献的人……

乌纳博罗特所想到的人很可能已渐渐被人遗忘了，因为世事变幻太快，她早不是引人注目的女主角了。异族大丞相的意外归来早就转移了人们的注意力，而黄金王子的代行汗权则更使她的光环消失殆尽。尤其当听说那大鼻子皇后也已返回要求复位，她就越来越黯然失色而成为不值一提的小侍女了。更有甚者，当人们看到在这隐秘的皇家牧野里，永远扎立着六顶一样样的洁白蒙古包，停放着六辆一样样的带篷勒勒车，人们甚至已经开始怀疑那个传说中的满都海是否存在。或许是老可汗一次娶回了六个伺候自己的美少女？难怪至今她连个蒙古式的皇家封号也没有。还传说她已被贬到远方去牧羊了。忘了！忘了！在黄金王子炫人眼目的服饰的遮掩下，人们似乎已无暇顾及她的存在或不存在了……但乌纳博罗特却清楚地知道，她不仅实实在在地日夜守候在老可汗的身旁，而且甘愿被遗忘，恪守着她那“自愿献身”的诺言。她那蒙古包内的空气是污浊的，甚至散发着一种不祥的恶臭，但她却依旧无怨无悔、夜以继日地陪护在病危的老可汗身旁，片刻不离地遵萨满御医所嘱，竭尽全力地与死神决战。乌纳博罗特被深深地感动了！在他看来，她这不仅仅是在挽救自己的“丈夫”，而且是在挽救草原汗国的未来！

他对她越来越敬佩了，甚至产生了一种莫名其妙的情愫……

这在古代草原上并不犯忌，况且由于他的职守他尚能不时和她见面。须知，不是每个人都可以进入这隐秘的皇室牧苑的，作为守卫这里的领军人物上传下达都必须通过他。而老可汗正在病中，当然和他相见最多的也只有她了。看来她对他似乎也越来越信任了，竟对他讲述了黄金王子在大峡谷里曾认错了她而大加许诺的故事……或许是因为由国师做主，为更有利于大汗静养而封锁了近日的一切消息，严禁臣下私自探视，就连黄金王子也不例外。当然也正中其人下怀，他正忙于以少汗身份初尝“活肉”而乐此不疲呢！乌纳博罗特也正为此担心，却不料这一天她竟为他带来个特大的好消息：满都古勒汗身体大有好转，现在业已清醒，正要召见他呢！乌纳博罗特闻之大喜，但转眼一看她那憔悴的面容便又不得不心生怜悯。她才刚刚十六岁，却被日夜操劳折磨得像一朵即将凋零的鲜花。她这是舍身为了汗国，可将来汗国又有谁来保护她？从此，由于年龄的相近，他们之间似乎便有了一种惺惺相惜之默契，但双方均很理智。

其实，这一天满都古勒汗秘密召见的并非一个人……

乌纳博罗特记得，自己是在国师密沁与钦差特穆尔之后被召见的。据满都海私下告诉他说，这是因为乩迦思兰似觉得自己一方已胜券在握力逼大汗早日接见造成的，而大汗一经从昏迷中清醒似也觉得该了结这桩“交易”了。黄金王子久久未曾晋见了，但老可汗却似乎并不为这位嫡系小王孙担心……当乌纳博罗特走进满都海的毡房时，他亲眼看到老可汗已在两个侍女的扶持下半坐起来了，但形销骨立一般似更显得虚弱。几经喘息，这位衰年大汗才对他说：“明日朕将亲临金顶汗帐，接……接见乩迦思兰一行，敲定……汗国未来。你为我黄金家族最重要的成员……不仅，明日要负责保卫朕、嫡王孙、小王妃之人身安全……而且将身负……光复汗国之重任。如朕有不测……你必须依祖制辅佐嫡……嫡王孙，如果其不成器，你……你必须听命于小王妃的安排……切！切！切切……此权作朕之临终遗言，只身体力行……不可外传……”乌纳博罗特似也只能泣拜后跪倒受命了。诸多史料证明，这位身处汗廷第三顺位的皇家将领执行得极为忠诚。满都海能在此长期低调地置身事外就是最有力的证明。

第二天，这场政治交易的“正面交锋”终于开始了……

而乩迦思兰对于这次接见也早迫不及待了。须知，他那大色目帝国梦之立足点仍在丝路绿洲沿线，故而总担心那里的成千上万的铁骑有可能产生什么异动。再说了那被他称之为“少汗”的接班人业已被自己的女儿“拿下”，而老可汗确实也奄奄一息活不了几天了。更何况，昨夜族弟亦思马因既表忠诚又献良策，说不定今日之朝会就可“趁热打铁”，将老家伙气得一命呜呼！军师乌斯曼又曾“犯颜直谏”，没想到这回竟连“军师”一职也被“谏”丢了。现在是族弟和女儿均又都成了交心的“红人”，乩迦思兰重又对他们寄予极大的期望。

这“一锤子买卖”是在金顶汗帐进行的……

看来，满都古勒汗是被人提前抬进汗帐的。他形容枯槁、面颊瘦削，如果没有身后几个侍从的扶持是很难坐稳在王座之上的。但他那鹰隼般的目光却依然冷峻有神，似仍散发着一种无言自威的震慑力。再看他的身旁，右边站立着黄金王子伯彦猛克，左边站立着卫队统领乌纳博罗特，下面两边分立着新受封的各职蒙古贵胄，个个精神抖擞，人人满面严肃，竟显示出一派如临大敌的阵势。

乌纳博罗特紧握刀柄，准备随时拔刀出鞘……

但他看到的却是乩迦思兰并未带一兵一将，就连几个贴身的侍卫也被留在门外，而是谦恭地只带着自己解去佩刀的族弟和面遮轻纱的女儿躬身进入金顶汗帐。他完全依照“札撒”之规定，解长袍腰带搭于左肩，然后匍匐在地行觐见大礼，格外虔诚、尽显思念，真可谓“丞相之忠心日月可鉴”。唯有哈巴尔图似闻到了什么臭味儿，竟差点呕吐出来。多亏她面戴轻纱遮掩过去，朝觐大礼才得以顺利地进行。乌纳博罗特心里明白，乩迦思兰肯定也知道这气味从何处而来，但这位异族军阀却不顾老可汗的病体仍在不厌其烦地大表其忠心。他先是向大汗献上大批金银和无数珍宝，继而又当众呈上进贡的粮秣辎重的长长清单，进而代女儿反反复复地“请罪”，最后才是泪流满面乃至泣不成声地用“千言万语”之表态：“接受大汗之谕旨，对天盟誓，将毕生遵循圣祖成吉思汗的‘札撒’与‘必力克’之遗规！如有丝毫冒犯，当死无葬身之地……”其“大表忠心”用时之长就连正常人也受不了，何况是一位久病不愈的衰年大汗呢？多亏有乌纳博罗特的挺身而出，用前胸当了老可汗支撑的“靠垫”。

但乩迦思兰却仍在不急不躁地按既定方针办……

他好像并不急于提出自己“讨价还价”的唯一条件，即钦准女儿恢复大哈敦之位！竟以“难得一见圣颜”为名，他又提出诸多额外议题，如“为谢罪，老臣请辞太师一职”；再如，“为避免再生叵测，老臣将永留吾弟亦思马因在汗廷权为人质，请恩准其继任老臣太师之职”；再更如，“为对等交换，老臣准备认钦差之子脱火赤为义子，并以‘少师’之名赴丝路任监军”等，其中每一项均暗藏祸心，乩迦思兰之老奸巨猾由此可见一斑。而乌纳博罗特为支撑老可汗甘愿用胸膛作为“靠垫”，自然能感受到满都古勒汗之心怀激荡与体力不支。但出乎他意料的是，老可汗虽虚弱不堪但仍不失王者尊严，冷峻地对答道：“丞相之好心，再议！如仍不愿提一对一之底线，退朝！”说毕，老可汗虽已冷汗淋漓，但目光如炬却仍咄咄逼人，竟激发起群臣一片欢呼均准备退朝了。最终，乩迦思兰只好中止了拖延折磨战术，手足无措地慌忙伏地阻止曰：“启禀大汗，为臣确有身家要事上奏：为家族与小女荣誉计，乞求圣上恩准恢复其大哈敦之名位……”众蒙古臣将均明白这意味着什么，霎时金顶汗帐里便又陷入一片肃然。就连少年的黄金王子今日也不知受了何方高人的指点，竟从头至尾沉默不语，毫无一丝轻狂的表现。而此时的满都古勒汗却似病情突然加重了，脸色苍白，浑身颤抖，刚待吐出那个要命的“准”字，便一头栽倒在乌纳博罗特怀里只剩下大口大口喘气了。他似已再难支撑，毫无大汗的尊严可言了。

而更可怕的还在于，对手却发起了“乘胜追击”……

果然，哈巴尔图一听这个“准”字，便立即“当仁不让”地挺身而出了。柔质面纱能遮掩住她那大鼻子，却阻挡不了她那双妖艳而妩媚的眼睛。但出人意料的是，她竟一扫昔日骄纵跋扈之气，尽显谦恭和温柔并前所未有地跪倒在老可汗的脚前，似有道不完的忏悔，叙不完的歉疚，说不尽的对大汗的忠贞和思念……声泪俱下，哽咽不止，用时之长，竟连乩迦思兰也开始听得两脚站不稳当了。当然，在一旁支撑着老可汗的乌纳博罗特也感到，满都古勒汗的身子越来越倾斜，气息也越来越微弱了。不好！父女俩先后之轮番“倾诉衷情”，显然不是献上忠心而是在要病中老可汗的命啊！

用现在的话来说，即在进行轮番“疲劳轰炸”……

但众臣将们又有什么办法呢？老可汗已经准予这个女人恢复了大哈敦之位，按“札撒”规定她已是汗国第二号最有权势的人了。老可汗已眼见得奄奄一息，似已无人可阻挡她的所作所为。此时，只见得亦思马因也不甘寂寞了，为博取乩迦思兰的欢心以图“戴罪立功”，竟放开嗓子对准了仍伏地不起的大哈敦之倾诉就喊：

“大哈敦！大哈敦！大汗已恩准您复位，何必再久久跪伏于地泣告无休？您当抬首向大汗谢恩！”

极为明显的暗示，但她却似乎仍要坚持下去……

姜还是老的辣！乩迦思兰见乌纳博罗特因扶持大汗已动弹不得，便与亦思马因一唱一和以丞相职衔挺身而出又加以提醒道：“太师所言极是！依据‘札撒’遗规，当大汗不能亲自视事时，当由大哈敦代为监国！老臣建言，现大汗病重已陷昏迷，当火速扶入后帐悉心调养，朝政当由大哈敦暂时代理！”

车轮战术已见成效，阴谋眼见就要得逞……

这回重新复位的哈巴尔图被提醒了，她顿时站了起来又再现了昔日的骄纵跋扈。只不该，似忘了昏迷的大汗尚未被抬下去，她已面对群臣代行汗权了。她根本无视自己父帅的预先安排，张口就直指着几乎让自己身败名裂的死对头先发制人了。她恶狠狠地对着全帐里的文臣武将喊叫道：“今日汗廷之乱，全是由一位妖女所造成！她竟敢在其新婚之夜滥施妖法，广招妖女，藐视大汗，欲勾引我色目护卫当众宣淫。我为维护汗廷之荣誉，即率文侍拉合蛮前去阻止，却又遭妖女之诬陷，称我带着文侍欲强暴于她。其实拉合蛮只不过是个早已自阉的太监，却谁料她竟再施魔法蛊惑牧众前来围攻，砍杀我六名色目护卫，烧死我太监文侍拉合蛮，几乎将我也灭迹于一片火海之中！而再看大汗今日之衰败晕厥，肯定也与此妖女尽吸其精血有关。既然本大哈敦已代大汗暂行汗权，那就首先由此入手：首恶必办，妖女必除！”

天啊！这就要从那无辜的小王妃下手了……

乩迦思兰原本对女儿这种欠缺“政治手腕”的胡作非为尚有保留，但一见金顶汗帐内的众臣将竟无一挺身而出也就听之任之了。在他看来，或许是因为这笔“交易”已经歪打正着地成功了：他无条件地接受了“札撒”，而自己的女儿也获准恢复了大哈敦的身份。加之老可汗也被他的“疲劳战术”搞得及时昏厥了过去，以“札撒”反制“札撒”，当然众臣将束手无策了。果然，异族大哈敦哈巴尔图挺身而出要代行汗权了……

小王妃之初显神通

此时的满都古勒汗却已奄奄一息，干脆倒在乌纳博罗特怀里一动不动了。但此时的丞相乩迦思兰与大哈敦哈巴尔图却仍置之不顾，似乎只顾得拉虎皮做大旗抢班夺权了。老可汗生死未定，形势岌岌可危！就在这千钧一发之际便见得汗帐毡帘被突然掀开了，随着一道彩霞的闪现却走进了一位平平常常的草原牧女。她头不戴豪华的头饰，身不穿绚丽的彩缎长袍，反倒穿着一件略显臃肿的蒙古族长袍，头上裹着一条陈旧的杏黄色长绸。按现在的话来说，实在是太原生态了。但不知为什么，正是因为这身朴实无华的土著打扮，却使她散发着一股特殊的草原魅力。不但使整座金顶汗帐顿时充满了温馨的气息，而且也使得骄横的哈巴尔图恍然间只觉眼前扑朔迷离起来。

“大胆！何方贱妇，竟敢擅闯金顶汗帐？”哈巴尔图不顾这份迷离的由来，不分青红皂白便恶狠狠地怒斥上了。

“蒙古谚语说得好，”谁料来人竟不卑不亢地应对上了，“大汗是牧人的天，丈夫是女人的天。现在眼见得天就要塌了，我虽身为贱妇，也绝不能袖手旁观。”

“狂妄！在这里我是大哈敦！”哈巴尔图挥动两拳恶吼了。

“大哈敦？”来人却依然谦恭有礼地作答，“依‘札撒’法规，没有大汗的亲笔谕旨，谁人都不可妄称大哈敦！你有大汗的手谕吗？如果有，依‘札撒’法规，在大汗病重期间你置圣上安危于不顾就要代行汗权，当以祸乱宫廷、谋逆篡权罪论处！”

“你！你！你……”哈巴尔图气急败坏得只剩下一脸杀气。

“我？”来人躬身而答，“臣妾满都海，应诏前来接回病危的大汗以及时调养！”

“原……原来你就是满都海？”哈巴尔图为自己的愚蠢失口惊叹了。

“正是！”随之，便见得又有五位与来人打扮得一模一样的少妇拥进了金顶汗帐，三绕四绕便均来到满都古勒汗驾前。哈巴尔图睁大了双眼，恍然间又犹如陷入了汗王大婚之夜那场噩梦之中。只不过那夜少女们皆一个个浑身珠光宝气，而现在眼前的少妇们却一个个朴实无华如土著女人一般。还是分不清谁是真正的满都海，还是认不出谁是那个真正的小王妃。哈巴尔图竟罕见地慌乱起来，似只顾失态地瞪大眼睛惊叫着：“妖！妖！妖！妖……全是妖……”

一直在旁边支撑着晕厥大汗的乌纳博罗特，却在此时突然发现满都古勒汗的身子并不那么沉重了，气息也似乎均匀起来了。他猛地意识到，这或许正是大汗“将计就计”诱使对手原形毕露之策。只有大汗和小王妃及个别重臣知道，甚至就连他和黄金王子也因年轻而被暂时蒙在鼓里……想到这里，乌纳博罗特又顺势向帐下望去。只见得那异族丞相乩迦思兰显然已开始乱了方寸，而其族弟亦思马因却又改为在一旁偷偷地幸灾乐祸。再看两旁的众臣将，很显然是被满都海的到来和句句击中那异族大哈敦要害的言辞重又激活了。似有了主心骨一般，刹那间一个个均又精神抖擞起来。只有哈巴尔图见老可汗似仍在晕厥，竟不顾其父的暗使眼色还在发了疯似的撒泼狂叫着：“大汗就要死了！我就是大哈敦！我就是总监国！在这朝堂上一切都由我说了算！谁敢不听就宰了谁，灭了他全家！来人呀！先给我将这几个妖妇拿下，立即拉出汗帐碎尸万段！”

“且慢！”谁料王座上竟传出老可汗冷冷的声音。

“什么？”哈巴尔图见大汗随声坐了起来，不禁大惊失色，还愚蠢地脱口惊叫着，“你……你还没死？你……你还活着……”

完了，完了！这句话显然使其父女之阴谋彻底暴露了……

乌纳博罗特看到，众臣将那一双双喷发着怒火的眼睛，顿时便齐刷刷地直逼向那位异族大丞相。但出人意料的是，乩迦思兰仅仅惊慌失措了片刻，便一脸正气地向着等候于帐外的贴身侍卫大义凛然地发号施令了：“来人呀！虽为老臣之女，但出此大不敬之语已触犯‘札撒’，还不尽快拿下，以祸乱宫廷罪就地正法！”

“且慢！”谁料正坐后的大汗又是冷冷的一句。

“老臣知罪！”乩迦思兰竟当即伏在地，“老臣教女不严，有负大汗圣恩！就此请辞丞相一职，甘愿与蠢女一起认罪伏法！”

这招可够阴的，似在威胁要退出这笔政治交易……

“哈哈！”更没想到冷峻的大汗却罕见地大笑了，“丞相何罪之有？朕病弱之身方才确实去见过长生天！上苍见怜，赐我神力，这才得以与诸臣重聚。后妃之争，古已有之！丞相不必自谴，且与朕一起看后宫有妖与否？来人呀！速传朕之‘必阇赤’进帐见驾！”

金顶汗帐里一时间变得鸦雀无声……

什么？什么？“必阇赤”只不过是个大汗御用的笔杆子，他怎么能代大汗来断后妃之争呢？难怪不但众臣将个个面面相觑，就连差点代父亲当了替罪羊的哈巴尔图也又重新紧张起来。只有那六个一模一样穿着原生态的满都海，一个个抱膝半跪，显得格外安详。

那位神秘的“必阇赤”终于应诏进帐了……

只不该！这位御用笔杆子虽一身蒙古官服打扮，却似乎没见过大世面，垂首而入，似不敢环顾四周。除了胸襟前微露出一把大胡子外，实在是让人难识其庐山真面目。多亏了大汗免了他的觐见跪拜之礼，一进帐便下令身旁的大臣宣旨道：

“据称，在朕之纳妃之夜，小王妃竟欲勾引色目护卫当众宣淫，大哈敦带太监文侍进帐力阻未成，反被小王妃施展妖法所陷害。欲盖弥彰，不仅先将太监拉合蛮杀死焚尸灭迹，随后又诛杀六名大哈敦护卫以兹灭口，最终还以妖法惑众，蛊惑人心造成此次突发事变。制造混乱、离间君臣，如若属实，罪莫大焉！而汝自称因前往传送诏谕，曾偶在婚帐外得见其详。现大丞相已返朝理政，朕命汝当众一一道来以还我君臣大义！”

这位“必阇赤”依然顽固地不愿抬头……

金顶汗帐内的文武百官早已迫不及待了，已经有人开始喊叫：“抬头说话呀……”随后更有蒙古将领叫骂了：“孬种！窝囊废！你还算个蒙古人吗？”

突然，此人一咬牙终于抬起了头……

顿时，众臣将一个个又变得目瞪口呆、哑口无言了。天哪！老可汗是从哪里收罗了这么一个笔杆子？这又黑又浓的络腮胡子可真少见啊！而那双忧郁的眼睛……也几乎与此同时，那骄横一时的哈巴尔图却瘫倒在地失口惊呼了：“拉合蛮？拉合蛮！你……你是人还是鬼？”当然是人了！可悲的是，直到此时她尚不知就是因为她的性压榨、性欺凌、性抛弃、性羞辱，最终才导致了他的彻底转向，为老可汗之发愤图强完成了许多常人难以完成的工作。而直到眼下，这位大鼻子皇后却仍在惊恐地喊着：“鬼！鬼！快打鬼！”

“臣不识此人！”乩迦思兰竟仍能故作镇定。

“丞相所言极是！”而老可汗却更加沉稳，“一人之口有失偏颇，百人之口方可辨真。来人啊！火速摘去汗帐毡帘！”

蓦地，帐门洞开，帐外情景尽收眼底……

天啊！这回该轮到乩迦思兰暗暗叫苦了。原来那为保护女儿留下的色目士卒，不但没有四散而逃或被杀戮殆尽，反而被老可汗尽收编留作活口。而更可怕的还在于，统领这支铁骑的竟会是曾见过面的钦差之子脱火赤。再看远方，尚有无数的蒙古铁骑为后盾，领军者正是钦差特穆尔。而正当他叫苦不迭时，金顶汗帐外的原部下竟突然朝他发出声声怒吼：“伤天害理，罪不容诛！”呐喊的声浪一浪高过一浪，致使乩迦思兰顿时明白了：在这场政治交易的豪赌中自己已经输了，彻底输了！再要豪赌下去，只能进而连裤子都输掉自暴其丑了！仅拿女儿身旁的“太监”来说，不但能“死而复生”，而且又长出了络腮胡子，此事只要一传回丝路绿洲，自己家族将臭名远扬，从而影响到帅位的稳固！好在他精于算计并擅长脑筋急转弯，最终他还是为了“保本”再次放软身段跪伏在地曰：“大汗英明，老臣敬服了！一切罪过均在于臣之治家不严，老臣当众再次请罪了！任杀任剐，老臣均毫无怨言！”

“哈哈！”冷峻的大汗又罕见地大笑了，“丞相何罪之有？朕早说过，此举只为平息后妃之争，免得纠结于此有碍我君臣相议军国大事。现已真相大白，岂能再祸及朕之忠心可鉴的大丞相？国事为重！国事为重！”

得！终于又把此次相会拉回到了原点：交易……

乌纳博罗特目睹这一切，他不仅对大汗身带重病沉着应对由衷地敬佩，而且对小王妃的及时赶到为老可汗舍生争得喘息之机更无比地叹服。这难得的默契搭档，竟使他不禁产生了一种民族自豪感。但几乎与此同时，他却发现老可汗越来越难再支撑下去了。他脸色焦黄，气息沉重。却谁料偏在这时，老可汗竟以“后妃不得干政”为名，命他和黄金王子分别送在场的女人首先返回各自的宫帐。随后又命令在场的众臣将皆退出汗帐，显然大汗是要与丞相一对一地进行这笔政治交易。

能不能成交，就看这一锤子买卖了……

乌纳博罗特对大汗的安危忧心如焚，仅把小王妃送到草原深处就急匆匆返回了。黄金王子为避“活肉之嫌”，仅两个时辰便把哈巴尔图送归了色目大营。他根本无视哈巴尔图一再抛来的媚眼，随后一个时辰便快马加鞭地回到了金顶汗帐。但他们似乎都还是迟来了一步。乌纳博罗特看到金顶汗帐内已人去帐空，似乎这笔交易已经匆匆成交了。再问帐前的侍卫，得到的回答是：起先是老可汗尚在命人上酒，君臣举杯共祝汗国复兴。但在丞相退出后不久，随后便传出老可汗再次昏厥栽倒的呼叫声。此时小王妃神奇地闪现了，陪同她的还有密沁国师，他们把老可汗及时护送走了，但到哪里去了却无人知晓。

乌纳博罗特一听“小王妃”三个字，不由得长长舒了口气。

而黄金王子却在喃喃自语：“太老了！这回真病了……”

但不管怎样，成交似乎已毫无疑问了。

而成交的得失……

第四章

博弈

夜，渐渐深了……

离开了金顶汗帐回到自己的近卫军大营之后，乩迦思兰一改昔日儒雅祥和之态变得凶神恶煞起来。他不仅在归途中暴怒地鞭笞了自己的女儿和族弟，而且在归来后仍然将二人狠狠地捆绑，命人严加看管。直至入夜他才逐渐镇静下来，但仍一直孤独地冷坐于帅帐之中一动不动。对于他的“六亲不认”部将们似乎尚能理解，是此二人愚蠢之举差点儿让大帅被蒙古铁骑“包了饺子”。但从“成交”的结果来看，大帅似乎仍只“赚”不“赔”。

没人敢问！夜幕中的大营仍沉浸在一片战战兢兢之中……

是的！据相随的侍卫回来告知，在之后的大汗和丞相的一对一交易中，病入膏肓的满都古勒汗早已力不可支，几乎对大帅“有求必应”。比如，恢复小主子大哈敦之位，由族弟亦思马因继任太师之位，丞相之位乃终身制且世袭罔替，以及恳求钦差之子脱火赤为“监军”（人质）等。完全可以这样说，借老可汗病得自身难保，不仅“保本”成功，而且大有“赚头”。还要什么呢？这不又恢复了“汗廷动乱”前的原状吗？

显然，这突显了将和帅水平之差异……

本来，乩迦思兰在退出金顶汗帐时也是这样想的，跨在马上返回帅帐途中尚很踌躇满志。只不该！一股幽冷的草原夕风吹来，“兴高采烈”的这一页便又被掀过了。眼前似乎只剩下了自己今日觐见大汗时的“丑态毕露”：卑躬屈膝，跪地求饶，还有背叛的色目留守士卒对自己的声讨，以及那“死而复生”的大胡子太监当众令自己的家丑外扬……但他同所有的大人物一样绝不会把过失归咎于自己，而是顷刻间将满腔的屈辱尽迁怒于他人：自己的女儿和亦思马因！偏偏在此时又有留后的探子快马来报：老可汗之病确实不是使诈，大帅刚一离开金顶汗帐他便累得栽下了王座晕厥不起了。狂怒的蒙古骁勇们又纷纷聚集在金顶汗帐周围，大有一触即发之势！而乩迦思兰忙问：“那……那大汗现在何处？”探子似也只能吞吞吐吐回应：“只……只听说那小王妃又神异地闪现了，与那巫师又不知把老可汗弄到哪里去了……”“什么？”乩迦思兰惊叫一声，竟下意识地狂喊起来：“是她！是她！又是她！”

蓦地，那牧野少妇打扮的小王妃便在他的眼前挥之不去了……

大帅的反常失态，当然会令同行的女儿和族弟以及随从们更感到忐忑不安。归途中大帅一直是在冷峻的沉默中度过的，但那个神秘的妙龄小王妃却始终在他的脑海中徘徊着：是她！果然是她！头一回，就是这个小妖女借大婚之夜激起了“汗廷之变”，几乎使自己在草原近二十年的苦心经营化为泡影。今日，又是这个小妖女的及时出现为岌岌可危的老可汗争得喘息时间，反使自己空欢喜一场，只落得当众出丑。而现在，还是这个小妖女掌控着病重的老可汗隐没而去，反使自己成了乘人之危“大逼宫”的元凶……可怕呀！自己本以为“大有赚头”原来却只是“一纸空文”！怪不得今日自己捧起的“少汗”竟也只是冷眼旁观毫不配合，原来他也早知是个圈套，故宁舍自己的女儿也不舍黄金王子之位呀！而眼下自己面对的现实是，似乎无数剽悍的蒙古健儿均被自己的“逼宫”激怒了，一触即发，显然自己带来的数百禁卫军绝非对手……只可悲！此时的哈巴尔图仍然不识眼色行事，一听“小王妃”三个字，竟还敢以“妖女”身份擅自代父发号施令：“亦思马因！还不快调动大帅的近卫铁骑，火速拿下妖女满都海，活捉老东西，以解大帅心头之恨！”

这不等于火上浇油、引火自焚吗？

但即使如此，乩迦思兰的反应还是大大出乎随从们的意料。只见他听后面孔突然变得扭曲了，顺手举起马鞭便向自己平时娇宠无比的女儿恶狠狠地抽去，还边抽边罕见地声嘶力竭地怒骂着：“蠢货！贱货！死狗扶不上墙的破烂货！一个堂堂的大哈敦竟斗不过一个小小的王妃！一次又一次地给本帅丢人现眼，一次又一次地给本帅招灾惹祸！还有脸代本帅发号施令？还胆敢当众狐假虎威？你这明明是想再一次把本帅推进火坑，再留你在世上还有何用？”他又狠狠地抽了几马鞭，哈巴尔图早已没了声嘶力竭的哀叫，她一头栽下马背一动不动了……显然，亦思马因已觉察到下一个该轮到谁了。他刚想到拔马逃避，那鞭子早已呼啸着当众断了他的去路，骂得更狠，抽得更凶。左一个“我让你恶意挑唆”，右一个“我让你幸灾乐祸”，又是几十鞭，致使亦思马因也滚落在马鞍下悄无声息了。

当然，刚才的二重惨叫已足以声闻汗帐了……

这又该说回到本章开头所述的情景了。夜，更浓了！乩迦思兰仍冷坐在自己的帅帐里一动不动。女儿和族弟均被驮在马背上拉回来了，但他却将他们捆绑后扔在军帐至今置之不理。整个大营陷入了一片战战兢兢之中，数百色目骁勇竟没有一个人敢大声喘气儿。

只有一人例外，那就是被贬的军师乌斯曼……

当众偏将所在的军帐里人人皆感自危之时，这位倒霉蛋儿却慨然而言道：“大帅果不愧吾等之明主也！平日似只见其工于心计，殊不知关键时刻又现其英帅雄风！今日之六亲不认是突显其冷酷无情，然若无回荡于草原之声声惨叫又如何灭众怒之火？稍有迟疑，就可能引来数千蒙古铁骑围剿于我。舍亲而为大业，此等明主值得吾等为其尽忠也！现大帅有难，我当舍身而为主分忧！”言毕，他竟义无反顾地昂首走出了军帐。

已经被贬了一回，这次又找着去送死？

却谁料震怒中的乩迦思兰竟也猛地想起了这位被贬的军师，并对他曾提过的“仁义之谏”有所反思。须知，震怒只能威慑自己身旁这数百名色目近卫，而如何收拾困守于此的烂摊子才是头等大事！眼下更需要心腹谋士帮自己摆脱这进退两难的困境啊……而就在此时，正好乌斯曼大义凛然地冒死来到帅帐。乩迦思兰一看不由得心中暗喜，但作为统帅似也只能绷起面孔做不屑一顾状。大人物古今均一样，总要保持自己的“一贯正确”。

“你来干什么？”好半天他才冷冷给了一句。

“前来送死！”不料乌斯曼竟然躬身而答，“古人云：武死战，文死谏！作为一介文侍，罪臣愿以‘谏’了此残生！”

“你还敢谏？”乩迦思兰恶狠狠又是一句。

“谏！”随之乌斯曼便滔滔不绝地说了下去，“依罪臣所见，今日归途中鞭亲之举，又再现了大帅昔日之仁帅雄风！既可突显吾主之大义凛然，又可平息随时可至的众怒！如无大帅之英明决策，大营现如今很可能早血流成河。然而，虽有如此卓绝的开篇，却未见吾主有继续演义下去之策。敢问大帅，能就此前功尽弃吗？”

“你……你想说什么？”听到颂扬，口气顿时有所缓和。

“罪臣想说，”乌斯曼趁势进言道，“现老可汗生死未卜，成交协议早已在众怒之下化为一纸空文！而大帅如今实已陷入去留两难之境地，无论去或留均必使吾主苦心经营多年的心血付之东流！依罪臣所见，大帅必须当机立断，重新高举‘尊汗攘夷’之仁义大旗，变被动为主动，以图千秋大业！”

“又是老一套，谈何容易！”态度明显又冷漠下来。

“事在人为！”乌斯曼却仍在固执己见，“大帅今日之‘大义灭亲’已为来日所谋做好了铺垫。小主子与亦思马因归来时之鞭笞能白挨了吗？明日当可继续保持其状，将二人押至金顶汗帐。一方面可突显吾主对汗廷之忠心日月可鉴，另一方面也可趁老可汗病危之际使汗廷进退两难。得民心者得天下，失民心者失天下！大帅必将由此而得以扭转乾坤！”

“你这不是让二人去送死吗？”突然间又震怒了。

“不会！”乌斯曼还是振振有词地言道，“罪臣早已说过，蒙古人不但诚实厚道，而且不乏聪慧机警。罪臣早闻知，老可汗病倒之后是由小王妃满都海救走的，这更确保二人性命无虞！”

“你还敢夸赞这个小妖妇？”又进而拔刀在手了。

“大帅息怒！”乌斯曼竟也临危不惧曰，“满都海确实聪颖过人，世所罕见！但其背后若无其父特穆尔之授意与指点，其人就再难以为‘妖’了。而特穆尔饱读汉地典籍与兵法，岂能不知大帅离不开大汗这杆旗，同样大汗也离不开大帅的给养？承想，他那两千蒙古铁骑离了大帅经得起折腾吗？没几仗肯定就会陷于弹尽粮绝之境！小主子累累败于这个小王妃，就是因为过于看重她而不明其间道理。如果大帅这次扭转乾坤后，能将特穆尔独子脱火赤以监军之名扣作人质，那这位小王妃肯定想‘妖’也再‘妖’不起来了。不必因一个小小的小王妃而灭我之威风，罪臣愿代大帅前往汗帐以解吾主后顾之忧！”

“这……”终于刀归鞘沉默不语了。

之后乌斯曼也不再多言，只是默默地垂首站在一边等候着主子的决断。其实，乩迦思兰并不在乎这两个“孽障”的死与活，甚至还产生过借此将这两个“祸害”灭了的念头。须知，丝路绿洲的民风特别看重家族荣誉，如有背叛和淫荡之事即满门蒙羞而从此一蹶不振。尤其是荡妇，则必须亲自带头率众掷石砸死方可尽雪家耻。而乩迦思兰之所以迟疑不决，乃在于看到老可汗似已命悬一线，大哈敦之位仍大有可为。况且可借女儿之“长”，尽早拿下那位黄金王子……现在，乌斯曼冒死之谏终于又帮他梳理通了暴怒而又烦乱的思绪。经过久久的沉默不语，这位身在草原的异族丞相才终于发话了：“乌斯曼！本帅恢复你军师之职！”

随之，便是更深入的彻夜密谋……

次日，乌斯曼依计而行终于向汗廷而来了。目的只有一个：欲代主子行“得民心者得天下”之策！而在这位重新复位的军师看来，今日之行必定会马到成功。须知，昨天归途中之“怒鞭至亲”已做好了铺垫，而今日之献上两位“闹市元凶”则更有助于重塑主子“仁帅”的形象。也是！昔日那位不可一世的异族大哈敦只穿着一件薄纱内衣，且早被抽打得血迹斑斑。而那位身为丞相族弟之人则更是赤裸上身，后背被鞭子抽得皮开肉绽。二人均不省人事，却仍被五花大绑驾于马上。更何况！已早派人告知汗廷：丞相闻知大汗为协议而累倒，因自谴而呕数升晕倒帅帐一病不起……这难道还不够“尽表忠心，突显仁义”吗？

难怪乌斯曼会信心满满，意气风发……

其实，这仍是一场“另类交易”。由于乩迦思兰的过于自信，所带人马不多，眼下似也只能这样夺权“道德制高点”以力求“全身而退，再图未来”。按现在的话来说，即把球又踢给对方。如果对方敢下狠手，那就等于大汗抛弃了承诺必然失信于天下。即使是“众怒所致”，那气息奄奄的老可汗也必须承担一切后果。况且留下两个孽障也是祸患，如借他人之手灭之既可遮丑又可将来“师出有名”！

但智者千虑，也必有一失……

谁料正当乌斯曼志在必得地来到金顶汗帐之前时，竟没有引起任何轰动效应，既没有看到群情激愤，也没有看到围者如堵。汗廷上上下下均冷漠得很，甚至对他们的到来不屑一顾。风云突变，致使乌斯曼不由得倒吸了一口冷气。但似也只能下马屈身进帐禀告，却不料又遇汗帐侍卫挡住了进路。他忙说明来由，没想到侍卫竟答之曰：“顾不上！顾不上！先放在一边，等头头们把人抓回来再说！”“抓人？”乌斯曼失口惊呼了。岂料那侍卫喊得比他还响：“装傻是不？还不是因为丞相的‘逼宫’吓跑了大胡子太监和他那帮兄弟，若不先抓回来，丞相能饶得了我们吗？”乌斯曼听后，一时间竟手足无措了——

天哪！这不是明摆着在和自己“抢戏”吗？

金顶汗帐前弥漫着一片慌乱的气氛，但又显得格外冷冷清清，致使精心设计了一夜的“苦肉计”顿时失去了舞台。乌斯曼心里明白，对手这步棋确实走得比自己高明。既出其不意，又颇具人情味。要知道，乩迦思兰对女儿这位昔日的面首早恨之入骨！这不仅是因为他早已成为卖主的内奸，更因昨日竟有意蓄着大胡子令大帅家丑外扬。故而在与大汗一对一的谈判中，他婉转地提出要收回拉合蛮与那一百多位叛主的色目兵卒……而今日拉合蛮与众叛卒之“逃”，显然是因大汗深知大帅会心毒手狠杀人灭口的应急之举。不可不谓仁义也！然若要让拉合蛮与众叛卒“逃”归丝路绿洲，一经“发酵”其后果必将不堪设想！而老可汗现在正处于命悬一线之际，是谁能出这“一石双鸟”的高招呢？

突然，那神异小王妃之幻影似闪现在眼前了……

乌斯曼开始叫苦不迭了！既不知自己如何下台，又不知自己如何收场。幸亏此时乩迦思兰差一轻骑命他“放下一切，速返帅帐”，这才使他意外得到解脱重回大营。叩见大帅后他才得知，原来病危的大汗已抢先一步命人来抚慰过“病危”的大帅了。钦差仍然是老相识特穆尔，他不但传大汗按元朝汉法加封大帅为“忠义亲王”之谕旨，而且一听“大哈敦”与“太师”竟受到如此“惩处”便又立即返回加以“解救”。真可谓仁至义尽，滴水不漏！按现在的话来说，道德之高地已被老可汗抢先占领了。

但急于召见自己又因何故？……

而出人意料的是，这位曾经是草原汗国幕后的“太上皇”，今日竟变得格外谦和委婉，甚至不乏坦坦诚诚的自责。他说：“适才遭遇，与军师无关，要怪也只能怪本帅之任人唯亲与刚愎自用，故才有族弟之居心叵测谋叛夺权，蠢女之放纵骄横败我大业！而钦差特穆尔之抢先到来加封吾为忠义亲王，实乃对本帅下逐客令也！现身旁仅带三百余名亲信近卫，吾能不谨遵汗命而行吗？唯尚缺一位心腹谋臣……”

“卑职愿为大帅效犬马之劳！”乌斯曼被感动得跪地泣禀。

“忠义之士也！”而乩迦思兰也及时点赞而后曰，“依本帅所见，蠢女与亦思马因虽遭皮肉之苦，但老可汗许诺之位尚且可保。然而，留此二人在漠北汗廷本帅能放心吗？本性难移，日久必生祸端，故尚须一位贤能之士代本帅掌控汗廷！既然军师已慷慨允诺，本帅就此即加封军师为‘留守襄办’，当本帅在外时代行丞相职权，并留本帅之佩剑与几封密札给你，如两个孽障尚敢图谋不轨，即可持之以家法格杀勿论！”

天哪！原来将自己急召回来就是为了此……

瞬时，乌斯曼就被飞速擢升为“留守襄办”这件事吓出一身冷汗，并且猛然醒悟：显然大帅已得知大胡子太监拉合蛮率众“逃归”的消息。如果听之任之后果将不堪设想，必须火速追击，以便全歼而灭口。更或许丝路绿洲也突发了什么紧急情况，大帅不归将群龙无首难以平息……没错儿！两者均让他猜中了。据史载，就在此时本已臣服的蒙古卫拉特各部，也趁大帅北上时蠢蠢欲动了。唯有火速归去一条路，别无其他选择。

而乩迦思兰却显得很从容、镇定……

“无须疑惧！”他说，“正如军师所判断，现时确实谁也离不开谁！没有我方粮秣物资供给，老可汗欲图光复祖业只是痴人说梦。更何况！他也活不了几天了，而那位少汗却已在我掌握之中。虽此次受老可汗严管未发挥作用，但来日方长必潜力无穷！此计乃军师所献，还盼与小女合作还本帅一个服服帖帖的草原汗廷！无忧、无虑！如军师能助我完成大业，将来即为草原之王！”

自作自受！乌斯曼似也只好叩首谢恩了……

但更出乎意料的还在于，当第二天他酣睡一夜清醒时却发现整个大营竟无一丝动静。忙外出观看，便只见得人去帐空。原来，昨夜里推杯换盏以酒话别时早把他灌得酩酊大醉，而那位镇定从容的大帅已借浓浓的夜色率部众悄然开拔了。唯留下一密函示知，上曰：军情紧急，连夜南归。所余之大营军帐可布疑阵，军师可以此代本帅全权应对汗廷！

满目凄凉！乌斯曼顿时产生了一种被抛弃之感……

似也只能仰天长叹：输了！输了！在这场豪赌式的政治交易中，自己的主子已经彻底输了！虽有老祖宗遗传的攻于算计之商人头脑，但最终还是落了个仓皇南撤。甚至连老可汗允诺的“监军”——实质为掌控小王妃的“人质”脱火赤也来不及带走，便连夜自顾不暇地悄然撤走了。什么叫“所余之大营军帐可布疑阵”？分明是另类的丢盔弃甲，却还要把自己留下替他擦屁股，为他收拾这个烂摊子！

何去何从？如何应对？……

最终，乌斯曼还是未能逃出乩迦思兰的手掌心——大帅曾委托自己为“留守襄办”代行丞相之职，大帅曾授予自己数封密札及随身号令千军万马的佩剑，大帅曾允诺在霸业成就之后加封自己为“草原之王”……随之，自古文臣的劣根性便在乌斯曼身上暴露无遗，竟转眼间又变得慷慨激昂起来！

尚有借口：既已择主而事，当忠心到底！

况且这也正是自己施展才华的机会……

机不可失，时不再来！

他义无反顾了……

色目奸雄亦思马因之另类阴谋

一场攸关草原汗国未来的政治博弈，似乎应以异族统帅的匆忙南撤告一段落了。

其实不然，博弈仍在继续着……

据史载，掌控汗廷多年的乩迦思兰是留下故布疑阵的空帐悄然离去的，但在这场政治博弈的棋局上他却早已“钉”上了几枚关键的“子”。比如说，乌斯曼“留守襄办”之职，亦思马因继任太师之位，哈巴尔图重新成为大哈敦而居后宫之首……但出人意料的是，病危中的满都古勒汗竟然下诏全部照准了。只不过在前二人名后加批了“既在汗廷，一切必须严格按‘札撒’行事”，而在大哈敦的名后竟更特殊地加批道：“在学会作为真正女人之前，不得前来见朕！”也许会有人问，在这场博弈中为什么不趁势将对手“除恶殆尽”？近代有位学者答曰：这正是满都古勒汗的高明之处！一方面他不仅展现了蒙古民族一诺千金、诚信敦厚的坦荡胸怀，另一方面也展现了圣祖子孙“掌握分寸、见好就收”的聪明和智慧。显然，老可汗深知现时的草原汗国尚羽翼未丰，能在初次较量中便力争到以“札撒”治国已实属不易了。须知，异族军阀尚掌控着通往漠北草原的粮道、盐道、茶马古道，且兵强马壮百倍于已。如果此刻即贸然翻脸激化矛盾，就很可能引发刀兵相见，使十余年之苦心经营毁于一旦。故而，老可汗不仅将其所布下的博弈之“子”均如约高用，而且尚将其来不及带走之“监军”脱火赤随后竟也差遣追随而去。

博弈尚难分出胜负，双方似均在求一时之平静……

但对于梦可宝力格大草原上的牧民们来说，绝大多数却好像只顾了欢欣鼓舞了。在他们看来，乩迦思兰是被自己的大汗彻底斗败后悄然逃走的。其间，还被逼得下跪求饶，亲手鞭笞了自己的女儿和族弟以负荆请罪……总而言之，承认了“札撒”为治国之本，也就等于承认了茫茫大草原从此将是蒙古人的天下。进而，随着一股民族自豪感的油然而生，牧民们也对老可汗慧眼识珠所选中的小王妃越来越神话了。也难怪！蒙古民族自古就信奉“双图腾”——苍狼与白鹿之说。一代天骄成吉思汗不仅有伟大的母亲诃额伦，还有为他掌控草原母地的妻子孛儿帖；元朝开国大帝忽必烈不仅有伟大的母亲唆罗禾帖尼，还有为他出谋划策的察苾皇后……莫非在危难之时长生天又降“神鹿”于牧野？看来上自蒙古臣将下至广大牧民均已开始深信不疑了。不是吗？每到关键时刻均有她飘然而至：上次的“东行之变”是由她点燃了怒火，此次在乩迦思兰趁老可汗病危之“逼宫”也是她挺身而出化险为夷。

神鹿，神鹿！满都海小王妃就是天降的神鹿……

正当梦可宝力格草原沉浸在一片欢乐之中时，有人却更加感到忐忑不安了。这就是年轻的黄金王子伯彦猛克，原因皆在此前他那偷食“禁果”。眼下乩迦思兰虽已悄然南撤了，自己也受“高人”指点尚在“大逼宫”时未露马脚，但那“活肉”依在，虽被其父打得皮开肉绽却恢复了大哈敦之位。这太令人后顾有忧了！要知道，依“札撒”论处，在大汗生前即与后宫嫔妃有染当属大不敬（死后则另当别论），不但黄金王子“济农”之地位难保，而且必然在草原上遭牧民唾弃。而更可怕的还在于，自己初尝“活肉”之后，竟情不自禁地想要“广而布之”。

就在乩迦思兰“大逼宫”的前一夜……

少年不知愁滋味！一回到自己那华美的寝帐，他就开始欲火中焚地想要实验了。前面已经说过，他虽年方十六岁，却已结婚生子。而他的妻子失乞儿又比他大了近三岁，一直扮演着监护人和妻子的双重角色。谆谆教导是家常便饭，守土有责更是义无反顾。应该说，如果按蒙古民族的审美意识来看，失乞儿当属草原上最美丽的少妇之一。原本她对有这样英武的小丈夫十分满足，但自从他被“挖掘”出来而成为黄金王子之后，她就变得惶惶然不可终日了。虽然也有人告诉说，她很可能成为草原汗国未来的大哈敦，而她却始终向往着那种平常牧民家庭一家一户一顶蒙古包的好生活。她不习惯独享尊荣，只追求丈夫总在身边、孩子总在怀里那乐乐呵呵的寻常日子。谁料该发生的事儿还是发生了：就在乩迦思兰趁老可汗病重“大逼宫”的前夜，自己的小丈夫在和她交欢时竟然发出了一声叹息：“死肉！死肉！……”她大感惊诧，下意识地发问：“那……那什么是活肉？”没想到他尚能意犹未尽地言道：“我……我这就教你！”随之，便是违反常规地疯狂寻找新的“突破口”，致使她错愕地失声惊叫了：“你……你这是跟谁学的？”但他此时仍不忘炫耀曰：“丞相既然能带头尊称我为少汗，那当然也会派顶级活肉教我如何享乐于后宫！”“啊！”失乞儿猛地挣脱他的缠抱再次失声惊呼了，“你……你是说那大鼻子丑女人？”

骤然的降温，使伯彦猛克顿时产生了一种惶恐之感……

这位黄金王子这才知道自己乱性了、失言了，过早地泄露了和“活肉”的私密了。而失乞儿比他毕竟大近三岁，似更了解后果之严重。她深知老可汗对自己的小丈夫寄托有多大的期望，如果在谈判前就知道了自己的接班人和对手的女儿——自己曾经的大哈敦——苟且淫秽之事，肯定会给老人家以致命的一击。要知道，这个大鼻子女人可曾是践踏汗廷之祸乱之源啊！即使老可汗看在同宗的份儿上能故作不知，而众多的蒙古将领、牧民也绝容不得这样的少汗给大草原抹黑……失乞儿越想越害怕，竟在惶恐中失声痛哭起来。伯彦猛克见状也惊慌失措了，似也只能语无伦次地替自己辩解：“没……没人知道，绝……绝对没人知道……”突然，失乞儿停止了抽泣，猛地把自己的小丈夫揽入怀中说：“听姐姐的话！咱们不当这个‘济农’了，更不当什么少汗了！为了咱们的孩子，得尽快躲开这块是非之地！跟着姐姐回到原先的草原上，还过那团团和和的寻常日子！没有不透风的蒙古包，就别等着大祸临头了！”别看伯彦猛克外表高大英武，其实内心还很幼稚孱弱，平时华服盛饰摆摆谱儿还很唬人，但一遇到事儿即吓得只懂得藏在大媳妇儿怀里。十四岁一结婚就养成的习惯，大主意均由失乞儿来拿。故而一听她如是说，顿时更惊得手足无措乱了方寸。

偏在此时，竟有一个黑影儿神秘地推门溜进帐来……

惊恐的气氛陡然更平添了几分，使小两口一时间更吓得战战兢兢。多亏来人先开口说话了："少汗、少汗！别害怕，别害怕！我是您永远的忠实奴仆亦思马因！"闻声，失乞儿急忙披上衣裳点亮火烛逼视这不速之客。只见得来人似三十岁左右，虽略显高鼻深目却一脸卑微与谦和。烛火一亮即双膝跪倒在地，反倒像是在向"少汗"求救泣诉起来。而此时黄金王子也披好了衣服，见状忙不安地问："是……是否丞相遣汝前来有重要吩咐？"谁料亦思马因竟俯地失声痛哭，答之曰："少汗！少汗！您可千万不能听呀！"

什么？寝帐的氛围陡然变得诡异起来……

原来，乩迦思兰在得知明日老可汗将身带重病接见他们时，便与"幡然悔悟"的族弟亦思马因、贡献"活肉"的女儿哈巴尔图等亲信密谋过，在次日的金顶汗帐"大逼宫"中力图"仁至义尽"地将病重的老可汗"拖"死，而后再将十六岁的黄金王子趁势推上大汗宝座，以彻底解决后顾有忧的问题。确实，亦思马因今夜的出现是受命而来的，目的在于利用伯彦猛克权欲膨胀、急于称汗的心态，策动他积极配合，切莫辜负了丞相拥戴他成为少汗的"良苦用心"……而亦思马因为表对父帅之忠诚，也几乎是自告奋勇而来的。但这位"幡然悔悟"的族弟却早已心怀异志，也早在这位少年王子身上打起了自己的算盘。他永远忘不了乩迦思兰对自己"杯酒释兵权"之辱，更不愿就此被流放到草原甘当受遥控的丧家之犬。他也想自己手中能有一张王牌，以便他日也能"挟天子以令诸侯"而东山再起！

同样的包藏祸心，只不过手法各有不同……

而失乞儿却似乎已经开始为这位异族男子"冒死效忠"而深受感动了，听着他那声泪俱下、掏心掏肺的表述竟渐渐深信不疑了。再看亦思马因，也果然顺势就把她当成了主攻的对象，随之便绘声绘色地描述起那"大鼻子丑女人"的诸多淫秽丑恶行径：视男人为玩物，掏空了、玩厌了即弃之如磨穿鞋底的破靴子。有多少男人被她折腾死了或报废了？不知道，反正乩迦思兰是常借女儿这把“软刀子”杀人……效果奇佳！果然失乞儿更对他信任了。

打好基础，随之便是直奔主题……

亦思马因话锋一转便继续对黄金王子跪泣道：明日金顶汗帐觐见病重的老可汗，可千万不能听从乩迦思兰父女的怂恿跟着作乱呀！今日之汗廷已今非昔比了，蒙古臣众早已遍布汗廷上下。万一少汗相助那父女俩“拖”死了重病中的老可汗，他们必定反咬一口将少汗当作罪魁祸首。众怒难犯！您不但成不了新的大汗，弄不好还很可能跟着丢了小命……为证明乩迦思兰这个“笑面虎”的心毒手狠与六亲不认，亦思马因还以亲身遇到之事为例，声称自己虽是其近亲族弟并为其立下过汗马功劳，但因嫉贤妒能其一翻脸就把他打入了“十八层地狱”：不仅软禁了他的父母妻儿和所有的亲属，而且还将他流放于漠北草原终生不得再回故乡丝路绿洲……声声泪，泪声声！亦思马因的貌似效忠最终打动了黄金王子，这才有了次日“大逼宫”时那罕见的冷眼旁观与沉默寡言。没有当众炫酷逞能似乎弄对了，从此亦思马因便成了黄金王子的亲信，而失乞儿更把他称为真正的“安达”（蒙古语，朋友），为此自己寝帐的门就为其敞开着。

最终，乩迦思兰总算被迫悄然南撤了……

梦可宝力格草原上又似布满了明媚的阳光，但黄金王子伯彦猛克却发现自己还是陷入了一种莫名的尴尬之中。仿佛在众臣将眼中他那“济农”之号已不再显赫了，而异族丞相献给他的那条黄金腰带更给他招来了无数鄙夷的目光。似乎随着异族大帅的悄然消失，他那突显尊荣的“少汗”之称也随之消失了……尤令他感到惶恐不安的还在于，他知道老可汗为维护民族尊严病情更加危重了，却不知被满都海小王妃带到哪里去疗养恢复了。就连非嫡系的黄金家族后裔乌纳博罗特都率军追随左右，而自己这位正宗的黄金王子却被排挤出汗廷的核心圈子之外，犹如那几位异族大帅所安插下的人马一般，如留守襄办乌斯曼、继任太师亦思马因、已恢复大哈敦名号的哈巴尔图等，均地位极高却无计可施。除二人仍在治疗受鞭笞留下的遍体鳞伤外，乌斯曼更是如此，完全和自己的处境相同。他不但见不到大汗，甚至连大汗的旨令也极难听到。这位昔日受宠的“济农”惶惶然不可终日，坐卧不宁犹如热锅上的蚂蚁——

难道是老可汗已经发现了自己偷食禁果之事？

知道自己“屁股下有屎”是件好事，只可悲他竟遣自己的妻子私下去问计于亦思马因。这不等于给饿狼去喂食物吗？好在亦思马因鞭伤还很严重，而且失乞儿带回的答复也颇具正能量。据这位新继任的太师称：“少汗勿忧！依臣所见，只要老可汗唯尊圣祖之‘札撒’，黄金王子‘济农’之位就无人可取而代之！须知，物以稀为贵，老可汗此乃‘亲极反疏’之举。听臣众之种种谣传之后，进而所采用的闲置静观之法。只要少汗能戒轻率、戒炫耀、戒与大哈敦及代理丞相来往，稳居寝帐，经受一定经验之后必定会受到大汗召见！

你还别说，亦思马因之判断数月后果然应验了……

原来，满都古勒汗终生无子，对这位罕见的圣祖后裔还是极为珍视和钟爱的。只是在这次异族丞相“大逼宫”时，他才发现自己对这位少年王子太娇宠放纵了。只顾及了塑造他身为“济农”的尊严，而无视他那爱奢华、浮躁、装腔作势以及唯我独尊却又缺乏政治头脑……但有一点必须说明，满都古勒汗从未想到过放弃这位自己好不容易找到的同宗血脉的汗位继承人。即使臣众们向他检举的疑点再多，甚至包括尝“活肉”的传说，他也总是替他辩解着：他太年轻了，充其量还只能算个没开窍儿的大孩子……最终，冷峻的大汗采用了冷峻处理之法：不理不睬、不贬不抑、冷漠待之以促其自省。出人意料！这位浮躁的黄金王子竟也能一连数月毫无怨言，极少迈出寝帐一步。即使偶尔露上一面，也是双眉紧锁、目视远方，恍若一位心怀大志的沉思者。

颇令人耳目一新，但功劳似还应归于失乞儿……

作为一位年长的妻子，掌控自己心猿意马的小丈夫似乎是天生的一种本能。但客观上却起到了极佳的效果，绝对有助于重塑黄金王子的全新形象。只可悲！失乞儿竟把这一切又完全归功于那位继任的太师亦思马因了。也难怪！小丈夫就像一匹拒绝上笼头的生骡子马，哪能受得了这种长时间受困的默默无闻啊？而每逢这种情况，失乞儿就会悄悄求救于亦思马因。似乎每次均有所收获，“依计而行”总能使那位烦躁的少年王子坚持下去。失乞儿与这位“安达”越走越近，有一天她竟率真地向他提出了这样的问题：“他……他是不出寝帐了，可没明没夜地就是要那个！”亦思马因回答：“那……那就满足他呀！”失乞儿叹了口气又说：“可……可他总是要‘活肉’，我不会！”谁料亦思马因竟毛遂自荐道：“我……我可以教你！”唉，自从这位继任太师鞭伤愈合之后，这种交往就变得更多了。只不过大多在深夜，以避人耳目。苍天不负有心人！在这位异族新任太师的打造和包装下，最终黄金王子还是应诏以全新的面目出现在金顶汗帐之中了。

冷峻、沉稳、无言自威，颇具老可汗行事之风……

据史载，这并不等于满都古勒汗对伯彦猛克完全放心，而更在于他深深感到自己来日无多了。自从由那场重病中转危为安以来，他就拖着虚弱老朽的病体一直在思考着这个问题：金顶汗帐再不能空置了，必须趁自己还活着就打造出一个合格的未来草原大汗！加之，伯彦猛克似也颇有悔改之意，竟能这么长时间甘于寂寞接受考验。物以稀为贵！满都古勒汗终于下达了这样的诏旨：“取消‘少汗’之称，沿用‘济农’之名号！由于朕之身体欠佳，暂由黄金王子代理朝政！视其如是朕，钦此！”当然，同时还任命了汗廷的主要阁员：国师密沁，少傅（沿用元朝名号）特穆尔，留守襄办乌斯曼，继任太师亦思马因等。但又特别点明，亦思马因赴峡谷马场专职司马监，远离汗廷可不问朝政，专心一致为汗国之根本……看来，老可汗虽因年迈体弱隐居于偏远的牧场上调养，但他对汗廷的情况还是了如指掌的。不但已知黄金王子和亦思马因的过从甚密，而且也深知两位异族大臣之间的内在矛盾。防范一个，利用一个。再有国师和少傅的辅佐，是该放手让这位出身高贵的“济农”亲自历练了。更何况！带着二十位亲信骁勇南下当“人质”的脱火赤，已经派密使潜回报告了乩迦思兰之“激战正酣”。沿丝路一带的卫拉特诸部就是不肯服输，估计这位异族大帅一两年内无暇北顾。正是出于这种态势，老可汗这才放心地让小王孙代理朝政了。

伯彦猛克并不知这一切，似乎只顾着兴奋和激动了……

然而，近几个月来的饱受冷漠也不算白受了，起码使他懂得了一点：此次单独“大登殿”仅靠炫酷萌帅是不行了。又多亏了那位“安达”深夜潜行到寝帐亲自指点，故而第二天在金顶汗帐接受朝拜时竟引来了群臣由衷的感叹。天哪！只见他与此前判若两人：冷峻、寡言，双目深沉地逼视着群臣，却又从不轻易表态以示唯我独尊。面对无数的奏章，整个过程中他仅仅说了一句话：“均先交内阁议处！”威严中不失尊重，行事风格犹如老可汗的翻版。众将领莫不感到欢欣鼓舞，齐声盛赞老可汗之决策圣明。而对于伯彦猛克来说，似更享受着一种前所未有的特殊感受：群臣的拥戴，众将的敬仰，独享的尊荣，至高无上的权威……显然这一切单凭炫酷要帅是难以得到的，难怪昨夜亦思马因就一再叮嘱他说：如果少汗想得到人生最大的快感，就请依臣言而行！如果再能坚持，坚持，再坚持，必将早登大位，尽享普天下的顶礼膜拜……果然，如其所言，今日自己就仅凭冷峻、无语、一言而对诸多奏章之举，便博得满朝文臣武将的推崇，大快人心事啊！

但考验也随之而来了……

正当伯彦猛克晕晕乎乎独享这份权欲快感之际，便听得金顶汗帐之外一阵骚乱。似有谁想擅闯宫帐禁地，却又没人敢于呵斥阻拦。黄金王子正欲命人前去过问，只见得毡帘一掀来人已立于殿上了。

黄金王子一怔，顿时失掉了王者的尊严……

天哪！怎么会是她？只见她一身似裹着一层轻柔的白纱，尽显风韵犹存的婀娜身姿，脸上遮着丝路特有的丝巾，唯露出一双妩媚妖娆的眼睛。尤值得一提的是，她的身上还散发出一种来自西域的特殊芳香气息，竟使得黄金王子顿时又陷入了那初尝禁果的“销魂之夜”。坏了！眼看代理朝政、至高无上的架子就要端不住了，只听他突然有失身份地脱口惊呼了：

“你……你！大哈敦？……”

她的目光中只闪烁着妩媚的笑，亭亭玉立，暂无回答。但奇怪的是，立于汗帐内的文臣武将竟也一个个呆若木鸡，明知来人是谁却个个似乎束手无策了。也难怪！草原汗国的后妃制度似与中原历代后妃制度大有不同：在中原，历代皇后总是深居大内，极少与皇帝一同接受朝拜的，而在草原汗国大汗与大哈敦共同接受群臣与使者的觐见却是常态。故而金顶汗帐之外只闻混乱，却无人敢于出面加以阻拦。谁让人家已经恢复了大哈敦的名号了呢？阻拦和逐出均很可能冒犯了受人尊重的老可汗。

难得的亮相机会！哈巴尔图似也只顾了搔首弄姿……

其实，这位枉担虚名的大哈敦能如此长时间的甘于孤寂，已实属不易。老可汗不计前嫌恢复了她的名号，并择水草丰美的草原又重新扎起了她那顶异域风情的豪华宫帐。不仅派了蒙古侍女助她疗养鞭伤、侍奉起居，而且允许其父专为她留下的几个色目贴身侍卫作为她的亲随，且再不提她祸国殃民的种种丑态往事。老可汗真可谓对她算是仁至义尽了。谁料历经数月疗养恢复之后，她竟彻彻底底来了个好了伤疤忘了疼。似乎忘了是谁把她抽得遍体鳞伤，反倒牢牢记住了其父临撤时背着乌斯曼对她的密嘱：那两个败类只不过是两条狗，而你才是未来真正的草原女王！你应死死缠住那个馋不够的小王孙，伺机而发……应当说，“伺机”这阶段确实够她难忍难熬的：前几个月受鞭伤的折磨是苦不堪言的，后几个月受老可汗“在学会做真正女人之前不得见朕”的约束更是度日如年。而权欲和性欲早就成为她生活的基点，离了权和性她觉得自己似乎正在化作一具僵尸。好恐怖啊！多亏有一位出乎意料的人物给她送来了这天赐良机。

终于可以再次亮相于金顶汗帐，炫耀于朝堂……

但对于辅佐小王孙首次代理朝政的群臣来说，这么一件庄重严肃的汗廷大事眼看就要被这个女人搅了。意外的驾临，显然已使初次登台代行汗权的黄金王子神迷智乱、手足无措。好在国师密沁护佐身旁，他见状即又“猴性大发”嘻嘻哈哈地挺身而出了。但他并不针对这个女人，而是直指也深感意外的乌斯曼而言道：“大襄办！阁下是乩迦思兰大帅指定的代理丞相，乃为金顶汗帐中群臣之首！不知大哈敦今夕大驾突然降临朝会，是否乃大襄办之有意安排？”

“非也！非也！”乌斯曼为自保急忙分辩道。

“那好！”密沁仍然嬉皮笑脸地直逼曰，“既然大人能代大帅行丞相之权，想必也能代大帅料理家务！现朝议中断，请问首辅大人当如何裁处？”

“这……”乌斯曼一时间也不知如何回答。

“这个屁！”哈巴尔图显然受过高人的指点，竟不屑一顾地指着乌斯曼说，“他只不过是父帅留在这里看家护院的一条狗，我才是金顶汗帐里名正言顺的大哈敦！”

“天哪……”乌斯曼似此时才知自己处境之悲哀。

“好一个名正言顺的大哈敦！”谁料密沁竟突然肃然起敬而言道，“既然大驾光临，却不知该当高坐何处？如和‘济农’殿下同处王座代理朝政，似不妥！须知大哈敦与小王孙乃祖孙辈，似应更登一层。不！或许是两层之上再设后座，算……算不清了，高高在上，当顶穿汗帐……既然首辅大人已变成了看家护院的一条狗，那也只好请示大汗了……来人呀！”

恭而敬之的调侃，顿时引发了群臣的开怀大笑……

“不、不不！”这回该轮到这位大哈敦手足无措了，但她毕竟受过高人能屈能伸的指点，一计不成便另用一计。随之，只见她神态急转直下变为卑微，竟然柔声柔气地解释说：“大汗尚在病中，岂能再惊动他老人家？我此次来到汗帐，只不过是想尽长辈之礼亲自来向殿下代行汗权致以祝贺！”

“恭送大哈敦！”密沁也趁势喊了。

“且慢！”谁料哈巴尔图还另有所谋，竟把一双妩媚的眸子专盯住黄金王子说，“‘济农’殿下！我多想早日见到大汗，以尽臣妾之礼而侍奉他老人家多病之躯！而大汗有言在先，使我至今难见圣颜。是否有他人从中作梗，我想只有‘济农’殿下最为了解：我到底算不算个真正的女人？”

谦卑、柔情，却又目标明确，直击要害……

而更为重要的还在于，人家求助的乃是正在金顶汗帐里代行汗权的黄金王子，在场群臣谁也无法代言和阻拦。先被她击“伤”的乌斯曼偷眼一望，便见得高高在上的少年“济农”霎时间已不见方才的冷峻、沉稳、无言自威、高贵自尊之风度，现在面对柔声的发问却突然只剩下了面色苍白、双目迷离、举止失措、无言以对之惨状……乌斯曼不但明白其中原因，而且也蓦地悟觉到那幕后的高人到底是谁！是他，肯定是他！那位被排斥于汗廷之外的“自己人”——继任太师亦思马因！

而此时那双妩媚的眸子似变得更加咄咄逼人……

随之，一股异域的幽香从她身上散发出来，不久便弥漫了整座金顶汗帐，似乎具有一种迷幻的神奇效果，致使代行汗权的黄金王子首先神志恍惚了。他仿佛又回到初尝“活肉”的销魂之夜，差点失声喊出：“你……你是真正的女人！”总之，眼见得黄金王子就要大失体面崩溃了，多亏此时金顶汗帐之外突然有人声若洪钟地宣示：

“大汗有旨！”

文臣武将虽然明白：这很可能是老可汗在为小王孙解围，但对这位进到金顶汗帐传旨的人，还是感到惊诧。这不就是那位被称为“大胡子太监”的人吗？他不是已经率一百多名色目叛众逃到丝路绿洲了吗？要知道，此举曾促使那异族统帅匆忙南撤，怎么他现在又神出鬼没地出现在金顶汗帐呢？如果说，给不知情的臣众只是留下了疑惑不解，那对于当众卖弄风情的这位大哈敦竟产生了一种莫名的威慑力。

不用宣读大汗的谕旨，她已经惶恐地停止了搔首弄姿……

因为她知道，自己曾在这位文侍身上造了过多的孽：为了让他服服帖帖地当面首，她曾经通过父帅将其妻妾子女尽皆斩草除根。而后，玩腻了，掏空了，她又把他当成“药渣”天天伺候自己与他人纵欲寻欢，根本不把他当人看，甚至不如一条闻骚的狗。而现在她更明白，自己这位文侍心甘情愿地投靠老可汗也完全是自己造孽逼出来的。而后来的以羊淫藿伪装自阉，与巫师合谋上演被狼叼食了的种种闹剧，也完全是对自己蓄谋已久的报复。尤其是在那次“大逼宫”时她那令人惊愕的意外出现，更令自己丑态毕露，当时就曾被吓破了胆。那可怕的大胡子似在向她宣示：我是男人、男人、挺直了腰板的男人！而那双狂怒的眼睛更似在向她表达：我要复仇、复仇、穷追到底的复仇！

为此，她对这位昔日的面首留下了恐惧的后遗症……

果然，就在文臣武将们纷纷恭迎大汗谕旨无暇他顾时，这位大鼻子皇后趁乱悄然离开了。而有史者证明，这道谕旨竟无一字提到什么大哈敦，只不过是例行公事地向群臣告知：朕体尚安！

但不管怎样，小王孙的第一次代理朝政总算有始有终地完成了，而且此后长时期的代行汗权再也没遇到过类似的情况。

这绝对有助于重塑黄金王子冷峻威严的形象。

但人们也有遗憾：随着小王孙的“水涨船高”，那神话般的小王妃却销声匿迹了。

不仅淡出了宫廷，也淡出了人们的视野……

渐渐淡出汗廷的满都海

确实，从现在已掌握的古今中外的相关史料来看，在这段时期小王妃满都海似乎是被刻意地隐藏了。不但在金顶汗帐中再难见到她的身影，就连那些有关她的传奇故事似乎也快被人们遗忘了。

也难怪！这阶段历史中更多记述的只是黄金王子……

须知，历史本来就是围着历代帝王或大汗转的，而满都古勒汗唯恐自己“来日不多”似只顾着打造自己的传承人。故而，史家似也只能围着这位“如日中天”的黄金王子转。比如说，在侥幸逃过“柔情一劫”之后，由于他尚能坚持冷峻、威严、勤于与阁僚议事等，满都古勒汗便又特意加封他为“亲王”，并重新赐名为：孛鲁忽！乃“起来”或“上升”之意。而且放手将他推向前台，长期代行汗权，这等于小王孙和叔祖父成为平起平坐的共同统治者。

而小王妃满都海似乎就没这么幸运了……

她好像仍延续那个低等级的名号一直至今。要知道，大汗的妻子一般都被称为“哈敦”，而“王妃”之名仅限于那些尚待考查之妻妾而用的。也就是说，“哈敦”相当于帝王级，而“王妃”只不过是诸侯级。如果追问满都海迟迟未得到正式名号的原因，一般来说可能有两种说法：一是隐居于幕后的满都古勒汗另有了新欢，她失宠了；一是她也曾红杏出墙，激怒了衰年多病的老可汗……关于前者似纯属子虚乌有，前面早说过老可汗天生难近女色，半死不活的再去另寻新欢根本是不可能的。倒是后者颇有可能：哪个少女不怀春？而且当时就有一位波斯史学家指名道姓地点出过此人——

大汗身旁忠诚无比的禁军统领乌纳博罗特！

从客观上来看，这种判断似乎也绝不是什么空穴来风。须知，老可汗日渐虚弱随时都面临着不测，而游牧民族遗留下的继婚制等古风古俗更为这种交往创造了宽松的氛围。尤其值得称道的是，乌纳博罗特是黄金家族中一位极其有为的青年将领。他不但长得彪悍英武，而且为人忠诚厚道、坦荡无私，是那种蒙古女孩梦寐以求的梦中情人。更何况！他虽不是圣祖的嫡系后裔，但也是圣祖长弟哈撒儿的正宗后人。难怪他一直深受老可汗的信任，不但将草原汗国的兵权交给了他，而且他也是伴随老可汗过隐居生活的禁军统领。故而有的学者则称，这种判断严重失误！一方面是因为有史籍可查，满都古勒汗之所以能够“命不该绝”，全是由于小王妃日夜侍奉才能够多活几年；另一方面是因为没有那样的环境，老可汗的毡帐里时时离不开小王妃，岂能在老可汗眼皮子底下就发生什么烈火干柴之类的事儿。至于说到满都海小王妃之销声匿迹，这位学者则认为此乃老可汗有意地留有一手：谨防自己突然终老之后，宫闱会变生叵测！

其实，此类的宫闱秽闻早已在远方的草海中发生了……

这与当时的大环境有关。要知道，在此次乩迦思兰南撤平定丝路叛乱中，这位昔日威震草原的大帅并不顺利。鏖战一年有余总是“按住了葫芦又起了瓢”。为此，防止“后院起火”就成了他经常思考的问题，要知道越是这个时候越离不开“为圣祖而战”这杆大旗。只不该，他对留驻的三人也多有猜疑，不但临行前均暗受密札使其互相牵制，而且几经算计还是排除了乌斯曼而重新“任人唯亲”。当然这与女儿和族弟遣密使告其心怀异志也不无关系，致使这位昔日的军师“欲报主帅知遇之恩”以施仁政掌控汗廷的计划完全泡汤了。就这样，那位异族大帅久久无暇归来，而留下的内应则又在钩心斗角，无形中就给培养新汗留下了更大的空间。只可惜！这位汗国唯一加封的亲王“金玉其外，败絮其中”，而群臣均又不忍将其“故态复萌”之种种劣迹上奏，以免再刺激了正处于生死边缘的老可汗。

更何况！代行汗权的黄金王子始终忘不了那一缕异香……

但这也无须他多加在意，皆因早有他那“肚里的蛔虫”亦思马因洞悉了一切。而这位继任的异族太师，早已由桀骜不驯的叛兄将领转化为阴柔狡诈的复仇者了。目标是取代族兄乩迦思兰之帅位，进而一雪前耻成为西路和草原真正的霸王。当然为长远计，眼下尚需忍辱负重、屈身示忠，两面三刀、挑拨离间、分别讨好关键人物，使各方均认为他是唯一可靠的亲信。故而，他既能在上次为金顶汗帐引进一缕异香，当然也会为代行汗权多日的小王孙再尝“活肉”了。

好像纯属巧合，那是在一片阳光明媚的大草原上……

须知，在草原汗国并不像在中原历代帝王尚须天天早朝，草原汗国推行的是适应游牧文化的“朝无常制”。黄金王子伯彦猛克既然已稳稳地代行汗权了，当然外出巡幸或游猎也就成了常态。说来也巧！有一次在亦思马因的陪同下，黄金王子来到一处远离汗廷的大草原上狩猎。天苍苍，野茫茫！丰美的沃草丛中惊飞起无数的天鹅野鸭。黄金王子正欲张弓射向天际，却意外地又闻到了那股久违的异香。黄金王子仅仅犹疑了瞬间，便抛弓下马向草莽深处寻香而去。也不知为什么亦思马因和侍卫没有紧紧跟上。黄金王子发现碧野中竟隐着这样一汪湖水，清澈见底，水中竟然还有一位裸体的美女正在顾影自怜地沐浴。与此同时，那异域的幽香也弥漫了湖面。黄金王子顿时神迷智乱，随之便不顾一切地扑了过去！野性的勃发，放任的纵欲，无遮无掩的狂欢，还有那酣畅淋漓的呼叫：“活肉！活肉！我的活肉！……”据野史载，待亦思马因再见到少主时，湖畔茂草早被滚轧为绿毡矣！

由此，这位继任太师便越发成为黄金王子的私密心腹了……

有史为证，他不但可以为小王孙解决“活肉”之供求，而且竟逐渐敢冒天下之大不韪挑起黄金家族上层的内争。出人意料的是，他还敢把矛头直指从不过问朝政的乌纳博罗特。如此忠厚老诚之人需大动干戈吗？但面对迟疑的黄金王子他却言之凿凿地开始进谏了。大意是：为何后人称圣祖“马上得天下”？乃皆因亲自统率百万铁骑战功无人可比！而眼下亲王虽代行汗权，兵权却仍牢牢掌控在乌纳博罗特手中！其人貌似忠顺，实则阴柔狡诈。常守于老可汗身边，必和那隐没的小妖姬多有暧昧的交易。当今衰年的大汗万一有不测，其必然拥兵夺殿下汗位。要知道，虽殿下血统高贵稀缺，而其也可算黄金家族正宗后裔。舍谁择谁，就全看兵权在谁之手！故微臣才敢冒犯禁律直谏：愿殿下暂舍异香而在兵权上能大有作为！当然，仅凭小儿之语向老可汗索要可能适得其反，必须以大家手笔促成大动作方能令汗廷心服口服！

显然，为打动老可汗二人是下足了功力……

据史载，黄金王子的奏章已经辗转呈上，果然引来老可汗的连声赞赏。他是有点怀疑小王孙何来的这种文韬武略，但毕竟与自己久有的一个心愿不谋而合。奏章中似已抹去其重又开始“盛装炫酷”之种种传闻，而只留下一位少年“济农”胸怀大志的深刻印象。奏文大意为：为捍卫马背民族的荣誉，为彻底摆脱异族强人的挟持和凌辱，当应借乩迦思兰受困于漠南与丝路难以自拔之机，及时打通漠北直达长城之粮道、盐道、茶马古道等诸多商贸通道。一方面可宣抚或威慑沿途蠢蠢欲动的各部族；另一方面也可通过实战锤炼我方草创的数千汗廷铁骑。而更重要的却在于，从此可再不受制于人而自立自主，力求早日再现圣祖辉煌的蒙古梦……总之，句句切中老可汗的下怀，竟然罕见地在自己隐居的夏宫召见了黄金王子。据史载，“祖孙长达一天一夜未出王帐。多为衰年大汗之训示，而小王孙则唯余诺诺”。没有丝毫相关小王妃的记述，只记载了这一对老少共同统治者之最后决定——

出兵！自行打通直达长城的商贸通道！

更令人费解的是，老可汗竟完全同意了小王孙南征的人事部署——名为替汗国自立解困，实则为己攫取兵权。而老人却只顾喋喋不休地为新统帅讲一个古老的故事——长城之内明王朝的大皇帝其实也是圣祖的另一支血脉后裔……这绝非老人临时的杜撰，乃当时确实有这种传说，且杰克·卫则伏在其专著中就曾这样写道：溃逃北归的遗老遗少们“从未承认过真正被击败或被赶出中国，只是改由伪装成汉人的蒙古后裔来统治中国”。同时期的一些国外历史文献甚至还提出一些荒诞的事证：诸如元顺帝与太子逃脱，其次子与诸多后妃均被明军俘获，蒙古后妃之一即被赏赐予皇子朱棣，生子，后为大明皇帝。再诸如出征蒙古被俘的明英宗，居然还敢私下勾引也先的宠姬，并且还能“暗结珠胎”……总之，这些暧昧性文化架构的传说和故事只能说明一个问题：马背民族至今仍不承认大元王朝已经灭亡，他们认为这只不过是一次历史性的游牧大迁徙。但老可汗今日之旧话重提，似乎不仅仅是告诫小王孙不可“同宗相残”，而更在于警告他目标只在打通长城内外的商道，切勿与明朝大军对垒交锋……只可惜，老可汗这份颇具内涵的良苦用心外人并不知道，而群臣们却只顾了哀叹：昔日深谋远虑的大汗怎么会如此就轻易地将兵权交给了“故态复萌”的小王孙?

须知，人们早怀疑上了幕后有只黑手……

看看南征的人事部署，就可看出借殿下之名的心怀鬼胎：深谙军事的乌纳博罗特被提名随征却只能作为副手，很明显他的兵权被彻底剥夺了；尚懂规矩的留守襄办乌斯曼也被打发回丝路去“通融解释”，竟公然提名由亦思马因代行丞相职权主持朝政；同时还借口南征尚需护驾，还将一批专会溜须拍马的贵族少年组成了私密的御林军……难怪就连乌斯曼这样的“局外人”也曾仰天长叹道：“孺子之言，岂可轻信?大汗与大帅将两败俱伤也……”而忠实的臣众见亦思马因也堂而皇之地踏入金顶汗帐，竟不由得惴惴不安起来，他们私下议论：莫非冷峻的满都古勒汗已经老糊涂了?只是在最后即将出征的时刻，人们才看到了老可汗又特意加派了少傅特穆尔坐镇中军帐，从而重又稍稍放心。最终，在黄金王子伯彦猛克的统率下，草原汗国第一次独立自主的南征开始了。是祸，是福?是成，是败?尚难预测……

但有一点却是肯定的，查遍所有史籍均未见到点滴满都海参与的讯息。她不但从政坛上销声匿迹，而且越来越向一个平凡的牧野妇女转化了。关于这方面，相关文献倒是有不少的记载。比如说，她不仅政治智慧逐渐消失，而且还心甘情愿地当起了母亲。她竟然有了两个女儿，成天只顾忙着为孩子们挤奶、熬茶、缝制小衣服。这对维护老可汗的个人尊严绝对有好处。但据史载，其实这只不过是她的兄长脱火赤留在草原上的两个小女儿。故而，也有史者称，满都海之隐没是老可汗精心策划的。杰克·卫则伏在他的专著里就曾专门写道："在伯彦猛克南下征战期间，蒙古汗廷的状况并未见于文献。然而，不久之后必会有事情发生。因为行事低调的满都海早已在吸收盟友，壮大实力。在年老的可汗体力日衰、年轻的可汗在明廷的边境四处乱闯时，满都海则默默地着手巩固自己的地位。她成功地吸收了一些盟友，为迎接不可测的未来做了力所能及的最完善的准备。对她来说，在此前都是摸索期。在摸索期间，她观察、学习、耐心等待。她很快就会有一展身手的机会……然而也必须指出，不论中外，此等今人之种种推论似也只能算一家之言。但有一点却是必须肯定的：据史载，由于此次南征是草原汗国北归后的首次，胜负成败才是梦可宝力格草原注目的焦点。当然早已淡出汗廷的满都海，也就更加被人们遗忘了。

如一颗光彩夺目的彗星划过，很快便融入了夜空……

但那不可一世的伯彦猛克小王孙，却似乎幸运多了。此时不但异族大帅乩迦思兰无暇顾及，就连长城内的大明王朝也突然传出了噩耗。1464年，那个曾被也先俘获后又以重金换归的明英宗，在恢复帝位并杀了力扶社稷之于谦等一批忠臣之后终于死了。而伯彦猛克的南征恰恰在此后不久，由此可见老可汗为侄王孙选择时机并非"老糊涂了"。更重要的还在于，明朝新登基的皇帝明宪宗朱见深也是一个年仅十七岁的少年天子，似乎也因童年的遭遇竟畸形地迷恋上从小伴随自己的保姆——后来祸乱明宫的年已三十二岁的万贵妃！"恋母癖"造就的婚恋必然引发朝政的混乱，故而，由黄金王子伯彦猛克统率的此次跨漠南征开始还算顺利。当然，这也与老可汗临阵派出少傅特穆尔坐镇中军不无关系。因为这位小王孙的老师不仅当年也曾是一位统率兵马的名将，而且其家族昔日游牧之故地就是在长城之外的土默川上。熟知战略，熟知地理，难怪旗开得胜，眼见得自主的经济命脉不日即可打通！

捷报频传！谁还顾得上再去想早已隐没的小王妃呢？

但幕后那只黑手虽留在汗廷代行丞相职权却依然欲壑难平。因为亦思马因的目标并不仅仅在于当什么继任太师，而是要貌似恭顺地扫清一切东山再起的障碍。乌斯曼被他略施小计逼回了丝路之上的大帅营帐，小王孙及哈巴尔图也被他玩弄于股掌之中，老可汗奄奄一息随时可能死去，族兄身陷远方鞭长莫及……而现在唯一有碍于自己彻底掌控汗廷东山再起的便只剩下这位少汗，而若等这滴珍惜的血脉归来，自己很可能仍须阴柔谦恭地扮演“奴才”。为此，他竟差亲信快马加鞭向伯彦猛克递上一封密函，极尽挑拨离间之能事曰：“昨日朝觐大汗，方知不准与明军交战之缘由也！已有明使前来密议，老可汗已同意让位于对方新皇，只为谋求大元王朝之中兴与大统一。人上人变人下人，少汗当慎思而行之！”

这还了得！踌躇满志的黄金王子最终拍案而起了……

权欲熏心！为保住即将到手的大汗之位，伯彦猛克开始挑战老可汗的权威和警示了。他暗中差遣手下那些少年的狐朋狗党分赴长城附近的各蒙古部族，假借圣命煽动起兵向明廷发动突然袭击和进攻。不管成不成功，先毁了老可汗与明使那份“密议”再说。其实这只不过是亦思马因造谣中伤之计，但年少气盛的小王孙却信以为真地和叔祖父翻脸了……往事不堪回首，似也只能长话短说。总之，初期尚打了明朝官兵个措手不及，但后来在对方奋力反击下只好作鸟兽散了。还多亏了乌纳博罗特听从少傅特穆尔指挥按兵不动，才未造成初建的汗廷铁骑损兵折将。最终，黄金王子在数骑的护卫下先行逃回了漠北汗廷，意在编织谎言反咬一口。

直至此时，人们才似乎又恍然忆起了那聪慧的小王妃……

但几乎与此同时，人们也看到经过如此的挫败，老可汗对先行逃归的侄王孙却仍然坚守着“不抛弃、不放弃”的原则。反倒听信了他那反咬一口的诬陷，将乌纳博罗特以“不听帅令”罪逐回了他的故乡东部草原。甚至对挽回颓势确保商道畅通的少傅特穆尔，也以“辅佐不力、教化无方”等种种罪名免去官职而提前“告老还乡”。总而言之，老可汗宁可舍弃身边的重臣，也不愿放弃这位珍惜血脉的侄王孙。至此，人们才恍然大悟，猜出满都海小王妃自动隐没的原因，原来她是怕触犯老可汗的忌讳有意躲避是非。自小王孙代行汗权之后，她就更进而当起母亲，只顾维护大汗的尊严了。

老可汗之用心良苦，看来将使她永无出头之日了……

只可悲！这一切的受益者却是那幕后的黑手——亦思马因。就连黄金王子北归后依然不知自己也是他清除的障碍之一，竟照旧把他当作自己最私密的亲信顾问。完全可以这样说，扳倒乌纳博罗特和特穆尔的一切说词，均是他精心设计的。他把握老可汗心思极有分寸，说服力极强。除此之外，他还在走进金顶汗帐代理丞相之后，其风格与其族兄也大为不同。总是与人为善于已为善，在朝堂上更是八面讨好、广结善缘，张口必颂大汗恩德，垂泪必谴族兄罪孽，致使追随者日众，更有多位蒙古大臣私下向大汗禀奏他的仁义贤良与忠心耿耿。黄金王子伯彦猛克尤为这样，就是殊不知继两位无辜的忠贞之士之后，自己也就成了他最主要的扳倒对象！

但出人意料的是，满都海在此时突然闪现了……

据野史记载，在乌纳博罗特回归东部草原的前夜，满都海好像是奉命悄然前来送行的。这说明老可汗并未老糊涂，一方面他在冷峻地观察和等待着小王孙的觉醒和悔悟，另一方面他也在为以防万一而不露声色地做着人事部署。比如说，少傅特穆尔的“告老还乡”，其实是带着部分人马回到了长城脚下的土默特草原，以暗中与明廷协商从而保证商道的通行无阻。同时，作为一位深谙民俗、受人尊重的长者，他也能坦荡地面对乌纳博罗特之恋恋不舍！为此，他竟派满都海去秘密送行，由此可看出这位将要辞世的老人用心之良苦。显然，满都海已体会到了并且如期而至。那是一个月光明媚的草原之夜，起初似只有良久地默默凝视，随后才听到满都海轻声传达老可汗的密旨：“你不是被逐出汗廷，而是被授予更艰巨的重任。盼你能火速组织和统率好东境各部族兵马，随时听从召唤以应对汗廷之不测……”而此时的乌纳博罗特却突然爆发了，其情其景竟吓得半弯明月也躲进了云层之中。或许是因为性能换来刻骨铭心的忠诚，夜幕下她似也只剩下了顺从与呻吟。这就是杰克·卫则伏在其著作中所谓的“一夜情”，而当代的一些作家也以此为依据大写满都海与乌纳博罗特“缠绵悱恻的爱情”。这是不确切的，或许是因为人们不了解古代性文化和政治错综复杂的关系吧。

这就是满都海！志存高远与万般无奈并不矛盾……

而在金顶汗帐另一侧遥远的草原上，一场真正的宫廷丑剧却仍在延续着。大皇后和小王孙不伦之恋，致使那汪隐秘的湖水竟日渐变得浑浊。按说，黄金王子大败归来后当应有所悔悟、痛改前非，但他没有。在重又踏入金顶汗帐代行汗权之后，他竟认为大汗是真的老糊涂了，完全可听任自己用谎言和讨好加以摆布。更可悲的是，自从逃过这一劫之后，他更认为自己是无人可替代的“天潢贵胄”，竟连“朝无长制”也觉得多余，竟连汗权也交于亦思马因而成日里只顾狩猎和巡游。当然目的地只有一个——草原深处那一汪已经浑浊的湖水。也不知那位大鼻子皇后使用了多少迷幻助兴剂，致使目空一切的小王孙身陷她的怀抱不可自拔。终日的巫山云雨，竟使他完全忘了自己的妻子失乞儿，还有那个体弱多病的小儿子……

毋庸置疑，这一切的幕后总导演就是亦思马因！

而小王孙伯彦猛克却不知自己已身陷他布下的罗网，更不知自己和怀中的“活肉”均是他下一步必须清除的障碍，竟越来越肆无忌惮地公然与大哈敦走出草莽，双双跨马并骑在蓝天碧野间炫帅耀酷。男的穿着绣金的锦缎蒙古华服，扎着乩迦思兰献上的缀满宝石之纯金腰带，颈上微露着银狐皮衬里的皮毛；而女的却是一身颇具异域风情的打扮，脸上还遮着一条轻柔的薄纱，真给人一种飘然欲仙的感觉。如果说这仅是非血统的不伦之恋，依古老的遗风或者尚可原谅。但二人却似乎有点太得意忘形了，这一天大哈敦竟脱口对小王孙说：老东西怎么还不死啊！得想想办法……而这样的话如果传了出去，依“札撒”条律来论则当属十恶不赦的篡逆之罪。

可悲的是，这随口一说竟被小王孙的一位亲信仆从听到了。他不敢怠慢，首先向代理丞相亦思马因告了密。而亦思马因则更显得“赤胆忠心”，不仅奖赏了其大笔金银，而且鼓励小侍从“如何如何”直接禀告大汗！

阴谋搅得周天寒彻，满都古勒汗将面临致命一击！

眼见得前功尽弃，而异族野心家就要重新攫取汗权！

满都海形单影只又该何去何从？……

老可汗之辞世与临终遗嘱

暴风雨将袭击梦可宝力格那茫茫的大草原……

在那闲人免进的禁地深处，老可汗在隐居的毡帐里似早已有一种不祥的预感。但他那冷峻的风格依然不改，几天来仅仅只对比自己小三十多岁的小王妃没头没脑地说过一句话：“听说，你在少女时曾带着你的伙伴堵截过盗马贼……”而满都海也仅说了一句：“我懂了！”从此，她便从毡帐中消失了，只留下巫师密沁，念念有词地仍在作法，烧着羊骨板以占卜汗国的吉凶祸福。君臣都相当虔诚地望着那骨板上烧裂的纹路似在祈求长生天的指点和相助。

须知，相关小王孙的密奏仿佛越来越多了……

满都古勒汗深感痛心，表面上却永远是冷峻而沉默。他从不表态，甚至置之不理。因为在他看来，如果仅仅是和大哈敦的绯闻尚无关紧要，哪个小马驹子不闻骚呢？他担心的还在于，小王孙越来越辜负了他的期望，凭着自己的珍稀血统竟借口“朝无长制”而把朝政完全推给了异族代理丞相，自己却成日里无视亲王的尊严和那异族大哈敦鬼混。异族、异族！金顶汗帐内外似乎只闪现着小王孙和两个异族男女。看来，他为小王孙所付出的一片良苦用心付之东流了，这位钦点的传承人竟敢公然无视朝政，眼看就要成为他人的掌中物了……但即使是这样，满都古勒汗也从未想到过将小王孙“弃之不用”。或许是因血脉同宗的原因，他总是以怜悯珍惜的态度对待这个小王孙犯下的错误。他甚至常以“他才刚刚过了十七岁”来为黄金王子辩护，意指他还是个少年，心智尚不成熟。单纯、幼稚、浮躁、冒失等均是难免的。况且他从小历经磨难尚缺乏宫廷教育，故而“初当大任”必定也会出现头昏脑涨、应对失措等种种轻浮之举。为此，冷峻的老可汗仍在沉默中等待着小王孙的成熟、觉醒与“一鸣惊人”！但不知为何某种不祥的预感却在心头越压越重，似也只能招来密沁占卜吉凶了。

骨板炸裂了，密沁脸上突现一片惶恐……

几乎与此同时，那位小王孙的仆从也受亦思马因的鼓动前来揭发自己的主人了。风云突变，竟使得老可汗似受到了当头一击。什么？不仅仅是和大哈敦的乱伦，而且还涉及自己的“还不死”和“得想想办法”？这显然已绝非绯闻那样简单，而是纯属“札撒”条律中“大逆不道”之罪……病弱的老可汗闻听后几乎在悲伤中就要栽倒了，此时多亏密沁扶住并进谏曰：“决不能轻信一面之词，应当场对质！”老可汗听后似又看到了希望，立马挣扎着命人传召伯彦猛克亲王殿下。谁料平时专爱逞能炫酷的黄金王子一听要当场对质，在老可汗面前又变成了一个惘然若失的弱智少年。据史载，除了矢口否认，便是一连串的“我没说！我没说！”，最终那小仆从也只好供认：“是大哈敦说的……”至于对谁说的，老可汗竟戛然而止不再追问了。

尚留有余地！只不该，此事在草原上已经哄传开了……

其实，此日的草原汗国，历经满都古勒汗几年来的卧薪尝胆、奋发图强早今非昔比了。之所以包容乩迦思兰等异族军阀之欲加操控，皆因历史缘由和时机尚不成熟而造成。更何况！颇有政治头脑的乌斯曼被将计就计地送回了丝路，而剩下的异族大哈敦和族叔亦思马因由于各有盘算相互钩心斗角。只是没有想到的是，曾为一代骁将的亦思马因会如此阴柔下作，竟卑鄙无耻地拿侄女的肉体作为钓饵欲让草原汗国断根绝种。多亏国师密沁在场，他又颇为神秘地再次烧骨占卜，并根据骨板的裂纹走向而言道：“长生天曰，圣祖大业不久即将中兴光大，然欲找迷失之马必先寻那盗马贼！”

随之，代理丞相亦思马因便被罕见地召去了……

虽然说绝非第一次，但他还是被眼前的景象所震撼了。老可汗隐居的毡帐随时在游动他是知道的，但绝没想到这回竟会游动于这样险峻的峡谷腹地。但更令他惊愕的还在于，似平时那些守卫禁地的武士全不见了，今日却清一色地换上了一批飒爽英姿的戎装女侍卫。真让人不禁联想起传说中那神奇小王妃，但又扑朔迷离地分不清到底是哪一位。只有一点亦思马因是十分明确的，肯定是汗廷出了什么大事。若不然这常人难进的禁地也不会突然如此惊人地换防。果然进得毡帐，便见得老可汗似变得更清癯、更冷峻、更目光逼人！但口气却依然是处变不惊，仅把那小仆从告主之事简单复述了一遍，便命他以代理丞相的身份火速查清事情真相，以诏告天下臣民。

异常冷静镇定，反倒把亦思马因吓出一身冷汗……

天啊！他退出后似也只能暗暗叫苦了，原来老可汗同意由他代理丞相是在这儿等着他哪！有那小仆从之口供为证，明摆着这是要借异己之手彻底清除异己！而现在就要对这位大哈敦六亲不认地动手，似乎时机尚不成熟。须知，族兄乩迦思兰虽受困丝路绿洲却仍兵强马壮，若听到女儿竟被族弟铲除必然会派一支铁骑前来兴师问罪。而首当其冲的便会是他，更何谈什么掌控汗廷的大鼻子哈敦，以待来日时机成熟再除此害也不迟。

随之，这位异族枭雄的目光便又紧盯住了小王孙……

亦思马因继续用阴险狡诈的伎俩游走四方，进而还想两面三刀地将此次不伦事件化为莫须有的宫廷政变。犹如当代的多面间谍一样：一方面他不断奏禀老可汗，查询正在进行，果然不出圣上所料，另一方面他又在朝堂之上故作悲情忧苦状，搅得群臣惶惶不可终日；一方面他在私下密嘱大哈敦千万要矢口否认，必要时不惜反咬一口，另一方面他却向小王孙继续大表忠心，竟表态“誓与少汗共存亡”！而更为下作的是，他还深夜密会过独守空帐的失乞儿，以“安达”的身份对这个女人进行耸人听闻的恐吓，大意为：老可汗因吃醋大为震怒，小王孙很可能难逃一劫！为此你必须收拾家当先行潜归戈壁深处父母的部族，我随后即陪护小王孙轻装简从去隐姓埋名躲灾避祸……谁料只想当平凡妇女的失乞儿一听就被吓傻了，果真天不亮就赶着勒勒车为了丈夫的安危去打前站。

此地无银三百两！这反倒使黄金王子叛逆的罪名坐实了……

亦思马因为此狂喜不已！眼见得掌控汗权的最后一块绊脚石已经被他撬动了，能不趁热打铁将其掀翻彻底滚开吗？为此，他竟然趁夜神秘地溜进小王孙巡幸的宫帐，一见这位六神无主、惊慌失措的少汗倒头便拜，竭尽卑躬屈膝之能事以突显“舍身救主”之“忠臣本色”。没等小王孙缓过神儿来，即涕泪满面、滔滔不绝地泣告曰：“少汗，少汗！现奸佞当道，臣已无力回天！少汗如不另谋出路，稍有迟疑必遭杀身大祸呀！”据史载，小王孙顿时吓得魂飞魄散，竟也突然跪倒向这位“忠臣义士”恳求指明生路。昔日的逞能炫酷与今日之狼狈不堪，恰好形成了鲜明的对比。而亦思马因似“被逼无奈”，最终也“舍生冒死”地向小主子指出一条活路：急速南下投靠“太上皇”乩迦思兰。

什么叫阴险？由此一计又一计不难看出……

而伯彦猛克却仍对亦思马因感恩不尽。也难怪！这位自己亲点的代理丞相似说得句句在理：是这位大帅亲自赠送给自己象征汗权的金腰带，也是他亲自率领群臣跪拜首先尊自己为“少汗”。正如亦思马因所说，大帅对大汗之老迈昏聩已忍无可忍，早巴不得换上新汗以同心协力呢。为此，自己前去必然会大受欢迎，说不定还会派兵助自己名正言顺地登上大汗之位呢。再加上，亦思马因之谎言诱惑又声声带泪，句句泣血，最终使小王孙为了保命当夜即依计悄然南逃了……殊不知在此之前，亦思马因早已遣急使先期向族兄乩迦思兰递上一封密函，声称“此恐是老可汗霍乱军心之计也！其人野心勃勃，心狠手辣！为其不生杂种，竟百般践踏已怀孕的我方小主子，致使血溅宫帐至今生死难卜，而其却手提死婴向老可汗效忠……”据15世纪初生活于蒙古高原的阿拉伯作家伊本·阿拉伯沙的著作记载：接到密函的乩迦思兰竟“激动到鼻子都开始流鼻水，然后他抹掉鼻尖上的黄鼻涕，怒不可遏地喊道：‘我会吃他的肉！我会喝他的血！’”

小王孙已命悬一线，而老可汗所受的打击就更可想而知……

此时的亦思马因则在暗中不由得窃窃自喜了。在他看来，自己这“一石多鸟”之计最终不仅清除了襄办乌斯曼、少傅特穆尔，就连最后一块绊脚石小王孙也被彻底掀翻了。年迈衰老的老可汗被气得肯定活不了多久，整个汗廷也必然随之大乱。到时自己这个代理丞相将要真正独揽大权了，将完全掌控草原汗国，进而与宿敌乩迦思兰抗衡……却谁料，老可汗的死讯迟迟不见传来，汗廷群臣也未见慌乱，平静得犹如一潭死水，反倒是亦思马因自己先忐忑不安起来。为摸清老底，他似也只好以“引咎请罪”来试探。更大出意料的还在于，老可汗竟在他的奏折上亲批曰：“不准！逃者已逃，在者仍在，当继续审结此案！”天啊！亦思马因接旨后更叫苦不迭了，这不是等于让自己不顾同族去捅一个更大的马蜂窝吗？

似还须回到黄金王子伯彦猛克的出逃……

应当说，这位曾经的少汗当时也只不过十八岁，除了浮躁、轻狂、逞能炫酷、权迷心窍等诸多毛病之外，他仍保持着那种少不更事的幼稚、单纯和轻率，甚至尚不懂如何弄权害人。他根本不知道亦思马因早已为他布下了杀身的陷阱，为保命他仅带了二十多名亲随去自投罗网。他似乎已经忘了老可汗对他的珍惜和宠爱，更不懂给老可汗留下了多少痛苦和折磨……据史载，满都古勒汗闻听小王孙突然出逃，当即惊得呕血不止、几番晕厥，痛苦之状令人难以卒渎。但稍有舒缓又立刻下令：不得追赶，不得外传！随之，便是一天一夜之“颗食未进、滴乳未饮”的痛苦抉择。但出人意料的是，在此之前他已派出最快的驿使直达土默川，命令驻守在长城之外的特穆尔设法加以劝阻，并命特穆尔遣密使和留在乩迦思兰军中做人质的脱火赤暗中联络，让其以“监军”的身份确保小王孙性命无虞……完全可以看出，满都古勒汗即使在就要告别人世之际，似乎仍对同宗血脉的小王孙坚守着“不抛弃、不放弃”之策。而将亦思马因稳住并继续留任代理丞相，也是为了将来当面揭穿他以使小王孙幡然悔悟。然而，小王孙伯彦猛克完全辜负了这片良苦用心，竟为了搬兵回来彻底登上大位而仓皇出逃了。

此事不堪回首，似也只能长话短说……

伯彦猛克为早日见到乩迦思兰抄近道而行，碰巧躲过了特穆尔的设哨劝阻。好在大营内的脱火赤已接到了其父之密告，早派出蒙古族亲随挡其于营寨十里之外。随之又有亲信传来急报，声称大帅已得知小王孙即将到达，为替女儿复仇正欲兴兵杀来。“什么？替女儿复仇？莫非留在汗廷的大哈敦已经惨死？”想到这里，伯彦猛克已知大事不好，为不被碎尸万段掉转马头便没命地再往回逃……据史载，脱火赤在乩迦思兰面前也适时地“挺身而出”，愤慨而言道：“此等忘恩负义之辈，不仅是大帅不共戴天的仇人，也是我草原汗国罪不容诛之国贼也！卑职熟知其北逃之路，愿大帅取其首级以告慰大哈敦在天之灵！”乩迦思兰见其义愤填膺、怒不可遏，遂命其率轻骑火速奔袭取王孙项上人头。岂料脱火赤这一追便有去无回，而乩迦思兰则又突遇军情紧急，故而伯彦猛克才又幸运地逃过一劫。据史载，他探知妻子失乞儿携弱子已回归到她那遥远的部族，便也潜行去往那荒僻的戈壁深处暂时隐姓埋名，等待老可汗的速死，以图他日的东山再起。然而，戈壁守不住秘密，消息很快传回了汗廷。当时满都古勒汗深受刺激已病入膏肓，亦思马因便趁机以代理丞相之身份主动率兵前去缉拿。很显然！这个“活口”不灭，自己将原形毕露、彻底完蛋！但据史载，这一次伯彦猛克竟又幸运地逃脱了，只留下一顶空毡帐和失乞儿母子来应对气急败坏的亦思马因。母亲竭力保护着自己瘦弱的孩子，却不料兽性大发的亦思马因竟为泄愤拉过失乞儿便强暴起来。在一片混乱之中，伯彦猛克和失乞儿所生的那个先天不足的男孩却早已消失得无影无踪。

别忘了！这个男孩也曾有过一个名字：巴图孟克……

历史就是这么巧合，在一个小孩悄然失踪之际，一位老人却要真正告别人世了。难怪此时的亦思马因可以狂妄地为非作歹，皆因此时忠实的臣僚都跪伏在满都古勒汗临终的病榻四周。其中有满都海小王妃、国师密沁、奉诏归来的少傅特穆尔、敌营驰返的年轻将领脱火赤等。但令人不解的是，其中还有那位“大胡子太监”拉合蛮。而此时老可汗的临终嘱托已经说完，似乎正要对这位异族的神秘亲信说些什么，但他已气息奄奄吐字不清，只能由密沁巫师俯耳倾听再加转述。大意为：你是朕最忠诚的安达，草原会永远铭记你！现乩迦思兰穷兵黩武意欲称霸天下，却不料反招来四面受敌、天怒人怨，进而后院起火、叛者日众，故朕特命汝率同族部众返乡伺机而起。近报亲仇，远为自己打出一片天地！朕已为汝备好粮秣辎重……

语未了！满都古勒汗已阖然长逝，悲哉！

而几乎与此前后，那骄横一世的大哈敦哈巴尔图也神秘地死去了。有关她之死有两种说法：其一，乃亦思马因为杀人灭口私下所为；其二，乃因自觉“失去性与权即失去活下去的意义”而服毒自尽……但不管怎么样，也总算是“魂归离恨天”了。

随之，亦思马因这只“独狐”也趁乱纳失乞儿为妻，将金顶汗帐内之珍宝席卷一空，带着哈巴尔图留下的那几个色目亲随，借着浓浓的夜色向南溜之大吉了。这不仅是因为他明白草原的怒火不久便会烧向他，而且他昔日的部将和癿迦思兰闹翻了正等他回去领头造反呢！

满都古勒汗之死终于再难遮掩了，瞬时梦可宝力格大草原便沉浸在一片悲痛之中。

老可汗是值得追思和尊重的，但有关他的这页历史似也只能这样翻过去了。而更重要的还在于，同时也留下了空白，留下了无奈，留下了惘然失措！

北有游走的叛逆王孙，南有虎视眈眈的癿迦思兰……

迷茫的伟大汗国啊！谁主沉浮？

长生天尚未作答！

等待……

第五章

抉择

万马奔腾靠头马，鸿雁高飞靠头雁……

等待！在茫茫无垠的梦可宝力格大草原上，臣民们在沉痛地悼念满都古勒汗辞世的同时，也在焦急地等待着由谁再来撑起汗国顶上这片蓝天。须知，老可汗并没有留下任何子嗣，而那个曾代行汗权的侄王孙又背叛了汗国，或许正是他把老可汗活活气死的，怎么能再让这样的逆子重登大位呢？

天理不容，人神共愤，金顶汗帐绝对容不得他！

痛定思痛！臣民们在无可抉择时，竟渐渐有了一个另类的抉择：既然尚一时很难找到男性的后裔，那为什么不尝试依古制古俗先选出个大汗的遗孀暂时执掌监国大权呢？没错儿！在蒙古史上确实不乏这样的先例，后妃们在君王先逝、稚子幼小时往往临朝称制。但绝不是羞羞答答地垂帘听政，而是光明磊落地临危接掌汗权。臣众之所以有了这样的想法，是因为在迷茫之中大家均不约而同地想到了一个人——一个早已淡出臣众视野的人，一个即将被牧民遗忘的人，一个从始至终伴随老可汗走完人生最后一程的人！

这就是满都古勒汗唯一的遗孀——满都海小王妃……

随之，那些几乎被遗忘了的神话般的传说，又沸沸扬扬地在梦可宝力格大草原上重新传开了：是她首先敢于面对那邪恶异族大哈敦的挑战，是她首先点燃了反抗异族军阀的草原烽火，是她危急关头挺身而出化解了对手篡位夺权的阴谋，还是她甘愿舍弃青春伴老可汗走完最后那段重振汗国的人生路……总之，越传越具有神话色彩。有位老祖母级的牧妇竟赶着牛拉的勒勒车到处说：满都海小王妃不是个一般人，她可是长生天为拯救草原汗国派遣下凡的神女啊！既然老可汗已经走了，她可得为咱草原上的牧人做主啊……但任凭怎样千呼万唤，无论是金顶汗帐还是那隐没的宫帐，却均久久没有任何反映。

普通牧众并不懂：抉择！多方正在进行着艰难的抉择……

是的！依蒙古民族古俗古风，满都海受拥而出监国理政当应是顺理成章的：老可汗只留下她这么一个遗孀，而且也没留下一个男性后裔。人心所向，当之无愧！但她却迟迟未在金顶汗帐中现身，这至今还是个历史之谜。而后代的历史学家为此也有不同的解释：一种说法认为满都古勒汗早有遗嘱立她为大哈敦，是她在衡量自身的未来而久拖未决；一种则认为皆因老可汗无后而黄金王子又叛逃出走，汗国下属各部族有的心怀异志，有的蠢蠢欲动，局势不稳，尚须时日；而另一种则认为是其父特穆尔的坚决反对，一方面唯恐自己的部族绰罗斯因此成为众矢之的，一方面也考虑到满都海此时也只不过二十岁，难道就此继续舍弃青春年华而永远失掉幸福？

这就是从个人、家族、部落直到汗廷都在为未来抉择！

而抉择不仅需要时间，需要智慧，当然更需要耐心和等待！即使内心已初步有了抉择，也必须等待时机。须知，有了抉择并不见得随心所愿，后法制人才能稳操胜券！

茫茫草原静悄悄，恰和牧人的焦躁心态形成对比……

果然不出所料，终于有人出面公然挑战汗位了！

只不过！极少有人会想到是他——

落荒而逃的黄金王子！

伯彦猛克之大漠称汗

看来，满都海与汗廷迟迟不宣是经过深思熟虑的，终于等来这位逃亡于大漠戈壁的叛逆王孙现身了。可千万别小看了他！伯彦猛克时年虽仍不足二十岁，但仅凭他那珍稀的血统和曾经代理汗权的短暂经历，对于草原汗国来说，他仍是一个可“牵一发而动全身”的重要历史人物！

多亏了汗廷的按兵不动和早有准备……

据史载，这位曾经作为大汗汗位唯一继承人的落魄王孙，在历经异族军阀及异族大哈敦权与色的诱惑后，最终竟大逆不道地背叛了自己的列祖列宗和草原汗国。在亦思马因之蛊惑和操纵下，他欲投靠乩迦思兰“早登汗位”不成，反而险被杀掉。之后，他好不容易逃归漠北戈壁与妻子会合，却谁料又偏遇亦思马因翻脸竟率兵前来追捕。最后，他只落得一个“弃子抛妻”落荒而逃的既可悲又可耻的下场，仅余几个亲信的侍从陪伴他像孤魂野鬼一般在戈壁荒漠上东躲西藏。而据史载，其实在满都古勒汗生前就没有下过什么“斩尽杀绝”之令，残留的舐犊之情似仍对他抱着某些期待。

只可叹！风浪一起伯彦猛克便又被吹得晕头转向了……

综合多种北元史料来看，在老可汗魂归长生天之后，汗国所属各部族确实有心怀异志和蠢蠢欲动的。须知，自元末溃败北归以来，这种部族之间的明争暗斗似乎就从未平息过。尤其在瓦剌军阀也先取得一时成功后，就更激发起各部落首领欲效法其也称王称霸。当然手法相同，在此前首先必须寻找一位“圣祖后裔”以号令天下。而如今老可汗历经艰辛将异族强人逐出汗廷之后却先死了。没有留下男性子孙势必会引发各部落贵族想入非非而故态复萌。再加上眼前就有一个“现成货”，“物以稀为贵”能不让人打他的主意吗？随之，便有一些部族首领纷纷暗中遣使跟踪而来。

显然，这使得走投无路的伯彦猛克似乎又看到了一线曙光……

要知道，此时他在戈壁荒漠中不仅仅是走投无路，而且是几近陷入弹尽粮绝的境地。茫茫无垠的大戈壁荒滩上，除了沙丘和石砾之外人烟极少，有时甚至一连几天饥渴交加。这位昔日爱炫酷耍帅的黄金王子，竟落魄到蓬头垢面再顾不得驮在马背上的锦衣玉饰了。更可悲的是，他至今仍被亦思马因所营造的恐怖噩梦困扰着，除了整日盲目的逃亡就连老可汗已经去世也全然不知，当然就更不知那位“活肉”大哈敦也随后死掉了，而他的“导师”亦思马因却掳走他的老婆逃归丝路与其族兄分庭抗礼去了。茫然无知，似只剩下惶恐的逃亡与几近绝望。

多亏有一些部族的家臣们寻踪而至……

一开始，伯彦猛克还以为自己末日将临，但随后看到这些人竟纷纷跪倒在自己的脚下口口声声称臣。不仅如此，这些家臣们还竞相向自己献上了贡品，从吃、喝、住、行到奇珍异宝考虑得相当周到。尤其值得一提的是，其中的一位部族家臣还专门献上了一位绝色的妙龄少女，似特为解决自己“三月不知肉味”的问题。奇货可居！总之，一时间自己又显得身价百倍，戈壁上还专门为自己立起一顶象征性的宫帐。直到此时，伯彦猛克才得知老可汗业已驾崩，汗位空悬，这些人是奉主子之命前来争先拥立大汗的。毫无思想准备！此时的伯彦猛克犹如现代的过山车一般，乍落乍起，猛升猛降，时感惊魂，时感刺激，仿佛也只能听天由命豁出去了……而那献上的少女也绝非等闲之辈，竟使他平生又尝到了第二份“活肉”，而且尚能柔声软语地对他耳语：“什么叫拥立？大汗抱着臣妾就算拥立了！剩下的事圣上您就别管了，就让那帮奴才们劳心劳神去吧！”随之，第二天便有一份“御旨”快马传向金顶汗帐了。上面除了宣示自己已受拥立称汗外，并特别指出：“小王妃一贯忠贞侍奉先汗，特嘉令其舍身殉葬，以告慰先汗在天之灵！”

抉择！难怪史者称：抉择往往是被逼出来的……

伯彦猛克在戈壁荒漠上的“汗宫”仅开张了不几天，便奇怪地日渐萧条起来。这一天，就连那献身于他的美妙“活肉”也悄然不见了。幸亏有一位还算善良的部族家臣临别对他说：“大家都知道了，只瞒着你一个！还不快走，乌纳博罗特王子就要率兵来了！”“什么？！”伯彦猛克闻听后顿时吓出一身冷汗，而诸多家臣密使“弃之而逃”也自有原因：其一，乌纳博罗特不仅配称“王子”，而且他也是黄金家族后裔中最年轻且最有为的天才将领；其二，乌纳博罗特现统领着东蒙古各部族的上万铁骑，只要东部不反，其他地方的部族是绝对难成气候的；其三，乌纳博罗特是坚定的“一统”派，矢志效忠于汗廷，而且在传说中他还和小王妃关系非同一般……这对于伯彦猛克来说，似乎问题就变得更严重了：他曾蔑视过他，他曾侮辱过他，他曾剥夺了他的兵权，他曾从汗廷撵走了他！想到这里，伯彦猛克竟罕见地不再犹疑了，顷刻间便抛弃了那座戈壁上新扎的宫帐、里面的王座以及众多金银珠宝等贡品，甚至连为登基重新穿上的豪华服饰也来不及换，便带领几个亲随跨上红鬃宝马再次向大漠深处落荒而逃。这就是史书上所谓的他那“短暂的称汗”，昙花一现，前后只不过几天时间。

但前程茫茫，出路又在何方？……

据史载，伯彦猛克仓皇出逃，没几日便又在大漠中陷入了饥渴交加的地步。这一天，终于遇到了一眼泉水，并在旁边的草滩上还看到了一顶新扎的蒙古包。更出人意料的是，蒙古包里正好走出了一位婀娜多姿的美少女。她显然被眼前这位穿金戴银的年轻贵人惊呆了，而他却绝不愿暴露身份只求能尽快找些吃喝。小姑娘非常善解人意，很快便从蒙古包里提出一小桶酸奶。这玩意儿既解饿又解渴，他和随从忙接过她递来的碗分头喝起来。好畅快啊！但他不敢久留，喝完便跨马又向戈壁深处逃去，那少女仍在远远张望着他们的身影。尤其是他腰间那灼灼闪光的金腰带，还有那胯下骑的红鬃马，戈壁荒原上从未见到过啊！她竟喃喃自语着似陷入了梦幻之境。

天哪！这可是平日里专爱“耍帅炫酷”留下的祸……

据史载，直至伯彦猛克及其随从跨马消失在荒漠的地平线下，那少女还在高高的沙丘上痴痴远眺着。不知是为什么？是惊讶，是春心萌动，还是由于那金光四射的盛装让她久久难以忘怀？却谁料偏偏在这时，平常孤寂的蒙古包前却又突然闪现出几位狂野的马上壮汉。他们剽悍粗犷，衣衫不整，恰和离去的那位年轻贵人形成鲜明的对比。他们见状忙问她在望什么，蒙古姑娘从来不认生，她跑下沙丘激动地描述着：刚才在戈壁上见到一位年轻的贵人，穿着什么样的袍服，扎着什么样的腰饰，骑着什么样的骏马……只可惜！她那激动之情尚无抒发完毕，那五位狂野的好汉早已快马加鞭向远方闪电般飞驰而去了。而那少女颇为不解，但后代的史学家却对此有了这样的诠释："从客观上讲，这或许是伯彦猛克一生中最值得怀念的一件善行。因为他的出现，不仅使那荒漠少女免于被强暴，而且也使她的全家侥幸躲过一场大难！"

因为，这五位狂野的壮汉俱是有名的戈壁劫匪……

只可悲！这位昔日的黄金王子用酸奶解了饥渴，他那胯下的红鬃宝马也啃足了青草、喝足了泉水后，人有点慵惰、马有些蹒跚，不久便被那几位戈壁壮汉飞骑追上了。其中一位劫匪拦住去路就大喊道："你是什么人？"伯彦猛克努力保持着镇定，答道："旅人。"劫匪不解地反问了："什么？"伯彦猛克却始终嗫嚅着不愿暴露身份："这……"这回劫匪干脆怒喝着下命令道："还不快把你的金腰带留下！"或许是听出暂无性命之忧，伯彦猛克竟为这条缀满宝石的金腰带犹疑不决了。在他看来，此物不仅价值连城，而且是他高贵身份的特殊象征！而更为严重的还在于，如若听命留下金腰带，那将是对男性尊严的莫大侮辱。要知道，依照草原古代的民风民俗，"无腰带"即是"女人"的同义词。（引自杰克・卫则伏之说）但那五个劫匪似早不耐烦了，史载："其中一人抓住亲王爱马的马勒，其他人则把他从马鞍上拉下来，杀了！"

就这样，曾经权倾汗廷的少年王子便陈尸荒漠了……

而他身旁那几个迷茫的亲随，见大事不妙已纷纷四散逃命去了。留下的强悍劫匪似乎也无暇顾及，仅解下了那条价值连城的金腰带。至于伯彦猛克身上那件同样昂贵的以银狐皮做衬里、以金线绣就的锦缎华服则弃之不理。在劫匪们看来，男人的袍服紧贴皮肉，不仅吸收过死者的汗水和气味，还附着着死者残留的灵魂和命运，故而没有人敢于再去穿它，生怕死者的灵魂和噩运附体，也会遭到同样的下场。最终，劫匪们还是只拿走了那条镶满宝石的金腰带，还有那匹名贵的红鬃马，扬长而去了。

到此，伯彦猛克那可悲的称汗梦也就画了一个休止符……

戈壁茫茫，荒漠死寂，一望无垠的旷野上似只剩下了这位昔日小王孙的一具尸体。他虽仍穿着昂贵豪华的盛装，但再难跨着宝马去炫酷扬威了。他才刚刚过了十九岁，纵观他短暂的一生还是令人颇为感叹的！他出生于本土军阀也先嚣张一时的年代。父亲虽名为大汗，实则为军阀手中的傀儡；母亲虽为也先的女儿，却只能生女不准生男。故而他一出生便使父母陷入极度的惶恐不安之中，为保住这条小生命最终引来了杀身之祸。婴儿时母亲曾隐匿其小生殖器千方百计地把他装扮成女婴，几个月后又有多少义士为从险境中救出他而杀身成仁。他本来在一个普通的牧人家懵懵懂懂地长大，还多亏了满都古勒汗多年秘密访寻他才又成为珍稀血脉的侄王孙。本来老可汗已将他培养为草原汗国的共同统治者，但谁料他却经不住权与色的诱惑并认敌为友而一步步走向了毁灭的绝路。

然而，如果过度地给予他负面的评价也似不恰当的……

因为，毕竟他成为黄金王子时只不过十六岁，而且从小又未经过“天降大任于斯人”式的宫廷教育。年轻、幼稚、尚不成熟等使他极易受到诱惑，在那些异族心怀叵测者的挑唆利用下，才有了他如此悲惨的下场。

故而，蒙古族史学家对他的描述也极其宽容地一笔带过……

更何况！他的妻子失乞儿已被亦思马因掳往丝路绿洲，他那从小孱弱的小儿子尚不知下落和死活。

而更为重要的还在于，草原汗国不可久久无主！

众心所向！难道她还没有做出抉择吗？

贤者！满都海啊……

小王妃的献身与长远打算

抉择的前提，往往要先付出……

有史可考，在蒙古族历史上只有两人被赋予“彻辰”的称号，即贤能的大智慧者！一位是大元王朝的开国君主忽必烈大帝，一位便是重新一统蒙古高原的满都海哈敦。前者早已成为历史，而后者当时正面临着抉择中的抉择！

是的！满都古勒汗临终前专为她留下一份遗嘱，在忠诚的国师密沁手里，而她也做出了继续奉献青春的抉择。她本可以顺理成章地登上“监国”之大位，以完成老可汗重新复兴草原汗国的宏伟遗愿。但她没有。她仍然远离金顶汗账，依然隐居于和老可汗共同生活过的峡谷毡帐里。山野静悄悄的，只闻泉水淙淙，偶尔传来林中鸟鸣。除此之外，就连由她自己精心挑选的那些少女禁卫军也不敢打扰她，任凭她痴痴地呆坐在毡垫上沉思默想着。

她也只不过才二十岁，却似乎要比另一位要成熟多了……

也难怪！满都海从小生长在长城附近的土默川上，长城内外的多元文化均对她有着一定的熏陶。随后她又跟随着父亲转战于丝路绿洲一带，当然会比同龄人更见多识广。而更重要的还在于她所属的绰罗斯部族是一个忠于圣祖成吉思汗遗训的部族。她那作为贵族首领的父亲特穆尔，更是一位终生追求蒙古高原大一统的能人志士。故而，虽然她从小长得貌美如花，但父亲一直将她作为蒙古勇士来培养。她和兄长脱火赤在一起，不仅文要天天熟记成吉思汗的遗言遗训，而且武要日日娴熟弓马，文韬武略缺一不可，为的就是等待时机成熟而献身于草原汗国的复兴。特穆尔对儿女说得最多的就是一句古老的谚语：“蒙古人的胸怀里能驰骋九十九匹骏马，却拴不得一只虱子！”为此，满都海十六岁时做的第一个人生抉择便是，献身于比自己年长三十多岁的满都古勒汗——

助他发愤图强，助他暗中崛起！

而现在，这位衰年大汗在这关键时刻却撒手逝去了。虽说从“肌肤相亲”的角度而论，这段婚姻尚可存疑，但若从“精神层面”来讲，他们早已是心心相印、配合默契的超级夫妻了。故而在老可汗去世之后，满都海曾悲恸不已，以致泣血。但哀伤未平，随之面临的便是种种抉择：从可汗的遗嘱到汗国的未来，从家族的地位到个人的前途……天哪！真是国事、家事、天下事，桩桩件件都压在了她那柔弱的双肩上了。满都海深知，那异族军阀乩迦思兰和亦思马因肯定会贼心不死；而汗国下属各部族肯定也会各怀异志，但更严重的问题还在于，那叛逃的王孙肯定也会抢先称汗……不幸！俱都被她言中了。果然不久就传来了伯彦猛克在戈壁称汗的消息，并且有人偷偷摸摸地向金顶汗帐里塞进了这张“新汗敕旨”，令其“小王妃一贯忠贞侍奉先汗，特嘉令其舍身殉葬，以告慰先汗在天之灵”。虽说当时她尚不知称汗之事之走向，但已看出在此事背后之“鬼影憧憧”。

当时尚不知黄金王子已死，似留给满都海的也只有沉思……

据史载，在此前她已做出了一生中又一次重大的抉择：遵从老可汗的临终遗愿，继续为蒙古汗国的统一和复兴献出自己的青春直至生命！并与以国师密沁为首的诸位“托孤大臣”共同议定，择日即将在金顶汗帐由国师当众宣读老可汗遗旨，她也将义不容辞地登临汗座掌控监国大权……却不料，在隐秘的毡帐里经过漫长的思考之后，满都海似又要把此前的抉择和议定全部推翻了。

谁料，首先便受到贴身女侍的坚决反对……

要知道，她们从小就和满都海一起长大，随后又作为陪嫁侍女随小王妃来到了毡帐后宫。说白了，她们就是四年前大婚之夜戏弄和智斗异族大哈敦的那五位美少女。虽然说，当时她们均自称“满都海”，但其实她们各自都有自己的名字。在“东行之度”平息之后，就连老可汗似也发现这五位非贵族出身的少女均弓马娴熟、志向不凡，遂因隐居的需要并依据她们各自所长分别加封为后宫的女官。比如说，那位叫牡丹的现在就指挥着女子禁军，那位叫其木格的就一直协助小王妃处理着后宫政务，那位叫塔娜的骁勇少女则一直负责着对外的下达指令和联络，剩下的两位则一直负责着可汗和王妃的饮食起居……故而后世的史学家也曾指出：“看来满都古勒汗在选择传承人上也并非在黄金王子这一棵树上吊死。似乎尚留有一手，为防万一他还为未来的女性‘监国’留下个女性智囊团。”

而现在，这几个闺蜜却群起反对她……

“什么？”女子禁军统领牡丹首先愤愤不平了，“眼看您就要荣登监国宝座了，为什么突然又不让国师宣布老可汗之临终遗嘱了？”

“殉葬……”满都海平静地回答着。

“殉葬？”众闺蜜一听均惊呆了，协助政务的其木格竟哭诉起来，“从小我们就和您一起对着长生天发誓：我们虽都是女孩子，但为传承圣祖的伟业和重新统一蒙古高原甘愿奉献一切。现在正是您执掌汗权带我们中兴汗国的时机，您怎么会突然又选择了殉葬？！”

“为什么？为什么？”众人哀怨地发问。

“不是我……”满都海依然平静地回答说，“而是有人在戈壁抢先称汗了，还有歹人借其口矫旨逼令我殉葬。”

“哦！”众人惊呼后怒骂了，“肯定是那个叛祖的王孙！”

“不要妄下结论！”满都海沉思片刻说，“抢先称汗的肯定是他，但他还没有糊涂到敢于违背圣祖不准用后妃殉葬之遗训。根源还在于自北归以来，各部族均纷纷恶斗不止皆欲称霸草原。后虽经先汗借外力使汗国表面平静，但现恰逢大变必然会又死灰复燃、蠢蠢欲动！殉葬并不可怕，可怕的是蒙古高原重又变成一盘散沙……”

“这……”众闺蜜莫不敬佩小王妃的深思熟虑。

“这就更应该早登大位呀！”谁料女子禁军统领牡丹却依然别有看法，“这么些天了！特穆尔老太师早率兵南下土默川，以防范乩迦思兰和亦思马因的闻风异动；而脱火赤少将军也早率兵巡视大漠南北，更为的就是威慑各部族首领不得暗藏祸心。前几天我还听国师说，乌纳博罗特王子将代表东蒙古各部族率兵前来‘助王’。这可都是听您的旨令而提前布局好的，您怎么能事到临头又改主意了呢？”

“情况有变，抉择就必须随机应变！”满都海说。

据史载，满都海确实具有超凡的政治智慧，这回之再次推迟登位的抉择更初显了她的施政才能。就拿此前的布局来说，将父兄皆遣往远方以防万一就不失为高明之举，将亲人均排斥于顾命大臣之外，绝对有助于解除人们对绰罗斯部族“一支独大”的疑虑。而对叛逆王孙伯彦猛克之戈壁称汗，她更敏锐地感到这绝非是个简单的问题。要知道，各部落贵族首领大多心怀叵测、蠢蠢欲动，此事正好给他们以

“挟天子以令诸侯”的可乘之机。即使自己此刻以老可汗遗旨执掌监国大权，也很难以武力去应对这种身份特殊的人物。弄不好势必形成皇室内斗，结果肯定会形成各自支持一方而导致汗国的彻底分裂。不但老可汗晚年奋发图强的心血将付之东流，而且自己就是登上监国宝座也是违背初衷啊！

此路不通！还得另行抉择……

这些与满都海从小一起长大的闺蜜，见状均也当即沉默不语了。因为一件又一件的往事，早已证明了她们的小主子具有超凡的智慧。自跟随她进入毡帐后宫以来，她们都目睹了她一次又一次的高明抉择……直至第二天早晨，痴坐了一夜的满都汗才做出了最终的抉择：通知国师与顾命大臣，暂缓宣示老可汗遗旨，先行准备召开忽里台大会！

“忽里台？”后宫女眷们均大惑不解了……

是的！从北归以来，近百年的分裂与内斗已使这个意蕴深远的举措几乎被人忘却了。忽里台，似可译为“贵族大会”，系一代天骄成吉思汗统一蒙古部后始创，窝阔台汗、贵由汗、蒙哥汗、忽必烈汗等均沿用之。参加者有各部族首领、重要的文臣武将、皇室成员以及萨满教大巫师等各方代表性人物。其目的在于共商国是，议定重大决策。史者称，“忽里台”乃游牧民族之一种原生态的“民主形式”，然主持者必须具有极高的权威和魄力方能达成共识……即使如忽必烈大帝之长兄蒙哥汗欲登汗位，若没有得到威震四方的拔都汗在“忽里台”之鼎力支持也是难成气候的。

而现在，满都海仅仅是个尚未名正言顺的小遗孀……

所幸，此时那多日不见的、负责联络的塔娜快马归来了。她还带来个令众女伴激动不已的惊人消息：那叛逆王孙在戈壁称汗未成，反被荒漠劫匪抢掠虐杀了……却谁料，满都海听后竟面无一丝喜色，反倒略带忧伤地嘱咐着众人：“绝不能这样说！当应是，亲王受挟持仍力拒称汗，被别有用心者虐杀于戈壁！塔娜立即去见国师，命顾命大臣就以此诏告天下，并遣重臣火速赴荒漠寻找王孙遗体，当按草原古俗行王者葬仪！”

“那忽里台大会呢？”众人又问。

“开。”满都海更冷静地回答，“这是我最后的抉择：或殉葬，或任监国，将由整个汗国来决定！”

“还提殉葬？”众人错愕了。

“如果我辜负了先汗的期望，”满都海含泪而答，“殉葬或许就是我最好的归宿！”

或许，这是一个女人对逝去丈夫的怀念和追思……

众女侍见状，似也只好默默退下去了。只有那协助满都海掌管后廷政务的其木格最为机灵，她悄悄告诉女伴们说：“放心吧！咱们的小主子从不做没有把握的事。就拿刚才对黄金王子之死改变诏示来说，那就是超凡的大智慧之举！一方面维护了黄金家族永恒的荣誉，另一方面也敲山震虎地对心怀鬼胎者发出了严重的警告。而面对自己下达的‘殉葬’旨令竟然如此豁达大度。数一数历史上能有几个女人能做到啊！放心吧！老古人常说，得民心者得天下，仅此一招便保证了咱们小主子早立于不败之地！”

但满都海似乎仍嫌对死去的王孙宽容不够……

她们刚刚退下不久，却又被满都海召唤了回来。这次根本未提及“忽里台”之事，而是仍延续着伯彦猛克之死突显着说不尽的宽容。她说：“昔日的亲王虽位极人臣，但一生却充满了不幸。远的且不说了，就近而言就更灾祸不断。妻子失乞儿被亦思马因掳往遥远的丝路绿洲，唯一的幼子又被抛弃荒漠尚不知生死……其木格，姐妹中数你心细，我命你率数名可靠的女子侍卫，赴戈壁深处彻底查个水落石出，但必须严格保密，对外不得透露一丝风声！”

这到底和“忽里台”有什么关系？但其木格等还是遵命化装潜行出发了。

不久，“忽里台”便成了各部族首领的瞩目大事！

而臣民似也只顾为满都海的未来忐忑不安着！

偏偏这时她又打发走了自己亲信的近侍。

去找一个四五岁的弃儿？

运筹帷幄的满都海！

为了什么？……

金顶汗帐静候着新的主政者

忽里台大会即将召开了，金顶汗帐四周各诸侯的营帐逐渐多了起来，形形色色，格调不一，有炫富的，有示强的，也有遮遮掩掩的。但最令人不解的是，更有好多顶带有浓郁脂粉气的。马蹄声声，车轮滚滚。在诸多的部族首领中，竟然还闪现出不少代表部族前来赴会的贵妇。

预示着不祥，也预示着问题的复杂性……

宁静的梦可宝力格大草原变得不再宁静了，因为还有更多的人骑着马赶着勒勒车涌入这汗廷的中心。他们大多都不具有贵族头衔和高官身份，而是来自远远近近各部族普普通通的牧人们。人数众多，男女老少皆有。显然是有关王孙之死那新的诏示开始发酵了，一听说有的贵族首领竟敢假王孙之口逼小王妃殉葬，便纷纷暂时“抛家别业”赶到金顶汗帐四野了。须知，满都海早在牧众的心目中被神化了，有关她的种种传闻也早已深入人心，虽然现在牧人们仍习惯于称她为“小王妃”，但在他们的心目中早已把她看成自己的主心骨、先汗事业理所当然的传承人。尤其当听说，有的人野心勃勃竟公然敢威逼小王妃殉葬，终于民怨沸腾，众怒难犯！数不清的牧人们蜂拥而来，致使各诸侯与达官贵人均陷入一片狂涛怒浪之中。

据史载，满都海也亲自参加了这次忽里台大会……

但她既没有主持，也没有参与，只是依照古俗将娘家陪嫁的蒙古包扎于金顶汗帐之侧，似静静坐在内等候着贵族大会最后的裁决。身旁有牡丹和塔娜等几位后宫女性近臣，除此之外她好像已将自己的命运完全交给国师与几位顾命大臣了。无私的信任，必有无私的回报。果然，草原上那对峙的喧嚣便在国师嘻嘻哈哈的调解下不久便平息了。而这位国师在草原上也是个传奇，但他是怎样平息这场对峙的史书上并没有详载。满都海却依然处变不惊地静候着，只有那几个从小一起长大的女伴仍在窃窃私语着：如果没有小主子一系列的事前策划，哪来这种得民心者得天下啊！

忽里台大会最终如期召开了……

各诸侯一会聚在金顶汗帐内，便又将外面风起云涌的牧众呼吁抛之脑后了。按祖制起先尚能面对先汗的遗座稍尽人臣之礼，刚一落座后便骤现原形。以一些丰饶草原的部族头面人物为首竟敢公然反对先宣示可汗遗旨。开局不利！几位顾命大臣顿时皆手足无措了。唯有瘦小枯干的国师依旧神采自若，竟然嬉皮笑脸地鼓励这些带头闹事的贵族们先说说理由。

“嘻嘻，热闹！说说说！”国师竟乐不可支了。

“说就说，”一位实力最强的贵族首先开言道，“老可汗久病难起，临终前必然已昏迷多日，这份遗嘱说不定是谁专为自己写的呢！”

“算个理由，继续说！”国师还在鼓动。

“即便是真的，”另一位强人也挺身而出了，“念她为老可汗养老送终，赏她个大哈敦的封号还可心，但若让她升任监国掌控汗权似不妥。一个刚过二十岁的女人就要掌握整个汗国的命运，我们各部族均难认同啊！”

“也算一理，说，说，接着说！”国师似还意犹未尽。

“更重要的一点还在于，”又有一位部族首领引经据典侃侃而谈了，“北归后首次忽里台大会之上便有约在先，草原大汗之位非圣祖的嫡系后裔莫属！现只顾推出个女监国，而圣祖的嫡系后裔又在哪儿？莫非某部又想出个也先，难怪其他各部族不敢认同！”

“厉害，说，说，还有谁说？”国师更突现耐心。

“我看就算了吧！”最后更有一位最强势的部族首领似要做总结了，“国师爷，都说您能神机妙算，您就没算出有多少诸侯只派了夫人来赴会？而这些夫人又都懒得进这顶死了主人的金顶汗帐，这还需再提那份遗嘱吗？依我看，这次忽里台大会也不能白开了，咱们就从今以后：有分有合，轮流坐庄！”

蕴含颇深，顿时引来各诸侯的一片欢呼……

忽里台大会眼看就要变成一顿散火饭了，但肩负重任的国师密沁却仍在嘻嘻哈哈。谁料他随后说的一番话，竟又使得全场变得忐忑不安起来。“嘻嘻，嘻嘻，主意真的不错，汗国要散伙，西边说够了，当听东边说！我就不信我的占卜不灵，早已算出东部大员该来了！”

果然只听得金顶汗帐外一声铿锵地回应：“得令！”

在权贵们一片错愕声中，随之便见得金顶汗帐毡帘一掀走进一位风尘仆仆的年轻人。他虽只穿着一身极为普通的牧人服饰，但朴实中却更透出一股英武之气，进得金顶汗帐更突显与众不同，他先对国师及诸位顾命大臣恭而敬之地行人臣之礼，然后才突然转身逼视着在场的权贵们。

长时间的哑场后，突然有人惊呼了：“乌纳博罗特……”

“是我！”这位脱去戎装的昔日将领回应道，“但我现在代表的却是东蒙古的各部族。刚才诸位所言我在帐外都听到了，而且句句都铭记在心！”

虽然他的目光咄咄逼人，但语气还算低沉和缓……

“大大出乎意料！”随着话锋一转，突然竟声泪俱下、慷慨激昂起来，“老可汗尸骨未寒，有人竟借‘忽里台’来搞大逼宫，亵渎‘札撒’，亵渎先汗遗旨，无视顾命大臣，诽谤未来之监国！更有甚者，竟敢公然提出，有分有合，轮流坐庄，这明明是欲效法也先不惜裂土也要称霸，然而却反倒把这种罪名转嫁于忠于汗国一统的部族上，还有脸提什么‘为何那么多部族只派女人来’？我这就可以告诉你，是有更多的部族首领早就识破了你们叛祖裂国的阴谋诡计。”

虽已被击中要害但有人还是敢恃强狡辩……

“不服气，是吧？”乌纳博罗特显得似更义正词严了，“是谁，还有谁，在老可汗辞世不久便先后派出家臣，甚至还有美女，秘密潜赴戈壁胁迫诱惑侄王孙称汗，欲‘挟天子以令诸侯’而挑起皇室内斗？是谁，还有谁，在侄王孙不知情之下，敢矫旨逼令未来的监国殉葬，以便于其篡夺汗权。是谁，还有谁，在侄王孙不愿也不从的情况下，将其弃之荒漠并买通劫匪将王孙劫杀？”

狗急跳墙！竟引发一片惶恐地乱吼：诽谤，造谣……

“那就让事实做证！”乌纳博罗特更显得胸有成竹，“老可汗生前早有安排，自奉遗旨率兵‘劫王’以来，维护草原汗国的大一统便成了我乌纳博罗特一生最重要的使命。多亏长生天保佑！在戈壁荒漠上将那些内奸内鬼、美女劫匪俱都擒获了。来人呀！尽快押上，谁家的谁来认领！”

顿时，在场的权贵们均惊慌失措地傻了眼……

“嘻嘻，”谁料国师还在一旁火上浇油，“热闹，好看！又有美女又有鬼的，就咱们这几个人看有多可惜啊！来人！还不快把汗帐的毡围卷起。嘻嘻！与民同乐，那才过瘾！”

似早有准备！刹那间四周的毡围便被卷了起来……

透过环形的哈那支架，便只见汗帐的四周涌动着成百上千的普通牧众。男女老少都有，显然都是满都海忠实的拥戴者。一见金顶汗帐罕见地敞开，欢呼声便响彻了四野。而最受声浪冲击的，还当数那些失魂落魄的闹事权贵们。

而那些俘获的“战利品”却仍在一一展示着……

牧众愤怒地质问着：“是谁敢逼王妃殉葬？”“是谁害死了小王孙？”呐喊声惊天动地，最终迫使那些曾骄横一时的权贵们均先后跪倒在地，纷纷发誓谨遵先汗遗嘱。

在一片群情激愤声中，国师竟难得地一本正经了……

他要当众宣示满都古勒汗临终遗嘱。别看他瘦小干枯，声音却格外威严洪亮，尤其在以下一段话上：“着加封满都海为大哈敦，并代行监国全权，直至找到纯正之圣裔传之万世……”

又是欢声雷动，梦可宝力格草原沸腾了！

但仍不见满都海露面。

或许要等到明天……

但金顶汗帐后面的陪嫁蒙古包却始终没有消闲过……

史者称，满都海是一位“文武全才，智勇兼备，又极具个人风格的历史人物”。又称她“在男性强势的马背民族里，她似乎更善于发挥女性以柔克钢的特有魅力”。就拿今天来说，她好像早就闻到了各诸侯驻扎营地里飘来的脂粉气，并且了解到这些偏远部族首领的良苦用心：派个女人来代替自己是为了两面都不得罪，既随了那些强势贵族的心愿，又服从了汗廷顾命大臣的号令。借口颇多，只为了给自己的部族留条后路。

当然，这些贵妇夹在中间就更为难了……

被人神话了的满都海能不了解这一切吗？为此，趁豪强权贵在金顶汗帐大放厥词之时，她便命亲信女侍隐去自己的身份而将这些贵妇请回自己陪嫁的蒙古包。一开始，这些贵妇还有些拘束和不安，却谁料满都海只以一个好客的家庭主妇形象出现，根本就不和她们谈什么汗国大事，更不过问她们丈夫不来赴会的原因，而仅是请她们来“串个门儿，喝着奶茶聊聊女人们的家常事儿”。并且说到做到，从熬奶茶，做酪蛋子，一下聊到怎么缝制羊皮坎肩……本来，这些贵妇受到胁迫呆坐营帐正没着没落的，这回可好了，总算有个聊天解闷儿的好地方。再加上这些贵妇大多孤陋寡闻并且没有见过什么世面，而家主们也正好要利用她们这种“不用装傻自然傻”。随之，便是“三个女人一台戏”，也不问主人是谁便越聊越没边儿了，如姐妹回娘家欢聚畅谈一般，争相抖漏自己丈夫那些糗事儿。放得开！从丈夫的忠诚于谁、交往部族，直至铺上功夫，荤的素的什么都说。外头的喧嚣声浪越此起彼伏，她们便越觉得这蒙古包真是个躲灾避祸的好窝儿。

直至有两位顾命大臣前来跪禀喜讯……

瞬间，这些贵妇们彻底傻了眼：天哪！这位好心的女主人原来竟然是当朝的大哈敦、未来的女监国？一想到这里，这些贵妇显然被吓坏了，也学着男性大臣的做派，纷纷跪倒在地一个劲儿求饶。而此时的满都海却显得更亲切了，忙招呼着众贵妇说：“起来，快起来！咱们不是已经姐妹相称了吗？今后汗廷还要多多仰仗诸位呢！”难怪民间也将她尊称为：满都海斯琴，意为聪明的满都海。名副其实，她就这样不显山不露水而尽皆掌握了相关部族的诸多情况，并通过这些贵妇首先让这些部族首领心服口服并臣服。而对于前来禀告的顾命大臣态度就不一样了，满都海突显得却是高贵、自尊，却又不失女性特有的优雅。对大臣所提出的“就请临朝”，竟以王者风范加以拨回，并答之曰："不急！本监国明日在金顶汗帐亲自予以诏见！"这更使得贵妇们莫不目瞪口呆，一种敬佩兼感恩之情不禁油然而生。

走了，都走了！蒙古包里只剩下满都海一个人……

但她那聪慧的大脑却从未停止运转过。据史载，虽然她远离金顶汗帐，但那里的政治交锋却完全在她的掌控之中，设计让权贵们大放厥词的是她，密令乌纳博罗特突然出现的也是她，放手突显国师和顾命大臣威严的还是她，以及此前有关"王孙之死"与"殉葬之说"等种种前瞻性的安排，是她，都是她，更是她……然而，随着各种危机一一排除，眼前又突显出一个更重大的难题。是的！她可以荣升大哈敦，她可以荣任女监国，但老可汗遗嘱里却有更重要的一句话：必须"找到纯正的圣裔传之万世"！现在心腹女侍其木格还在戈壁寻找，而另一位"助王护驾、累建奇功"的人儿却很可能给自己带来隐忧。

这显然是指英武的乌纳博罗特……

想到这儿，未来监国眼中竟然溢满了泪水，一瞬间几乎就又要化身为一位多情的少女。这能怪怨她吗？她是自愿献身，但毕竟经历的是一段年龄悬殊无性的婚姻。况且谁又让护卫老可汗隐居的偏又是这位令女人梦寐以求的年轻将领。高大英武，诚实厚重，难怪从小伴随自己长大的女侍牡丹就曾悄悄对她说："要能嫁给这么个好男人，就是少活二十年也值得！"随着此后围绕老可汗的朝夕相处，满都海竟渐渐也有了这种感觉。只不过双方均坚守着当初献身的信念，出于对老可汗的高度敬畏才没有越雷池一步。但她从他偶忽投来的目光中，还是能看出他炽热的情怀。这个被众多少女追逐的梦中情人似乎在用眼神对她说："只要我能守着大汗毡帐天天看到你，这就够了，够了，足够了！"而她也仿佛若有同感，只不过为压抑内心的萌动始终躲避着他的目光。直到有一天，侄王孙"代行汗权"要把他撵回东蒙古草原了，她才突然感到一种失落的空虚正向自己袭来。孤独、困惑、无助、空寂，竟使她只觉得顿时两眼茫茫。多亏了老可汗用心良苦地安排她为他送行……

满都海记得是在一个月朗星稀的晚上，一片银光洒在茫茫的大草原上。他们抛下马匹和随从，相伴向银色草原的深处走去。绝没有人敢轻易打扰，均以为老可汗有什么重要旨意需机密传达。越走越远了，两个人的身影也渐渐隐没不见了。满都海原以为这只不过是一种恋恋不舍，谁料想他却猛地疾风骤雨般爆发了。据说是她毫无防备地就被扑倒了，似乎也只好撩起袍子遮挡住脸以维护丈夫的尊严。这好像是一种古老民俗，在万般无奈之下似也只能如此。但在他热血沸腾的冲击下，她是隔着脸上的袍襟禁不住发出了莫名的呻吟……难怪有些性文化研究者称，“开窍”一词就是源于此的。果然随着炽热情爱的注入，她这才似乎体会到什么叫充实、美满和幸福！

这就是传说中满都海那“一夜情”……

而现在，分别两年终于又可以见面了，却又不能见。在明早召见各部族首领之前，她一定要让他尽快离开梦可宝力格大草原。泪水说明了她多么渴望这次久别重逢，她多么怀念那灵肉交融的月光之夜，她甚至想到了他为自己至今尚未成婚……而眼前自己似已骑虎难下了。成了大哈敦，成了女监国，就必须忠实执行老可汗的遗嘱：一定要“找到纯正的圣裔传之万世”！但乌纳博罗特虽也属黄金家族的后代却毕竟是旁支旁系。现在他凭着所率的铁骑和手中的把柄暂时让诸侯臣服了，而日久必定还会利用这句遗嘱在自己和他之间重挑事端。真是成也乌纳博罗特，败也乌纳博罗特！自己是该顾汗国的未来，还是顾个人的幸福呢？想到这里，满都海终于做出了自己最后的抉择，并且耳边立即响起了另一个少女曾说过的悄悄话：“要能嫁给这么好个男人，就是少活二十年也值得！”

随之，满都海便把最贴心的女伴牡丹召唤进来了……

“牡丹，你还记得吗？”一见面她就没头没脑地问，“那年东行，王孙怎么在白桦树前认错了你？”

“记得，他说我和您长得很像……”牡丹有点莫名其妙。

“这就对了！”满都海一脸严肃地对她说，“现在本监国就立即下诏，将你赐婚于乌纳博罗特将军！”

“什么？什么？”单纯的牡丹只剩激动得惊呼了。

“但有一个条件，”满都海的口吻更加严厉了，“传本监国的旨令，他今夜就必须率部离开汗廷，火速返回东蒙古成婚。如果明日他仍敢出现在汗廷前，定严惩不贷！”

“为什么？这是为什么？”牡丹转为惊讶了。

“告诉他，”满都海一咬牙似更冷酷无情了，“本哈敦讨厌他的自不量力，讨厌他的喧宾夺主，讨厌他的碍手碍脚！他是纯正的圣裔吗，竟敢想入非非？”

“不，不！他是个难得的大好人！”牡丹开始抗辩了。

“你去不去？”谁料满都海竟语带威胁了，“你不去还有塔娜，还有其木格，还有敖登，还有图丽古尔……”

“去，去，这就去！”牡丹慌忙跪倒领旨了。

陪嫁的蒙古包内又归于寂静了，只留下满都海一个人泪流满面地痴痴呆坐着。她心里明白，自己这种咬牙的绝情将会留下什么。或许从此她和乌纳博罗特将会天各一方，或许从此她还会失掉一个从小一起长大的忠实女伴……突然，她扑倒在毡榻上蒙头饮泣起来，撕心裂肺，甚至略带几分追悔。除了“天降大任于斯人”之外，谁让她还是个渴求情爱的女人呢？

但从客观上来讲，效果奇佳……

忠诚的乌纳博罗特最终遵命率兵连夜走了，后面还紧追着女子禁军原统领牡丹。只不该！这个直率坦荡的姑娘却把不满全留下了，致使满都海这些绝情之语第二天便传遍了朝野。就连那些心怀异志的权贵们也大感惊诧：这个女人也太不简单了！似猜透了他们的心思，竟把最后一个闹事的借口也先知先觉地排除掉了。

尚有种种把柄在汗廷掌握之中，似也只能应诏前往金顶汗帐朝觐了。

好厉害的新任女监国……

第六章

摄政

从小王妃到大皇后

典型的草原版“大登殿”就要开场了……

但必须先说明一个问题：那昔日异族大丞相怎么能眼瞅着“后院起火”而不插一手呢？据史载，此时的乩迦思兰确实无暇顾及。一方面，他统率的色目军团越打越远，正和沿黄河南岸的西蒙古卫拉特各部在激战中处于胶着状态；另一方面，由于他疑心过重，原先那些追随亦思马因的部将被收买后随即又被解除了兵权，而后便在丝路上迎回旧主子另立了山头。再加上老可汗临终又把“大胡子太监”拉合蛮送回故土，竟带一百多叛兵在后方绿洲也闹腾了起来。原想找个替罪羊先嫁祸于人以及缓解内讧，谁料这个最值得怀疑之人却未卜先知偷偷逃掉了。故而，焦头烂额的乩迦思兰早已无暇顾及，似也只能睁一只眼闭一只眼了。

难怪满都海和国师能这么放心地应对部族权贵们……

为何能后顾无忧？姑且不谈。先说说那几位心怀鬼胎的权贵们，虽已有把柄落入汗廷之手，但在踏入金顶汗帐之前仍心存侥幸。在他们看来，说不定上个女人来更好糊弄。别听牧人中间那些胡吹瞎捧，说到底也只不过是个刚过二十岁的小娘们嘛！明面上不能“有分有合、轮流坐庄”，举着这个幌子暗中照样想怎么干就怎么干，尤其当听说昨夜她已将乌纳博罗特借口喧宾夺主撵走了，就更认为这小寡妇也同样头发长见识短。也难怪！由于满都海的长期隐没，他们大都没见过这位昔日的小王妃。

但刚一走近汗廷，这些权贵便被眼前景象惊呆了……

放眼一望，只见得昔日那座老朽的金顶汗帐，竟一夜间奇迹般地变得辉煌起来。汗帐四周的护卫者全是清一色的女子禁军，一个个飒爽英姿突显女监国的威严。再看汗帐高台之下尚排列着两行彪悍的男子卫队，个个威武雄壮且目光充满警惕。这些权贵们还试图昂首挺胸而过，却不料当即就被两位统领挡住了去路，不但拦截下了他们的带刀随从，而且严正地告知这些权贵，监国有旨：朝觐分批进行，诸位尚须静候！

能抗拒吗？人家这可是在重振朝纲呀……

权贵开始有些不安了。多年来由老可汗的久病和小王妃的乱政，金顶汗帐早已将应有的尊严丧失殆尽。而这个女人一上台就懂得由此入手重振汗国声威，真不简单啊？看来满都古勒汗果然深谋远虑，毡帐“藏娇”等的就是这一天啊……好不容易等到被传唤觐见，一进金顶汗帐就更被眼前的威严、静穆的氛围镇住了。只见国师护驾在旁，似突然长高了几分而且罕见地庄重严肃起来。再看其他的顾命大臣似也拂去过去的惶恐不安，一个个变得精神抖擞、信心十足。而更重要的还在于，尚有一位铜盔铜甲、一身戎装的英武将领仗刀护卫在侧。天哪！这不就是那能征惯战、武功超群的脱火赤吗？

而更让他们感到震惊的还是那位新任的女监国……

是高高在上，却仍显得那么从容、那么镇定；是像牧人传说的貌美无比，却又淡妆素面显得那么典雅、庄重；是依然显得格外年轻，却又端坐汗位显得那么成熟、自信。总之，沉默中不失威严，谦和中不失自尊。看来老可汗这些年的言传身教没有白费呀！而此时诸权贵还发现，这位年轻的大哈敦不仅沉稳不乱，而且还严遵祖制的细枝末节。比如说，她傲然登上了大汗宝座却只坐左边，而把右边极为醒目地空着。这里面的讲究可大了去了！原来按蒙古汗国的古老传统，帝与后是常常共同接见群臣的。但古俗是以右为大，当然大哈敦也只好坐在左边了。而女监国之如此谨小慎微却反映了个大问题：她是在严遵先汗遗旨将右边留给未来的圣裔执掌汗权！威而不乱、无可挑剔，致使权贵们也觉得自己再难“横”下去了。最终，还是依祖制先解下腰带搭于肩上，然后纷纷跪倒伏地向女监国尽表臣服之意。

悔之晚矣，况且尚有把柄在人家手中……

而年轻的女监国还是那么安详沉稳，随之竟有礼有节地请他们继续跪听圣祖之“札撒”。国师密沁随之遵旨立即背诵起来，谁料又露猴相偏偏选了这两段——

“强盗寇掠致死人命者处死！”

“挑拨是非、构乱皇室、分裂汗国者处死！”

“且慢！”忽听女监国突然发令打断了背诵而问道，“那几个戈壁劫匪均招供了吗？”

“已招！”脱火赤在旁应声回答，并递上供状。

“有何证据？”女监国似忘了下面跪着几个权贵。

“铁证！”脱火赤据实禀告说，“一条缀满宝石的黄金腰带！”

“大胆劫匪！”女监国罕见地发怒了，“竟敢公然挑衅圣祖大法，杀无赦！命您就此奉旨监斩，以大快人心！”

脱火赤奉命而去，却把那些仍跪伏的权贵几乎吓瘫了……

“失敬了！”女监国似这才注意到了他们，接着说道，“圣祖之‘札撒’乃治国之根本，违之日众必天下大乱！正好借此机会，各位与本监国重温圣祖遗训！”

众权贵似也只有频频磕头……

突然，金顶汗帐外传来了牧众为斩杀劫匪们而发出的阵阵叫好声，随之便见得统领脱火赤捧上带血罪证——那条缀满宝石的黄金腰带。

权贵们伏地快晕过去了，似在等待轮到自己……

“起来吧！”谁料女监国却又突显宽容和大度，“诸位都是国之重臣，又是各部族首领，今日能长时间跪听圣祖成吉思汗‘札撒’之教诲已足见各位对今日汗国之忠心耿耿！”

众权贵稍稍松了口气，均晃晃悠悠地站起来了……

“诸位不是提出要‘轮流坐庄’吗？”权贵们没想到女监国突然又重提此事，而且声言，“本监国也在想这个问题。”

各诸侯一听竟又吓得慌忙跪倒矢口否认……

“起来！”这回女监国的口吻却更加恳切和宽容，“不必过虑，本监国已决定：自即日起，就请各位轮流来汗廷任首辅大臣！三月一轮换，各显其能，以协助本监国共同完成先汗未尽遗志。至于那些被抓的家臣和女侍，责不在其，罪不至死，是谁家的就请谁家领回去吧！切勿责罚，唯令其熟背‘札撒’即可！”

这回权贵们才算彻底放了心，只有感激涕零地谢恩了……

满都海平生第一次由幕后走到台前的“政治秀”，总算就这样顺利地结束了。本该稍稍松口气儿专注理政了，却谁料那没完没了的“大登殿”还在延续着。因为，那些只派老婆当代表的部族首领闻听女人回来的细说后，已不再犹疑而纷纷选择前来朝觐以示忠诚了。

就连满都海本人也感到惊讶的是，似为了和那位邪恶的异族大哈敦区分，民间已按大元王朝的传统尊她“大皇后”了。传入汗廷既定俗成，遂有了后世史书所记载的“草原皇后满都海”之说。

牧场上又出现了许多有关她的神话，草原汗国终于渡过了老可汗去世后的第一场危机。

她那大皇后兼女监国的地位日渐稳固了！

但汗座右边还久久空着——

等待着圣裔归位！

但在哪儿呢……

女监国之艰难寻“孤”

这里必须先说说古代游牧民族的婚俗，尤其是其中的“继婚制”。按说只要存在就必有它的道理，而后来却被农耕或其他民族曲解和丑化了。要知道成吉思汗统一蒙古高原前，在草原上的各部落简直就像盘散沙且相互对立。而每个部落大多由一两个家族组成，面对着严酷的自然环境和无休止的争斗似必须奋力自保。人口的繁衍和财富的积聚同样重要，故而“兄亡娶寡嫂、父死纳继母”之类的现象便渐渐出现了。但这并不代表什么不伦，反而说明部落男子汉的敢于担当！因为孤儿们急需亲情呵护，女人们尚承担着壮大人口的任务，而更重要的还在于，绝不能分散财富致使部落实力削弱。这就是曾被歪曲过的古代游牧民族的“继婚制”，昭君出塞在匈奴就历经父子两代丈夫。

老可汗用心良苦，满都海似也必须面对这种情况……

却谁料她已在金顶汗帐内完成了精彩的“亮相”，茫茫的梦可宝力格大草原又恢复了昔日的宁静。但她深知有些强大部族仍只是表面上臣服，暗潮汹涌似依然等待着看她的笑话，即看她如何找到个“纯正的圣裔”作为自己的“继婚者”。难啊，确实难啊！大家都知道，自本土军阀也先崛起之后，曾怀着一种莫名的狂妄野心大肆迫害和虐杀圣祖的后裔，就是连自己的亲生女儿和亲外孙也绝不放过，致使圣祖的后裔少之又少、缺之又缺，在叛逆王孙被戈壁劫匪掠杀后更似断了根一般。满都海虽早已派出最亲信的女侍其木格率人暗中前去寻访，但至今杳无音信。

牧人都知道，没根的沙蓬一遇风就得“滚”……

满都海更深知问题的严重：自己虽然暂时已稳居监国之高位，但那大汗宝座之右边却不能永远空着。大皇后或大哈敦毕竟只不过是个女人，草原上自古就没出过中原的什么武则天！为了汗国的大一统，为了马背民族的未来，宁可舍弃自己的一切，也必须“不计前嫌”地找到那个先汗遗嘱中所说的“纯正圣裔”。

不计前嫌，看来满都海心中早有目标了……

是的！这位女监国此前命自己的女伴深入戈壁查访，就是沿着沾着血和泪的唯一线索，即被已故王孙和被掳走的失乞儿所丢弃了的可怜小孤儿——巴图孟克！她早就派人摸清楚了，失乞儿是先行带着幼弱的孩子潜归戈壁部族的，而叛逆王孙却是在投敌不成之后逃来隐匿于母子身后的。谁料亦思马因一翻脸竟亲自率兵前来搜捕，于是便吓跑了已故王孙，掳走了失乞儿，抛弃了这惊恐的小可怜……至于说满都海为什么死死盯住了这条线，那是因为这孤儿三代确凿无疑均是圣祖之后裔，如果另找一个则说破大天也难掰扯清楚。当然，为此满都海必须付出极大的代价，不仅需要继续付出青春，甚至还需要付出漫长的一生。须知，即使能找到，那可怜的小孤儿顶多也不过五六岁左右。

而且尚生死难料，音讯全无……

满都海是为草原汗国准备牺牲自己的未来，故而急于得到结果的心态可想而知。久久未见其木格的回信，为此她又派出了另一位善骑骁勇的女伴塔娜再赴戈壁荒漠探寻。却没想到，塔娜刚要秘密动身，其木格竟派了一位女侍卫灰头土脸地意外归来报信了。原来戈壁大漠是那么浩瀚无垠。一模一样的起伏沙丘，一模一样的裸露荒滩，不熟悉的人别说寻找深处隐没的零星绿野，弄不好尚没见到个影儿就分不清东西南北晕头转向了。果然，其木格她们刚深入戈壁大漠不久便迷路了，幸亏一列驼队经过才把她们带到了一眼泉水旁。随后便是以此为基点分头四处去探寻，可叹又迷路了又得先找自己的伙伴。也不知过了多少日子，这才终于找到了戈壁部族的一位放驼长者。老人家似乎知道这件事的来龙去脉，也愿意带着其木格她们去找失乞儿一家住过的地方。还是那么出人意料，那片大漠中的小小绿野是找到了，也有戈壁牧人曾听说过有一家人曾拾到一个奄奄一息的孤儿，并知道这家的老妇人名叫“巴柴”。只是不明白这个老妇人捡到孩子后为什么总是在惶恐中频繁迁徙。在戈壁大漠深处藏来躲去，好像只要有水草的地方都留下过老妇人的足迹……而作为主内的后宫女侍臣其木格，当即心细地判断出了什么，随后便命令侍从们沿着老妇人留下的驼踪分头一处处寻找。她们到处去打听，去发现，去探寻那老妇人和小孤儿，直至寻找到他们的下落。

其木格是绝对值得信赖的！而眼前的氛围又有些不对……

那个提前赶回来报信的灰头土脸的女侍卫，显然带回的消息是令人欣喜激动的，但从她脸上的表情来看却不见一丝欢悦之色，两眼溢泪倒像给女主子带回了什么忧伤。满都海首先发问了：“难道是又遇到了什么不测？”女侍卫回答：“没有，返回比寻找时顺利多了。”满都海再问：“那到底为什么？”直至此时女侍卫才完整地叙述了经过。她说，大漠中派人回来随时报信是根本不可能的，在沙丘间极可能迷失方向还不如共同去找，但越走越远最终竟出了大漠戈壁。谁料在绝望中她们突然看见了远处山湾中有顶破旧的蒙古包。更没想到的是，里头出来的正是那位名叫巴柴的老妇人。也许是见到我们都是些灰头土脸的女人，老妇人这才告诉了实情：她和失乞儿属于同一家族，当然知道她和侄王孙还有一个孩子。这一天，闻听有一位异族大官率兵凶狠地来到了戈壁进行大搜捕，不仅吓跑了侄王孙还掳走了失乞儿，只留下个吓得半死不活的弃儿。她知道这孩子的血统有多么高贵，似不舍身相救就意味着对伟大祖先之不忠不敬！她是冒着生命危险趁乱将幼小的孩子抢回来的，但为防止歹人醒过神来追查她只能带着孩子四处东躲西藏。只不过因为太穷了也太老了，那小孩仅勉勉强强保住了一条小命。实在是愧对圣祖在天之灵啊，多么盼有人相助救救这小孤儿！

其木格她们进去一看，果然被幼童的状态惊呆了……

这就是那位提前回来禀报的女侍卫虽带回了喜讯但仍面带忧戚的原因。显然她已经知道自己的主子荣任女监国了，故而总觉得越看越想越不般配。而满都海此时却又迫不及待地发问了：“他们现在身处何方？”女侍卫答道：“遵照您的吩咐暂不外传，正秘密地隐蔽在一户极为可靠的牧人家里！”而满都海却已下令了：“塔娜！不得惊扰汗廷内外，提前做好必要准备，今晚借夜色就你我先去看望圣裔！”不知是因为激动还是不安，是夜她还是和塔娜跨马急驰潜行到了那户忠诚的牧人之家。一看果然这位幼小的圣裔“其状之惨”令人触目惊心，难怪那位报信的女侍卫始终回避详细说明。而后代史书中也多有相关的记载：有的称“虽仍活着，但只剩下一口气”，有的写“虽年近六岁，却瘦小若两岁幼儿”，有的称“患有胃病骨瘦如柴”，有的更直接写道“尚难站稳，长得像个驼子”……总之，其木格和随从寻访者一看满都海惊诧悲戚的面容，眼看就要纷纷跪倒请罪了。但出人意料的是，满都海突然又转忧为喜，竟当着众人对那昏迷不醒的幼童参拜说：“大汗！臣妾来向您请安了……”

难得的宫廷礼仪，致使其木格等在场之人均跟着“肃然起敬”了，但满都海转身又谆谆告诫所有的人，根据未来大汗的身体状况，现仍不宜公示于人，尚需严格保密，外泄者严惩不贷！

但这幼儿毕竟身体孱弱，生命有虞……

为此，满都海因为从未生儿育女做过母亲，便决定先将这幼儿留在这户忠诚的牧人家暂代抚育，并暗暗恢复他的名字：巴图孟克！据史载，这男孩的代养父母，是一位名叫赛柴的女人和其丈夫帖·哈达格。赛柴是一位极具育儿经验的母亲，自从接手这男孩后，她和丈夫帖·哈达格便着手恢复这孩子的健康。夫妻俩长期以蒙古民族传统的推拿术和正骨术替孩子进行治疗。帖·哈达格六个兄弟从营养补足和秘密保护诸方面也都参加了，故后世均把他们誉为巴图孟克的救命恩人。这是后话，当时满都海立即命其木格接回那位名叫巴柴的老妇人，这可是日后重要的见证者啊！随之便又命其木格在附近专为老人新扎一顶蒙古包，并让其木格和随从的女侍卫化身为其女儿以防意外。

安顿完毕，满都海才和塔娜连夜纵马急返汗廷……

初任监国，焉能远离大位？这位已在草原上被尊称为大皇后的女监国，自登位之日起便已将自己那陪嫁的蒙古包移至金顶汗帐左侧，作为后宫，以示权威所在。果然，归来仅仅小歇了片刻，不待天亮便听得有人急毛火燎地在外求见。女侍卫开门一看：天哪！原来竟会是被赐婚追随乌纳博罗特而去的牡丹。满都海对这个从小一起长大的女伴极为了解，深知她早已对这位青年将领爱之心切。这是怎么了？赐婚刚过大半年，“爱之心切”就变为“恨之入骨”了吗？

“你呀你！”满都海叹了口气，“只会统领女兵，不会驾驭男人！”

“不是，不是！全是因为您！”牡丹叫屈了。

“什么？你竟敢亵渎本监国！”满都海动怒了。

“不是亵渎，是事实！”谁料平时对她最顺从的牡丹却公然反抗了，“您应该心里明白，乌纳博罗特在这天地间最敬重的就是您！敬重您的志向，敬重您的追求，敬重您的牺牲，敬重您的理想！就为了这些他的眼中早已不再有其他女人了！为了圣祖遗留的大业，您让他往东他绝不往西，您让他向南他绝不向北！即使受着天大的委屈，他也忠心耿耿地只听您的！”

“夸大其词！那赐婚他为何不遵从？”满都海反问了。

“遵从了！”没想到牡丹还有应答，“您是当今摄政的大皇后，他敢吗？一切还是顺从！他当众封我为部族级王妃，私下里却碰也不碰我！还说什么，这就叫忠诚！”

“阳奉阴违，该当何罪？”这回满都海似真发火了。

“不，不，不！”牡丹这回竟然跪倒在她的脚下了，“大皇后，我不是来告他的状，牡丹只是想冒死对您说，乌纳博罗特可是草原上从古至今少有的好男人啊！他不但高大英武、为人正直，而且英勇善战、统兵有方。不仅在东蒙古各部具有极高的权威，而且在西蒙古各部也有极高的威望。只要他拔刀跃马一声号令，何愁我草原汗国不能中兴！”

“那我呢？”正巧有侍女送进早茶，满都海似只能压低声音问。

“大皇后！”牡丹哀叫了一声进而泣禀，“您就是他的灵魂，他的主宰，没您也就没有这一切！牡丹只是想请大皇后看在咱们从小情同姐妹的份儿上，容我把话说完。大皇后！您何必拘泥于先汗遗嘱‘圣裔’二字呢？从而再苦了自己、委屈了自己的后半辈子！况且他也是神圣的黄金家族最杰出之代表性人物，说不定选了他更有助于尽快实现先汗的所有遗志宏愿！而对女人来说，一个热爱自己的男人的怀抱才是真正的家。”

“若有同感！”谁料门外竟有人搭话。

“脱火赤？”满都海没有猜错，只见兄长脱火赤掀起毡帘走了进来。

“国舅爷……”牡丹似在求援。

“好一个大胆的狂徒！”没想到满都海已经勃然大怒了，“竟敢目无纲纪，擅闯宫闱禁地！什么叫‘若有同感’？难道你也想借口汗国之大业，配合前来逼本监国下嫁于乌纳博罗特吗？你……你这个绰罗斯部族的败类！你……”

“不！不不！”牡丹忙阻拦。

“你这个家父的逆子！”谁曾想话音刚落，满都海已经端起一碗奶茶狠狠地向脱火赤砸去！

“这？这？”脱火赤似也只能抱头而逃。

“你！还有你！”满都海似又把怒火发泄到了大惊失色的牡丹头上，“滚，还不快滚，立即滚回到讨厌的乌纳博罗特身边去！告诉他，你俩多会儿生下个大胖小子，多会儿才有脸再来看本监国！滚，还不快滚！”

牡丹仓皇退下了，满都海却独自一个人哭了……

这段故事在很多相关史籍中均有详细记载，只不过有些史者犯了张冠李戴的毛病，有些史者更对相劝者和挨砸者均不提名一笔带过。但对满都海的评价却是相同的，均称“由此不难看出她的干练、果断、高瞻远瞩的大智慧！”而事实也确实如此，在斥退牡丹与兄长脱火赤后，她曾为自己这种绝情久久地饮泣不止。但一经传出便震惊了汗廷上下，起码从三方面产生了不可估量的影响——

其一，彻底断了乌纳博罗特的念想，从而突显了她忠于先汗遗嘱和献身汗国的坚定意志。

其二，愤怒斥退兄长脱火赤并涉及绰罗斯部族，更突显了她对各部族的同等对待并坚拒“认人唯亲”。

其三，她的“愤怒”和“绝情”却令朝野无不肃然起敬，尤为突显了女监国地位之崇高、威严和不可撼动。

从此，金顶汗帐不仅政令如山，而且纲纪严明。

但也有后代史者提出质疑，这是否为某种配合演出？似乎没有大智慧也绝难达到如此惊人的效果。只可叹！表面臣服的权贵们还在暗暗盯视着她的一举一动，而且问题也一个又一个接踵而至。这一天，她密遣国师潜行去探视那位病弱小圣裔。因为在古代的草原上宫廷萨满往往兼任皇家御医，命其前往是为了确保这小男孩的生命无虞。

谁料“主心骨”刚走，难题就来了……

正当女监国在金顶汗帐高坐接见文臣武将时，只见侍卫从帐外出乎意料地押进一个异族人。尚不待满都海辨认清楚，文臣武将们就皆欲喊打。好在此时被押异族人已跪地自报家门了：“罪臣乌斯曼，由土默川大营奉命而来，特向大皇后陛下面禀重要机密！”原来当时满都海正陪老可汗隐居养病他们未曾见过，经他这么自报家门便立即想起了父亲特穆尔曾给自己传来的快马密函。但如何使用其人，肯定会引发众臣将的猜忌。而她却能毫不避嫌地对其曰：“你就是曾在金顶汗帐短暂代行丞相职权的乌斯曼襄办？今日总算见到本人了！快起来，快起来！先汗生前曾赞你贤能多智，也从未罢黜你丞相襄办之职。今日身负重任归来，本监国仍对你以原职任用！请依祖制，暂归左列群臣之首！”顿时，满都海的“滥用汗权”引发了众臣将纷纷抗议。金顶汗帐陷入了一片混乱，“贤者满都海”之名更似瞬间就化为泡影。

而满都海却岿然不动，仅用威慑的目光逼视着群臣……

“竟然不问青红皂白，就敢喧闹朝堂！”突然，满都海大义凛然地拍案而起了，“异族人，异族人！尔等知道这异族人带来的密讯关系着汗国的生死存亡吗？心眼如针鼻之小，还配称马背民族的后代吗？既然高居汗位却难以决断国事，难道尔等只把本监国当空头牌位吗？”

声色俱厉！当即令群臣伏跪在地、鸦雀无声了……

“乌斯曼，”满都海口气一转而言道，“你是异族人，还曾为异族大帅乩迦思兰之亲信军师！你来亲自告诉诸位大臣，你冒着风险重返汗廷到底是为什么？”

更大出意料！文臣武将均俯首倾听……

“臣有罪！”乌斯曼跪地而回禀，“因择主不慎，曾多次助纣为虐！然而就连我这样的人，乩迦思兰也绝不放过。为平息其族弟亦思马因回归后率部另立山头之滋衅，竟欲推出我当替罪羊以求和解。多亏我侥幸得知得以逃往土默川蒙古大营，又多亏老太师收留并不断开导我，这才使我恍然大悟，知道什么叫择主而事。其实我们色目人早已择主而事了，那即是我们的祖先早就追随圣祖成吉思汗转战南北了！而我这不是择主，却明明是在叛主！知昨非今是，故洗心革面只愿做个忠于圣祖的汗国臣民。近日有丝路挚友密报，乩迦思兰已通过巨额财宝与亦思马因达成表面和解，现正分兵赴绿洲剿灭拉合蛮领头的反叛，然后将集中兵力杀回草原重新掌控汗权！情况特别紧急，故老太师才特别密派我赶回面禀大皇后陛下！”

“啊！”群臣在惊呼声中似才悟觉到方才的愚蠢……

“都起来吧！”满都海这时才语气转为和缓，“我大元王朝（常常仍如此自称）继承圣祖遗志，开国元勋多有异族，如畏兀斯功臣廉希宪、契丹功臣耶律铸、女金功臣元好问、汉人功臣姚枢与郝经等。如无草原般辽阔的胸怀，怎能容纳天下？现如今乌斯曼前来密报，方知大敌当前危及汗国！为御敌计而恢复其名分，难道本监国就连这件事也做不了主吗？小肚鸡肠、鼠目寸光！今后如有人再喧嚣朝堂者，定严惩不贷！”

“诺！”群臣皆俯首心服口服了……

“传本监国之令，”满都海却有更惊人之举，“三日之后，将在金帐前之赛马场，由本监国亲自大点兵！如有敢懈怠延误者，按叛国罪论处！”

天哪！女监国竟要亲自掌控兵权了……

其实，这些群臣低估了满都海的大智慧！事实上，这位女监国深知先汗辞世后形势仍不稳定，仅凭现有的分散兵力尚难抵挡乩迦思兰兄弟的来犯。好在国师密沁又神出鬼没地归来了，不仅给她带回了小圣裔正在好转的喜讯，而且还和她进一步商定了她那“御敌于汗国之外”诸策。是夜，满都海即把乌斯曼、脱火赤，还有那能骑善射的亲信女侍塔娜等，俱都秘密地召进了自己那所谓的“毡帐后宫”。她先分析了敌我双方的实力，后说出了自己的决策和部署：紧急驰援“大胡子太监”之造反，转守为攻力促其绿洲后院烽火难息！表面仍奉拉合蛮为首领，实则军事由脱火赤全权指挥。由于乌斯曼熟知敌情和路况且足智多谋，仍兼任军师之职以协调二人。另外，特遣后宫善骑女官塔娜负责往返联络，并赐婚于乌斯曼，谁让军师已被乩迦思兰灭族了呢……随之又下令连夜出发，仅带上她提前安排好的五百自家绰罗斯铁骑日夜兼程、斜插近路、十万火急地赶赴绿洲，重新点燃乩迦思兰后院动荡之火。典型的“围魏救赵”！难怪后世史者称满都海为“贤能的执政者、天才的战略家”！只是对赐婚略有微词，似稍显出女性的阴柔。

但难得的是，朝野间竟没有几个人知晓这次行动……

演兵场上满都海突显帅才

朝无常制！满都海本该在毡帐后宫中稍稍松口气了：一来，国师声称小圣裔瘦小是瘦小了点儿，但就当个婴儿来养尚无问题。况且他还为这小孩祈求长生天跳神作了法，内服了萨满神药后肯定会日渐康泰！只不过那小罗锅儿尚且“有碍观瞻”，好在帖·哈达格一家和其木格等人不露口风保密得好，至今仍无人知晓这里还养着小圣裔。二来，满都海早已觉察文臣武将对女性摄政之心存轻蔑，今日正好趁乌斯曼的出现借题发挥，既打击了群臣那所谓“男人为上”之气焰，又重塑了自己“君临天下、唯我独尊”的绝对权威！再者，密谴脱火赤与乌斯曼潜赴绿洲助拉合蛮造反与复仇，乃老父在密札中为她设计的声东击西之策。既可发挥脱火赤与乌斯曼之所长，又可使草原汗国暂无后顾之忧！至于那下令的“大点兵”更有她的深谋远虑：既可借大敌将至凝聚朝野上下之同仇敌忾，又可借点兵掌控军权以应对汗廷内外随时可能发生的意外。

只可叹！盘点得失之后她却产生了一种莫名的孤寂感……

走了，都走了！牡丹追随乌纳博罗特走了，塔娜跟着乌斯曼走了，其木格将来会嫁给某人离自己而去……走了！从小和自己一起长大的亲密女伴都要走了！唯独留下自己，在这森严的宫帐大内“高处不胜寒”！但正由于阵阵凉意袭来使满都海蓦地想到了后日的大点兵，想到了自己亲手组建的那支女子禁卫军，甚至还想到了如何发挥她们的特殊威慑力！随之她便召见了另两位少女副统领，瞬间又把孤寂的后宫毡帐变得充实起来。

这一天，借口大敌当前，难得的大点兵终于开始了……

只见得梦可宝力格大草原上一片欢腾，金顶汗帐前的赛马场到处都是闻讯赶来的各部族的牧人。有的骑在马上，有的站在勒勒车上，男女老少莫不想一睹女监国的芳容。尤其牧妇们更是早已猜测不休，焦点是当今大皇后的打扮是否具有传统的蒙古风韵：用兽骨为支架盘起的发鬓有多高？缀满珊瑚与珠宝的头饰有多美？金线银丝绣的锦缎长袍有多华丽？……多少年都没有见过了，人们多想由此再见识一下圣祖大皇后孛儿帖的盛装。但向高高的点兵台望去，却迟迟未见她的身影，只望见国师和几位顾命重臣站在上面，分列左右，中间尚醒目地空着。正当人们质疑时，便猛听得远方发出一声呼啸。随之有如一阵旋风席卷了碧野绿波，陡然间就闪现出数百铁骑簇拥着自己的统帅形成的一个方阵。来到点兵台前又是一声呼啸便急停而止，人们这时方才看清原来打头阵亮相的竟是曾护卫先汗的女子禁军。她们一个个均着革盔、革甲，一身戎装更突显英姿飒爽，队列威严。再看，那中间身着红披风的领军人物，早已令人目不暇接地登上了点兵台。红披风一甩，台中央就又闪着一片银光。天哪！原来满都海没有以传统蒙古后妃式的盛装出现，而是以银盔、银甲、一身银色戎装亮相于点兵台上。这明显是在喻示：她不仅是摄政的监国，而且也是草原汗国的军事统帅。

又创造了一个神话，牧人们早按捺不住欢声雷动了……

但点兵却似乎并不顺利。除了乌纳博罗特原统领的“怯薛”部队尚勉强可以外，其他各部族的队列就一家不如一家了，松松垮垮，吊儿郎当！他们大多都不戴盔披甲，更谈不上持弓带刀，穿着家常的蒙古袍子、蒙古靴，有的还甚至跨在马上聊着大天、呡着小酒儿。就是如此，他们还有话要说：咱这已经给女主子留足了面子……这还能称为大点兵吗？反倒像是一群起来凑热闹或参加那达慕盛会，显然对权贵们来说，这是对女监国的另类蔑视和怠慢；对一般家丁来说，反倒觉得受女人点阅似对蒙古健儿的小看和羞辱。自老祖宗起就没经历过这种折腾，就请凑合着

“点”吧！

最终，似沉稳的女监国也难再坚持看下去了……

但又绝不失从容，仅对身旁的侍卫一声呐喊：“各方阵听令，点兵台下紧急集合！”随之就见在一片混乱之中，女子禁军闻风而动、跃马急返，首先纪律严明列队成行；而“怯薛”中军似受女子禁军的刺激，行动也很迅速果断；唯有那些部族来兵竟然乱作一团，你冲我撞一番才不成队形地聚在台下，并且怨言颇多，还相互窃窃私语。有胆大者竟隐身于他人背后高声大喊了：别尽摆这花架子！有本事，那些革盔革甲的就和咱这些赤手空拳的比比。顿时，围观的男女老少均为满都海不安起来。这明摆着是男爷们在寻衅滋事，憋着劲儿在挑战女监国的权威！

也难怪！草原上自古就风行大男子主义……

大出意料的是，全身戎装的满都海竟然答应了，并令侍卫向台下高声传话：“监国有令！既然她也盔甲在身，当应也在革盔革甲之列！就请那位隐身叫喊的好汉也做准备，率领自己部族铁骑上场一决高低！”刹那间，点兵场四周人声鼎沸了，那挑衅者也公然率领自己部族骑士耀武扬威于赛场之上。难怪他们如此嚣张，古代的蒙古男儿常自称在娘胎里就学会了打仗，是天生的战士。打老祖宗起就从未受过女人的摆布，今儿非把这女监国逼回金顶汗帐乖乖地待着去……随之，一场有关满都海能否掌控汗国军权的比拼也就开始了！场面激烈壮观，但这里却也只能长话短叙。据史载：“满都海凭的是女子禁军平日之训练有素，加之其指挥有方且深通战略战术。而对方却散兵游勇一般只顾争显正夫之勇。最终，女阵之有分有合、时隐时现、诱敌深入、各个击破，致使男阵晕头转向、疲于奔命、越狂越输，就连战马也力竭而哀嘶。”总之，这场拼比绝对有助于树立满都海的绝对权威！从此，她不仅被公认为汗廷贤能的女监国，而且被公认为草原杰出的女统帅。

不然，此后的漫长历史就难以得到解释了……

事后，满都海改换素装不久，即传唤了那位曾向她“叫板”的汉子。此人名叫图门，闻听此讯几乎吓坏了。而女监国没有斥责他，却反倒称赞其能不忘“蒙古人天生就是战士”之古训，并当众晋升他为“百户长”——一个小部族的领兵者，从此图门便成了女统帅的铁杆战将。须知，在古代草原上是军民一体的，上马能战，下马能牧，故满都海此举是颇为影响深远的。除此之外，她还传见了“怯薛”（即大中军）的临时统领。此人名叫巴根，曾任乌纳博罗特之副手。除赞其“知耻而后勇”之外，并直接任命他为大中军的“怯薛台”。但巴根在激动之余还须接受新的使命，满都海令他将“怯薛”中层将领分别派往各地操练与掌控部族男丁。

谨防大敌之突然来袭，军权必须集中于女监国之手……

难怪史称满都海“心思缜密，布局严谨，文韬武略，堪称全才”，暗遣脱火赤与乌斯曼之“后院点火”至今各部族竟无人知晓；而她却反过头来借口“大敌当前”以点兵为名把军权尽皆掌控在手！

但古人又曰：天降大任于斯人也，必先苦其心志，劳其筋骨！

尚未等她缓过劲来松口气，突发性的难题却又出现了！

非常重要，非常关键——

有关小圣裔的！

……

第七章

传承

满都海正是为了这个孩子的未来奠基，难道他……

尚难回答，且先回顾一下他短短六年的生命历程。杰克·卫则伏曾在其著作里有过专门的记述，称他“出生于南戈壁，那是蒙古人所居住的人烟最稀疏的地区之一。环境相当严酷，常人难以生存。昼夜温差极大，尤对婴幼儿不利”。又称“夜里气温急剧下降，光靠小孩的体温即使裹上毛毯也会被冻死。必须由大人紧紧搂在怀里裹着毛被才能确保孩子无虞，不然就连尿片也会很快结了冰而危及孩子的性命”。还称“小孩通常要吃母乳数年，断奶后尚需父母嚼烂乳制品或肉干嘴对嘴喂养。平时父母更需为孩子按摩胳膊小腿和舒展全身，以保障孩子体格的正常发育和成长”云云。

而这个孩子的亲生父母却大多很难做到，甚至不懂……

要知道，当时父亲才刚过十五岁，而母亲也只不过十七岁。况且此时丈夫尚不知自己那珍贵血统，妻子家族也相当困顿。多亏有长辈相助这对少年夫妻，这个孩子的一条小命才算侥幸保全下来。后面的经过根据史书记载前面已经说过了，直至亦思马因前来追捕导致的逐父掳母，这孩子在人慌马乱中还是被抛弃了……后来，还多亏深知底细的巴柴老妇人冒险相救，更多亏了满都海派出其木格等人深入戈壁历时大半年的“瀚海捞针”总算找到了。也算这孩子命大！现今终于在丰美的草原被仁爱的帖·哈达格夫妇代养了。

关爱备至！就连杰克·卫则伏笔下也有记述……

书中称“自从接下这男孩后，这对夫妇便着手恢复孩子的健康和体格。比亲生父母还要亲！妻子赛柴以蒙古民族传说的推拿术和正骨术，替孩子长期进行整形和治疗”。又称“轻柔的推拿和轻度的整骨乃是蒙古民族养育小孩的传统经验，对孩子成长为体格端正挺拔的小男子汉不可或缺”。除此之外，还有史书称“帖·哈达格和赛柴夫妇甚至放弃了畜群（牧人的财富），而把全部的爱倾注到了这个弱不禁风的孩子身上。赛柴总是夜夜搂着他睡，给他以母爱和温暖，而帖·哈达格也亲自为孩子天天挤鲜奶，准备乳制品和浓肉汁，以加强他的营养和促进他早日康复”。而据不久前其木格传来的讯息说，这孩子正日渐好转，就连小罗锅儿也不那么突出了。

而如此夜以继日地精心护养，当然不会突然出现意外……

但快马传来的消息：那里确有人快要死了！

不仅惊动了女监国满都海，而且惊动了汗廷重臣！

紧急会商：出发！

何许人也？……

老妇人之死与小圣裔之吉凶

确实不是小圣裔出了意外，而是老妇人巴柴就要死了……

如此这样一个平平常常戈壁老妇人之即将告别人世，似乎并不值得如此兴师动众的。但后世史学家却给予满都海此举极高的评价，称之“洞悉后果，善抓时机”！须知，这戈壁老妇人确实是再普通不过了，但她却从自己的切身经历可见证小巴图孟克确系圣裔。如果她死了，即使推出小圣裔也会变成“死无对证”！必须尽早记下她的证言，而且尚需有更多重臣聆听见证！满都海深知，相关大位之事乃国之根本，基础打不扎实必后患无穷！然而率重臣之前往必定惊动朝野，故尚在隐藏康复中的小圣裔不管再瘦小再罗锅儿，似受牵连也必须跟着一起当众亮相了。

此时摄政的权威是无用的，唯有严遵古风古制而行……

首先，满都海与国师及诸顾命大臣议定之后，即命国师连夜先行一步，以其怪异的驭马方法火速奔往指定地点，专为老妇人祈神、作法、施药，无论如何也要延缓巴柴老妇人的生命！而次日凌晨由那数百女子禁军布阵护驾，自己当亲率几位顾命重臣，并命两位“必阇赤”从行。队行不乱却如旋风席卷一般，不到两个时辰即赶到了草海深处那顶新扎的蒙古包。而更令人惊诧的是，新任怯薛台巴根也正在金帐前调动大中军，并在修理和清扫那辆久久废置的毡篷王车，似也在随时待命而出发！为此，金顶汗帐附近的牧人们均惊得目瞪口呆，纷纷肯定汗廷又要出现什么不寻常的大事了。

但满都海竭力按寻常事处理……

在离老妇人新扎蒙古包不远的地方，她命女子禁军和大批随从留下。为了不惊扰老人家，仅带了几位顾命大臣与“必阇赤”轻骑而来。但一推门而入，便见得情况有些异样。或许是萨满爷的作法和施药起了作用，或许是老人家临终前回光返照的现象，总之，满都海刚一走近她的毡榻，巴柴老妇人竟开口说话了：

“我在梦中见过您，满都海大哈敦……”

“什么？”满都海差点惊叫了。

“我……”老妇人继续说道，“我为什么拖着总咽不下这口气儿？是……是长生天命我即使再痛苦不堪，也……也必须强忍着见到您，我的大哈敦！是……是长生天有话，不……不说明白，就……就不收我……”

“您别急，慢慢说。”满都海竭力抚慰着老人。

“急！急！”谁料老人家却似真急了，“长生天命我告……告……告诉大哈敦，那……那孩子……是真的，真的，真的……三代单传圣……圣裔……”

“有何凭证？”满都海似也只能温柔地问。

“有，有……”老人家在密沁萨满重新作法施药后，终于又有力气从头说起了。满都海与顾命大臣细心听着，两位“必阇赤”飞速用笔记着。直至老妇人断断续续全都说完了，眼看就要咽下最后一口气了。

“老人家！”满都海哀痛地呼叫了。

“还……”老妇人竟又惊人地挣扎着补充说道，“还有一块辟邪玉符……圣祖家族……特有的……现就挂在……孩子的……脖项前……”

长生天啊！这回老人家终于放心地死了。

满都海和在场之人莫不深受感动，都含着泪默默地为老人祈祷送行。平凡的老人不平凡的胸怀，她这是为了孩子、为了汗国的未来！

活着的人们！为了复兴圣祖的大业该行动了……

随之身为摄政监国的满都海便开始下达各项旨令了：“其一，请国师速带诸顾命大臣及‘必阇赤’火速返回汗廷，尽快整理出戈壁老妇人之遗言遗证，且从本监国伊始每位聆听者均必须成为忠实的见证者。其二，请国师代本监国向汗廷上下宣示：圣裔已经找到，并已命巴根率领大中军护卫王车前往迎驾！但何日登临金顶汗帐，尚须祈问长生天占卜以择吉日。其三，由国师与诸顾命重臣议定，当以何种方式使圣裔与臣众见面。议定当火速告知本监国！而本监国当留此护驾，汗廷将由萨满国师全权代理主政。”

总之，处处借助神权力量，又处处滴水不漏……

当国师等受命退出之后，满都海又命特意留下的一位大臣，遵戈壁古俗高规格地来处理巴柴老妇人之后事。随之，她便又率数十女子禁军轻骑来到帖·哈达格夫妇的毡包前，这才是此行的重中之重。果然，那贴心文侍其木格早已率众女伴在门外恭候了。但进门后一见那小圣裔还是难免有些许失望。按说，虚龄即将七岁了，却仍须养母赛柴抱在怀里才能坐稳。而再一细看，又见得原本灰暗的脸色已渐显红润，原本令人触目惊心的罗锅儿已不那么突显了。是快七岁了还像个三四岁的幼童，但养父母付出的心血还是视而可见的！为此，满都海先以臣妾之礼拜见了小圣裔，随之便向这“唯崇圣祖”之仁爱一家人深表感谢和敬意！

朴实的牧人夫妇似有些受宠若惊了……

“大汗！”谁料满都海却突然对那孩子说，“您能屈尊站起来吗？”

“这……这？”养母赛柴似也只好扶着孩子站立。

“好！好！”满都海见孩子虽瘦弱却似仍透出一股天生的倔强，便不给予鼓励，“放开手，自己站！我们的大汗是会岿然屹立君临天下的！”

“长生天啊！”赛柴放开手，孩子竟晃晃悠悠站住了。

“满达图改！”满都海击掌欢呼了，“请大汗再试着迈开步！”

似有点太急于求成了，但孩子却仍在挣扎着举步……

“啊……”在一片惊呼声中，孩子仅朝前奋力地迈出一两步，便再难支撑眼看就要向前扑倒，多亏满都海伸手顺势将他接住。惊呼变成欢呼，无人不为之感动。

从此，小圣裔便常常留在她的怀抱中……

而即使此刻已将孩子揽在胸前，满都海也审慎地并未当众探索那块“辟邪玉符”。意涵颇深，唯恐万一！似也只能作暂忘却状，以待深夜与孩子养母赛柴私下探寻……却不料！偏偏就有人敢于闯入打破这难得的温馨氛围。满都海一看就不由得暗暗叫苦了：天哪！显然是乌纳博罗特还在拒绝接纳她，才迫使自己这位战将型的女统领跟踪追寻到这儿来了。果然，众女伴均失声惊呼了：“牡丹！”

这才叫“一波未平一波又起”……

“牡丹！”满都海面对着儿时的女伴提醒道，“还不赶快过来拜见大汗！”

“什么？什么？”牡丹望着孩子惊呆了。

“大胆！”满都海显然是怕她脱口再说什么，急忙喝止，“好你一个牡丹，竟累累违抗本监国的旨令！没生下儿子，谁让你擅作主张回来的？如今见到未来之大汗，又敢迟迟不予参拜！来人呀！先把她拘禁于侍卫毡包，待监国亲自来审！”

说毕，她竟把孩子交予养母，果真跟着前去了……

正当众人困惑不解，似也只能为牡丹忧心忡忡如热锅上的蚂蚁时，没想到不大工夫满都海竟又回来了。她仅说了一句："我已将其逐回家去，交乌纳博罗特严加惩罚！"随之便又接过小圣裔将孩子紧紧地搂在了怀里。唯有其木格细心地发现了自己的女监国仅仅出去了不到半个时辰，却似乎从头到脚的冠饰和盛装全变了……难怪波斯史者称满都海此举为"知决断、善权谋，常施一箭双雕之策"。

其中奥秘只有牡丹归去方可解知……

是夜，满都海就留宿于帖·哈达格夫妇的蒙古包中。其他人等均暂居附近毡帐，包内唯有养母赛柴听命作陪。此时，在厚实而舒适的毡垫上，围绕着中间那个与年龄不相称的瘦弱小男孩，两个女人斜躺着竟渐渐地聊上了。再没有什么尊卑之分，更没有什么贵贱之说，只有那为了这小丑孩激发出的女性与生俱来之母爱柔情。随后，满都海更情不自禁地把脱去了衣服的孩子揽进了自己的被窝里。天哪！一种从未有过的母爱感觉使她浑身战栗起来。只不该！此时当她抚摸着小胸脯时却突然摸到一块凹陷的印迹。

温馨的话题彻底转变了，她立马想到了那块辟邪玉符……

"我知道您想问什么？"赛柴似已猜到了，"那救助孩子的老人家也曾私下对我说过。"

"那为什么会留下这么深的印痕呢？"满都海又问。

"晃来晃去是不行的！"赛柴回答，"老人家舍身救回孩子后，既怕丢失了这块珍贵的圣祖遗宝，又怕孩子失去它难得圣祖保佑，更怕晃来晃去招来歹人危及孩子性命，故而老人家用烂衣撕成破布条紧紧缠裹在孩子的胸前，一年还多，细皮嫩肉的能不留印痕吗？"

"那后来呢？"满都海不耐心地问。

"多亏了我家爷爷，"赛柴也很温顺地答道，"他说这可不行！孩子天天在长，胸脯会被越箍越紧！怪不得五六岁的孩子才像个两三岁的小儿，必须尽快去除这一层又一层的破布条，孩子才能正常长大！正好巴柴老人家已经病得不能行动了，我们夫妇俩才背着她悄悄给孩子解掉了。"

"你们做得对！"满都海似并不急于问那辟邪玉符。

“打开一看，”赛柴主动叙述着，“果然那孩子被勒得够呛，那辟邪玉符已嵌入孩子的前胸脯肉里。多亏是玉的，若不然将很难剥离出来。”

“啊……”满都海长舒了一口气，还是未问那玉的下落。

“不过请您放心！”赛柴仍在主动说着，“为防歹人闻之起意，早已秘密转移到帖·哈达格的大弟弟家了。兄弟六人轮流暗中守卫，哪个歹人还敢再动歹念呀？”

“真的吗？”满都海彻底放心了，却还在故意激她。

“牧人有假话吗？”

赛柴显然上当了，说：“别说弟兄六个了，就单凭最小的小兄弟阿拉腾就没人敢来闹事！这小子彪悍英武，射箭能百步穿杨，骑马如急风闪电，摔跤更是摔遍草原无敌手！您还不知道吧？您派来的那位小宫女其木格，没几天就偷偷看上我家的小兄弟阿拉腾了……”

什么？什么？还没等满都海来得及细问，这朴实的草原牧女竟然说着说着就睡着了。

憨态可掬！

夜，更深了……

蒙古包外静悄悄，只有满都海依然清醒着。怀中搂着孩子睡，这对她来说还是头一次。一片安详的沉寂中，她似乎这才发现孩子早搂紧了她的脖子，脸贴着她的乳房，稚嫩地在她的怀中酣然入睡了，这就是汗国未来的大汗？这就是自己未来的丈夫？她似乎根本顾不得细想，刹那间便只觉得有一般暖流在浑身涌动着。这或许是女性的一种本能，孩子那带草原乳香的气息激发出的母爱；这或许就是史籍中所说的：“既然贤者满都海早已立志献身于汗国中兴，那她必须面对现实先做母亲后做妻子。”

蒙蒙眬眬！她搂着瘦小的孩子似乎也要睡着了……

突然，一阵莫名的凄凉又让她清醒了。走了，走了！自幼的女伴都要走了！就连文质彬彬的其木格似已选中了彪悍英武的阿拉腾，似也将与之匹配的男人一起离天了！

而自己呢？睡吧！还是睡吧……

但恍惚间，她似乎又看到了牡丹，又看到了乌纳博罗特。还好像看到了他们的缠绵，这使她又突然想起和他在草原上也曾有过的“激情之夜”。不知为什么，她竟然为此泪流满面地饮泣起来。

多亏那孩子翻身把她踢醒了……

随之，她便又凝神为他俩开始祈祷了：但愿牡丹能添补他心灵的空白，但愿乌纳博罗特能获得充实的幸福，但愿小两口能为汗国控制好东蒙古各部族！

那孩子依偎在她的怀里贴得更紧了，显然是需要温暖。

但她却仍在为东部大草原祈福！

牡丹，祝你成功！

乌纳博罗特之“梦幻成真”

蒙古民族有这样一句著名的谚语：看准方向撒缰的骏马，是九头牤牛也难以拉回头的！

无论对理想、信念、事业，直至爱情无不如此……

在远离汗廷东部的金箭匣茫茫大草原上，碧野里如云朵落地一般扎起了一排排营帐。正中是一顶较大的洁白蒙古包，这就是乌纳博罗特主持军务的帅帐。这处大营，对外可随时接受汗廷的旨令闻风而动，对内面对那桩赐婚也可能称之为一处痴心不改的避风港！完全可以这样说，作为成吉思汗长弟哈撒儿的纯正后裔，他现在早已成为黄金家族最杰出并最具代表性的人物！再加上英武帅气的外观，就更使他成为草原众多美少女的“梦幻王子”。但他却似乎只知道忠于汗廷、忠于女监国、忠于蒙古草原未来的大一统！就像那匹“看准方向撒缰的骏马，是九头牤牛也难以拉回头的”！

在这方面，牡丹是最有切身体会的……

围绕着满都古勒汗的那座隐秘的古老毡帐，她与他朝夕可见几乎度过了自己的少女时光。除了护卫老可汗与小王妃偶尔点点头外，平常他竟连正眼看自己一下也少之又少。本来她还以为他不食人间烟火，但时间久了这才发现在他心目中有一尊“女神”……也有的傻丫头问过他为什么只听小王妃的话？谁料他竟慨然而答：“你有她聪慧吗？你有她贤能吗？你有她那为汗国奉献的勇气吗？”总之，他不仅为“女神”甘受屈辱、甘受斥责、甘愿蒙受不白之冤，似乎还随时准备为“女神”付出一切，直至自己的生命。比如说最近的一次，本来是他率兵阻止了叛逆王孙的称汗，本来是他在忽里台大会上威震诸权贵才得以使先汗遗嘱贯彻执行！但他那“女神”让他连夜走他就率兵走，不让他参加摄政大典他就不参加，甚至连赐婚之事也绝不反抗……难道“女神”就是他的方向吗？要不他怎么会也像“看准方向撒缰的骏马，是九头牤牛也难以拉回头的”？

或许是志同道合？但后世对此也有不同的看法……

有的史者竟称：“非情痴，乃欲谋汗位也！”就连杰克·卫则伏似也同意此说。即使在七岁的小圣裔被扶立为达延汗之后，其仍在自己的著作中这样写道：“乌纳博罗特继续效忠满都海，进而效忠成吉思汗那个幸存的弱小后裔。一旦那体弱多病的男孩有什么不测，就轮到他继承大汗之位并娶满都海为妻……考虑到孩子的身体状况极为不佳，英年早逝想必是大有可能的。”而上述种种说法，显然对乌纳博罗特是有失偏颇的。试想他若真有此意还需等待吗？凭他那卓越的军事才能、手下精锐的东部铁骑，以及在汗廷留下的超高人气等，他要想取而代之似易如反掌。之所以有如此评说，很有可能是由于尚对震撼过世界的马背民族欠缺了解：蒙古人的坦荡、蒙古人的赤诚、蒙古人的光明磊落，尤其是蒙古人那义无反顾。忠于圣祖成吉思汗的伟业，忠于蒙古汗国的重新大一统，他们从来就是为顾全大局义无反顾的。倒是蒙古文史料中对乌纳博罗特那客观的评价印证了那句古老的民谚：“看准方向撒缰的骏马，是九头牤牛也难以拉回头的！”

但“女神”却离他越来越遥远，他甚至变得有些偏执……

而牡丹此次率十数名亲随急驰返回“告状”，似乎就是为了乌纳博罗特这种“冰冷的偏执”。有这么接受赐婚的吗？竟然给自己赐了个部族王妃的称号就算完成任务了？似乎根本不懂得婚姻在男女之间意味着什么？她所需要的那男欢女爱的初夜、激情四溢的拥抱、酣畅淋漓的呻吟，以及布下那完美幸福的种子……他几乎一样也没给她！而她却像“神女”赐给他的一件特殊礼物，只供进一座豪华且有侍女的蒙古包里就算完事了。没有爱抚，更没有冲动，一到夜晚这座豪华的蒙古包就显得那么冷清和孤寂。气人！他宁可永远独守于那座遥远的军帐里，借口军务繁忙也从来就没有回到自己身边一次。还听说，每到深夜他都会“借酒寻梦”，而且似乎越喝越多了。没人敢打扰他，因为只要曙光初显他照样英姿勃发。

牡丹大为不解！却满怀幽怨准备返回汗廷告状了……

牡丹不理解，因为在古代的草原上是通行一夫多妻制的，即使他心目中有了“女神”，似乎也不应对其他女性如此排斥啊！莫非……在这点上，反倒是那位美国史学家判断正确。他称，“乌纳博罗特虽求婚遭到拒绝，却继续效忠于满都海，并肯定她的坚持之合理性：全体蒙古人均应团结于这个圣裔男孩之身后”。至于乌纳博罗特之罕见地不近女色，虽然这位学者未曾记述临别“激情之夜”，却委婉地提到了乌纳博罗特“忠贞不贰”更长远的原因。他称，“一旦这个男孩长大执掌汗权之后，由于年龄的悬殊，他很可能另选新的可心大皇后。而到时候依古制满都海是无法阻止的，似也只能出走或仅留一个哈敦的称号孤独地度过余生”。而乌纳博罗特之“偏执”，或许就是等待着这一天……但对于尚武率真的牡丹来说是绝对难以理解的，随之便忍无可忍地率十余位随从驰返汗廷来质问“月下老”（姑且借用此词）了！

只可叹！乌纳博罗特竟对此事一无所知……

前一节已经提及过：满都海见到牡丹之意外负气归来似早已知道其中的原因了。只不过唯恐她一见瘦弱的小圣裔大惊小怪地说出不敬之语，才以严厉的口吻把她带到另一座毡包之中。斥退众人，似欲单独惩戒！谁曾想只剩下二人之后，女监国的口吻却变得格外柔和亲切起来。

“真的好想你啊……”满都海动情地说。

“还想我？”率真的牡丹却不买账，“是您赐的婚，是您做的主！把我嫁得老远老远的还不算，至今他还碰也没碰过我！这份不明不白的冤屈我该找谁算？当然要找您这位赐婚的大监国了！”

“找我没用，你得学会做女人！”满都海柔声道。

“还用学？”牡丹却还有话要说，“从小伙伴们都说我长得最像您，您是女人我当然也是女人啦！”

“女人和女人也不一样，关键在怎么做！”满都海强调。

“怎么做？您教教我！”牡丹竟乞求上了。

随之满都海就对牡丹私下里开导起来，接着便出现了上节所述的调换头饰和盛装。所用时间很短就使牡丹开了窍，竟主动率领随从连夜急驰返回东部大草原去了。马蹄声声最终也消失在牧野的远方，满都海竟两眼不由得溢满了泪水，是追悔，是愧疚，还是对他的恋恋不舍？似很难只言片语说清楚。好在她蓦地想起了曾对父亲说过的一句话：“就当女儿嫁给了圣祖之大业了！就当女儿嫁给了草原汗国了！”片刻她便擦干了眼泪，重又毅然决然地回到了小圣裔的身旁！

而在远天远地的那座军帐里，却夜夜仍弥漫着酒香……

也不知又过了几天，这一夜乌纳博罗特更似带醉穿越了时空。醉眼蒙眬中他好像觉得已经过了十年或二十年，汗国已变得无比强大而她却被抛弃了。只勉强给她保留了哈敦的封号，却把她放逐到一处偏僻而荒凉的草原上，一顶陈旧的毡包，一个孤独的她。而她已日显衰老，陪伴她的只有几只小羊羔……乌纳博罗特只撕心裂肺地叫了一声：“看准方向撒缰的骏马，是九头犍牛也难以拉回头的！我来了，我来了！我将兑现自己的誓言永生永世再不离开你！”谁料那妇人却深感惊讶，指着军帐的毡帘外竟对他言道：“你都说了些什么呀？那儿才是我！”

时空似已彻底错乱，他又醉眼蒙眬地向门外望去……

恍惚间，只见得毡帘已经轻轻挑起，尚未见人，已早有一股沁人肺腑的气息缓缓传了进来。是那么独特，又那么熟悉！令他顿时又想起了送别时那“月下激情”，使他从此再难忘这温馨而又芬芳的气息。如梦如幻！随之，就见得日夜思念的她已经轻柔地走进来了。她那特有的罟罟高冠，她那特有的典雅而华美的头饰，她那特有的袍服盛装，尤其是头饰垂下的流苏半遮半掩着秀气的面庞，更令他在迷幻中再不怀疑了。“真的，真的！我心中有她，她心中有我，她终于不远千里真的来了！”乌纳博罗特一时间热血沸腾了，借着酒劲似有千言万语要对她说，但当即就被她制止了。倒是她有些急不可待，刹那间吹灭了火烛，黑暗中猛地扑上去搂紧了他的脖子，和他一起同时倒卧在毡塌上，干柴烈火一般，顿时两个炽热的躯体便纠结在一起了。激情地喘息，欢快地呻吟，而她就是不许他说话。每当他刚要开口，她总是会用一个火辣辣的热吻赶紧堵住他的嘴巴。酒、性、久久地“饥渴”，终使他达到了那情欲的最高潮！

他记得，他是搂着她酣睡的，但早晨醒来她却不见了……

他感到了一种莫名的绝望，是酒喝得太多了？但她却像“神女”一般又迷幻地闪现了，尚不等他醉眼蒙眬看清楚，她已经把火烛又吹灭了。黑暗中似也只能用肢体语言相互炽热地倾诉，还是不准说话而只顾冲向那男欢女爱的顶峰！

如是者三！他已经习惯了她那早晨神秘的消失……

但在第四天早晨奇迹出现了！她竟没有走，仍然在枕着自己的臂弯娇娜地酣睡着。脸庞紧贴着自己赤裸的胸膛，双手还紧紧搂着自己的腰，仿佛企盼着和自己长在一起。美好的胴体尽显无疑，差点又激起了自己的性冲动。

“谁？”但乌纳博罗特还是诧异地发问了。

“唉！”谁料那女人却长长地叹了口气说，“连自己的老婆都不认识，这算哪家的丈夫？”

“是你！谁教你的？”认清了却仍在发问。

“你那女神！”率真的牡丹似也只好供认不讳了，“她怀中抱着个三四岁的瘦弱小丑孩，却还要事事替你着想！她怕你夜夜孤寂，她怕你断了后，她甚至早已知道每晚你必定酗酒！其实你和那小丑孩并没有什么差别，你们都无时无刻不让她牵肠挂肚，操碎了心……”

“啊！”乌纳博罗特下意识地惊呼了一声，沉默了。

“啊什么？”牡丹却不依不饶地继续说着，“是她早摸透了你的性子，是她早就猜透了你的心思，也是她教我如何扮演她娴静地出现在军帐里……你的女神还叮嘱我，无论成与不成，她这套最喜爱的冠头饰、贴身的内衣与盛装全留给你，以做个永远的念想……”

乌纳博罗特再无语了，似只剩面朝汗廷方向跪拜了！

“唉！”这回牡丹竟罕见地叹了口气而言道，“我已经把女神相赠的头饰衣物早替你包好了，从今日起我将只穿戴自己的衣饰。这种扭捏作态、弄虚作假的相会我早憋屈透了！拿老婆不当老婆，我还不如重返汗廷再当我那女子禁军统领呢！”

“牡丹！”乌纳博罗特却猛地将赤裸的她揽进了怀里。

“从此真拿我当老婆了？”牡丹问。

“真的！”乌纳博罗特回应。

“永不反悔？”她又问。

“永不反悔。”他又答。

“补上新婚初夜！”谁料率真的牡丹更有惊人之举，“那你就在光天化日之下再来一次！”

天哪！乌纳博罗特似也只能遵命“补足”了……

难怪相关史籍上常出现这样的矛盾：满都海曾多次当众斥责这位“手握重兵、超高人气”的人物，但他却始终宣誓“效忠满都海，进而效忠于成吉思汗那小后裔”。近代史者多不了解这些鲜为人知的细节，故而才会出现“斥责”与“效忠”之诸多矛盾，并且人物之性格也前后极不统一。

为此，有哲人曾说：“大智慧者常从小事入手，贤德者从不高谈阔论！”

有史可记，从此之后“东线永无战事”……

但满都海再顾不上为他们祝福了！由于巴柴老妇人之死，已很难再让那小圣裔隐蔽恢复健康以待来日了！

而身为监国的她则必须全力以赴应对种种叵测……

须知，那瘦小的男孩至今尚难以独自站稳，加之从小受到惊吓甚重所以特别畏惧人群！

但他又必须尽快亮相，必须尽快登基！

“怯薛”大中军已经前来迎驾了。

满都海感到时间是如此紧迫！

但势在必行……

始祖母灵庙前小汗王的登基

在大中军的森严护卫下，那数十头牤牛正拉着古老的王车缓缓地向着金顶汗帐进发。

里面坐着的似是未来的大汗和大皇后……

随后，在其木格统领的女子禁军保护下，还跟着几辆蒙着毡篷的普通勒勒车，还有驮着拆卸后毡帐之驼列以及跟随的畜群。显然这是护佑小圣裔的帖·哈达格之一家。因小圣裔尚须保养和按摩推拿，他们是受女监国诏令追随小圣裔向汗廷迁徙的。而在老远殿后的，正是那位被嫂子夸赞的六兄弟中的小兄弟阿拉腾。果然强悍帅气，难怪其木格跨在马上还不时回头偷偷望他。

行进的速度是缓慢的，直至夜幕笼罩了草原才到达汗廷……

金顶汗帐前，被无数灯笼火把照得犹如幻境一般，文武大臣及来自各地的牧人也纷纷前来迎候。须知，秤砣虽小能压千斤，圣裔虽幼乃国之根本！故而，出于对圣祖成吉思汗的永恒敬仰，迎接小圣裔便成了梦可宝力格草原上轰动性的头等大事。望着朦朦胧胧的远方，恍然已见在中军护卫下那辆巨大的王车已渐渐闪现了。车上载着古老的流动宫帐，摄政的大皇后与即将登基的小圣裔肯定就在其中。

更近了！便见得臣众们早已纷纷跪地迎驾了……

此时，却猛听得法鼓突然响起，国师密沁已带着十几个小萨满的王车作法开道了。法鼓声声，念念有词，竟狂舞不止地将王车引到了满都海当作后宫的那座毡帐里。光影变幻，火把闪烁，臣众们尚未看清圣裔便见得王车已经开始退下了。那法鼓却仍在作响，驱邪仍在进行，臣众们甚至无暇顾及后面相随的勒勒车和驼列去向何方？

多亏了法鼓骤停，国师密沁又如神猴般纵跳闪现了……

“嘻嘻嘻！”似一高兴就原形毕露，“从此咱们汗国就有了根，有了本，难道不应当开怀大笑吗？哈哈哈哈……但占卜告知（突转严肃），小圣裔在三至七日之内不得面见生人，不得受群臣惊扰！圣裔尚须静坐凝神，虔诚接受长生天之神示！起来吧，起来吧！大皇后已传旨曰：凡今日跪迎之臣众，均为唯崇圣祖之忠贞人士！散了吧，散了吧！（又突转嬉闹）嘻嘻嘻，都各回各家偷着乐去吧！哈哈哈哈……”史称“古代草原之萨满被当作能通天之人”，故而臣众们闻之均很快便散去了，不久金顶汗帐四野又沉浸于一片寂静之中。

借用神权！终于又争取到三至七日的时间……

但对于满都海来说，时间却仍显得那么紧迫。要知道，尚有许多难题短时间是无法解决的：比如怎么使小圣裔略显高大、能够坚持站稳，就绝非一年半载能完成的；再比如小圣裔的登基绝非在金顶汗帐可以完成，不然就是大不敬！而最理想的灵庙莫过于成吉思汗遗留下的那四大“斡耳朵”了，那是每个蒙古人都想顶礼膜拜的圣地。四大“斡耳朵”内供着的是圣祖的四位重要后妃，中间则树立着象征成吉思汗永生的黑灵旗（用圣祖所骑骏马剪下的鬃毛编织而成，也称“苏鲁锭”）。但实在太远了，尚须经过几个心怀叵测的部族。不仅小弱孩的身子受不了，而且一旦受到意外截击也必会前功尽弃！

没错儿！满都海为了这个未来的大汗可谓费尽心机……

就拿现在戒备森严的后宫寝帐来说，是有一个四五岁小男孩蒙被熟睡着，但那不是圣裔小巴图孟克！要知道！别看那病怏怏的小罗锅儿是有些弱不禁风，但他却关系着汗国之根本，关系着自己的未来，更关系着先汗那宏伟遗愿能否实现。为此，作为监国就绝不可掉以轻心！为保小圣裔的不受惊吓和防止意外的发生，满都海早已将小男孩私下转移至赛柴养母带篷的勒勒车里，并命其木格和阿拉腾暗中严加保护。似乎自己乘坐的王车里尚缺少什么，还多亏了这家深明大义的牧人送来了亲生的最小男孩……据刚才其木格快马来报，在金顶汗帐后面不远的草原上一切均已安顿好了，与普通的游牧人家毫无差异。如今小圣裔正在养母怀里捧着牛角壶喝奶，精神头儿好着呢！满都海闻之十分感动：这一大家子极为普通的男男女女，竟为了圣祖之大业甘愿默默奉献出所有的一切，而自己呢？

随之，她便在另一处偏帐里召见了国师密沁……

别看这位国师长得猴里吧唧，又常没尊没卑地嘻嘻哈哈，颇具中原济颠和尚行事之风，但满都海总把他看作国之栋梁与自己的精神导师！一遇到难题，必礼贤下士地求助于这位托孤的首辅大臣。而这回国师爷应召而来却有些变态，没有了往日的嘻嘻哈哈，反倒突显出一本正经和满脸严肃！

“国师，这是谁惹您了？”满都海忙问。

“你，你！”谁料国师竟敢如此回答，“不就是两件小事吗？半夜三更愣把人家从好梦中唤醒！芝麻大点屁事，还值得大皇后叫醒个老萨满？”

“可那小圣裔确实尚难站稳！”满都海却仍在不耻下问。

“不是那男孩站不稳！”国师这次回答得更绝，“是大皇后您站不稳！只要您能站稳了，小圣裔肯定脚下能生根！”

“什么？”满都海开始沉思了。

“什么什么？”国师似更来劲了，“天涯无处不芳草，何必远方寻灵庙？只要心中有圣祖，圣祖处处皆显灵！”

“啊……”满都海若有所悟了。

“记牢了！”国师似在犯上竟然教训上了，“您是摄政，您是监国，您还是大皇后！在圣裔长大之前，您便是一国之主，当应号令天下，唯我独尊！然而您阴柔有余，阳刚不足；大智慧可赞，大魄力尚缺！然而只有大智慧而无大魄力，似很难辅佐小圣裔成为一代雄杰之大汗！”

“那我该……”满都海沉吟自语了。

“大皇后就该从在下入手！”国师更一脸严肃了，“明日金顶汗帐接见文武百官时，即可以‘大不敬’之罪名，将在下之国师与首席顾命大臣等官职通通罢黜，以助大皇后立德立威！在下仍做我那萨满巫师，或许自由自在更有助于大皇后！”

“不！不不！”满都海似难以采纳。

“不个屁！”国师似更加放肆了，“罢个官也这么婆婆妈妈的，建功立业的魄力又从何谈起？真让人灰心，真让人失望！咱不干了，咱不干了！就连先汗临终时赐予咱的龙靴，咱也就此退还给大皇后了！”

“国师！”满都海竭力阻拦着。

“不伺候！”却不料国师早已甩掉了两只大靴子，赤着脚跑出门外，瞬间就飞身上马消失在暗夜的深处了。

只留下那双典型的蒙古靴突现在满都海眼前。

高腰硬帮，靴尖翘，通体尚有贴花图案。

突然，偏帐之外似传来嘻嘻窃笑！

满都海一夜无眠了……

次日临朝，这位摄政的女监国竟然依计而行了，不仅在金顶汗帐内延续着她那大智慧，而且当着文臣武将初显她那大魄力。尤其在她以“大不敬”之罪名，当众宣示罢黜密沁国师及首辅顾命大臣等要职之后，果然金顶汗帐内一片肃穆，文臣武将莫不对她刮目相看。随后，她又当众宣布“免去诸顾命大臣之职，将另有任用”，是相对还算客气，但群臣心里都明白，顾命大臣议政的日子就算过去了，今后将由这位监国唯我独尊地执掌汗国大权了！昔日尽显大智慧，今日又显大魄力，不服也得服啊！

更何况！她还为汗国找回了无可置疑的圣裔……

密沁萨满少有的一本正经是非常及时的，没有他的主动“被罢黜”满都海是很难获得绝对权威的！而没有这种“一言九鼎”的权威，小圣裔巴图孟克是很难顺利登上大汗之位的。但海都海似乎并不急于宣示有关圣裔登基的决定，而是拿出一块晶莹剔透的玉佩侃侃而谈起来。

文臣武将莫不感到惊讶，纷纷洗耳恭听……

她说："想当年，我圣祖成吉思汗曾在撒马尔召见中原道长长春真人，相谈甚欢。长春真人有感于圣祖之海纳百川之胸怀，临别时特将道家秘藏不传之珍宝——玉佩奉献于圣祖，并言其历经千年修炼已得仙气，传之子孙必可驱凶辟邪世代恒昌！后圣祖将其传给幼子拖雷汗，拖雷汗又将其传给幼子阿里不哥汗，阿里不哥汗又将其传给幼子……生生不息，代代秘传！故有阿里不哥汗留有遗言曰：'见佩此辟邪玉者，即为圣祖后裔！'如今戈壁寻访到之幼童不仅身佩此辟邪玉，且深深嵌入胸前！"

群臣明白，欲称汗者必先正名……

"除此之外，"满都海仍在继续庄严宣示，"尚有巴柴老妇人之临终证言，本监国与多位大臣均曾在场亲耳聆听。老人家不仅从亦思马因铁蹄下冒死救出小圣裔，而且深知其祖孙三代单传之往事！本监国已命'必阇赤'一字不落地尽皆记下，归来后已整理成文并附诸大臣见证之词。作为本朝之《脱卜赤颜》（即本朝之秘史）已存档金顶汗帐，如尚有疑问者可经本监国恩准查阅之。但若有人心怀叵测敢于散布谎言诋毁圣裔者，当心以祸乱皇室罪，杀无赦！"

文臣武将皆伏地跪呼："吾等均深信不疑！"

直到此时，群臣才算彻底明白了大皇后之用心良苦：不顾情面地罢黜国师，不计功劳地免去诸顾命大臣之职。由贤者满都海突然转变成强者满都海，由大智慧者突然变为大魄力者。瞬间即集权于一身，尽显唯我独尊之威严。

原来，这一切是为了小圣裔之顺利称汗……

"尔等必须牢记！"果然满都海继续加以训示了，"圣裔虽然年纪尚幼，却是圣祖成吉思汗之嫡系血脉！有圣裔坐镇汗廷，乃长生天赐臣子之福，赐汗国之福，赐蒙古草原之福，赐马背民族之福！为此本监国必须代掌全权，诸臣也必须全力以赴！悠悠万事，唯此为大！依照祖制，不日将择圣地敬天告祖，以奉圣裔早日登基称汗！"

文臣武将皆欢呼"满达图改"以示忠诚……

但圣地选在何方，小圣裔又如何亮相，群臣皆面面相觑一头雾水。再看满都海却似成竹在胸，威严中又显得有些神秘莫测。

文臣武将似也只能静候着……

谁料满都海竟答之曰：“现圣裔正静坐与长生天对话，七日后方知结果！群臣只需忠诚待命，退朝！”

天哪！原来大皇后今日如此雷厉风行，仅是为圣裔正名！

其实下一步当怎么做，满都海也心中无底……

夜幕又笼罩了草原，四野似只有微风还在吹拂……

作为汗廷摄政的一代女监国，受那代表神权的老萨满的点化，果然在金顶汗帐初试锋芒便尽显威慑之魄力。而这位劳苦功高且嘻嘻哈哈的萨满爷，却甘愿枉担罪名被自己给罢黜掉了。只留下了这双先汗赐给他的那双豪华的蒙古靴，还有那些犯上训斥自己的话。

蒙古靴就在眼前，训话也似在余音绕梁……

满都海深知，这位玩世不恭且又颇孚众望的萨满爷，虽猴里吧唧的却总不乏惊人之举！难道这双蒙古靴在告诉她什么？那训话中又有什么深刻的寓意？天哪！显然是萨满爷不但帮自己收回了权，而且也在装疯卖傻来点化自己。

满都海开始静下心来回忆着，解悟着……

偏偏这时，那自幼相处的亲信女侍其木格冲了进来。这是每日之惯例，借夜色前来禀告小圣裔的情况。一般情况下，其木格总是禀告说“那男孩还是那么瘦小，还是那么体弱”云云。但今日其木格却似在喜悦地向她讲述一个神话：小圣裔自从迁徙至金顶汗帐附近，似乎开始接收到了一种神奇的地气！从今天早上开始，他竟开口说简单的话了，也不让人抱了，开始自己学坐了。更令人惊讶的是，他还穿着小蒙古靴自己学站，竟然能站到数一百下！

外史载，这当然是个激动人心的奇迹……

“难道没有人教吗？”满都海却问。

“有啊！”其木格回答道，“就是那位嬉皮笑脸的萨满爷！来无踪，去无影，几乎天天都来为小圣裔作法、推拿、喂药，和小圣裔混得亲着呢，现如今小圣裔最听他的话！”

“那你为什么不早告诉我呢？”满都海不高兴地质问。

“他说了！”其木格忙解释道，“谁敢告诉大皇后，他就再不来为小圣裔作法治病了，如果万一出了问题，大伙儿都跟着倒大霉吧！”

“那你今夜为什么又敢说了呢？”满都海还在逼问。

“也是他说的！”其木格还得解释，“萨满爷法力无边，竟使小圣裔敢坐敢站了！随后他又占卜一算，声称自己法已亏，当赴西北方二十里外之圣灵庙祈法补充……”

“什么？什么？你再说一遍！”满都海却打断了。

“圣母灵庙，”其木格只好加以说明，“就是咱蒙古人女祖宗阿阑豁阿的灵庙呀！”

“啊……”满都海若有所思了。

“还有更重要的呢！”其木格只好提醒说，“萨满爷还告诉我们，原居处地气已经枯竭，小圣裔必须连夜返回监国身边，方可再续地气、灵气、贵气、圣祖之神气！故而，刚等到傍晚，我们都扮成游牧的牧家就出发了。赛柴嫂子抱着小圣裔坐在勒勒车毡篷内，我和阿拉腾骑马暗中左右护卫。只是后宫四周您那女子禁军戒备也太森严了，因为熟悉我只放进了我一个，那勒勒车还在禁区外候命呢！”

“这个国师爷！被罢黜反倒管得更宽了！”满都海说。

是在感叹，但行动却迅速果断！她亲率两名贴身女侍在暗夜中将小圣裔及赛柴等迎进了自己后宫的寝帐。为了小圣裔之安全，当即加封阿拉腾为御前“云都赤”，即带刀侍卫，并命他为了防止泄密，即刻将两个孩子交换过来，火速用勒勒车将其嫂其侄返原地，明日她将另有安置！

当然，其木格作为重要帮手，只有她留下了……

走了，都走了！后宫毡帐却只因孩子换了，似乎突然显得有些神圣了。真的！这回是真的圣裔回到自己的后宫了。别看他瘦小得与年龄不符，但他却是这里真正的主人，永远的主人！而自己……想到这里，满都海竟不由得久久地凝视着这个身份特殊的小男孩。越看越感到与普通小儿似有不同：背依靠枕竟能岿然而坐一动不动，大汗淋漓却仍在坚持绝不告饶或求助！似对这豪华宫帐并不感到陌生，仿佛拖着瘦小的身子终于回到了自己的家里。只有那双闪亮的眼睛略显得稚气，竟突然任性地让其木格将他的小蒙古靴装进那双大蒙古靴里。

满都海深感惊讶，似发现了小圣裔确有不凡之处……

只不该！他又对着她叫了一声“额吉”，声称自己想睡觉了。但又有什么办法呢？满都海似也只好用毛毯裹着他，先将这瘦小的男子紧搂在怀里用自己的体温去温暖他。

盘膝而坐，好与自己亲如姊妹的文侍对话……

“你刚才说，”满都海问道，“萨满爷又到什么地方去祈法补术？”

“圣母灵庙！离金顶汗帐不远的一汪湖水旁边。”其木格回答。

“这回可能老萨满用错心思了！”满都海仍忧心忡忡地说，“一般祭天敬祖都应起码在男性先祖灵庙之前，会不会因此影响小圣裔的登基大典？”

“您是女监国！当然应选圣母灵庙祭天敬祖了！”其木格答。

“女监国……女圣灵……”满都海沉吟了。

这里必须就这个问题加以说明了……

据中外相关史籍记载，流行于古代游牧民族或狩猎民族的萨满教，除唯崇长生天外是坚信万物皆有灵的。山有山神，地有地神，树有树神，就连奇兀的巨石也有石神。而一般来说，又分男灵与女灵两种。男灵多在山顶或人为垒起锥形石堆上，女灵则多在水边或洞穴里受人膜拜。至于早已逝去有功于民族的祖先，后辈儿孙祭奠时也分男灵或女灵。其实，在茫茫的大草原上，所谓的“灵庙”和内地之庙截然不同。是可以迁徙的，也是适应游牧民族“逐水草而居”习性的。不论男灵和女灵，他们的灵庙均建在古老的勒勒车之上，老旧的毡篷里供奉着神圣的遗物是无人敢于窥视的，只不过男性灵庙迁徙时，前面有彪悍的勇士高擎着灵旗驰马开道，而女性的灵庙则平缓柔和多了，似也只有虔诚的妇女跟在后面默默送往目的地。

终于该说到令满都海犹疑不决的这座女性灵庙了……

有的外史称之为“第一皇后”灵庙，但就连专家自己也觉此称欠妥。故又指出很可能涵盖了从阿阑豁阿、诃额仑、孛儿帖、唆罗禾帖尼、察苾等诸多杰出蒙古女性之元素。但近代内蒙古学者却考证认为，此乃单纯的阿阑豁阿之灵庙。这位被蒙古各氏族公认的“始祖母”，也如内地传说中女娲与嫘祖一样极具神话色彩。她很可能是远古母系社会最后一位颇具代表性的女性，故而也流传着些“梦神而孕”之类的传说。阿阑豁阿之所以备受后代的敬仰和推崇，还有一个更重要的原因，就是其幼子孛端察尔是个极有作为的历史人物，由他下传到第十代左右，便又诞生了一个右手握着赤血块的男婴——后来震撼世界的成吉思汗！出于上述种种理由，历代的蒙古民族均虔诚地公认她为“始祖母”，并将她那勒勒车上的毡帐灵庙也称为“圣母灵庙”！

近代内蒙古学者言之有理，权从此说……

那为什么近在咫尺会被人遗忘了呢？这和内地有着很大的相似：人们大多只记住了秦皇汉武等历史人物，对自己的始祖母女娲与嫘祖均不甚了了，甚至只当作一个传说。而蒙古民族也是这样，随着成吉思汗震撼世界之崛起，勇士们似也只顾了“唯崇圣祖”而忘了更古老的传说。再加上北归后近百年的部族内战，这些古老民族历史遗存就更让人弃之脑后了。但作为代表神权的大萨满却不能忘，他必须悉知每处灵地之隐秘方能突显“法力无边”！代代传承，竟使这些巫师仿佛都在心里藏有一部充满神话色彩的“古代编年史”。密沁萨满尤为突出！是甩掉了“高官”的帽子一身轻，却仍不忘神出鬼没地点化着迷津人。扔靴子如此，湖畔祈灵如此！目的只有一个，既完成了先汗之临终遗托，又不能让官场再把自己套牢了！

而满都海又是何许人也？史称：大智慧者……

“好一个萨满爷！”果然这位女监国兴奋地对其木格说，“他为咱们点化了迷津、铺好了路，眼看着就要大功告成他却想溜！其木格，咱们能让这老家伙‘阴谋’得逞吗？”

“什么阴谋？我不懂……”其木格有些异样。

“就是说！”满都海仍在解释，“萨满爷早就盘算好了，只等小圣裔登上汗位，他就要离开宫帐去过那闲云野鹤式的自在日子！”

“我……我也想……”没想到其木格竟如此回答。

“你从来忠心耿耿！”满都海很伤感，“咱们从小一起长大，虽是君臣却情同姐妹，你……你怎么会也想到要离开呢？”

“我……我怀孕了！”其木格似只好老实交代。

“什么？”满都海大感意外了，“你平时是那么矜持文静，肯定是阿拉腾那小子迫不及待了吧！”

“不，不不！是我主动，我心甘情愿……”其木格回答。

“这……这是为什么？”满都海又问。

“我想，”其木格溢满泪水地望着她说，“做一个真正的女人！我想有个家，有丈夫、有孩子、有成群的牛羊……”

“而不像我！”满都海似在代她做总结。

后宫毡帐顿时陷入了一片死寂，只有那弱小的圣裔依然酣睡在汗国最具权威的女人的怀抱里。

尚不到七岁的大汗，已将近二十岁的大皇后！

反差极大的婚配，将决定草原汗国的未来！

一切将取决于灵庙之前的祭天敬祖……

既然已被推上权力的顶峰，那就必须言必信，行必果！

为此，第七日凌晨浩浩荡荡的马队已经簇拥着王车出发了。目的地：始祖母灵庙！显然这处圣地早已被大多臣众遗忘了，似对女监国要到这里祈天祭祖尚有所疑虑。

始祖母阿阑豁阿，那很可能只是个上古的传说……

但此时的满都海已历经重重考验，多种事实早证明了她的确是个极具大智慧和大魄力的女监国！敢于罢黜国师，敢于废止顾命大臣议政，就连足智多谋、地位超高的萨满爷也变得对她服服帖帖，那别的大臣就更不敢妨碍她唯我独尊了！

然而，总对在圣母灵庙前宣示新汗登基感到不妥……

但这位大皇后兼摄政女监国却是信心满满的！她不坐在王车的毡帐里，而是英姿飒爽地跨在一匹骏马上，率领着她那些训练有素的女子禁军在前面开道！她那刚毅的面容、坚定的眼神、义无反顾地策马前行，却似又产生着一股莫名的感召力。即使大臣们再犹疑不决，也似乎只有追随她的顺势前行。

巨大的王车毡帐内，当然坐着的是年仅七岁的小圣裔……

似乎满都海只顾了率领臣众浩浩荡荡地向灵庙进发，对后面王车毡帐里的未来大汗并不在意。其实不然！就在那夜得知其木格心思之后，满都海即采取了“一个也不放”之策。次日早朝即当众宣布了：“密沁萨满可不问朝政，然仍为宫廷法师兼御医，专职侍奉未来大汗，时时不得擅离左右！”又宣布了：“帖·哈达格一家护驾有功，特命其为‘博尔赤’——执掌宫廷膳食者！其六弟阿拉腾加封为‘云都赤’——乃未来大汗贴身带刀侍卫，并将内廷总管其木格赐婚于其，一文一武共护内廷，不得擅离职守！”得！一个也没跑了。此时老萨满和其木格正在王车内愁眉苦脸地为小圣裔的登场做着准备，只有阿拉腾一脸傲气地纵马在车前车后防范着万一！

远天之下，渐渐似显现出一座起伏山峦……

满都海一望，便难免有些激动。她知道，在这座葱茏翠绿的山峦里，有一处峡谷里便隐没着始祖母阿阑豁阿的灵庙。是哪一代大汗迎来的？不知道。是哪个部族迎来的？也不知道。至于为什么会久久地被人遗忘于山林之间，更无从查考。山越来越近了，满都海突然勒马向一位女禁军发令：立即前往王车传旨，命老萨满火速前来！显然，王权离不开神权，她尚需要这位尽知草原一切隐秘的老萨满指点迷津。谁料这位重又被“套牢”的老萨满却仍是一脸的不高兴，竟赌气似的纵马把她带上了一处高坡。

这不明摆着起哄吗？但放眼向对面望去却又不吭声了……

天哪！只有站得这么高，只有从这个角度向群山望去，似乎才能将始祖母阿阑豁阿的灵庙尽收眼底。只见得在一处“人”字形的峡谷中，果然有一汪山泉在洼地汇聚在湖水中。而在小小的湖泊旁，却停驻着一辆老得不能再老的古拙勒勒车。沉重的木轮似早已不能再转动了，破旧的毡篷更历经岁月的侵蚀已变得千疮百孔面孔全非。但正因如此，这里肯定就是蒙古人始祖母阿阑豁阿的灵庙了！满都海为此心情无比激动，但转眼间那老萨满却又神出鬼没地不见了！

她急忙纵马追下高坡，却谁料灵庙又隐没难觅了……

再回头一看，原本浩浩荡荡的大队人马竟也控缰止步不前了。一片静穆之中，随行的文臣武将一个个都在默默地向她投来质疑的目光。也难怪！蒙古民族能马踏欧亚、震撼世界全靠的是男子汉的阳刚之气，女监国为什么偏偏要选女灵这样的阴柔之地扶立新汗呢？现在就连能通天的老萨满也神出鬼没地溜之乎，更加重了人们心中某种不祥之感。而重要的还在于，大多数臣众未见过瘦弱的小圣裔，故而对女监国的用心良苦并不理解，反倒多了几分猜忌……面对着一双双质疑的眼睛，满都海似乎也有些惘然，尤其是老萨满消失得无影无踪，更好像使她面临着艰难地抉择！

突然，远山深处响起法鼓声，似在忠诚地召唤……

满都海闻之当即一怔，随之便毫不犹疑地循声纵马疾驰而去了。似乎并不在意身后的臣众追随与不追随，倒仿佛只顾了自己去向蒙古人慈祥的始祖母尽情倾诉了。原来，那精于马上迷幻隐身术的老萨满并未溜走，而是抢先一步飞驰于灵庙之前开始作法祈求始祖母尽快显灵了！当然，这回荡于峡谷间的法鼓声震动极大，刹那间便有诸多满都海的亲信、近臣、崇拜者、男女禁军统领，纷纷跃马扬鞭追随着自己的女监国义无反顾地奋勇向前了。但据史载，仍有一大部分文臣武将只是无奈地跟随于后缓缓而行，明显持一种观望态度。

又驰过一道草冈，始祖母在峡谷里的灵庙便一览无余了……

虽说尚有很远的距离，但满都海已经翻身下马虔诚地向着灵庙步行而去。史称“一步一滴泪，似对始祖母有千言万语欲加倾诉”，“其情其景，甚为感人”！还应特别提到的是，老萨满似替这位女监国什么都想到了。从祈天敬祖的供品到礼仪都依祖制安排得妥妥当当，似就等她祈求始祖母助挟立新汗成功登基。而在此时，不但有臣众有意落在后面观望，而且附近的牧人们也闻讯纷纷跨马飞驰而来了。观者如堵！多亏有“怯薛台”巴根统领的大中军护卫开道，那坐着小圣裔的古老毡帐王车才得以穿过人群缓慢地向峡谷而来。

但人们的目光还是聚焦在这位摄政的女监国的身上……

一切均按着古老的传统“察哈尔仪式”进行。先向空中泼洒酸马奶以唤醒先灵，然后再奉上各种祭品以表达自己虔诚敬祖之心。礼毕，人们本以为她会用通篇的“豪言壮语”来向始祖母告白，然后再用“唯我独尊”的方式在灵庙前“挟立新汗”。但没有！只见她此时更像个无助的女人，正真情毕露地向着始祖母泣诉着。大意为：自从先汗逝世后她的眼前便只剩下“一片黑暗”，致使她“看不清多色马身上有几种颜色”。而汗廷的大臣们似乎也眼前“一片黑暗”，致使他们看不见汗国的危机却只顾妄谈什么“阳刚之气”……随之她那虔诚的告白似更悲戚了，直指某些大臣竟敢亵渎始祖母之圣灵，私自怀疑到此祭天敬祖的正统与合法性。殊不知！没有祖母哪来的蒙古民族的子子孙孙？又何谈什么“阳刚之气”？而她作为一个女监国，当然会选始祖母这样的女圣灵之灵庙祭天敬祖的！悠悠万事，立汗为大，这又有什么值得疑虑的？最后她竟然这样泣告说：圣洁慈祥的始祖母啊！她为这样的“阳刚之气”感到悲哀！……

显然，身后旁观的大臣们受到了强烈地震撼！

而满都海此时却仍背对着众人祷告着，仿佛对身后群臣的反应置若罔闻。她依然对着始祖母的灵庙倾诉着。大意为：人们只顾空谈阳刚之气，却无视近百年来辉煌的伟大汗国早已变得支离破碎。由于瓦剌部也先的狂妄凶残，“孛儿只斤氏面临绝灭的危机”。加之异族军阀之称霸草原，“苍生受苦”竟发展到可汗与平民不分、善与恶不分！难怪满都古勒汗临终前指明原因，“黄金家族式微了”，并在遗嘱中提出重振汗国之策乃“重新高擎圣祖大旗，必须拥立圣裔登基称汗”！但也有大臣劝告她不必太在意“嫡传”二字，只要是“黄金家族”就成！而圣祖长弟哈撒儿之后乌纳博罗特就是一位可考虑之人！“因为他强大、有权势”“也想纳她为妻”！若她要选择他为“继婚者”不仅汗国可保平安，并且她个人也可立即得到美满的幸福！但却被她意志坚定地拒绝了。如今来到始祖母的灵庙前，就是为了当众对天发下毒誓："如果哪一天屈于他"，就"恳请始祖母以最严厉的方式天谴于她"！据《黄金史纲》载，她还用了许多韵文似的语句对乌纳博罗特进行多方面的嘲讽和斥责。

瞬间，又引得身后的臣众惴惴不安起来……

因为至今尚无大臣知晓二人之间的特殊关系，故而生怕这位女监国"口出狂言"反会激怒对方来"兴师问罪"！为此只顾低头窃窃私语，竟连王车早已缓缓驰向灵庙祷告上了也不知道，大意为：这辆古老的王车宫帐也不知历经多少代大汗了，今天又给始祖母送来一位未来的大汗，请老祖宗审视！他叫巴图孟克，是三代单传的圣祖后裔！这就是选定的继婚者，还请始祖母替后辈儿女定夺！

蓦地，在场的臣众们莫不盯视着王车宫帐那毡帘……

是老萨满上车作法掀开毡帘的，只见有一个盛装打扮的瘦弱小男孩终于闪现了。看个子顶多不过四五岁，却穿着一双硕大的老式蒙古靴子。行动似很艰难，但在王车之上却站得很稳。原来，这就是解悟老萨满抛靴子的结果：小蒙古靴套进了大蒙古靴里，据史载"在内尚加了三层靴底"。由于老式蒙古靴子的靴腰是坚挺不倒的，而这双豪华蒙古靴的靴腰又高过了小孩的双膝很多。加之里面还裹着毛毡等物，故不会发生膝盖一软站不稳等意外。外人不知其中"猫腻"，竟望着这个穿大靴子的小瘦孩，不由得为风华正茂的女监国惋惜起来！更有甚者，又为此评估起二者岁数差距。有的称起码相差二十岁，有的称顶多相差十七八岁，有的称可能是小圣裔太弱小了也就相差个八九岁……总之，这些评估显然影响过后世的学者，在多部相关的北元史著作里上述不同的年龄差距均被分别采用过。而经近代科学的论证，1470年，蒙历虎年，小巴图孟克当为虚七岁，而满都海当为虚二十三岁，年龄相差应为十七岁左右。但这对一个风华正茂的少妇来说，也绝对称得上是一种残酷，她要在漫漫的寂寞长夜中苦熬苦等多少年啊！

但出人意料的是，她却为此朝着始祖母的灵庙感恩不尽了……

满都海的话语是那么感人，她含泪声称这是天赐给她的、地赐给她的、列祖列宗赐给她的终身幸福！有了圣裔的出现，从此她的“灵魂不再空虚”！有了圣裔的出现，她为汗国献身就更有了“神力相助”！她还进而向始祖母的灵庙和背后的臣众们宣示，只要圣裔在她身旁，“如果我遗弃你们和你们的后代，就请你们拿起长长的套马索，套捕我”。随之满都海就更以蒙古民族所能立下的最有力、最震撼人心的誓词进而声称，如果她不能保护圣裔的健康成长，如果她伤害了牧众或未能保护牧众，“那么就请把我大卸八块”吧！这可以说是最毒的血誓，因为在古代的蒙古民族看来，以肢解的方式处死乃是最不光彩、最可怕的死法，因为这样的死法不光是杀死身体，同时也会毁掉灵魂。而流下的血也是污秽的，将会污染并祸及草原……满都海很可能是第一个敢于发下这种可怕血誓的女人！不仅如此，她还当众向着始祖母灵庙特别强调，如果她失职、失言，她甘愿接受如此可耻而丢脸的死法。并且请始祖母谴神灵来，把“我的肩与大腿”分开，把“我的整个躯体”裂解……一个女人敢于一再发出这种血誓，正说明她对汗国未来之敢于承担！如此之大魄力显然使臣众们慑服了，但此时此刻令他们忐忑不安的反倒是那个未来的大汗！

那又瘦又小的圣裔仍在王车上挣扎“挺立”着……

这绝不能去责怪谁有失礼数，的确如把他放在地下很可能会被隐没了。好在王车的位置在灵庙的右面，正好他斜对着始祖母表现出毕恭毕敬的样子。前面已说过多亏有老萨满那双大靴子在外支撑才能站稳，但毕竟站久了他已经开始要控制不住自己的身体了。他汗流浃背，面色苍白，一双求助的眼睛始终凝视着海都海。是出于孩子的本能，还是六七岁就能听懂她说的每句话？尚不可知！但满都海却深深明白，今日最重要的仪程必须马上启动了！而那孩子竟也能配合默契，她仅给了他一个激励的眼神他便又挺立不动了。这时，只见满都海又转向了始祖母阿阑豁阿的灵庙高声祷告。大意为：“慈祥圣洁的始祖母啊！长生天赐给汗国的圣裔您肯定已经看到了。他虽然略显瘦小，但胸前嵌着成吉思汗亲传的辟邪玉符！故而我特意来到您的灵庙前，想立您的这位神圣后裔为大汗，尽管他仍是个小男孩……”

至此，在始祖母灵庙前敬祖的仪式达到了空前的高潮！

有很多相关的野史和民间传说之中，也曾有过类似神话这样的记述：比如说，当满都海提到那辟邪玉符时，那小男孩的胸前竟透过袍襟灼灼闪着祥光！再比如，当满都海刚提到欲立小圣裔为大汗时，语音刚落峡谷两峰之间便骤然飞架起一弯七色的彩虹！而更加神异的传说还在于名号的来历：据说向始祖母灵庙前呈献的祥瑞名号甚多，但片片纸帛均被一股旋风卷起至半空消失不见，唯有一纸帛却不被风之左右，竟飘飘忽忽紧贴于那孩子胸前。上面书写的名号特别引人注目，顿时便引来了在场臣众们的一片惊呼！

达延汗！达延汗！达延汗！达延汗！……

且不管神话和传说有多么迷幻，但有一点却是符合历史真实的：那就是这一天，终于有个叫巴图孟克的七岁瘦弱小男孩，在蒙古人始祖母阿阑豁阿的灵庙前登上了大汗之宝座，成为圣祖成吉思汗第二十七位继承人。而达延汗这一名号也是别具深意的：达延，译成汉语则为“全”，象征着他是“全汗”或“所有人的大汗”。强调的是团结一致，反对的是氏族、地域所形成的割据势力。故而，“达延汗”这一名号还象征着，驱除异族军阀一统蒙古高原是毕生追求！达延汗的终极目标是中兴汗国，从而成为名副其实的大蒙古“全汗”！但对此称号也有不同的解释，当代著名的蒙古史学者珠荣嘎先生就直截了当地指出：达延汗即大元汗！而先生这一说法也得到了中外学者普遍的认同。确实直至此刻马背民族仍不承认北归即大元王朝的终结，仍自称“大元可汗”是很有可能的。《明史》中有过记载，达延汗这一称谓曾给明王朝找了不少麻烦。

这是后话！眼下七岁的小巴图孟克总算顺利地称汗了……

受影响最大的要数满都海了！虽然说她是这次立汗的主要“操盘手”，但她的身份却要因此彻底改变了，从老可汗遗留的小遗孀，变为名副其实的大皇后了。须知，依照继婚制的古俗，严遵先汗的临终遗愿，她现在已经有了一个七岁的大汗做丈夫了。从此，她在金顶汗帐里就是不容置疑的大皇后，牧人公认的满都海大哈敦！是有些枉担虚名，但正如谚语所说：秤砣虽小，能压千斤！他那瘦小的身躯里流淌的却是圣祖嫡传的热血，七岁的能量就可力抵千里马！有了他，自己才算真正有了根！有了他，自己才算能名正言顺地掌控汗廷！有了他，自己才算能义无反顾地去实现从小立下的振兴汗国之宏誓大愿！

感谢圣洁的始祖母！继续保佑黄金家族的小可汗吧！

最终满都海在册立大汗的诸多仪式完成后，却仍向着这座神圣的灵庙做着告别的祈祷。她乞求着始祖母“永远的庇护”，而她也将以一个晚生后辈的“媳妇行事”！一再强调她将永远忠贞于孛儿只斤氏，绝不会将手中的权力“除达延汗之外再交给任何男人”！

在一片激情的欢呼声中，她那大智慧终于降伏了臣众……

难怪在归程中，满都海跨在马上飒爽英姿地在人前消失了，原来她已经心安理得地稳坐进王车上的宫帐里了。对游牧民族来说，滚动的王车就是不断逐水草迁徙的汗廷。只不过多少年来被废置了，而现在有了新的大汗和大皇后它又恢复了可“号令天下”的功能。更何况！对于满都海来说她似又有了一个新的“家”。这里有着七岁的大汗——比她整整小了十七岁的小丈夫。但他毕竟是圣祖的血脉后裔——当今的达延汗，是小却正能量巨大，回到这小男孩身边确实是有一种回家的感觉！

但谁料，那小男孩一见她竟然说道：“额吉！我……我累了，想……想睡觉！”

什么什么？万人敬仰的大汗怎能如此语无伦次呢？

但宫帐即隐藏“宫闱秘史”的地方。

满都海当即把他紧紧揽入怀内，相互感激，相互取暖……

第八章

权威

老萨满神秘地夜闯宫帐

1470年，蒙历虎年，是北元史上值得大书特书的一年！

因为在这一年里，满都海不仅于先汗逝世后经受住了内外交困的种种考验，充分展现了她摄政时的大智慧和大魄力，而且还为群龙无首的广袤草原汗国，重新又拥立起一位成吉思汗的圣裔成为又一代大汗！虽年仅七岁，但对于牧人们来说还是个莫大的喜讯。也难怪！国不可一日无君，现在空空荡荡的心里总算有了“主心骨”——圣祖的后裔，圣祖能不保佑吗?

但经过一天折腾的小达延汗却又出现了问题……

据史载，这先天不足的小男孩是被“万马奔腾、万众欢呼”迎归梦可宝力格大草原的，而且尚在金顶汗帐内举行过“称汗仪式”，并接受过群臣之“效忠参拜”。按说，靠着那双老式蒙古靴子能支撑一整天也算“天赋异常”了，但一回到后宫毡帐这才发现，对于一个七岁的瘦弱男孩这有多么残酷了。天哪！脱去那双沉重的老式蒙古靴子一看，便见得膝盖上下已磨得红肿不堪、遍布血印了，去掉了“支撑”，小达延汗竟浑身一软晕倒在了满都海的怀里。

这可是汗国的根，汗国的本，汗国转立的大汗啊……

从这一刻起，已名正言顺的大皇后满都海就再无暇顾及了，她本能地解开自己的衣襟把自己七岁的小丈夫贴在胸前为他取暖，并命阿拉腾封锁宫帐严禁消息外传，同时还命其木格火速传唤宫廷御医密沁与“博儿赤”帖·哈达格夫妇，谁料新受封的“博儿赤”两口子倒是很快就来了，偏偏是那位大汗御医却在这关键时刻消失得无影无踪。好在，帖·哈达格和赛柴夫妇育儿经验丰富，且又是小达延汗的救命恩人。满都海之所以加封帖·哈达格为“博儿赤”，即专管御用膳食的执事，就是为了使这两口子不离自己左右继续照料达延汗的饮食和身体康复。而在古代的草原汗廷里，执事的地位是很高的，他们往往是大汗幕僚中的核心成员。但今日尤其是赛柴似有些异常，仿佛对自己失去了往日的亲密却多了几分毕恭毕敬。好像急忙赶来救治，完全是出于一种母爱的本能。

而此时满都海已顾不了那么多，只关注着孩子的安危……

所幸赛柴似事前早已有准备，而北元史籍中也有所记载：赛柴用干牛粪火温暖了后宫的毡帐后，将小达延汗脱光了放在铺有黑貂皮大被的毡榻上，然后“用初做母亲的母驼的初乳给这个男孩的伤口按摩。乳汁盛在银边的蒙古式木碗里，是温热的。驼初乳和银器在古代蒙古医学里均被视作有上佳的药性。在治疗期间得不断按摩，将驼初乳揉进男孩身体受损的部位，并用温热的银碗外边继续去揉擦伤口，使其消除瘀血和青肿”。这需要“极大的耐心和极其轻柔的手法，使孩子似只感觉到一直在受着母亲的爱抚”。此外在孩子“身出微汗、体现红润时，要及时口对口地再哺之于驼初乳”，最终孩子似“逐渐被母爱唤醒，已无大恙矣”。显然，满都海为赛柴这套新颖的治疗手法大感惊诧了，忙问：“这……这又是谁新教你的？”不料赛柴却淡淡地回答：“萨满爷！”

又是他？这位神出鬼没的老萨满到底想干什么……

其实，赛柴对孩子所采用的急救手法，一般萨满巫师大多均是“深得师传”的。说白了看，这就是古代的适应游牧生活方式流传下来的古老蒙古医术。有史可证，赛柴为小达延汗之修正骨骼和舒展经络，仅轻柔按摩的银碗“就磨穿了三只”。据史载，为了确保成吉思汗这个珍稀后裔的万无一失，其后甚至于还应用了更原生态的古老蒙古医术，比如用尚热的羊肚（胃），刚剥下来尚带着热血的整张羊皮或牛犊皮，将赤裸裸的孩子包裹于内……总之，小达延汗后来能成长为一位强悍英武、大有作为的杰出大汗，是与幕后的这一切无私奉献有着密切关联的。而正如史籍所称：“达延汗之所以能绝处逢生，均源于蒙古民族对圣祖之信仰和忠诚！”

这是后话，还是回到现实……

孩子是苏醒过来了，可赛柴此时却多了几句话。她说：“萨满爷还让我转告您，治疗身体的创伤要比治疗心灵的创伤容易多了……”

“又是他？”满都海似自语，却慌忙把孩子揽入怀内。

“他还让，”赛柴还在老老实实交代着，“让我们转告大皇后说，孩子虽然尚不满七岁，他可是个有妻子之人……”

“啊！”满都海惊叫一声，更进而解开袍襟紧贴孩子了。

“告退了！”作为一个质朴的牧妇，赛柴显然没有估计到这个可怜的孩子这么快就成为达延汗，更没有估计到自己一家从此将套牢在宫帐生活里。这对于一个过惯了自由自在游牧生活的妇女来说，实在是一种可怕的拘束。故而在她退出之后，她仍隔着毡帐向内哀求着：“大皇后！看在往日的情分上，快别让帖·哈达格当什么‘博儿赤’了！他根本不会熬茶煮肉，再说家里还有三个孩子呢！”

“赛柴大嫂，今儿这是怎么了？”其木格不解地问。

“她这是受了名师的影响！”满都海怀抱着孩子回答。

“名师？谁呀？”其木格仍在追问着。

“今日里祭祖立汗的最大功臣！”满都海平静地答道。

“您说是萨满爷？”其木格大感惊讶了，“别看他表面嘻嘻哈哈玩世不恭，他老人家可是个地地道道、不折不扣的大忠臣啊！从助您立德立威执掌汗廷，到今日里又助您完成先汗遗愿——立圣裔为蒙古大汗，真可谓劳苦功高啊！可他老人家连国师爷和首辅这样的高官帽子都不要，为什么偏偏要在这大喜的日子给您添乱呢？

除非他为了那份逍遥自在连死都不怕！”

“是不怕……”满都海似在自语。

“什么？什么？”其木格更大惑不解了。

“你想想看！”满都海解释说，“大汗生命垂危，御医却避而不见！依‘札撒’论处，该当何罪？这不是明摆着在这立汗的大喜日子里，自找着提供罪证，自找着受严惩吗？”

“或许只是为了那份大自在？”其木格忙说。

“大自在？”满都海想了想立马就否定了，“就凭他那猴里吧唧的身材，就凭他那神出鬼没的马上功夫，他要真想得大自在没人能拦得住他，早不知道跑到哪里寻自在去了！”

“那他为什么？”其木格更急了。

“为什么？”满都海回答说，“别着急！我想萨满爷过不了多久，就会前来回答的。甘于寂寞，不甘寂寞……”

其木格更觉得神秘莫测了……

夜，渐深了！满都海也再不做任何解释，似只顾抱着小达延汗自己在寻找答案。后宫毡帐沉浸在一片静穆中毫无一丝声息，竟然使得其木格和几个侍女依靠着毡围渐渐睡着了，可还是没有密沁萨满将要出现的任何讯息，似只能听到夜风在大草原上徘徊。

而满都海却还在紧紧搂抱着孩子坐在毡榻上沉思着……

萨满爷这到底在启示自己什么呢？满都海当然明白，在始祖母灵庙前的誓言、祷告、仪式，是为自己的小丈夫称汗增添急需的神圣性、正统性，但未来呢？这使她不由得又联想到那段逝去的挟持，或平庸，或忍气吞声，或作孽自毙，总之没有一个有好下场！而现在自己千觅百寻拥立起的大汗前途将会是什么样呢？

“那全看你了！”谁料宫帐外竟突然有人答话了。

“萨满爷……”满都海似听出来了。

“是我！”没想到这位老萨满反倒火气极大，“谁让您又套牢了我，把我抬举得像半个大汗？这不，直到现在我那破毡包里人就没断过！有的问我要官，有的问我要财，有的还让我帮着打官司！我那破毡包成了半个汗廷，累死了我也吓死了我！怎么说也没法子脱身，咱这新汗要出事可怨不得我！”

“萨满爷！大汗正欲传唤您！”满都海颇有分寸地说。

“那我就得遵命了！”老萨满这才猴里吧唧地钻进了宫帐，“参见大汗……不对！大汗不是在您怀里熟睡着吗？”

“是本监国问你，‘全看你了’是什么意思？”满都海直问。

“谁让您把我套牵了？”老萨满像是故意刺激她，“那我也就直说了：看你！看你！全看你！怎么着了？遥想先汗十年的卧薪尝胆，临终才给您留下如此大好局面！上没有异族军阀的挟持，下没有部族强人的威逼！就连兵强马壮的乌纳博罗特也服服帖帖，有谁还能阻止您实现梦寐以求的雄心壮志？机不可失，时不再来！如果天天只抱着个小可汗毫无作为，先汗对您的那片良苦用心可白费了！还是那句话：看你！看你！全看你！您要不愿听，就把我撵得远远的！”

“想要被撵？还不够，继续说！”满都海却笑答。

“说就说！”老萨满也似和她较上劲了，“第一，为了培养出又一代杰出的大汗，您必须先当母亲再当大皇后，不怕累，不嫌烦，亲手抚育，时时不忘给予他母爱。而更重要的还在于言传身教，羊栏里肯定是培养不出千里马的！如果你们能先结十年的母子之缘，我保证此后必结终身的夫妻之缘！大皇后啊！我估计您难以做到，够累够烦苦不堪言的！还不如寄养给人过几天皇后瘾，就等着将来被罢黜放逐远方独享那份凄凉苦吧！”

“挖苦得还不够，接着说！”谁料满都海却更平静。

“大皇后既然觉得不够狠，”老萨满这回更似豁出去了，“那咱们就接着说第二。您肯定觉得怀里搂着个七岁的小可汗就万事大吉了，其实您除了捞回个名正言顺之外依然是一无所获！不是我非要当头给您泼冷水，确实您高兴得太早了！没有实力做后盾，今儿这一切只不过是些花架子。不但部族豪强随时可以变卦，就连在草原当了多年‘太上皇’的乩迦思兰和亦思马因也会借此寻衅滋事！危机四伏，您还有心思只顾抱着个小可汗做那大皇后梦？您本该一回来就趁热打铁，先密召土默川上的特穆尔太师、丝路混战的脱火赤少师、东部坐镇的乌纳博罗特将军，以及您新安排的大中军新帅和女子禁军统领等人，明为觐见新汗，实为展示实力。攘外必须首先安内！然后再以动制静，重走圣祖留下的那条必胜路……唉唉！我这是糊里糊涂地胡说什么呢？您这高高在上的大皇后能受得了这份罪、吃得了这份苦吗？”

“本监国倒想听听！”满都海竟还要坚持到底。

“什么？什么？”倒是老萨满叫苦不迭了，“我都说烦了，您还听不烦啊？也好！是您逼着我说的，那咱就专拣这受苦受罪的说！圣祖那条留下的必胜路，说起来容易做起来可难啊！那可不是吹出来的，那可是打出来的！圣祖那一生的伟业是无人可比的，但起码咱也应能先一统零七碎八的草原母地吧？这可是老可汗的临终遗愿，要不打就没法子完成汗国的大一统。没错儿！这一打还真能激活咱马背民族的强悍性，为一统一致对外还真能把各部族的人心再次凝聚在一起！但您可要遭大罪了，白天您得当统帅在血雨腥风中去冲锋陷阵，夜里您还得当母亲照顾小可汗的吃喝拉撒睡！把这孩子留在汗廷？亏您想得出！万一有个歹人一起歹心给挟持了，您就算师出无名前功尽弃了！别看咱这大汗方七岁，他可是咱这蒙古铁骑号令天下的大旗！但这孩子身体这么弱，还留有残疾，万一在金戈铁马的战场上有个三长两短，您就必然会遭到万人声讨，落个千古骂名！难、难、难，烦、烦、烦！不过现在后悔还来得及……”

此时，其木格和众侍女早已被惊醒了，都在为老萨满担心……

“很好！”所幸满都海竟然未被激怒，反倒还替他做起了总结，“果不愧先汗托孤的首辅大臣，嬉笑怒骂皆忠心可鉴！本监国代你归结为三条：其一，珍惜并保重新汗之身体与权威乃重中之重；其二，掌控天下大势与攘外先需安内乃治国之本；其三，新汗新朝必须有新的宏图，动则生，静则腐……”

“唉呀呀！大皇后你怎么就不生气呢？”倒是老萨满急了。

“为什么要生气？”满都海还是不愠不火应对道，“就因为忠言逆耳？那我也太不配做监国的大皇后了！作为国之栋梁、民之期待，你再给自己栽赃加罪都没有用，明日早朝还是要恢复你国师兼首辅之职。一人之下，万人之上！什么奖赏都可答应你，唯‘解套’以求‘大自在’不成！”

天哪！在旁的其木格差点就要为满都海的态度突变惊呼了……

“长生天在上，”果然老萨满再嬉皮笑脸不下去了，“我……我认输了！实话实说，我……我这仍然是在贯彻先汗的遗旨！是老人家临终一再提醒我，这……”

“其木格！你带侍女们权且退下！”满都海发号施令了。

“大皇后啊！”老萨满见众人退出这才说，“提什么解套大自在，那纯属是瞎掰！我一个草原上土生土长的小小巫师，还巴不得天天得到大汗的庇护呢！现如今我硬撑着嬉皮笑脸故作潇洒飘逸，那只能说明我怕，说明我整日里提心吊胆。大皇后啊，您猜猜先汗临终时怎么提醒我？”

“怎么提醒的？”满都海问。

“什么都没说，”老萨满虔诚地回应，“他老人家只给我讲了一个故事：圣祖成吉思汗在一统全蒙古称汗之后，清除的第一个潜在对手便是那权倾朝野、挑战皇权的萨满巫师——阔阔出！”

“神权？皇权？”满都海突然领悟了。

“大皇后啊！”老萨满还在罕见地掏心窝子启奏着，“今日适逢达延汗登基大典，如次日即把一位萨满巫师推向极致高位势必影响汗权！而大皇后此前之所有良苦用心，也势必随之毁于一旦！为突显新汗新朝之新魄力，就请从我入手！”

“真忠良也……”满都海感叹了。

但如何处理这位功不可没的老巫师，却似乎又成了一道难题。恰好小达延汗此时偏偏要撒尿，正好给了满都海一个借题发挥的机会。随着一声“来人呀！伺候”，便见得其木格率众女侍及一些男侍应声而入。

而此时老萨满却只是灰头土脸地在一旁傻站着……

“好你一个无法无天的猴萨满！”趁侍女给孩子接尿，满都海已当众开始训斥上这位前国师爷了。“自恃有功，竟敢擅离职守！不顾新汗安危，该当何罪？而刚才又带醉擅闯宫帐，竟敢无视新汗而当众胡言乱语！新汗登基当有新朝纲，岂容得你这样狂傲之辈插嘴干政？依‘札撒’本当论罪问斩，但念你拥立新汗尚能谨遵天意，而此次狂悖又是酒醉所致。来人啊！先将其押入囚帐冷水灌顶，并传告汗廷群臣，从此严禁其进入金顶汗帐，严禁其干政！唯汗命是从！今后就让其专干他那老本行——去当土巫师及土郎中去吧！”

众皆不解，大皇后为何轻易就抛弃了这位大功臣……

“嘻嘻……”谁料老萨满一退出宫帐即故态萌生曰，“知我者大皇后也！哈哈，套解了，自在了，难得一身轻松了！”

当然，众人并不了解其中尚有什么皇权、神权……

但尚未待老萨满彻底嬉皮笑脸起来，便听得身后又有一位男性侍卫叫停了他：“且慢前去囚帐，大汗尚有御旨！”

什么？难道七岁的达延汗也要“偶尔露峥嵘”了……

“大汗口谕！”而那侍卫已经朗朗上口宣示道，“朕三岁之尿被称为童茶，相传可清心败火！密沁巫师曾为朕祈法疗伤，为报其功特赐朕之童茶予其一饮。皇恩浩荡！助其驱凶辟邪。钦此！”

什么？一介七岁的小可汗竟敢如此对待一个老萨满……

“在下谢主隆恩！”谁料老萨满却率先垂范，叩拜后捧起尿盆便欲一饮而尽，却不料一掂分量就失口惊呼了，“天哪！年方七岁，‘琼浆玉液’竟如此之多？”

也难怪！小小人儿今日已被拥立为威震草原的大汗了……

第二日，老萨满“喝尿”的消息一经传遍草原，顿时使这位昔日呼风唤雨的老萨满身价一落千丈，反倒衬托出七岁的小达延汗权威之凛然难犯！比如说，帖·哈达格兄弟六人就再不敢要求“解套”了，赛柴从此也就成为满都海护卫七岁大汗最主要的助手。

明智之抉择！终于使皇权与神权的矛盾悄然化解了……

只有近侍其木格尚在对“解套”深感惋惜，曾对满都海进谏说：“大萨满可是草原上少有的智者！大皇后就这样无条件放他跑了，今后他还会回来为汗国出谋划策吗？”

“或许无拘无束才能使其更尽施才华！”满都海回答。

但次日凌晨传来的消息却是，这位嬉皮笑脸的老萨满却凭着他那神出鬼没的马上功夫，刚被放出囚帐便悄无声息地突然跨马夜遁了。

神秘莫测！是福？是祸？还是别有所图……

似在考验满都海！

还有新汗……

七岁的大汗与二十四岁的大皇后

一位能通天的萨满巫师意外地消失了……

三天不见他的踪影，五天仍没有他的音讯，半个月之后依然不知他的去向。这对梦可宝力格大草原的牧人们来说，似乎只预示着不祥。

但没有！金顶汗帐顶上的明月照样圆……

七岁的达延汗不仅身体未受到丝毫的影响，而且就连传说中那“小罗锅儿”也渐渐不见了。还有人看见他跟随大皇后开始学骑马，这更说明了“天佑圣裔”有没有巫师新汗均会凛然成长的！

然而没人知道满都海夜夜都为这孩子付出了多少……

当然，留在臣众们心目中更多的，还是满都海那七岁的小达延汗在金顶汗帐摄政的形象。她似乎根本就无视老萨满的神秘失踪，而只顾了以大智慧与大魄力为小达延汗的前程铺路。或许正因为她竟然敢于对昔日的国师兼首辅弃之不顾，故而使文臣武将们更加敬畏她那无私的权威。加之，此前她已经被一次次“神话”过了，故而竟又有了这样的传说：满都海就是古代某某杰出后妃投胎转世的，乃受圣祖之命前来辅佐小达延汗中兴大蒙古汗国的。

而到底是哪位杰出的后妃？各种史籍也莫衷一是……

但不管怎样，在老萨满神秘地消失之后，在满都海大皇后的主持下汗廷的整顿均进行得顺风顺水，有如神助一般，不仅朝政焕然一新，而且外部也有喜讯不断传来。比如，太师特穆尔从土默川遣使前来，代表漠南各部向新汗敬表恭贺以示臣服；少师脱火赤也从丝路遣使前来代表西部诸王向新汗敬表恭贺、齐呼拥戴；威震天下的乌纳博罗特更遣使前来，代表东蒙古各部族向新汗敬表恭贺宣誓效忠；甚至就连异族军阀乩迦思兰也仍以丞相自居遣使团前来，代表其个人称“七岁即登汗位！可喜可贺！”而就在喜讯频传之时，往日高高在上的萨满爷却又灰头土脸地现身草原了。但人们的目光似早已聚集于七岁的大汗及他二十四岁的皇后身上，似这位猴里吧唧的神汉今后也只能灰溜溜地去当他那土巫师、土郎中去了！

异人、异志、导事、异追求，尚可听到他的嘻嘻哈哈……

据野史所载，正如满都海所说“或许无拘无束才能使其更尽施才华”。对于这位从没正形儿的老萨满来说，确实如此。无官一身轻，竟然使他“猴性大发”。凭着他那令人迷幻的骑术，便突发奇想扮演起了“神猴使者”。须知，若凭一般驿使，一两月之后方能把小达延汗登基的消息诏告遍整个蒙古大草原。而野史称他“日行千里，夜行八百，尚可三月不离马鞍照样吃喝拉撒睡”。就凭这身绝技就一人可顶数十位驿使，仅半个时辰便飞跃过蒙古高原东、西、南各部族。他不仅带回了敬贺达延汗登基的多路朝觐者，壮大了新汗新朝的新气势，而且掌握了汗国外围的诸多军事机密，为满都海今后的理政与决策提供了极其珍贵的第一手资料。就连夜闯乩迦思兰的连营也绝非虚言。他借口自己“不同意一个七岁小罗锅儿当大汗而被逐”为由大吐苦水，反倒把这位老奸巨猾的异族军阀说得暂且放下心来。当他走后乩迦思兰这才发现，自己最珍贵的一匹汗血宝马却被他神秘莫测地“顺”走了。

如今这匹稀世名驹就拴在老萨满的破毡包外，舒畅……

当然，满都海也绝不会轻易放过这位“大自在人”，不久就派帖・哈达格最聪明的五兄弟朝鲁来学做小萨满。谁料老巫师竟也没敢对抗汗权予以拒绝，只是千方百计地变着法子折磨这个小徒弟。可谁曾想朝鲁这小子也自有绝招儿：你怎么折磨我，我就怎么折磨你的汗血宝马！最终，这一老一小打打闹闹，嘻嘻哈哈，日久天长竟凑到一起了，成了草原上的一景！当然最大的受益者还是满都海了……

作为草原汗国的一代传奇皇后，其实她现在的处境是非常艰难的。既要夜夜搂着七岁的小达延汗睡，用自己的体温保持着孩子的体温，又要天天学着用驼初乳和银碗，亲自为小达延汗推拿和按摩。吃喝拉撒睡，她得处处关照到，为此她竟很难睡一个完整的觉。更何况！除了孩子之外，她最重要的任务还在于掌控汗国之命运。没错儿！老萨满是带回了一批前来祝贺的朝觐使者，但她明白这只不过是壮大声势的表面文章。而真正让她彻夜难眠的，却还是这位神出鬼没的老萨满打探回来的极其机密的情报。为了安邦定国长治久安，这些才是更值得她思考的、判断的、做出必要抉择的！完全可以这样说，没有这些来自各方的第一手资讯，满都海在北元史上被称为“大智慧者”是根本不可能的。据史载，经过日思夜想，在小达延汗继承汗国大统初期，她最终做出了两项历史性的决断：

其一，对待宿敌明王朝的策略。

历史往往是如此奇迹般地相似，就在满都古勒汗逝世之前，那个曾被瓦剌军阀也先俘获的明英宗就死了。1464年，其子朱见深即宪宗继位，年仅十七岁。很可能是因其父在被俘之后与复辟之前这一阶段，幼小的朱见深已失去“皇太子”之位，过着备受冷落与朝不保夕的生活，使童年的明宪宗变得生性孤僻且又特别内向，甚至在讲某些字时有严重的口吃。而在这封闭与恐惧的岁月里，唯一对这命运多舛的孩子不离不弃的是他那年轻的保姆兼侍女万氏。后来，为对抗外患新立的皇帝还算仁儒，用巨额的金银财宝赎回了明英宗。谁料这家伙一回来就恩将仇报，不但大搞复辟重新称帝并且屠杀了以于谦为首的大批忠良。至此朱见深的太子地位失而复得了，但对保姆万氏却早已产生了一种极深的“恋母情结”。而万氏则见权忘义，趁十一二岁的朱见深情窦初开便亲身教之如何寻欢作乐，致使朱见深夜夜难离她的怀抱，花样翻新到竟然令“六宫粉黛无颜色”。1464年，朱见深登基称帝后，更把比自己年长近二十岁的童年保姆册封为万贵妃。宠幸有加，迷恋依旧。就因为她的诬告，明宪宗就把新娶尚不到一个月的贵族少妇吴皇后打入冷宫达四十五年之久。从此，大字不识几个的万贵妃便“威震六宫，权倾朝野”，成为明宪宗最私密的“政治顾问”。也许是机缘巧合，就这样长城内外两大民族均产生了这样的怪异现象：

年长近二十岁的后与妃，尚且少不更事的帝与汗，竟然能持续了近三十年，并且决定着各自民族的命运和前途！

胜败兴衰，似全要由两个女人的胆识和谋略一决高低了……

据史载，满都海显然从多方面高过对手。自从1470年拥立小达延汗承继大统以来，她早通过父帅特穆尔摸清了长城之内的明廷的一切情况，尤其对万贵妃其人更有所了解。她深知这个女人除了警惕后宫佳丽影响她的“专宠”之外，便是通过太监掌控朝政以专心暴敛财富。正如《明史》所言，自明英宗被俘之后与明宪宗登基以来，再加上万贵妃的恃权乱政，长城之内的大明朝已开始日渐衰败，甚至经济实力尚且雄厚便患上了某种“恐战症”。故而在小达延汗称汗之后，便又有诸多汗国武将建议当“乘虚而入”，攻破长城而恢复大元王朝。但这些均被高瞻远瞩的满都海断然否定了，并且从内到外详加分析说服了决战长城的诸将。她认为新汗初立，根基尚不稳。而明王朝虽然日显衰败，但毕竟“瘦死的骆驼比马大”，如若贸然挑起战端，不仅很可能激活了数十万明军据长城一致对外，而且更可能引来乩迦思兰等居心叵测者伺机前来趁火打劫。为此，满都海果断地对明王朝采取了全新的策略：免动干戈，以和为贵，广开商路，利用中原丰富的物产“造福蒙古子民”。并继续宣示，长城之内的皇帝乃大元王朝之嫡传后裔，一家人暂不打一家人！

而同为女人，万贵妃却只知坚守后宫专宠与敛财……

史载，七岁的巴图孟克被尊称为“达延汗”，其实也是满都海对明王朝的一种“测试”。达延即大元，似乎仍象征着草原汗国对中原大地的宗主权。确实这曾激怒过明朝的官员，但在万贵妃专宠的皇室却表现得“无所谓”。明宪宗在这个无知女人的操弄下只允许大臣们打打“笔战”和“称呼战”，仅仅把达延汗贬称为“小王子”就感到“聊以自慰”了。显然“小王子”之称仍保留着某种尊重，生怕激怒了长城之外的蒙古人引发战争。后来竟连“小王子”也极少提到，干脆以不懂蒙古语为借口置之不顾了。而满都海正是经过这次“测试”，彻底看清了明宪宗政权的软弱本质，顺势而为采取了“以和为贵”诸策。这样就能全力以应对乩迦思兰和亦思马因等主要敌人，以为首先统一蒙古高原奠定基础。

当然，太师特穆尔和逍遥巫师均功不可没……

是他们的老谋深算促成了以上诸策，从而进一步缓解了与最大对手的矛盾。须知，明王朝虽日渐衰败，但在当时却仍为四方诸强中国力最富、兵力最多、地域最广之一大王朝。利用其皇室腐败休兵休战，正好集中精力以应对迫在眉睫之最危险大敌——色目军阀乩迦思兰与亦思马因分化瓦解草原汗国的大阴谋！当然，满都海是绝不会袖手旁观、任人宰割的，随之便又有一项重大的决策出台了。

其二，西征斡亦剌。

这在蒙古史上也是极为罕见的，由一位女性作为军事统帅亲自率兵西征！为了更清晰地说明真相，那必须首先弄清具体的历史大背景。前面已经说过，色目军阀乩迦思兰和亦思马因乃族兄弟，均曾先后出任过草原汗国的“太师”或“丞相”。挟天子以令诸侯，成为草原汗国事实上的“太上皇”。但他们的根据地却远在丝路绿洲一带，大多时间是通过物资供给遥控着汗廷政权，并强嫁女儿为“大哈敦”以监视可汗之一举一动。野心大了去了，欲建立地跨蒙古和中亚的色目大帝国。多亏了满都古勒汗暮年的毅然崛起，并充分利用了异族大哈敦的为非作歹，充分利用了异族军阀兄弟间的明争暗斗，还充分借助小王妃满都海的勇气和智慧，最终把乩迦思兰和亦思马因这对野心家一步步分化瓦解，先后逐出了蒙古草原。为了牵制这两个死对头，老可汗临终前尚密遣“大胡子太监”率一百多位归顺的色目士卒潜回绿洲去“后院点火”。而在先汗去世、满都海成为监国后，更加派了能征惯战的少师脱火赤、深通兵法的乌斯曼等率骁勇前去助阵，致使两位野心家首尾难顾！万般无奈，似也只能“另起炉灶”——

乩迦思兰肢解草原汗国的狼子野心

在说明其阴谋前，必先说说斡亦剌这个部族。斡亦剌，俄罗斯史籍中也称之为：卡尔梅克人！据《斡亦剌黄史》记载，他们的老祖先很可能是由西伯利亚大森林走出，渐渐扩散到漠北蒙古高原西部阿尔泰山一带的。斡亦剌人，即漠北西部所有蒙古部族和一些突厥部落的统称。他们与中东部的蒙古人习俗有所不同，但却是成吉思汗统一蒙古时最坚定的支持者和追随者。为此，成吉思汗在成功“君临天下”之后，就曾将自己的爱女扯扯亦坚下嫁给斡亦剌最大的部族首领。而此后历任大汗也不断将孛儿只斤氏的女儿下嫁给其后裔，遂使东西部形成了一种紧密相连的姻亲联盟。但在元朝溃败北归之后，历经百余年的部落内斗与军阀混战，斡亦剌人在异族野心家的收买和挑唆下也渐渐由离心离德转为桀骜不驯了。

而始作俑者，即为老奸巨猾的乩迦思兰……

多亏有老萨满“得大自在”后潜行带回的各种机密讯息，方才使摄政大皇后满都海做出如此果断的抉择！原来，乩迦思兰被“逼”回到丝路老窝之后，虽历经重重危机却依然贼心不死。先是以“副统帅兼接班人”之头衔与另立山头的族弟亦思马因“讲和”，随之便联手对付拉合蛮率数军点燃“后院大火”。谁料满都海似乎比老可汗还要技高一筹！眼看“大胡子太监”之乱就要被扑灭，她竟然敢于密遣如此英勇善战与足智多谋之高人率兵前来助战！不仅使“死灰复燃”成为“燎原烈火”，而其族弟亦思马因得寸进尺偏偏在此时向他发难争论：到底谁才是草原汗国真正的太师兼丞相？竟想提前当上“太上皇”！只搞得乩迦思兰焦头烂额分身乏术，同时丝路沿线的蒙古各部族纷纷复叛更让他首尾难顾……但老谋深算的乩迦思兰毕竟苦心经营了“霸权”多年，面对眼下这内外交困的情况当然是心有不甘。好在他尚有祖先遗传下来的商业头脑，并且有几十年来积攒下的无数奇珍异宝，同时尚有对漠北蒙古高原各部族情况的透彻了解，几经盘算，他终于制定了一个以财宝重立傀儡、重振兵马、重兴霸业之宏伟计划！

算盘打了无数遍，这才摆酒宴召见了亦思马因……

“老弟！”帅帐内其乐融融，乩迦思兰首先开了口，“前些日你所提之事，使愚兄对你越来越敬佩了！”

“大帅！何出此言？”亦思马因故作不知而问。

“时局使然也！”乩迦思兰的态度更亲切了，竟然举杯对饮而畅谈曰，“遥想当初，你我高擎着草原大汗之旗号，且以汗廷太师及丞相之身份行事何等风光，何等顺利！为何？皆因除长城高墙之内的中原王朝，长城之外之各色目的人等仍唯崇圣祖成吉思汗也！无不认为自己所在之地仍属于大蒙古圈，就连你我所在的丝路也被公认为圣祖开辟的直通欧亚的商道！再看今朝，你我为何处处遇困？为何处处受敌？为何本族人也敢与你我作对？究其缘由，皆因我等过早地丢掉了大汗这杆旗！多亏你前些日子又重新提及太师与丞相之事，足见吾弟比愚兄更有先见之明也！佩服！佩服啊！”

“我……我也只是偶然提及！”亦思马因慌忙解释。

“切莫误解！”乩迦思兰似更显得坦诚了，“愚兄是发自内心地想对你说，你不但比我更具先见之明，而且也比我更具备担任汗廷‘太上皇’的资格！非愚兄危言耸听，我已派细作打探清楚：吾弟之爱妃失乞儿，即现如今七岁大汗达延汗之生身之母！若以古俗继婚制而论，吾弟就更是名副其实之继父！太师、丞相、太上皇还不是由你任挑任捡？满都海就是再具有大智慧也无法阻拦！盼吾弟今后切莫把失乞儿仅当‘活肉’，而应当‘神肉’供奉起来！哈哈哈哈……”

“大帅！您……您喝多了！”亦思马因忙提醒道。

“非也！”谁料乩迦思兰却又突然泪流满面地回道，“是愚兄老了，老糊涂了！前一个多月，那个猴头神汉还鬼鬼祟祟来过这儿一趟，告诉我那新立的大汗年方七岁，还是个瘦弱不堪的小喽啰……愚兄闻听之后，糊涂地认为这屁大的孩子能不能长大还不一定呢，于是就放下了戒心。竟没想到这鬼巫师，临走还顺走了我那匹最珍贵的汗血宝马。多亏了你前天的提醒，愚兄才发现，大汗这杆旗咱们尚且不能丢！”

“那咱们率兵打过去！”亦思马因拍案而起。

“万万不可！”乩迦思兰慌忙擦干眼泪曰，“且不说如今后院已经起火，就单论明目张胆地攻入漠北汗廷那也必然会触犯众怒啊！那不叫举旗，叫砍旗！”

“那该怎么办？”亦思马因急问。

“这正是愚兄请你密谈之原因！”乩迦思兰无比诚恳地说，“愚兄虽然老而昏聩，但历经数日之苦思冥想总算搞明白一个大道理：为了实现色目大帝国之宏伟抱负，你我兄弟间再不能内斗下去了！既然上苍处处垂青于吾弟，愚兄当让贤而告老还乡。从明日起我所有的部下均归你指挥，你就是咱色目铁骑之兵马大元帅！吾弟不必谦让，愚兄心意已决！”

“大帅……”这使亦思马因大感意外。

“吾弟不必存疑！”乩迦思兰竟当即交出帅印，“为向新帅一表赤胆忠心，愚兄将一舍终生所积的珍稀财宝，明日将仅率数十轻骑赴漠北汗廷。假王妃失乞儿之口说吾弟不便说之话，通过这无数的金银珠宝为吾弟换回太上皇之位！只盼以后色目大帝国之史书上，吾弟能为愚兄留下轻描淡写的一笔！”

“不，你就是开国皇帝！”亦思马因早激动不已了。

是夜，乩迦思兰当即召见了自己部下中的重要将领，再次当众向亦思马因交割了帅印。而诸将领似乎也早有思想准备，竟纷纷欢呼着向“新帅”叩拜。

次日，乩迦思兰果然仅率数十轻骑向漠北出发了，身后还紧跟着一列满载金银珠宝的驼队。

但他并没有去往漠北的汗廷，而是直插漠北西部的斡亦剌！

风云突变，试看天下谁主沉浮？

随之，便有了满都海的决策！

西征斡亦剌……

满都海之剑指斡亦剌

如果没有勇气做出这样的抉择，古代的蒙古历史很可能就需要重写！

须知，自元王朝终结北归以来，由于近百年无休止的内战，长城之外的蒙古高原就从未统一起来。不仅分漠北、漠南，而且在漠北是蒙古民族的发祥地，尚保留着圣祖成吉思汗的“黑灵旗”和四大“斡耳朵”，故而受到蒙古民族的推崇和尊重罢了。只要圣祖的嫡系后裔在此为汗且有所作为，大多数在外部族也均给予默认，但仅是以示效忠圣祖而已，直至满都古勒汗暮年的突然崛起，其小王妃不仅继承其遗志敢于公然叫板异族大军阀，而且不忘根本，牺牲个人拥立年仅七岁的圣裔为大汗。尤其是在能征惯战的乌纳博罗特亲率东部各部族宣誓效忠漠北汗廷之后，漠北、漠南的各部族才不得不效法承认汗廷的正统地位。

而乩迦思兰正是想撕裂这难得的凝聚力、向心力……

据史载，这位老谋深算的野心家对其族弟所说皆是谎言，其目的乃在于“一石多鸟”，首先彻底灭掉死对头亦思马因！为此他暗中早派亲信与漠北斡亦剌部族大首领取得了联系，意在借圣祖爱女扯亦坚在此之永传贤名另立大汗。不仅可使自己重新当上“太上皇”，而且可将生猛强悍的斡亦剌勇士们引入丝路绿洲，使亦思马因束手就擒！他们相约会见地点就在阿尔泰山西南大漠中的一块隐秘的绿洲上，此次最高层的相会乃为了“看财验宝”以“最后敲定”结果！果然，巨额的金银和奇珍异宝起了极其突出的催化作用，双方这宗权钱交易一拍即合！斡亦剌部族首领慨然允诺另立“驸马国”，并与中央汗廷公开分庭抗礼！而且还加封乩迦思兰为新汗国之太师、丞相、兵马大元帅等要职，成为“驸马国”一人之下、万人之上的掌控大权者。当然，乩迦斯兰“收获如此之丰”尚须继续做出“贡献”：乩迦思兰还答应将自己最美的小女儿嫁给斡亦剌首领为“大哈敦”，而自己的儿子则迎娶首领之妹为“长王妃”。亲上加亲，无事不成！仅这次乩迦思兰重返丝路时，就带回了三千生猛的斡亦剌铁骑。

汗国危矣！尚未统一就又面临着内战和分裂……

而据多部蒙古文史籍载，其实这显然是乩迦思兰听了老萨满的教唆，他仍然低估了满都海的“正能量”。他们总认为，一个年轻女人辅佐着一个尚未能立足的七岁孩子，就是她再有本事也绝不敢轻动干戈的！智者千虑，必有一失。他除了没估计到满都海从小就随父亲学习兵法善于布阵，也没有估计到斡亦剌人也绝非铁板一块，其中忠于汗廷者也绝不在少数！但更重要的还在于满都海的“早有防备”：监国初期即任命了忠勇善战的巴根为“怯薛台”，统领大中军（即怯薛近卫军），并命其派亲信将领分赴各部族掌控草原铁骑。更为了便于自己亲自领兵出征，她那亲手操练的女子禁军也英勇非凡。现如今完全可以说，只要满都海一声令下，成千上万的骁勇铁骑便可“招之即来，来之能战，战之必胜”！

总之，乩迦思兰尚有许许多多个“没有估计到”……

而面对漠北汗国即将分裂的危机，史书中记载，“大皇后却显得格外沉稳。有多少忠诚的斡亦剌人前来密报，均仅仅三字而答：知道了……”直到少师脱火赤从丝路遣塔娜连夜飞骑来报：乩迦思兰已率三千斡亦剌铁骑返归，正与其族弟亦思马因重新“摊牌算账”！箭在弦上，一触即发，大有火拼之势……至此，满都海才罕见地露出了笑容。此时颇具男子汉气概的塔娜提出：“我可不再回去了！少师也同意我留下，替您统领女子禁军！”满都海忙问：“你不要丈夫了？”谁料塔娜竟回答：“我根本就没有嫁给他！”

什么？但眼下已经来不及解开这个“谜”了……

因为，时机到了！“机不可失，时不再来！”要知道满都海多日来的“沉稳”等候，就是期盼着这样的结果！现如今乩迦思兰自以为得计已返回了丝路绿洲，凭借带回的三千斡亦剌铁骑说不定已和亦思马因火拼上了。而地处阿尔泰山一带的斡亦剌部族首领似也正为从未见过这么多的金银珠宝狂喜不已，他们不仅大摆“开国宴”，而且还相互争着“加官晋爵”呢！当真可悲！这“狼狈为奸”的双方均忽略了一个事实：大西南与大西北之间尚横亘着一片巨大的沙漠，三千生猛骁勇出去不易、归来更难！往返一趟就得两三月，相互支援或救急那就等于是一句空话！显然，他们都低估了一个年轻女人和一个七岁孩子组合的魄力和能量！

而满都海等待的正是此时的“乘虚而入”……

果断的决定，周密的部署，广泛的动员，毅然决然的挥师西进！随之，便出现了蒙古文史籍《黄金史纲》以韵文诗的形式所描述出的波澜壮阔的战争场面——

贤者满都海皇后，

想起为避免漠北汗国之分裂，

举兵出征！

她要步兵和牛队先行出发，

三天三夜后她带着骑兵开拔！

贤者满都海皇后，

优雅佩上她的箭囊，

梳理她凌乱的头发，

把达延汗放进箱子，开拔！

必须指出，其中第二句尚有多种译法，比如“替前几任可汗报复之事”等均不太确切，故仅选此说抄录。再有第四句中之“牛队”，应当理解为拉着粮草辎重的牛车队列。而尤应提到的是最后一句：“把达延汗放进箱子，开拔！”对当代人来说，读后肯定会有点“愕然”。

其实，这是因为不了解古代游牧民族的生活所致……

古代的游牧民族是“逐水草而居”，一生中始终处于迁徙和转场之中。在此过程中，父母常将调皮的幼童放进特制的顶部镂空的箱子里，然后再把箱子绑在骆驼双峰之一侧。箱子的容积足够孩子躺卧或者探出头去观望四野，里面铺有舒适的毛被和备有好吃的奶食。这样父母便可放心地去照顾迁徙的畜群，而孩子也可从小熟悉茫茫的大草原。当然，牧人们也有别的法子照顾自己的孩子。但据史考，满都海确实是将小达延汗“放进箱子，开拔”的。只不过是皮箱，是木篓，还是木箱，说法不一。但有一点却是肯定的，箱子不是绑在驼峰一侧而是骏马雕鞍旁，且是经过精心设计与特殊打制的！

须知，里面坐着的那可是汗国的代表……

正如杰克·卫则伏所言：“年幼的大汗尚未彻底摆脱早年留下的病痛，故而满都海绝不愿让这个七岁的孩子公然骑着骏马到战场上去冒险。并且深知，虽然她是代表他率兵西征，但这位七岁大汗的在场与否，却攸关着这次西征的正当性与成败。自北归以来，就鲜有所谓的可汗‘御驾亲征’。而满都海此次与小达延汗一起出现在军阵中，目的就在于向众臣宣示：时代不同了，现在的大汗虽然还年幼，但他却将始终是蒙古民族的大汗！作为成吉思汗的嫡系后裔，天生就继承了圣祖传给后代那种大无畏的勇气！为此，在战场上她的指挥与他的勇气同在，将激励更多的蒙古勇士永远追随着他们前进的脚步！”更何况，那日老萨满夜闯后宫毡帐时也曾疯疯癫癫地指出，“万一有歹人一起歹心给挟持了，您就算师出无名前功尽弃了”。或许这也是满都海将七岁的小丈夫“装进箱子，开拔！”的重要原因之一。

至于说到在先遣队伍出发“三日之后”她才开拔……

一方面是因为“步兵与牛队”行动相对缓慢，另一方面是因为确实有很多突发事件尚急需她亲自处理。比如说，那个准备做小萨满的朝鲁就来禀报，自己那猴里吧唧的老师傅竟穿得花里胡哨的突然失踪了，还带走了那匹日行千里的汗血宝马！这种问题倒好解决，她深知老萨满那神出鬼没的天性便只命令朝鲁对其“穷追不舍”。再比如，那假小子塔娜一听说女子禁军也要全副戎装跃马参战，便更不肯返回丝路与乌斯曼成亲了。从小一起相伴长大的女友当“刮目相待”，好在费了好多唇舌似才弄清了塔娜非要“退婚”的原因。原来她是嫌乌斯曼读中原的书读得太多了，酸溜溜的不像个男子汉，而倒像很欣赏拉合蛮的大胡子却又嫌他是大鼻子哈敦玩儿剩下的“残货”。说来说去，满都海好不容易才搞清了问题之所在：原来在自己为塔娜赐婚之前她已暗恋上了“怯薛台”巴根了。西征在即，却牵扯着两员大将，这可绝不是小问题，似也只能耐心解决。然而，如果仅仅因为以上原因就推迟“开拔”，似乎也有点把满都海看得太婆婆妈妈了。而作为一个蒙古史上杰出的女战略家，她仿佛正以此为遮掩等待着一位决胜全局的重要人物。

他，就是漠北东蒙古的统帅乌纳博罗特！

据中外多位蒙古史学家称，她和他确实有“一夜情”那种刻骨铭心的关系。甚至还有外国史学家轻率地做出这样的判断：乌纳博罗特之所以宣誓效忠小达延汗，是因为他估计这孩子活不长，他仍抱有与满都海“复合称汗”之期待……这显然是对蒙古民族的忠诚性欠缺了解，而乌纳博罗特却正是这种民族性颇具代表性的历史人物。就拿这次西征斡亦剌来说，凭借他卓越的军事才能和他所掌控的兵力，他完全可以以一己之力重新征服斡亦剌，从而威震北汗国而使小达延汗和满都海“黯然失色”，并完全可以像清初多尔衮那样成为摄政王而与满都海“暗结珠胎”。但他没有，而是早早就奉诏而来“唯听大皇后之调遣”。远离金顶汗帐，行事极为低调。后来之“销声匿迹”很可能也与满都海的战略部署有关。

他按时回来了，在一处隐秘的毡帐里与满都海单独相见……

“大皇后！”乌纳博罗特毕恭毕敬地禀报，“遵照您的懿旨，末将已分别部署完成，特来复命！”

“你……你变了！”满都海竟为之流泪了。

“未变！”乌纳博罗特仍老诚厚道地回答，“过去末将忠诚于老可汗与小王妃，今日末将当继续忠于小可汗与大皇后！悠悠万事，唯此为大！”

“你……你难道忘了过去了吗？”满都海声带哽咽地问。

“不敢！”乌纳博罗特垂首而答，“但牡丹已怀有身孕，末将今生已再无资格了！”

“好！那就禀报你的安排！”满都海闻之竟突然振作起来。

“其一，”乌纳博罗特据实而奉，“末将认为大皇后沿袭圣祖排兵布阵之战术，乃大智慧大魄力之举！末将已分别视察中军与左、右两翼，见用将得当、排兵有方，故末将只将所率东部战将与骁勇分别安插于左、中、右三大方阵，唯听大皇后之指挥与调遣！”

“还有呢？”满都海继续问着。

“其二，”乌纳博罗特依然扎扎实实地回答，“乃决战之处与必争之地！末将在老可汗生前，曾奉旨西巡过斡亦剌各部，深知漠北杭爱山以西与阿尔泰山以东辽阔地带，名为札布罕大草原，盛产马匹。当时就曾有人告诉我，谁掌控了札布罕地区谁就有机会掌控漠北的西蒙古。近日，末将又遣亲信化装快马潜入绘制了这张札布罕地貌图，经亲自检验确实无误，现奉上，以供大皇后行军与决战时使用！”

“大功一件！”满都海接过似只能感叹了。

“其三，”这次乌纳博罗特却似乎有点吞吞吐吐了，“末将敬请大皇后恩准，吾将不做此次西征冲锋陷阵的主将，而且尚须‘半途而废’！”

“为什么？”满都海却似在明知故问。

“大皇后！”乌纳博罗特似也只能掏心挖肺了，“当今我草原汗国并不需要‘一将功成’，而更需要的却是继承圣祖的遗志重振皇室的威严啊！您本来就是个具有天赋的军事统帅，大汗虽年仅七岁却更是汗国的未来和希望！西征之役必胜，将为结束我蒙古高原四分五裂之局面奠定基础！如末将非要去喧宾夺主，那必将适得其反又成为另一个也先！而末将所谓‘半途而废’乃指率一支轻骑隐蔽于中途，退可以防止汗廷陷入困境，进可以冲向战场救急。总之，自牡丹怀孕以来，末将已深刻认知大皇后之高瞻远瞩绝非我辈可比！故而末将今生再不作他想，唯效忠于大汗与大皇后，以重振我草原汗国！”

“照准！”只不该满都海言毕竟忘情地伸出了双臂。

“遵命！”多亏了此时乌纳博罗特的毅然退出。为了爱！他决心为那崇高的理想和追求，就此彻底了断昔日那恩怨情仇！

果然，从此之后各类史籍中均未再提到二人有任何关系……

只留下满都海在那座隐蔽的毡帐里，孤独地久久饮泣。也不知是悔恨，还是感激。

但次日早晨，汗国成千上万的铁骑还是准时开拔了……

以满都海为统帅、以小达延汗为旗帜，北元史上首次反分裂的正义之战就要打响了！

千军万马，同仇敌忾，浩浩荡荡，展开双翼！

向西！直指斡亦剌……

第九章

出征

老萨满师徒阿尔泰山顶“观阵”

且先放下千军万马浩浩荡荡奔向战场不说，似必须先交代一下神出鬼没的老萨满的下落。不然，此后所发生之事会让人感到突然……

还必须指出小朝鲁自拜老萨满为师以来，占卜算卦并没有学到多少，反倒跟着老萨满学得鬼灵精怪的。这小子深知，师傅虽言“甘于寂寞”，其实他猴里吧唧仍然是“不甘寂寞”的。大战在即，肯定是西赴斡亦剌“凑热闹”去了。随之，在他奉命对其“穷追不舍”之后，便一直快马沿此途追踪着。但师傅骑的可是日行千里的汗血宝马，他也自知追上师傅已是无望似也只能碰碰运气了。这一天，快马已经将要跃过杭爱山西端，却依然难寻难觅师傅的踪影。正当他大失所望之时，却听得半山腰有人唤他。但回头向山上望去，未见人影却意外看到那匹汗血宝马挎着个大篓子正立在上边。等朝鲁驱马好不容易绕着山路攀上半山腰那平台，这才发现师傅正穿得花里胡哨蜷缩在篓子里睡觉。为了保持平衡，马鞍的另一侧还挂着块石头。而师徒俩一见面便难免嘻嘻哈哈、打打闹闹，只不过一谈“正事”就叫朝鲁苦不堪言了！

原来，老家伙是想把自己引到山里遍挖草药先学巫医……

但这可不像是老萨满“出神入化”的风格，玩得也太平平常常了吧？但这位昔日的国师爷这回似偏要“正经”一把，朝鲁不但要学采药还得学编篓子。两匹马一边一个，也不知道他老人家抽得哪门子风！直到这一天，满都海大皇后统率的西征大军按时从杭爱山下通过，老家伙才又嬉皮笑脸地突然改变了“兴趣”！居高临下地看着成千上万的铁骑进入阿尔泰山之东的札布罕原野之后，这个老怪物似又对排兵布阵产生了极大的兴趣。

为此，他竟扔下了汗血宝马，带上徒弟攀上更高的山峰……

登高远眺，札布罕辽阔的苍茫原野一览无余，甚至可看清对面阿尔泰山的雪峰和飞流直下的道道溪流。而更重要的还在于，似大皇后率军之到来，瞬间激活了这沉默已久的莽原。放眼望去，便见得茫茫的碧野上似闪现出一只巨大无比的敛翅雄鹰。中间显然是由大中军层层护卫的统帅部，两旁乃由成千上万奋勇向前的马上健儿组成之战队。场景煞是壮观，犹如一道铁血洪流席卷辽阔的莽原。

刹那间，便让朝鲁看得目瞪口呆，热血沸腾了……

“小子！”老萨满这才开口道，“站得高、看得远，怕你小子成了二五眼！”

“什么意思？”朝鲁尚不解。

“这还不明白？”老萨满大为不满地道，“笨蛋！老一辈的好几代人都没赶上这好时候，现如今咱们汗国不仅有了位吉星高照的小可汗，而且还有一位聪慧无比的大皇后！瞧瞧这阵势，一看便知是得到了圣祖成吉思汗真传的！你呀，你呀……”

“真传？”朝鲁却把注意的焦点专注于此。

“唉！唉！”老萨满似也只能无奈地向他解释。

据史载，确实如此。近代史者更详称：“满都海时期的蒙古军队，仍沿用成吉思汗的左右翼编制。不管是扎营或战场厮杀，主帅始终位在军队的中心，外围有数层部队保护。然后，主力部队像一双大翼般从中心向两侧散开。这么一来，蒙古军队便始终处于一种与敌人交战的队形。”更进而指出：“在翼状队形里，主帅位居队形中央，两翼则在主帅的稍前方移动。主帅居后方能总览全军，有利于做出决策和下达命令。进击时，主帅可下令两翼变幻成各种战斗队形，也可在连番攻击时，频频更换队形以迷惑与混淆敌军。”

“讲！继续讲……”朝鲁似越听越有兴趣。

“呸！真不愧叫朝鲁（石头）！”老萨满似也只能摇头叹息了，“费了爷这么多唾沫星子，你小子怎么就是不开个窍儿呢？瞧瞧你家弟兄六个，除了你之外哪一个不是跃马横刀为汗国建功立业？帖·哈达格与阿拉腾自不用说了，就连你那大嫂子赛柴也跨马戎装上了前线！一家子奉命专门护卫和照料小可汗，那对蒙古人来说是多大的光荣？就数你小子没出息，愣跟着个土郎中躲在山里编篓子学采药。呸！”

“是大皇后命我对您穷追不舍的！”朝鲁不服。

“穷追不舍？”老萨满却依然不信，“大皇后早罢了爷的官，削了爷的职，并严令爷再不准擅入汗廷，她还穷追不舍一个老废物干什么？分明是你小子贪生怕死，想藏在爷的装药的药篓子里保小命儿吧？”

“嘻嘻！您少玩这一套！”谁料徒弟竟首先嬉皮笑脸上了。

“哈哈！竟敢如此对师傅说话！”随之老萨满也猴性大发了。

“敢又怎么了？”没想到这小子更嘻嘻哈哈地放肆了起来，“师傅！您会装疯卖傻，徒儿我也会装疯卖傻。嘻嘻！其实您那一套把戏我早弄通了，要不我怎么向皇后禀报您那些‘忧国忧民’的事儿呢？嘻嘻……”

“哈哈！原来你小子是个奸细！”老萨满有点猴急了。

“没错儿！”徒弟反倒学着师傅抓耳挠腮道，“嘻嘻！还是大皇后派来的呢！徒弟要比师傅鬼，才能一辈超一辈。说！大战在即，您把徒儿带到这山顶平台到底又有什么新的高招儿？”

“唉唉！”老萨满似只能叫苦叹气了。

“说！”而徒弟却有点得理不让人，“您刚才骂了半天徒儿贪生怕死，您要不说我也自有办法！还按老规矩来，您找我的麻烦，徒儿就找汗血宝马的麻烦！这山可又陡又高，可别怪我一撒野就要了它的命！”

“别，别别！一会儿还要靠它大做文章呢！”师傅认输了。

“等等！您看——”徒弟突然指着山下惊呼了。

居高临下地再次向远山眺望，似见得在阿尔泰山峡谷隐约潜伏着一支铁骑。虽远眺小若蚁群，却顿时使师徒俩停止了嬉闹紧张了起来。当然，师傅毕竟是师傅，只见老萨满当即便吩咐起小徒弟，命他将草药篓子放在山下火速飞骑直奔大中军。不必惊扰大皇后，当如此如此以防万一！而小徒弟也绝非等闲之辈，师傅来正经的他也来正经的，当即如令而行，片刻工夫便下得山来飞骑直追了上去！

目标明确：保护小主子！保护大皇后！

据史载，满都海这次西征是大出斡亦剌各部族意料的！他们绝没想到，一位年仅二十几岁的皇后辅佐着年方七岁的大汗竟敢大举西征。更何况，她提出的口号对斡亦剌人也是颇具震撼力的：替祖姑奶奶教训那些叛逆子孙！显然这是指成吉思汗的女儿扯扯亦坚，她留给子孙后代的遗言就是：效忠大汗，尊重汗廷，誓死维护汗国的大一统！故而，满都海一提出这样的口号，在斡亦剌各部族中还是颇得人心的。为此，在这位大皇后沿袭圣祖“双翼齐展”布阵的推进之下，在札布罕莽原之前的几次战役中均所向披靡。大部分斡亦剌人均纷纷倒向满都海，重新宣誓效忠达延汗。

但也有冥顽不化坚持分裂汗国自称大汗者……

此人即收受乩迦思兰巨额金银珠宝之部族首领。他身体里流淌的更多的是突厥族血脉，却野心勃勃地欲在西蒙古称王。他蓄谋已久，暗中招兵买马；跃跃欲试，私下联络近亲部族！异族军阀前脚一走，他就凭借广聚财宝自立为“汗”。正史“羞于记载”，野史称其为“爬桀汗”。虽大部分兵力已被乩迦思兰带往丝路，但他却仍在小瞧“一个女人带着一个小孩”之西征！尤为阴险的是，他竟不惜重金收买死士。不按常理交锋，却专门组成了针对大皇后与小可汗的“掏心队”。狼子野心，恶毒至极！而老萨满在杭爱山远眺到的，或许正是爬桀汗在阿尔泰山谷里埋伏下的“掏心队”。

也就在此时，徒弟朝鲁也终于赶上了横扫莽原的铁骑……

万马奔腾，金戈如林，勇士争先，杀声震天，汗廷的大军如铁旋风般席卷着广袤的札布罕大地。朝鲁见此无比波澜壮阔的场景，在融入其间那一刻竟产生了一种骄傲自豪的感觉。但绝不敢怠慢！他当即通过五哥阿拉腾去向满都海禀报老萨满山顶观察到的情况，自己也向哥哥和嫂子转达了师傅为保小主子万无一失的相关安排。很快自己也投入到其中了……

满都海金戈铁马交锋中险遭不测

这位年轻的女统帅继承了“两翼齐展”的传统队形，却又绝不拘泥于传统，坐在众兵护卫的王车内指挥。她头戴银盔，身穿银甲，腰挎银箭匣，举着银光闪闪的战刀，跃马于大中军前列领队驰骋向前。知情者，当为她那飒爽英姿、身先士卒的独特魅力所感动。不知者，也肯定会以为她是一位能征善战的男性将领。雌雄莫辨，但无论如何却起着一种莫大的鼓舞人心之作用。更何况！满都海这样亲自率领中军、指挥双翼，乃为了亲眼观察地形和敌情，以及时地做出新的决断和相应的军事部署。难怪史称，她是一位杰出的女性军事统帅！

眼见得就要横扫札布罕大莽原取得西征大胜……

但智者千虑，必有一失！而要说明这“一失”，还必须返回头来先从古代蒙古贵妇们崇尚的头饰说起。据史载，这种贵妇的头饰名叫“罟罟冠”，也称“孛里塔”，系用柳枝先编织成支架，外覆盖上精美的绿色毛毡。呈狭长柱形约三到四尺高，下面为可戴的圆形，上头转为方形。罟罟冠缀满了各种珍奇异宝如珊瑚玛瑙作为装饰物，顶端尚插有孔雀羽毛或绿头鸭羽毛。贵妇们的地位越高，罟罟冠就越华丽精致。满都海作为草原汗国的大皇后，为表明其身份和地位其罟罟冠就更可想而知了。而将长长的秀发盘进这高高的桂冠却是个颇复杂的过程，与头戴战盔的简洁明快完全不同。

而问题就出在专为男性打造的战盔上了……

满都海是得到了老萨满的传讯，已知爬桀汗伏兵于阿尔泰东端的山麓，但尚不详知他那恶毒的“掏心战术”。不过，满都海已审时度势地安排好了应敌之策，命令两翼铁骑两面迂回包围反将敌方伏兵围困起来。而此时爬桀汗却依旧悄然不知，只是慌乱地寻找“心”在哪里。既不见重兵护卫的王车，又不见骁勇护卫的华盖，眼前只闪现出了一个个雄姿勃发的年轻将领。爬桀汗更加心慌意乱了，竟脱口恶吼了：“满都海在哪里？小可汗在哪里？”最终，这个叛逆者竟怀疑眼前出现的是不是大中军了。万般无奈，他也只能选择率身边所余死士跃马突围！眼见得双方飞驰的战马越来越近了，这时却猛然发生了一起永留蒙古史册的惊人事件，即满都海纵马迎敌时她那战盔却意外滑落了，满头秀发瞬间披散于双肩。在古代冷兵器交锋的战场上，除了失去战马没有比失去战盔更危险的了。更何况！满都海不仅暴露的是她的头颅，而更重要的是暴露了她大皇后兼统帅的身份。果然，爬桀汗已狂奋不已地向部下声嘶力竭地呐喊了：“杀掉满都海，重赏！活捉小可汗，重重赏！”

顿时战况似被彻底扭转了，一批在重赏之下如狼似虎的死士竟争先恐后地纵马挥刀而来。而此时满都海却已无下马拾起战盔的机会，因为只要一下马就会被后续冲上的铁骑踏得粉身碎骨。但更重要的还在于，随着自己女儿身的暴露，七岁的小达延汗之处境也变得岌岌可危了！这可是汗国之根、汗国之本……正在这千钧一发之际，还多亏了那位猴性大发的萨满爷料事如神，只见一匹珍稀的汗血宝马突然从中军里跃出，还驮着个大篓子微露出华美的衣饰，突出重围飞驰而去，似还有几个带刀侍卫纵马随从掩护着……而爬桀汗一看是汗血宝马更加亢奋了，红了眼似的大叫着：“别上破篓子当！快给爷分兵追，老子既要宝马又要人！”

有其师必有其徒！而此时的未来小萨满朝鲁也未曾闲着，竟然跨在马上对敌阵怪声大喊大叫着：“别追啦！是乩迦思兰太师爷赏给我师傅的汗血宝马！篓子里没小孩，只有大人！您要真想要，咱们搞搞价……”但他越这样喊，对方越不信。胡说八道，篓子里怎么能装下大人？这小子嬉皮笑脸地分散敌方不少的注意力，但毕竟失落战盔的满都海仍是敌方杀伐的主要目标。说时慢，来时快！几乎与此同时，十数位强悍的斡亦剌骁勇已冲到满都海面前了。情况万分险恶！朝鲁已准备跃马舍身救主，而塔娜所率的女子禁军也纷纷准备抛掉头盔以乱敌视听。而就在危机达到极致之际，谁料战场上竟发生了极罕见的奇迹：只见得这十数位斡亦剌勇士不但未向满都海大动干戈，而是争相解下自己的战盔献给这位贤名远扬的大皇后，并调转马头向爬桀汗呐喊："蒙古人从不出卖良心！蒙古人从不出卖良心！"

结果是可想而知的！据《黄金史纲》记载："满都海极善于将危机演化为转机。敌人虽然也曾有过垂死挣扎的疯狂反扑，但她却依然一马当先地英勇出击。她的口号是：'把这些叛逆的子孙全部撂倒，消灭！'最终，在两翼合围的包剿下，俘敌无数，并铲除了那些试图分裂汗国和不忠于她和小达延汗的部族首领！"而在《斡亦剌黄史》也有类似的记载，甚至还详述了对斡亦剌人的一些"惩处"，比如"跪迎大汗"，"头盔上的顶缨不得长过两指"等。大都只是象征性的，目的只在于警戒。

据史载，此役完胜，意义重大，影响深远。不仅确立了草原传奇皇后满都海的历史地位，而且由此漠北蒙古高原再没出现过分裂的局面。先是由忠于圣祖的乌纳博罗特献上了东蒙古的控制权，随之便是由她率兵西征亲自又控制了西蒙古。而小达延汗此时虽年仅七岁，但此次随征却激发了无数蒙古将士的勇气和信心！作为成吉思汗的嫡系后裔，当然面对狂涛逆澜会在满都海的心底起定海神针般的巨大作用。难怪杰克·卫则伏这样评价这次胜利："从近一百年前的1399年分裂战乱以来，漠北蒙古高原首次出现了一个强大且统一的中央政权。而满都海则是第一个高举圣祖成吉思汗之大旗，重又将漠北东西部掌控于孛儿只斤氏家族后裔之手！"

至此，满都海摄政以来之两大决策均推动了汗国的振兴……

难得的政治大智慧！对南面长城之内的明王朝来说，她从太师特穆尔的密奏中早了解到万贵妃的擅权乱政。或者因为同是女人，她似更深知这个半老徐娘之惶恐不安与鼠目寸光。为此，她早判断出万贵妃只会死缠着小皇帝而绝不敢轻言用兵。果然，一切均被满都海猜中了，这个愚蠢的娘们儿甚至还很感谢漠北的蒙古人，竟睁一只眼闭一只眼听任贪官污吏大搞边关贸易。正因为这样，满都海才得以放手西征，全力以赴去实现漠北蒙古高原百年未有的大一统！

而最倒霉的当要算色目军阀乩迦思兰与亦思马因了……

族兄乩迦思兰率领三千斡亦剌铁骑一穿过大漠返归丝路，当即翻脸不认账，与族弟亦思马因火拼起来。他竟以西蒙古太师兼大丞相之名召集旧部，反称族弟为叛逆，欲加速灭掉自立为色目大帝国之开国皇帝。然而亦思马因也绝非是善茬儿，似早对族兄的阴谋诡计有所防范，也用金银珠宝及各色美女收买了乩迦思兰的几位重要的部将。族兄弟俩一触即发，这可便宜了"大胡子太监"拉合蛮以及少师脱火赤等所率领的"义军"。一时间，丝路绿洲一带打得昏天黑地，族兄弟俩均陷入了顾此失彼、腹背受敌的困境。加之，一个多月后最终传来了满都海西征大获全胜的消息，他们方才恍然大悟这等于把自己彻底逐出了蒙古高原。面对这样一个在漠北大一统的强势草原汗国，他们谁都不可能再去当太师、丞相乃至太上皇了。但总不能永远这样自相残杀下去而自己消灭自己，遂有了第二次的讨价还价，即再度联手。但这回是"专拣软柿子捏"，他们疯狂地转向明王朝攻城略地。就算是此前的"买卖"赔了"本"，漠北的损失也要从漠南补回来。

满都海最终大获全胜，班师回到了梦可宝力格大草原……

归程中她坐进了那古老而又巨大的王车，但在车上那流动的宫帐里她却深知一切事情的原委。比如说，那些冒险为她献出自己头上战盔的"死士"，原来是一些忠于老祖母扯扯亦坚遗训的斡亦剌豪杰。他们假装被收买，实为监视具有突厥血统的野心家爬桀汗。危急关头，他们当然会舍身做出奉献。再比如，大批真正卖主求荣的悍将和骁勇，保护了小达延汗，也给满都海争取到了喘息之机。只可惜！事后那老萨满坐在篓子里操纵宝马，后来竟又神出鬼没地消失了，害得满都海也只能下令其徒弟朝鲁继续"穷追不舍"。再有的问题，便是出在从小一块长大的塔娜身上。但满都海的处理却颇出人意料：她根本不提"抗婚"，却反令塔娜不忘驿使本职火速返归丝路。任务有二：其一，与少师脱火赤会合，竭力拖住乩迦思兰与亦思马因不得北犯；其二，对那三千南下的斡亦剌铁骑进行分化瓦解。再说了，人家"怯薛台"巴根也无暇理她，塔娜似也只好奉命而行了。

归途中，王车的宫帐里最后只有大皇后与小可汗……

“额吉！”七岁的大汗一见已无他人，就要往满都海怀里腻，躺在额吉的怀里既暖和又舒服。

“陛下！您在大箱子里害怕了吗？”她立马搂紧孩子问。

“不怕！”谁料小家伙竟然这样回答，“额吉您打从出征那天始就改叫我陛下了，这肯定是个令人敬畏的好名字！既然我都‘陛下’了，哪还能再害怕呢？”

“好勇敢的陛下！那您敢没敢朝外看呢？”满都海又问。

“当然敢了！”小达延汗更来劲了，“额吉！您忘了吗？您还教我称呼自己为‘朕’！早有人告诉我了，陛下和朕都是大汗专用的。我既然是当今的大汗，那当然不能因为年龄小胆子也跟着小。我，不！朕不但敢看，而且一直在看额吉您如何指挥千军万马呢！”

“真有志气！”满都海激动地搂紧了小家伙。

“其木格还悄悄告诉我说，”小达延汗紧紧依偎在她的怀里叨叨着，“您不但是我的大皇后，而且也是我终身的‘巴克西’（导师）！要想会，就得夜夜跟着师傅睡！小时候把您当额吉，长大了把您当妻子，一辈子都不能背叛，要不然就是成了大汗也是个没出息的大汗。啊！什么是妻子？”

“等陛下长大后就懂得了。”满都海只好一语带过。

“额吉！我困了……”小达延汗在她的怀里渐渐睡着了。

王车巨大的木轮在茫茫的大草原上滚动着向前，而满都海却搂着孩子久久沉思着——

决胜于战场，是曾遇到过一些意外的凶险，但那激烈的金戈铁马交锋毕竟指日可见胜负。仅不到一个月时间，便令那些内外勾结的分裂势力首尾难顾彻底被歼，重又使西部的斡亦剌人效忠于漠北汗廷之当今大汗。

但似乎不应高兴得太早了……

须知，决胜于战场容易，决胜于未来难！而现在的小达延汗虽年仅七岁，却承担着振兴草原汗国的巨大责任。自己毕竟比他大了十七岁，总有一天会把汗国的一切权力交付给他的。草原汗国的兴盛衰败将均取决于他，而他的英明或平庸又完全取决于自己。尤其是“先当母亲”这漫长十年，付出自己的全部心血培养出一个“英明大汗”将是自己生命中重中之重。

凯旋途中，满都海已在规划着下一步……

决胜岂止在战场，更将看此事的成败！

小达延汗憨态可掬地睡得更香了！

满都海搂着她久久沉思着！

将决胜予另一个战场……

她“点燃了孛儿只斤氏的灶火”

这个小标题采用的是相关外史中一句评价满都海的话。灶火，也可视为中原所称“香火”之意，乃象征着家族之生生不息与繁衍不绝。据史载，在北归后由于内外军阀之“挟天子以令诸侯”，圣祖的后裔们均没有什么好下场。尤其是在瓦剌军阀也先狂妄地欲取代圣祖之地位后，更是对孛儿只斤氏明里暗里大开杀戒。手段之凶残罄竹难书，故史称“孛儿只斤氏逐渐式微”。而孛儿只斤氏即指圣祖为代表的黄金家族，“重燃灶火”，则是由式微而更加壮大！

当然，这一切均寄托在七岁的小达延汗身上了……

据史载，这位大汗虽确是珍稀的圣裔，有的史书甚至把他称为“唯幸存者”，但他幼年的经历却十分悲惨。两三岁便几乎丧命于兵荒马乱的铁蹄之下，多亏那戈壁老妇人巴柴冒死才拣回他的一条命。他并不知道自己属于天潢贵胄之身，而那戈壁老妇人巴柴却为此带着他似只顾了东躲西藏。直到满都海派其木格等人找到他时，他已经由于营养极度不良而成为一个瘦弱不堪的小罗锅儿。他不但对生身父母完全失去了记忆，甚至对帖·哈达格一家对他无微不至的关爱也很惘然。最终还是因为满都海把他接回后宫亲手抚育起来，他才莫名感到了一种特殊的亲情。记得有一个寒夜，满都海把他搂在貂皮被窝里睡着了。他尿了。满都海不但没有呵斥他，反倒自己睡在已经尿湿的毡褥上，用自己的体温为他保暖，用柔情的话语安抚着他。或许是因为这个女人身上散发的那种特殊的温馨气息激活了他的回忆，他竟本能地搂紧了满都海的脖颈脱口而叫了：“额吉……”

在这次西征斡亦剌时，他又经历了另一种成长的方式。

小达延汗绝没想到，自己的这位“额吉”除了夜夜给予他轻柔的爱抚外，竟然还会把他装进箱子跟她一起上战场。太令人感到惊诧了！但此时的小达延汗已经再离不开满都海了。他不但觉得自己的“额吉”是世界上最美的女人，而且也是自己最值得依赖的伟大母亲！她每晚临睡前都会给他讲一个故事，全是和蒙古人之圣祖成吉思汗有关的：他的勇敢，他的智谋，他的所向无敌，他的无所畏惧……显然，在小达延汗身体逐渐康复的同时，这些故事对重塑他的心灵也起到了事关未来的极其重要之作用。更何况！出征前满都海已改称他为“陛下”了，还让他改称自己为“朕”。这对一个七岁的孩子来说已渐渐感到自己的地位之非同寻常，故而一听“额吉”的召唤必然会“慨然允诺之”！

箱子里的孩子！在波澜壮阔的战场上经历着成长……

这和长城之内的明王朝恰好形成了鲜明的对比。据史载，那臃肿不堪、年近四十的万贵妃，却恨不得比她小近二十岁的明宪宗昏聩到底。万贵妃也曾生过一子，并已准备立为太子以使她能够专权千秋万代。却不料意外早夭，顿使六宫粉黛人人自危。就连明宪宗也似陷入“白色恐怖”之中，仿佛也只能夜夜提心吊胆地为她“补种”。一国之君竟在昔日老保姆面前堕落到如此没出息的地步，难怪明王朝由此更日渐走向了下坡路。

再看摄政于漠北草原汗国的大皇后满都海……

她比小达延汗整整大了十七岁，但她却以马背民族的前途为重。杰克·卫则伏经实地调查后在其专著中这样写道：“打从一开始，满都海的作为就表明，她打算让小达延汗当汗国未来的统治者。小达延汗长大之后，他将是一个有发挥空间和统治实权的可汗，而不是一个受人操弄的傀儡！”且尚有多种史籍证实如此评价并不过分。小达延汗最终成为北归后近百年来最杰出的草原大汗，即最有力的证明！

同是辅佐弱幼君王的后妃，差距为什么就这样大呢……

1473年，小达延汗整整满十周岁了。在内政外务百忙之中的满都海，还是决定当作草原汗国的重大节日庆祝一番。不仅宣称从即日起“大汗将在金顶汗帐接受臣众朝觐”，而且还将举行“那达慕”盛会以示与民同乐！显然，满都海虽然要务缠身却仍不忘这个给小达延汗立威的机会，故而梦可宝力格茫茫的大草原上人欢马叫似快要沸腾了。漠北东西部的各部族首领莫不纷纷赶来敬献忠诚，就连从小与满都海一起长大的小女伴也都带着自己的孩子赶来了，场面空前，好不热闹！

无史可考，这是否为小达延汗第一次在金顶汗帐亮相……

但确有史料可证，此次小达延汗之现身朝堂是前所未有之庄重肃穆的。就连摄政的大皇后也甘居于王座左边之一角，而把王座最重要的右边及中央谦让给了十岁的小达延汗。而据史载，这位九死一生的小可汗历经三年的精心调养与锻炼，早已蜕变为一位茁壮的“少年天子”。更难能可贵的是，年仅十岁就有如此非凡的气度：冷峻、内敛、自尊、目若无人、惜语如金！甚至对身旁的大皇后也置若罔闻。而面对朝觐的文臣武将及部族首领时，他竟然能高高在上独自应对着。其间“惜语如金”尤显突出，竟只用“准！”“可！”“退下！”“知道了！”等简而又简之语加以批答。这着实令文武百官与部族首领大感惊讶，莫不夸赞其果不愧圣祖成吉思汗之嫡系后裔！民族有望，汗国有望！唯有满都海知道内情，只不过现在她只顾做“尊汗、敬汗”的表率罢了！

这是在西征之后，满都海又一次为小可汗树立权威了……

但那些从小一起长大的小女伴们却大多了解这位大皇后的良苦用心，却又都为她深深感到一种难言的“委屈”。现如今牡丹和乌纳博罗特已经有了两个小男孩，一个三岁一个才满一周岁；其木格和阿拉腾也最终喜结良缘，已有了一个快两岁的小儿子；莽撞的塔娜回归丝路后也最终“认命”地嫁给了乌斯曼，也有了个七八月大且高鼻深目的小儿子；就连那两个史籍无名的小女伴，也更早地退出宫帐甘愿下嫁给普通牧人做妻子去了，生的孩子更多，似越平凡就越幸福。总之，大家都有了男欢女爱的正常婚姻生活，而只有从小和自己一起长大的女主子却等于仍在“独守空房”，苦熬苦等了又是整整三年，才只熬到小丈夫刚刚满十岁。这多会儿是个头啊？

是夜，小女伴们围坐在宫帐里正在和满都海神聊着……

“大皇后！”孩子们疯了一天早睡了，是其木格先起的头，“今天咱们的小可汗驾临金顶汗帐，可给您争气长脸了！”

“是您教的吧？”塔娜冒冒失失地就问。

“是，也不是！”满都海心平气和地回答，“是，那是因为每个妻子都会对外出的丈夫叮嘱几句的。不是，那是因为咱们的大汗从小经历的苦难太多了，天生的少言寡语，本能的事事防范。见生人更不苟言笑，还莫名其妙地特别自尊！碰巧文臣武将都推崇这个，咱们的大汗也就威严地过关了！”

“你就成天对着这么个冰冷的孩子？”牡丹也冒失地发问了。

“呵呵！”满都海被逗笑了，“冰孩子倒好了，可怕的是他像一团火成天腻着我。有问不完的话，有亲不完的热，每天睡觉还必须我紧搂着。直到现在，他就连在梦中也不时喊我‘额吉！额吉！……’”

“天哪！先当母亲，后当妻子？”其木格惊呼了。

“那您就，”塔娜竟率先提建议了，“天天搂着他睡，夜夜抱着他眠！让他就在您的怀里往大长，长大了他要离开您就睡不着、受不了、没法儿活下去！”

“尤其是严禁他接触其他小女人！”牡丹也补充道。

“不行，不行！”还是后宫总管其木格心思细腻，“我听赛柴嫂子说，男孩子一过十岁就该单独而眠了！总在妇人怀里搂搂抱抱入睡，容易让孩子早熟！而这种早熟日久天长就会毁了男人的一辈子，再如何去燃孛儿只斤氏的‘灶火’呢？”

“我也听乌纳博罗特说过……”牡丹又改口说。

“我也早在思考这件事了！”满都海这才回应道，“是为了汗国的振兴，还是为了日后能为人妻？我早想通了，人的命，天注定！既然长生天选中了我来辅佐小达延汗，那我就不管个人下场怎样，先当好这个母亲吧！但从即日起，我将与小可汗分被而眠。再等他习惯后，更将为他另设宫帐。我将慈母严父一身兼之，只当我这辈子就算嫁给咱草原汗国了！”

“作为一个女人，您……您可就算白活了！”塔娜脱口而出。

“是啊！”在一片惋惜声中，牡丹也插话了，“在从小一起长大的小女伴之中，就数您最美丽、最聪慧、最文武兼长、最富有魅力、最亲切感人……可您的命怎么那么苦呢？找了老的比您大三十多岁，不成。找了个小的又比您小了近二十岁，也不成！这叫什么婚姻生活，漫漫长夜可怎么熬啊？”

“还不如我们……”那两个无名的小女伴也终于搭话了。

“多谢小姐妹们的关心！”满都海却依然不温不火地说，“你们从小和我一起长大，都知道我是一条道走到底的人！找老的，我自愿！这不是把异族太上皇赶出咱们汗国了吗？找小的，也是我自愿！这不是又把漠北草原重新统一了吗？我绝非是给小姐妹们讲大道理，确实女人也各有各的活法。放心吧！我满都海不仅能给草原奉献一位杰出的大汗，而且自己还会为孛儿只斤氏生出更多的勇士！不信？肯定比你们都生得多！”

闺蜜们私下的交谈，似就要被巧妙地转移话题了……

只可惜！旁边睡着孩子们的寝帐里此时竟哭闹成了一片。原来，在金顶汗帐累了一天的小达延汗，本来回到寝宫不用人陪就自己睡着了。但后来尿急却发现没有了那双温馨的手臂搂着自己，便惊慌失措地大叫起来：“额吉！额吉……”而他这带头一闹不要紧，其他一些孩子也被惊醒大哭小闹了。闺蜜们再亲也不如对自己的孩子亲，随之母亲们便纷纷去照看大哭小叫的孩子了。

大煞风景！但确实留下个让满都海深思的问题……

据史载，从此这位摄政于汗廷的大皇后在百忙之中，便把培养小达延汗的茁壮成长当成自己的首要任务。漠北汗国不需要长城之内的明宪宗，而需要的是一位顶天立地的男子汉！为此，她说到做到：在小达延汗十岁之后，即与其分被而眠，绝不妥协，而又不断“激励其志，适时给予爱抚”。到小达延汗十一二岁时，她竟又果断地为这位“少年天子”另立了寝宫，亲自监管他的起居，并严禁小侍女们之“想入非非”。当应指出，满都海其时并不怯什么少年“性的萌动期”等问题。但为了保护好孛儿只斤氏这点“灶火”，竟然不耻下问地又专门请来了神出鬼没的萨满爷。说来也怪！这位猴里吧唧的老巫师也不知向小可汗施了什么巫术，从此之后这位“少年天子”竟更加自尊而“远避女色”。而大皇后满都海也配合得极好，除了派“云都赤”阿拉腾天天陪陛下苦练弓马骑射之外，一有机会便自己带他外出巡幸或朝堂听政。总之，似从“苦其心志、劳其筋骨”入手，使这位小可汗天天累得回到寝宫倒头就只知大睡。到小达延汗十五岁时，他已经身心俱佳地成长为一位英武帅气的少年。他不仅身材魁伟极具王者风范，而且野史尚隐其“俱伟”。这说明了他已成功躲过了历代王朝之幼君在后宫“早淫而废”的命运，同时也说明了满都海“重燃孛儿只斤氏之灶火”的宏愿已初见希望！

从闺蜜私语开始，但并不到此为止……

在古代游牧民族看来，男孩只要茁壮成长到十五岁就完全可以娶妻成婚了。更何况！这位高大英武的少年早成为汗国名副其实的大汗了，大皇后就当主动接纳他以尽快早生贵子了，但满都海却似没有那么迫切，难怪那四处游历的萨满师徒竟又在放风说：这是在“固本”！当然这种传闻也会在后宫毡帐里发酵。这一天满都海终于从小达延汗的脸色看出来了。当应指出，随着年龄的增长那“额吉”的称呼已自然而然地消失了。她诚心诚意地尊称他为“陛下”，他毕恭毕敬地尊称她为“皇后”。夜，已很深了。但这位平时内敛自尊的陛下却赖在她的寝帐里迟迟不走。满都海也觉得浑身热血沸腾，但还是强迫自己冷静下来，出其不意地发问：“陛下！在咱们蒙古族历史上您最敬佩谁？”

“那还用说吗？”小达延汗随口即答，“那当然是伟大的圣祖成吉思汗了！”

“光敬佩还不够，还得学！”满都海也马上指出。

“什么？”小达延汗不解地问。

“我是指圣祖的婚姻呀！”满都海循循善诱地讲起了故事，“圣祖成吉思汗童年就和十岁的孛儿帖定了亲，但在十年后才和孛儿帖成了婚。为什么呀？因为父亲被害、家族突遭变故，圣祖征战了十年才给孛儿帖打拼出个相对稳定的成亲环境。陛下七岁前已和臣妾在始祖母灵庙前订下终身，当应也学圣祖成吉思汗十年之后完婚之举。为什么呀？皆因陛下幼年之时经受苦难太多，现虽外强实仍内虚。为汗国未来计，陛下仍需如老萨满师徒之风言风语：自律而‘固本’！为了孛儿只斤氏这灶火更旺，你我更应有‘十年之约’。”

“等朕十七岁？”小达延汗问。

“陛下志向宏远，当应如此！”满都海答。

“谢皇后赐教！”小达延汗竟自觉退出了。

据多种相关史籍记载，均称“她总是把他带在身边，守护他、保卫他，绝不轻易把这责任假手于他人”。如在一部《半透明宝石》的书中所述的那样：满都海像保护眼珠一般“保护着幼年的小达延汗，视之如宝石一般”。还称“她为他寻求神的庇佑，向长生天发出真诚而坚定的祈求”。书中甚至还记述了满都海这样的祷告：“腾格里主！您要留心作恶多端、心术不正之人！”目的在于“保护好她时刻提心吊胆的小达延汗，以确保他的安全无虞”。当然这些史籍大多记载的都过于笼统，缺少更多相关的细节。但对于同时期诸多的外国史学家而言，却似乎尚没有另一位东方女性值得他们如此点赞。当然，长城之内的明王朝除外，朝政昏聩到竟分不清满都海和满都古勒汗是两个人。然而即使如此，藏传佛教的编年史家却依然用“极其华丽的辞藻”记述下她的功绩。文中称她促成了“如意与宝石般的黄金家族之扩散”，并“借由永不会犯错的达延汗，她点燃了孛儿只斤氏的灶火”。

而除了使一个几乎致残的小罗锅儿健康成长之外，满都海更重要的任务，似还在于使一颗幼小扭曲的心灵也得以健康成长！

从未做过母亲的她，似乎有无尽的母爱，她做到了！

现在小达延汗刚满十五岁，她却将近三十岁。

但还有更重大的责任在等着她：怎样使小达延汗成为一个真正的草原统治者。

尤其是如何使他成为一个“完全有自我发挥空间和统治实权的大汗”，那就更是摆在她眼前的一道难题！

况且为了“固本”她又拒绝了和他圆房，这将更难上加难！

贤者满都海尚在久久思忖中！

长生天保佑她……

第十章

大业

小达延汗带来之“成长的烦恼”

应当说，十五岁的小达延汗亮相金顶汗帐早已成为常态，他那英武的身姿与冷峻的性格也早博得了文臣武将的敬仰。

却谁料偏偏在自己的皇后身边遭到了婉拒……

虽然这是件难说出口的后宫糗事，但对一个初享大汗荣誉的少年来说还是颇伤自尊心的。是“诺诺而退”了，然而在回到自己的寝帐之后还是不由得大发其火。这位草原的少年天子一反平日内敛沉静之风度，竟突然间见什么摔什么，甚至将自己平日最信任的侍从也通通怒斥出了寝帐。而满都海之宫帐虽然相距尚有一段距离，但这么大的响动还是可以隐约听到的。但俱在意料之中，她却依然一动未动。

稳如泰山，置若罔闻……

皇后不管，有谁还敢管？以阿拉腾为首的侍从们似也只好在帐外听任小主子摔东砸西，但也偏有仍嫌不乱之人，正在帐后怪声怪气地大喊：“砸得好！砸得好！干吗不一鼓作气把金顶汗帐里的宝座也砸了？”这本是“火上浇油”之蛊惑，却不料众人闻之却顿时放心了。原来，在一旁起哄怪叫的竟是那位神出鬼没的老萨满密沁。正如满都海曾估计的那样，这位老萨满越遁入民间便越被传得神乎其神。就连小达延汗上次接受他的祈法开导之后，也一听他的大名便不由得肃然起敬了。

满都海更加稳如泰山，而小达延汗却一时手足无措了……

“瞧瞧！你瞧瞧！”更没想到的是老萨满竟擅自散漫地步入了可汗的寝帐，“这是放着好日子不过了，这是要自己砸锅灭灶火！”

“……”小可汗无言以对。

“砸了更好！”老萨满似嬉皮笑脸地还在鼓励，“反正陛下现如今已经登上大汗宝座了，也该忘恩负义分不清是为你还是害你了！任性而为，唯我独尊！难怪我刚才得到神示，长生天告知我，陛下正在摔自己的汗权，陛下正在砸自己的宝座！就为了胯下那点邪火，陛下就恩将仇报忘乎所以了吗？记得陛下在十一二岁时，老朽即烧骨占卜算出大汗之今生今世：必须先当十年的儿子，方可再当一个堂堂正正的丈夫。如半途而废，必使孛儿只斤氏之灶火突然而灭。你对得起你伟大的列祖列宗吗？你对得起在始祖母阿阑豁阿灵庙前献身于你的大皇后吗？”

“……”老萨满罕见的一本正经显然把小达延汗镇住了。

“对不起！”老萨满却更出奇地继续一本正经下去了，“你小小年纪就高居宝座成为大汗，受群臣的朝拜，受万众的敬仰！可你知道吗？是谁在替你日夜操持政务？是谁在替你日夜调动兵马？告诉你！现如今咱漠北汗国并不太平，不是万方来朝而是三面受敌。大漠以南的蒙古各部族尚怀异志，长城内的明王朝仅兵将就多于我们上百倍，尤其是大西南的乩迦思兰和亦思马因仍自称是我们之‘太上皇’而断我们之商道，而更重要的还在于漠北汗国之牧众尚需要穿衣、吃粮、弓箭、铁刀、盐和茶以及粮秣辎重等。你小子除了坐在金顶汗帐宝座上哼哼呀呀装腔作势外，你问过哪一桩？你管过哪一件？十五岁的大小伙子了，治军、施政、安民、御外，尚都是懵懵懂懂，怎么就单单开了这一窍？不但不听大皇后的苦心相劝，而且还凭借胯下那点邪火闹后宫宫帐！你小子这是突显你的大汗权威和自尊吗？不！这只能突显你的无能和没出息！”

“你！你……”小达延汗似要挣扎着维护尊严。

“你个屁！”没想到竟被老萨满一本正经地当即顶了回去，竟像发了疯似的继续数落着，“老朽我上次就告诉过你，大皇后乃草原上绝代的国色天香且智慧超群。她如果要独享富贵荣华，天下之国无不争着抢着迎她。长城之内的明王朝会立她为皇后，丝路绿洲的色目人甚至会尊她为女王，最不济了，她要肯去大漠以南的蒙古部族，起码也能成为一统漠南的大哈敦。可是谁也没想到，为了草原汗国她却偏偏选中了你——一个当时年方七岁、半死不活的小罗锅儿。你小子别以为现在翅膀已硬就可以奓翅了，不信？你就试试看，气走了大皇后你还能再当多少天大汗？”

“这？这……”这一本正经里显然是戳中了小达延汗的痛处。

但在随从侍卫们看来，萨满爷的“一本正经”似也有点太过分、太大胆了。他竟敢不称大汗为“陛下”，而指着鼻子直呼其为“你”甚至还有“你小子”。无法无天，早已触犯了“大不敬”掉脑袋之罪。但也有人在私下指出，此类“一本正经”的态度与老萨满一贯嬉皮笑脸的风格大为不同。莫非是老人家犯了什么疯病已不知深浅？或是天神干脆借其口怒斥小可汗之“行为不端”？总之，这种极为反常的现象顿时便在后宫弥漫起一种怪异的氛围。神神道道，竟使得侍从们一时间手足无措不知如何是好了。

而在远处寝帐里的满都海，却依旧稳如泰山……

正在此时，那一本正经的萨满爷却突然抱头栽倒在小达延汗面前，口吐白沫，痛苦地抽搐着在地下四处打滚儿。一时间，竟令这位“少年天子”也惶恐不已了。谁料那萨满爷似更痛苦难忍了，边抱头打滚儿边在喊：“神啊！是您在训示大汗，干吗要惩罚我……哎哟……什么？因为我大不敬……哎哟……疼死我了……”喊着，叫着，最终还是一翻白眼一动不动了！

小达延汗眼看就要支撑不住了，就要扑向满都海这里……多亏在这紧急关头那匹汗血宝马神奇地出现了，那位老萨满的小徒弟朝鲁也未卜先知般及时赶到了现场，还一个劲儿嚷嚷：“我早说过，我的师傅不能正经，一正经准犯病！今夜里是谁招惹我师傅非得一本正经不可，差点舍了老命嗝屁了！是谁？是谁？我非先找找这小子算算账不可！”好在四周的侍卫多，好不容易才劝阻了。最终，幸亏这小萨满朝鲁随马总不忘记带那大篓子，总算把瘦小枯干的师傅装了进去，并采用一种侧马斜骑之平衡术，驾驭着汗血宝马刹那间便消失在夜幕深处了。只不过他那悻悻之声还在四野回荡着：“你小子等着。我师傅要有个三长两短，我跟你没完！”

经其木格赶来详述后，满都海这才终于露出了笑脸。她由衷地赞赏这师徒俩出乎意料的一连串惊人之举，更深知老萨满万般无奈只能“一本正经”之缘由。要知道，小达延汗毕竟才十五岁，在大汗宝座上似早已习惯了“庄重严肃”。对他来说，很可能认为幽默、调侃就是轻浮，甚至是大不敬，反而认为能听逆耳忠言倒是明君之举。显然老萨满就是摸清了这一点才来暗助自己的。他面对小达延汗所说的一切均是直接明了的，尤其是对汗国面临的处境更是和盘托出。而据考证，多种中外史籍中也均提出过同样的问题：比如说，漠北汗国之三面受敌，满都海之三种出路等。唯未提及小达延汗成长过程中之“性”也，只言及“先为母亲、后做妻子”等寥寥数语耳！为此，老萨满一改平日之嘻哈风格，转为一本正经地仗义直谏，确实对性萌动期的少年大汗具有振聋发聩的作用。是为维护尊严难免有点恨得咬牙切齿，但法师带有神秘色彩的真言还是使他茅塞顿开。他看到了国之处境、民之所盼、大皇后之为孛儿只斤氏子孙兴旺的良苦用心。尤其是萨满爷“替天代言”后竟又“代已受罚”，一时间竟也心如刀绞似的，恍然看到自己原来如此渺小！仅仅为了胯下的那点邪火，便失控地闹出这么大的乱子来。

太有失大汗的尊严了，小达延汗倒下便蒙头大睡……

夜，更深了！静悄悄的草原无一丝声息，后宫宫帐这场莫名的骚动似就要到此画上休止符了。而满都海坐在自己的寝帐里还是一动不动，似乎并不急着给予小达延汗一定的抚慰与开导，以让他有个台阶下，也便于这位少年大汗尽早摆脱眼下这尴尬的处境。究其原因或许只有一个，满都海认为早已获得“大自在”的老萨满突然现身宫廷绝非偶然。而他那古灵精怪的突然“一本正经”就更值得深思，难道仅仅是为了小可汗的一次“春情萌动”未果之发泄吗？不，显然不是！老萨满放着国师兼首辅之类的高官均不愿当，怎能来管“小马驹子闻骚”这类俗不可耐的小事呢？

明摆着，这肯定关系着大汗之成长与国之未来……

满都海想到这里，竟当即想起了老可汗时期的那位曾经红极一时的“济农”——黄金王子伯彦猛克，他就是一位“因色叛国、因色丧身”极具代表性的人物。英姿勃发，却惨死于戈壁，时年方十九岁。究其原因，很可能就是因为在“性萌动期”未能及时予以开导而只顾了一味迁就：十四岁就结婚，十五岁就生儿子，十六岁当了黄金王子后就禁不住诱惑试尝“活肉”，十七岁即成了异族大哈敦的半个“性奴”，临死前尚为歹人送来的“尤物”还梦想戈壁称汗……很可能即使暴尸荒野，他也根本不懂性绝不仅仅是一时兴起的寻欢作乐，也是一种责任，一种承担，更是一种无论对家人或是汗国永恒的忠诚……而现在这位少年大汗正是他的儿子，年纪也才刚刚十五岁。如果当时自己温柔地顺从他，让他开了窍，那很可能不是“重燃灶火”而是把整个后宫都要烧着了。更何谈为他“固本”？前车之鉴已说明了未来。

想到这里，满都海恍然大悟，明白了萨满爷突然现身的原因。

“大皇后，大皇后！”其木格面带喜色地进来禀告说，“刚才咱们的大汗一直在蒙头大睡，大伙儿都以为赌气睡着了。可没想到还不到两个时辰，大汗又突然坐起来了。耷拉着个脑袋久久无语，好半天才闷出一句话，大皇后派人来问过朕吗？”

“你怎么回答？”满都海问。

“当然是老老实实回答了。”其木格当即说，“大皇后早给后宫立下的规矩，谁敢再说假话呀。”

“大汗有何反应？”满都海再问。

“垂头丧气呗！”其木格回应道，“他又蒙着被子倒下了，但片刻间又坐了起来。两眼痴痴呆呆了好半天，好不容易这才开了口，命我前来请问大皇后，他可否亲自前来谢罪？”

“不行！”谁料满都海却断然拒绝了。

“为什么？”其木格不但不理解，竟反倒劝说上了，“我的大皇后！我知道您是生怕咱们的大汗也像他那……”

“嗯？”满都海竟不顾自幼的小伙伴情谊逼视起了她。

“是！是！”其木格也立马承认，“是我目无尊卑犯了大忌！可……可我就是该受罚我也想说，近朱者赤，近墨都黑。咱们的大汗从七岁起就是跟在您身边长大的呀！天天听着您谆谆的教诲，小可汗能走上歪门邪道吗？大家都看得清楚，他就从来没有那些耍帅炫酷的坏毛病，即使面对后宫的诸多侍女也是从来不苟言笑的。在他的心目中只有您这位大皇后，您就答应了给他这次下台阶的机会吧！”

“不行！”更出人意料的是，满都海还是拒绝了。

“到底为什么呀？”其木格更大惑不解了。

“其木格！你仔细想想看，”满都海这才解释说，“首先，他是大汗，我只不过是他的臣属。‘谢罪’之说如若传了出去，必然影响大汗的尊严且有悖于祖制。超越君臣大礼，将陷我于不忠不义。”

“那……那改称‘认错’还不行？”其木格却还在劝和。

“其木格！”满都海略带埋怨地回应说，“你和我从小相伴直至今天，难道你还不了解我绝非那种小肚鸡肠的人吗？他是我搂在怀里亲手抚育长大的，其实现在最心疼他的是我，是当了五六年‘额吉’的我！但是事情已经发生了，震惊了后宫。就连神秘莫测的萨满爷也意外现身了！如若只轻描淡写地说几句好话抹平了这件事儿，那等于是对他的放纵，其后果将更不堪设想。从此他很可能就会得寸进尺，不分好歹而更加为所欲为。弄不好还会步其父之后尘，说不定也会色迷心窍乱权祸国。如此下去，我们还会有一位杰出的大汗吗？马背民族还能有灿烂辉煌的未来吗？我宁可不当这草原的大皇后，也绝不能愧对祖宗的在天上灵。”

“那……那该怎么办？”其木格这回心服口服了。

“这……我也不知道……”满都海竟然眼含热泪地说，“就看长生天这回能不能保佑了。我为他付出的心血太多了！我累了！你也回去吧！还需命阿拉腾告知后宫诸侍卫和随从，今夜之事，严禁外传，多舌者以祸乱宫廷罪严惩。大汗年仅十五岁，仍当以维护他的尊严为重，去吧！”

“是！”其木格也眼含热泪退下了。

后宫的寝帐里又只剩下了满都海一个人，仍然久久地在静夜中痴痴思忖着。完全可以这样说，表面上看来她是稳若泰山不为所动的，其实她那焦虑的心早飞到了小达延汗的宫帐里为他深感不安了。满都海深知，十五岁对每个少年都是一个人生的分水岭：或随着春情萌动蜕变为一个浪荡公子，或战胜春情萌动而成为一个大有作为的人。虽然说，今夜之事在平常牧人家并不算什么事，但对汗廷而言却是一场攸关未来的较量。须知，他已经十五岁，并早被拥立为至高无上的大汗，因之这场较量的主导权是掌控在这个“半大小子”之手。如果他要“欲火中焚”执拗到底，那很可能自己也无力回天了。

好在不久之后其木格又急匆匆赶回来了……

但带回的消息却令满都海也大感惊诧！据其木格说，她刚刚委婉地向小达延汗解释大皇后不能接受他“谢罪”的原因，这位少年大汗便双手捂脸命她退下。她还说，自己退出后宫宫帐后曾一时间悄无声息，她还以为小达延汗是无可奈何地睡下了。却没想到仅仅片刻工夫，这位少年大汗便又在里面折腾起来了。他十万火急地传唤某些人，但紧急召见的竟然只是“博儿赤” 帖·哈达格与赛柴夫妇、“云都赤”阿拉腾及其诸兄弟，完全是这一大家子人呀。也不知是想干什么？随之，便见咱们的大汗带领他们走出宫帐，纷纷跨马疾驰冲入那夜幕笼罩的大草原去了。

“也不知道去哪儿了。”其木格最后说。

“找这一家子？”满都海却回应道，“那肯定是去找你们家那位鬼头鬼脑的鬼小五去了！”

“您是说朝鲁？找他干什么？”其木格尚有点糊涂。

“你这是揣着明白装糊涂！”满都海说，“不找到鬼头鬼脑的朝鲁，怎么能找到神出鬼没的萨满爷？”

“求萨满爷指点迷津？”其木格若有所悟了。

“这次他总算做对了！”满都海似在自言自语，“如若他还能想到萨满爷曾替他‘代受天谴’，那我就更放心了！一个人只要良心在，一切均能挽回！”

“可草原这么大，到哪儿去找呀？”其木格尚有疑虑。

“吉人自有天相！”满都海却信心满满。

果然，在这夜幕笼罩下的茫茫旷野里，这几个以小达延汗为首的“吉人”刚刚驰骋出去不远便听得附近传来了一阵又一阵的痛苦呻吟。阿拉腾忙点燃火把循声寻去——

天哪！原来正是愁眉苦脸的朝鲁和那痛苦呻吟的老萨满！

只不过那大篓子已经不挂在汗血宝马之一侧，而是卸下被放在草丛里了。据朝鲁说，其师傅之“代受天谴”还没算完，一路上跑肚拉稀竟上百遍了。没法子！只有卸下大篓子任他就地泄就地拉！而此时小达延汗与众“吉人”也围过去，一听“代受天谴”四字，这位少年大汗竟脱口而出：“都怪朕！都怪朕！”谁料老萨满竟不领情而嘻嘻哈哈回应道：“谁怪谁？没道理！老朽的徒儿懂个屁，马知跑肚拉稀之奥秘，泄邪火、泄欲火、泄毒火、泄怨火、泄气火、泄怒火！不信？陛下就和老朽试着拉两回，保您心平气顺腹中更有底！”

竟敢要求和大汗一起拉稀？简直是胆大包天……

但等其木格再去打探动静时，竟发现小达延汗和帖·哈达格一家竟把老萨满又迎回了宫帐。只可惜！老萨满一进入这皇室禁地又突然一本正经起来，故而回来向大皇后禀报也说不清前因后果。

但满都海却很满足地说：“该睡了！一会儿就该早朝了！”

也是！到时候必须和文臣武将共商振兴汗国之大计。逆水行舟，不进则退！

比起国事，家事毕竟小之又小！

小达延汗又会如何表现？

全看老萨满的点化了……

满都海沉着地应对三方外部势力

第二日早朝，似任何事都没发生一般，少年大汗与大皇后照旧在金顶汗帐同时登上了王座。大皇后依然对少年大汗是那么谦恭有礼，而少年大汗也依然是那么唯我独尊、冷峻严肃。好几年的默契配合，今日竟无丝毫变化。

当然，这与老萨满的“点化”有关，但姑且不表……

回顾八年的历史，小达延汗这“成长的烦恼”只能算个小小的插曲。而更多的时间无论对内对外，满都海均展现了她那高瞻远瞩的雄才大略。据史载，自己带着七岁的小达延汗西征斡亦剌一统漠北以来，她并没躺在功劳簿上安享尊荣，而是深知“逆水行舟，不进则退”之哲理，依然为振兴草原汗国日夜操劳着。首先是对内，无论在政治、军事、经济、部族团结等诸多方面均付出了极多心血。难怪后人将她尊称为“彻辰满都海”（即大贤大能之满都海）。她竟然本能地把“经济”视作上述一切“安内”的根本。

似乎难以理解，这就专说说这种草原特有的经济……

毋庸多言，游牧文化所产生的商品便是：牛、马、羊、骆驼、皮毛，以及珍稀的貂皮与银狐裘皮等。自古以来，长城内外便商贸不断。中原需要草原的马、牛、羊及大量的毛皮，而草原需要中原的盐、茶、粮食、棉布、锦缎和丝绸等。互通有无，大大促进了民族间的交流与融合。但在明成祖朱棣时，由于民族矛盾的尖锐，竟采取了闭关政策，严禁边贸来往。但损失却是双方的。比如说马匹，到满都海一统漠北之后，由于地广人稀马匹早已过剩了，而明王朝的军队却因战马奇缺似也只能转求“黑市”。据史载，一匹中等马要价“一捆精丝，八捆粗丝，还有相当于两捆粗丝的现金”；一匹上等马要价“一百二十斤茶叶”；一匹苏马要价也得“五十斤茶叶，且马死不得反悔”……由于明王朝的边官日渐腐败，而率兵驻扎于土默川的太师特穆尔则更是身处故乡“人熟地熟”。不仅在马市上大获其利，而且借明廷贪官之手暗中打通了茶道、盐道、粮道及辎重之道等。故而漠北高原“贫富皆深受其惠”，遂出现了“政通人和”之兴旺局面。

况且有了经济基础，方可实现重振汗国的强军梦……

史载，据不完全统计，满都海借西征凯旋激昂的士气及时奖赏与表彰了有功的部族，并及时提拔了一批英勇善战的将领，将老可汗时期留下的不到两千铁骑，迅速扩充到六千余众。沿袭圣祖成吉思汗之统军方式，号称有三个“千户”（军事编制单位）。每个“千户”均由有功的部族首领任“千户台”（千户长），但尚有由汗廷派出的亲信将领加以节制。一切行动听指挥。所有铁骑必须听从大汗与大皇后统率！并时时不忘提醒众将士：乩迦思兰已带走三千斡亦剌铁骑，至今仍顽固地死称自己仍是西蒙古的太师和大丞相。贼心不死，累累发出撕裂和肢解我漠北汗国的叫嚣。我方绝不可放松警惕，当时刻准备全歼来犯之敌。

虽已具有了一定的经济实力，但满都海却从不轻举妄动……

据史载，也有同期学者提出，这只不过是树立“假想敌”之惯用手法，其目的乃在于促使各部团结一致对外，而更多的史实却告诉后人，满都海绝不仅仅是为了保住漠北广袤的原野，而是放眼长城内外总览着天下的大局。小到每匹马该赔钱卖给哪一方，大到现有经济实力够不够维持一场战役。在小达延汗成长的这七八年间，作为摄政的满都海确实事无巨细地费尽了心机。虽然边关黑市带来了滚滚财源，但她的宫帐却仍是那顶陪嫁的蒙古包，她还是经常“素面人生”接见文臣武将。故而，从某种意义上来说，她好像又是一位替小达延汗掌管经济的“大管家”。

但七八年来，汗国的大业却一直向漠南推进着……

难怪诸多同时期的史学家在一位女性摄政者名下，却特殊地加上了“雄才大略”这四个字。但这绝不是浮夸，更不像中原地区那“穆桂英挂帅”，只不过是个美丽的神话。满都海的所作所为均有历史依据：在小达延汗成长的这七八年，汗国的势力范围已经拓展于漠南以至长城边了。据史载，她曾带着十岁时的小达延汗返回过长城脚下的故乡土默川，并曾打算建“冬都”于此。后因种种原因暂且搁置了，但她的后代子孙却终于实现了她这个愿望。

但要知道，作为一个女性要获得“雄才大略”的点赞有多难?

完全可以这样说，满都海接手的是一个历经百年内乱的烂摊子，并且身处在三面受敌的危难状况下。若想要重现马背民族昔日的荣光，绝非是平凡之辈可以完成的。须知，漠南蒙古各部族尚处于分裂状态，某些权势首领甚至是“有奶便是娘”，时而投靠明王朝，时而投靠乩迦思兰，时而又转向亦思马因。不知为谁而战，只顾扩大自己的地盘。而说到大西南的色目军阀乩迦思兰与亦思马因，那更是草原汗国的心腹大患！至今仍打着昔日之太师与丞相的旗号，继续欺骗漠南的蒙古人专打蒙古人。如不是少师脱火赤所率的色目起义军的多方牵制，这对贼心不死的异族兄弟很可能向北直捣汗廷了。至于明王朝，在万贵妃的擅权乱政下日渐腐朽衰败了。但传统的文官体制却使其历代均不乏忠义之士。据《明史》载，此时就有两位进士出身的文臣王越与余子俊，因敢于直谏而被万贵妃外放于长城守边。谁料这正符合了他们“保家卫国”的心愿：一人长于攻，一人长于守，曾先后将乩迦思兰与亦思马因几乎逼于绝境。满都海面对的正是这样一股势力，而大汗尚且年幼，自己刚刚组建的军队也很难参与“逐鹿中原”。

这就必须要看统帅的战略抉择和战略天才了……

按传统的看法，当决战——征服！但作为一位女性统帅来说，满都海一开始用兵就做出了这样的决断：不以攻占城市为目标，不以攻入长城之内为方向。因为草原上近百年的战乱已使人口逐渐减少，更没有圣祖时期那么多的精英人物。攻城略地是崛起的象征，但必须派兵把守。这样不仅会分散实力，而且弄不好就会被中原如潮的农耕人口给同化。仅此一点，就有史学家称其为“目光弘远的女战略家”！同时，她还摒弃了那种传统的“求胜必战”之思维，与时俱进地分别采用了“攻心为上”“利用矛盾”“不战而屈人之兵”诸策。似既不失成吉思汗之传统，又颇具忽必烈大帝之风范。尽得先人思想之精髓，难怪至今马背民族仍拿她引以为傲！

且先看她如何应对外部的三股势力——

其一，大漠以南之蒙古部族。当应指出，如果满都海只满足于漠北东、西部的大一统，那她的汗国从某种意义上来说仍是徒有虚名。因为在大漠之南广袤的大草原上，尚游离着许多各自为政并常被外敌利用之蒙古部族。如果不把漠北、漠南的蒙古民族融为一体，更别提汗廷中央政权的权威性了。为此，满都海在西征斡亦剌大获全胜后，她已经开始谋划统一漠南的蒙古各部族与广袤的大草原了。但她绝非用武力征服，而是通过圣祖成吉思汗永恒的影响力来展开工作。在这方面，小达延汗虽然年纪幼小，但作为嫡传圣裔之身份却影响巨大。满都海更加充分宣扬之，高举“尊圣敬汗”之大旗，分别遣使以“宣慰”的方式对各部族进行安抚。果然不出所料，首先漠南的一批弱势部族纷纷宣誓“效忠新汗”以求庇荫；随之漠南之一批中等部族也为躲避豪强改投了漠北汗廷；最后只剩下几个实力雄厚的强势部族，比如兀良哈三卫、卫拉特部族等。而满都海仍不乏惊人之举，竟采用了“结盟”之策来化解对立。她充分给予对方自主权，唯一的要求是蒙古人不打蒙古人，只承认一个汗国和一个大汗。虽然说兀良哈三卫等暗中仍与乩迦斯兰有所勾结，但从名义上来讲漠南、漠北的马背民族总算又重新大一统了。这在北归以来近百年的分裂战乱史中已实属难得，况且满都海深谋远虑已早有应对之策了。

史称其“文韬武略不输先人”，由此可见一斑。

其二，长城之内之明王朝。当应指出，在三股外部势力之中，当数明王朝为“地最广、物最丰、人最众”之一方。而蒙元王朝也是由此溃败而北归蒙古高原的，故而也可称之为“世仇”。但满都海的卓越大智慧却突显于此。她深知历经百年之内战已再难重现圣祖昔日之“横扫千军如卷席”了。为此，她面对明王朝的日益腐败却绝不轻言“复仇”，甚至还继续放纵那“长城内之龙椅上还是由咱蒙古种在隐姓埋名当皇上”之说广为流传。而作为一个广袤汗国之实权摄政者，她明知在万贵妃的擅权乱政之下边关早处处告急，但仍嫌明王朝“烂”得不够时机尚不成熟，并进而采取了“坐山观虎斗”之策，坚拒“趁火打劫”之所倡所议。冷静地旁观着明王朝与乩迦思兰及亦思马因之恶斗，甚至在必要时还会暗助明王朝一把。当然，在上述双方乱战间隙，也会不失时机地“捡漏”占领某些边塞城镇，但绝非是为了“统治”而仅是为了商道的畅通建立必需的军事要塞而已。故而对“以和为贵”之策“无伤大雅”，且草原汗国之“盐茶布匹、粮秣辎重”储备却日渐充盈。直至此时，昏聩的明王朝竟尚不知草原上出了这么一位传奇的女统帅，却仍对“满都海”与“满都古勒汗”混淆不清。由于这位草原大皇后的行事低调，竟使得“小王子”之名一时在明廷朝野声名鹊起。

此时，小达延汗尚不到十五岁……

其三，乩迦思兰与亦思马因。当应指出，满都海一直把这两位异族军阀视作心腹大患——主要的敌对势力。因为其“忘恩负义、反仆为主”，竟妄图以圣祖开辟的连接欧亚之丝路为基地，欲吞并整个蒙古而另立色目大帝国称王。尤其是乩迦思兰更凭借色目铁骑趁北归后之战乱内耗，竟长期挟持大汗，狂妄地以草原汗国的“太上皇”自居，搜刮民财、分化部族、截断商道、掠夺战马，表面上人模狗样，私下里无恶不作。最终，他被老可汗晚年崛起逼回丝路了，但吞并蒙古高原之贼心始终未死。就在老可汗病逝、小达延汗刚继位不久，乩迦思兰便通过巨额的财宝欲肢解漠北汗国，不仅带走了三千斡亦剌铁骑与亦思马因争夺丝路霸权，而且还迫使满都海为反分裂亲自带着七岁的小达延汗率兵西征。现如今虽有少师脱火赤率义军牵制他已难返漠北，但他却仍以汗国的太师兼大丞相自居蒙骗漠南诸多的蒙古部族，比如兀良哈三卫就是一例。当然没有巨额的财富也是很难轻易让人替他卖命的，随之他便“专拣软柿子捏”，对边官贪腐严重的明王朝展开了大肆地烧杀抢掠。在一个阶段里倒也攻城无数、杀人无数、掠得金银财宝无数，最终使与其争霸的族弟亦思马因认输甘愿偏安于绿洲一隅，从此乩迦思兰便成了明王朝首当其冲之大敌。但可悲的是，怯懦的明宪宗与乱权的老保姆万贵妃竟认为是蒙古人发起的“复仇之战”。这不但使乩迦思兰彻底恢复了自信，而且也使他更加野心勃勃而踌躇满志，甚至连平时最倚重的蒙古大部兀良哈三卫也敢于公然蔑视和戏弄。因为此时他有了一个更狂妄的计划：干脆拿下鄂尔多斯占据成吉思汗之陵寝，以圣祖之代言人自居，何愁蒙古人不“八方来朝”？据史载，作为天才战略家的满都海，虽早已“旁观者清”但依然沉着冷静地不露声色。为此她竟取消了在土默川上建立“冬都”的计划，而重返漠北梦可宝力格草原的金顶汗帐。远避是非看天下风云突变，却又随时掌握形势发展绝不袖手旁观。

难怪后人称之为蒙古文版的“鹬蚌相争，渔翁得利”……

总之，在小达延汗七岁到十五岁的成长过程中，满都海不仅将一个奄奄一息的小罗锅儿亲手培养成为一个英武的少年大汗，而且面对着外围的三股势力把草原汗国操持得蒸蒸日上。而到此时她已经三十二岁了。这对数百年前游牧民族的妇女来说似已与美丽和青春绝缘了，但出人意料的是，岁月却仿佛很少在她的身上留下痕迹。虽素面人生，却依旧光彩照人。尤其是她那亲和的作风，更展现出一种唯她才有的特殊魅力，致使文臣武将皆愿为她效命，牧人庶众皆以她为荣。姣好的面容，优雅的举止，难怪十五岁的少年春情刚一萌动，就“赖”在她的宫帐里“色迷心窍”了。

也别全怪他！谁让她曾使“六宫粉黛无颜色”……

但如今正在早朝，似也不能在金顶汗帐端出“昨夜风波”。更何况，大汗与皇后一切均显得正常，配合得相当默契。朝议的目的只在于通报文臣武将两件事：其一，乩迦思兰欲北进鄂尔多斯侵占圣祖陵园；其二，明王朝已派出文臣王越率兵出征边关。现告知文武诸臣乃为了“各司其职”商讨应对之策，两日之后当于金顶汗帐共同议处之。本来到此朝会就可结束了，谁料平日冷峻严肃、惜语如金的少年大汗却突然目光炯炯地喊了一声：“且慢！”

众臣唯唯，只好止步洗耳恭听……

“从即日起，”小达延汗口气仍很冷峻，“国政交大皇后全权处理！有敢违命者，即对朕之大不敬！”

众皆面面相觑，不知出了什么大事……

“其二，”小达延汗置若罔闻仍在冷冷地说，“朕必须离开汗廷数十天，乃至数月。”

众臣更感惶恐，竟纷纷跪地劝阻……

“无忧也！”谁料今日之小达延汗竟罕见地语多而不失威严曰，“朕之所为，乃长生天神示，称始祖母阿阑豁阿赐朕如此良缘，朕当依祖制赴皇后家补服‘差役’。如此方可为朕消灾免祸，以使国运更加昌盛兴旺。”

众臣松了一口气，满都海却已知此事之根源……

“退朝！”小达延汗随之便又惜语如金，仅威严地喊出了这两个字，便挺身离开宝座匆匆而退了。据说，是唯恐大皇后跪倒向他“谢恩”。

满都海大感意外，却也只能以身作则“谨遵圣命”……

而详查蒙古文有关史籍，在四五百年前确实在草原上流传着婚前“服役”之古俗：人家的姑娘是父母辛辛苦苦养大的，不能轻易就让这样“顺手牵羊”白白被牵走。故而想做新女婿就必先到老丈人家去服“劳役”。时间长短当由新女婿的表现而定，其主要目的乃在于考察小伙子在忠诚、健壮、勤劳、待人接物等诸多方面有没有问题。其实所谓“劳役”甚至“苦役”只是说说而已，只要小伙子尚可，岳父母还会给他和女儿创造相会相恋的条件。由于古代的游牧民族之住地相距太遥远了，很难有机会天天在一起卿卿我我耳鬓厮磨。趁此机会，补上！当然，皇室家族绝对可免这道手续。故而小达延汗今日这震惊朝野之举，不但有助于抬高大皇后贤德之名，而且也展现了他贵为大汗却严遵古礼古俗之开明风范。牧人们就喜欢这个，昨夜宫廷绯闻尚未传出现已及时得到制止。

忆昨夜！满都海早判断出这是老萨满当晚“二次显灵”的结果。但她并不了解事件的全过程：比如说，小达延汗如何偏巧遇上跑肚拉稀的老萨满，也不知老人家是如何大谈“拉稀泻火万能论”的，更不知小达延汗是如何把他装进大篓子重又驮回寝宫。别怪其木格！有的难以启齿，有的她也不知……当然，老萨满此后对小达延汗是采取了“嘻哈风格”还是继续沿用“一本正经”之做派，满都海在疲惫的睡梦中更是一无所知了。看得出自己身边这位少年大汗还是极具权威性的，今日早起竟连其木格也没敢向自己再吐漏半点风声。老萨满和他那小徒儿早又消失得无影无踪了。但满都海却确认促成小达延汗自愿去“补服劳役”的幕后主使，肯定仍是“宁弃高官而不舍大自在”的密沁萨满。须知，老萨满也是蒙古人，谁不盼自己有个强大的汗国？谁不盼自己有个杰出的大汗？

更何况！这个“放下身段、补服劳役”之策的确高明……

果然，从第二天开始十五岁的小达延汗就不上早朝了，而是在阿拉腾的陪同下苦练“劳役”基本功。他跨着骏马挥舞套马杆练习套马、控马、驯服烈马。他倒是不畏艰险不怕苦和累，但这可把阿拉腾及众侍卫吓得够呛！这要万一摔断了少年可汗的胳膊腿，可就算捅了天大的娄子了！无奈，只能偷偷派人去禀告大皇后。多亏满都海足智多谋，竟只回答曰：“请转告大汗！皇后认为套马驯马并不难，任何莽汉都可为之！最难者乃放牧羊群，非有甘于寂寞之内功难以胜任。放眼草原，遍览羊群，动中有静，静中有动，潜心默想，如治国一般，其中学问大矣！而且这也能考验人之耐性与韧性，这些都是一位卓越大汗所必备的资质也。故建议大汗先静后动，由牧羊入手而后转入驯服烈马。不知可否？盼大汗圣裁！”您还别说，自从被老萨满“点化”之后，这位少年大汗对自己的大皇后竟能言听计从，他果然先去牧羊，并甘于寂寞连日不辍。但这头刚让满都海放了心，谁料那头又出问题了。那猴里吧唧的老萨满“大自在”得也太没边了，竟然假传汗令把太师特穆尔也调回了绰罗斯，去做让女婿“服役”的准备了。假戏真做，这一下可把事情闹大了。满都海忙派人四处去寻找这师徒俩，可是找遍了梦可宝力格大草原也没找到这对活宝的一点踪迹。

而这时，恰好正是满都海必须应对一场外部危机之时刻……

须知，老奸巨猾的乩迦思兰欲占圣陵而号令天下蒙古人之举，如果其阴谋得逞必将对初步大一统的草原汗国是一次沉重打击。若不及时采取防范之策，后果将不堪设想。为此，在白天她常常与文臣武将们商讨着顾不上吃饭，晚间又常常爬在那张巨大的古老羊皮地图上彻夜不眠。她深知“远水解不了近渴”，要彻底粉碎乩迦思兰这个恶毒的阴谋就必须充分利用各方势力间的矛盾：她想到了在明王朝戍边的那位文人统帅王越，想到了那位忍辱却仍和乩迦思兰勾结的兀良哈三卫首领，想到由少师脱火赤领导的丝路义军，甚至还想到了乩迦思兰的那位死对头族弟亦思马因……本来少年大汗甘于寂寞去学牧羊绝对有助于她冷静思考，可谁曾想这回萨满爷帮忙帮大发了，竟来了个“真戏真作”。

乱了，乱了！一时间满脑子的战略部署全被打乱了……

“其木格！”满都海夜里回到宫帐后呼叫着后宫总管，毕竟太师老父归来了似应有所安排。

“来也！”谁料闻声而入的竟是一位猴里吧唧的老萨满。

“又是您？萨满爷……”满都海惊呼了。

“是老朽！”老萨满态度特别严肃地回应道，“闻知大皇后遣人四处搜寻我，特来寝宫自投罗网！”

“我只是想问……”满都海当即就想解释。

“为何要假戏真做？”谁料老萨满竟然替她说出了口，“大皇后！老朽虽仅为一云游四方的土巫师与土郎中，但猴胆包天却从来没有假货。在下之所以出主意乃真心真意，借圣上之口请回见识不凡的老太师是理所当然的。要知道，此次圣上之‘服役’绝非只是给岳丈家看的，汗国臣民们也俱会尽观之。现大皇后却只让其去练习牧羊驯马，却忽略了让少年大汗参与军国大事。恕老朽直言：上乃只顾‘下头’而忘了‘上头’。如长此以往，大皇后对内对外均很可能前功尽弃啊！”

“啊！”满都海惊诧地望着老萨满。

“别这么盯着老朽！”老萨满那罕见的一本正经似更出格了，“您身为摄政的大皇后也该好好想一想，老朽我费气巴力出了这么个绝主意，难道仅仅是为了少年大汗胯下的那点邪火吗？大皇后！智者千虑，必有一失！您就不想想如果赴绰罗斯草原去真戏真作，对大汗、对汗国、对臣众等都有什么好处？”

“犹如神示！”满都海恍然大悟。

“哎哟！”没想到老萨满这时却揉着肚子怪叫了，“看来老天爷这回是放不过我了！泄漏天机，当受天谴，只不该今儿又在大皇后面前装得一本正经，天谴肯定加倍，跑肚拉稀加倍！哎哟，实在憋不住了！请大皇后见谅，容在下在远处泻泻火！有污视听，谢罪谢罪！”

说着便像鬼影似的闪出宫帐，并从此再没回来……

满都海对老萨满之种种奇异的举动似早已见怪不怪，但对老人家的“点化”却深深铭记于心。的确，智者千虑，必有一失，顾此失彼，自谋其乱。老萨满这通反常的一本正经不仅使自己眼前豁然开朗，而且也为自己指明了一条“真戏真做、一通百通”的必胜之路。既然少年大汗已在当朝宣示“补服劳役”之圣谕，那就必须要严遵圣命重新安排一切行程，以少年大汗为中心突显其权威性。甚至就连自己与重要的谋臣与战将也应“侍驾在侧”，主动与其密商应对乩迦思兰阴谋之策。的确不应该“只顾下头不顾上头”，且大汗眼看已到亲自掌控汗权的年龄了。而自己与谋臣重将随行那就等于把汗廷重新移向了绰罗斯草原，特别是少年大汗“补服劳役”之举更可起到迷惑敌人、混淆视听之作用。更何况！自己的父亲特穆尔已奉诏返回故乡绰罗斯。老人家身经百战、文韬武略无人可及，绝不会任少年女婿放放羊、套套马即可。倒是老人家很可能将“劳役”转化为谆谆教导，向这位大汗女婿耳提面授如何统率军马，如何治国安邦，如何成为一代杰出君王之种种大学问。老萨满果不愧是“能通天之人”，经他老人家两次“点化”，仅一句“真戏真做”果真就使得事事皆顺畅了。

只可惜！这两日自己似乎对少年天子过于冷落了……

没错儿！自从那夜小达延汗“试尝禁果”不成而大闹寝宫后，她就采用冷处理的办法再没进过他的宫帐也没和他多说过一句话。而现在老萨满给他“点化”的这条路是，如若不“唯尊大汗”似步步难行了。为此，满都海当即传唤后宫总管其木格，准备马上求见当今大汗……但不料偏此刻大皇后之宫帐外，竟突然传来颇具“猴氏风格”的阵阵啜泣声。随着其木格之应命而来，这才知道啜泣者乃老萨满的徒儿小朝鲁。

满都海预感到了不祥，忙将朝鲁传唤进帐……

“全怪你们！全怪你们！”没想到这小子一进帐就哭着嚷嚷了起来，“长生天早警告过我师傅，‘嬉皮笑脸，能活百年；一本正经，必定玩完’。哎哟，我的师傅呀，您白长了一副猴相，却怎么没猴那种机灵劲儿呢？”

“快说！到底出了什么事儿？”满都海急问。

“全怪老爷子一本正经呀！”小徒儿照旧哭着嚷嚷，“昨天晚上就在咱那小大汗那儿一本正经了两回。头一回正经完了就开始跑肚拉稀，第二回装在篓子里驮着回去还照样对小大汗一本正经。可今日白天跑肚拉稀就翻倍了，且谁料一到夜里他还敢到您这里来大肆一本正经。得！竟敢和老天爷对着干，一泡稀还没拉完自己就先玩完了……我的师傅呀！您干吗非要一本正经呢……徒儿伺候了您多少天，您干吗不把汗血宝马传给我，临死还点名道姓地非要献给小大汗。又是一本正经？我那偏心眼的师傅啊！”

“此乃天谴我也！”满都海闻此讯早已泪流满面、悲痛万分。

“大皇后！”其木格不愧多年的后宫总管，见状忙在一旁谏言，“依臣下所见，逝者已去，当节哀以兑现其遗言。萨满爷既然在临终前已将汗血宝马献于当今大汗，大皇后当与我等同往寝宫献上神驹，以防当今大汗哀伤过度！”

这显然是贴身挚友为满都海找托词下台阶……

当大皇后率众亲临帝帐时，果然没出现任何尴尬的场面。只见得小达延汗闻讯后便悲恸地呼叫：“吾师去矣，如断朕之一臂！苍天在上，当谴朕也！”此后情景可想而知，当然会由大皇后亲自出面“循循善诱”为少年大汗“分忧”。但是，内心最感悲痛的还是她自己，并深知没有他的相助自己也很可能难有今天。只是她绝没想到，老人家嘻嘻哈哈一生，最终却死于“一本正经”。最终，她决定将从古俗以蒙古民族特有的“天葬”方式，举国隆重送别老人家魂归蓝天！此外还同意了少年大汗的请求，先后将老萨满所献之汗血宝马赐名为“神驹”，而小朝鲁则徒承师业被加封为“宫廷御用萨满”。

而更重要的主题还在于：如何实现老萨满的遗愿……

真戏真做，依计而行！一天，古老的王车上载着毡帷宫帐滚滚向绰罗斯草原行进。除了内坐着大汗和大皇后，尾随着王车的还有浩浩荡荡的成千铁骑。其中绝不乏当朝重要的谋臣和战将，仿佛大半个汗廷均因“补服劳役”而忘乎所以地出动了。据史载，牧人们大多为小达延汗这充满人情味之“开明之举”感到欢欣鼓舞，而在大西南之乩迦思兰探知消息后也放缓了攻占圣陵的脚步。也难怪！在他看来，满都海是个极具大智慧的女战略家，自己曾经几次败在她的手下。但现在她竟办出如此俗不可耐且又愚蠢至极的事儿，莫非是在学中原古人之“明修栈道、暗度陈仓”？须知，她如今在蒙古人中的威望极高，在拥立小达延汗之后已更日渐成为一个神话人物。

而事实上满都海从来就没有把自己神话过……

比如，坐在滚滚向前的王车宫帐里，满都海一直在反省自己“行之欠妥”之处。但她绝不会将对小达延汗的态度瞬间由冷冷落落变为亲亲昵昵。抑制过早的

“春情萌动”是对的，错就错在对少年大汗应有的尊重。故而她特意与小达延汗共坐在王车之内，并召见重要谋臣与战将共向大汗面禀圣陵之危及我方应对之策。王车的行进是缓慢的，但大汗之尊严恢复却是迅猛的。在满都海以身作则、毕恭毕敬的带头下，少年大汗很快便恢复了往日的冷峻和自尊，似在主持“御前会议”，虽插话极少却威严不减。满都海总算大功告成了，只可惜少年天子发的第一道御令竟然首先提及的是老萨满：“若无神灵点化，朕难得对天下了如指掌。特命首辅大臣返回金顶汗帐查明，吾师之遗体是否依祖俗与教法隆重天葬？现升天与否？务必广请萨满巫师为其祈法诵经，代朕表达歉疚之意！”

似与危机无关，但满都海却从悲痛中看到了希望……

果然，其后在王车的缓慢行进中，很快就将应对危机的方案制定好了。随之，分赴各地的快马密使也均受到大汗的亲自召见，并在御前得到了大皇后的面授机宜，而后很快出发了。他们如飞箭一般射向四面八方，分别前去密见明王朝守边大臣王越、丝路义军统帅脱火赤、圣陵守卫者达尔扈特部族首领、漠南靠近鄂尔多斯的蒙古各部族，甚至还包括亦思马因和仍与乩迦思兰勾结的兀良哈三卫等。这些受命者绝非一般驿使，而大多为足智多谋、能言善辩之臣。

此时老奸巨猾的乩迦思兰似仍在犹豫徘徊……

须知，此一役关系重大，胜则将掌控蒙古天下，败则将进退两难后果不堪设想！为此，他始终把满都海之动态视为重中之重，似弄不清其“远避之谜”就难以动手！而等候多时之后，最终还等来了族弟亦思马因传来的“确切消息”。消息称，据他留下的内线飞马驰报：满都海之急返绰罗斯实乃挟持汗廷之举！皆因小达延汗年过十五岁之后比其父黄金王子还要高大英武且野心勃勃，哪能看得上年过三十之半老徐娘既当皇后又大权独揽？随之皇室内斗一触即发，文臣武将也分成拥帝与拥后两派。而此时拥帝派首领萨满巫师又突然“无疾而终”，满都海便趁拥帝派群龙无首之际强行挟持了小达延汗。名为赴绰罗斯“补服劳役”，实则将其软禁于娘家部族以便长期独揽汗权……乩迦思兰闻之也觉不无道理，但因族弟阴险多诈又不敢完全采信，而稍后由各地内线传来的消息竟也均大同小异，除了一些细枝末节略有差异，似都证实漠北汗廷的确发生了一场宫廷政变。来自长城边的内线甚至说，明帅王越已准备兴师北伐趁其内讧一举灭掉草原汗国。而来自丝路义军的内线则说得更加具体了，声称不仅漠北蒙古各部纷纷复叛了，就连少师脱火赤听闻“后院起火”也率兵急返汗廷灭火去了。

乩迦思兰闻之依然不动声色，继续综合加以判断。

而在此时，小达延汗和满都海却早已乘着王车到了绰罗斯草原。似继承了老萨满“一本正经”的传统，小达延汗从第一天就一本正经地开始在岳丈家放下身段“补服劳役”了。只有一点出乎满都海的意外，老父亲并未阻止少年大汗赶着羊群走向草原深处，而仅是默默地跟在身后细细地观察着他的一举一动。直到中午羊群吃饱该“卧滩”了，满都海才远远望到这一老一小也终于坐下来开始畅谈了。是夜，满都海问小达延汗都学到些什么，谁料这位少年天子仅回答了八个字：治国之道，驭兵之方！

次日，满都海即“严遵圣命”率领谋臣战将跨马急返金顶汗帐，应对时局之变幻！

而小达延汗却依然留在绰罗斯草原“补服劳役”！

果然，乩迦思兰按捺不住终于动手了！

谁胜？谁败？尚难预测！

但决战岂止在战场……

圣祖陵园争夺战一举定天下

圣祖陵园，即指现今在鄂尔多斯伊金霍洛旗境内的成吉思汗陵寝，简称：成陵！

据史载，成吉思汗晚年率兵远征西夏时，途径伊金霍洛大草原，见此处水草是如此丰美，风光是如此秀丽，地域是如此辽阔，遂感叹留言曰：“百年之后，当葬身于此！”在远征西夏即将大获全胜时，却不幸在狩猎时受野马冲撞意外坠马身亡，时年六十七岁。诸子及众将遂遵其遗愿将圣祖遗体按古风古俗安葬于此，并特遣达尔扈特部世代承袭专司守护及祭祀之职。但也有国外史者称，此处仅为圣祖之“衣冠冢”，真相是圣祖遗体早被秘密运回蒙古母地，安葬于肯特山下。且不论何说正确，但有一点却是肯定的：历代蒙古人一直都把鄂尔多斯的成陵视为自己朝拜的圣地。

从元、明、清、民国，直至现在莫不如此……

只不过蒙古历代大汗与中原历代帝王之陵寝大为不同！蒙古大汗长眠之地几乎无踪可寻，既无高大的坟冢，又无豪华的宫殿，更无石雕的文臣武将及石马、石象、石虎、石狮等排列于神道两旁。而是反其道而行之，将大汗之灵柩深埋于地下之后便令无数铁骑纵马反复践踏，直至来年百草丛生彻底掩去一切痕迹方才撤去禁卫。来自草原，回归草原！当然鄂尔多斯的成陵也是如此，直至新中国成立之前伊金霍洛草原上也只有八顶古老的蒙古包作为祭祀之地，史称“八白屋”。但其在历代蒙古人的心目中，却是至高无上的永恒圣地……

而现在，邪恶的色目军阀乩迦思兰为使天下的蒙古人均能臣服于他，竟然趁乱世野心勃勃地欲“挟圣陵以令天下”了。他深知，圣陵的“八白屋”中不但祭祀有成吉思汗的神圣遗物，而且在门外插着的以马鬃为穗的“苏鲁锭”更有巨大的感召力。只要把它高高举起冲锋在前，那蒙古铁骑就会追随其后舍生忘死去拼杀！而现在乩迦思兰所倚重的主要兵力，即其从漠北西部带回的那三千斡亦剌铁骑，以及被他收买的兀良哈三卫与其他一些部族的蒙古人。这就是他为什么至今一口咬定自己仍然是草原汗国的太师与大丞相，为什么突发狂妄之想急欲攻占鄂尔多斯圣祖陵园的真正缘由。因为，即使在他的故乡丝路绿洲色目人也并非单一民族。宋濂主编的《元史》就曾有过这样的解释：“色目人，即来自西域各色名目之人。归顺太祖（即成吉思汗）最早，且累建战功，故在四等人制中，地位仅次于蒙古人之后。”既然为各色名目之人，那么肯定包涵其他多种民族。但由于长期的内讧与兵灾，其他各民族均逐渐厌战和反战了。故而迫使乩迦思兰也只能重打草原汗国的旗号，利用重金收买游离的蒙古部族为他效命打天下。当然他的麾下尚保留着一支由亲信将领所率的本族近卫铁骑，是他的权力核心和主要依靠力量。

狡诈的商业头脑，血腥的残酷手段，曾使他显赫一时……

据史载，乩迦思兰在极盛时期，曾借明王朝之日益腐败之机，专拣防卫最薄弱之长城西北部攻城略地。曾经先后兵锋直指黄河南岸，纵马河套平原，围困边关古城银川，眼见就要打通河西走廊，掠得金银无数、财宝无数、兵员无数……后多亏老可汗晚年崛起、满都海摄政后的一统漠北、少师脱火赤之深入虎穴之后院点火，再加上族弟亦思马因与其争权不断的内讧等，才使得他那野心累累受挫。在他看来，这或许是自己重新崛起的最佳机会了。天助我也！谁曾料想到自己的主要对手——神话般大智大勇的满都海也会自顾不暇地“陷入困境”！据多方传来的消息，这位女摄政王确实“南辕北辙”地在转移汗廷，那十五岁的小达延汗也确实被囚禁于绰罗斯草原牧羊。如此时以迅雷不及掩耳之势拿下圣陵而号令天下，那恐怕连号称“雄才大略”的满都海似也只能臣服了。

机不可失，时不再来！不再犹疑，果断出兵！

为激励军心，乩迦思兰是下了血本的。他不但当即赏赐将士大量财宝，而且当场答应“谁攻占的牧场归谁所有，谁掠得的牛羊归谁所有”。也难怪，自古游牧民族之征战在队伍中是带家属的，史称“敖鲁营”。目的就在于管理所得牧场和畜群，果然效果奇佳，仅几日便攻占了鄂尔多斯南部莽原，家眷们便以此为根据地扎起了一座座准备接收畜群和牧场的帐篷，莫不欢欣鼓舞。只有名为“副帅”的亦思马因却仍在垂头丧气，原因是自己已“低三下四”地躲于绿洲之隅，但族兄乩迦思兰却仍很不放心，非要逼他率部来打前锋。这不是成心想借敌之手欲将自己灭掉吗？

而乩迦思兰却正在为自己技高一筹而踌躇满志……

只可悲！志得意满似有点过了头，竟在进攻圣陵前又拿兀良哈三卫之首领“开涮”！这个蒙古部族的名谓之所以挂有“三卫”两字？史载，皆因元亡后他们就投靠了明王朝，明英宗被俘后又投靠了本土军阀也先，也先暴毙之后竟再次改靠了异族太师乩迦思兰，故挂有“三卫”之称。忠诚度确实可疑，为此决战前乩迦思兰必先对其首领进行考验。据史载，那日在帅帐里乩迦思兰正在喝放凉了的“黄油汤”（很可能是牛肉汤），同时还有一大锅在火上煮着。在部族首领进来后，他却趁其不注意专门盛了一碗滚烫的汤要与其“对饮”。部族首领见大帅喝得如此畅快也就端起就是一大口，谁料顿时被烫得几乎喷了出去，但又绝不能吐，据13世纪的欧洲使者加宾尼走访蒙古汗廷时写的报告称：“如果赐给某人食物，那人无法下咽而吐出当被视为对主人的莫大侮辱！毡壁底下就挖个洞，随后便将那人从洞中拖出去毫不留情地处死！”所幸这位首领还算得一条蒙古汉子，竟强忍着假装什么也没有发生。他知道硬吞下去会灼伤食管和胃，所以只能把滚烫的油汤含在嘴里等待变凉。据《黄金史纲》记述，为此“他的（口腔）腭皮脱落”。同时还记述了他此刻的心声：“这个仇我至死也不会忘记，总有一天我会洗刷掉耻辱的！”

但乩迦思兰却把这种忍受当成了自己威慑力量的展示……

踌躇满志必然会导致刚愎自用，而刚愎自用又必然会使自己变成“孤家寡人”！果然，就在其下令攻占圣祖之陵园时，竟然发现只是自己“孤军深入”而无人响应。显然大笔金银财宝是打了水漂儿了，那些自己遣使买的结盟者俱都消失得无影无踪。不但已“臣服”的某些卫拉特部族对他采取了“敬而远之”的态度，就连守陵的达尔扈特人也似早已得到消息转移藏匿起了毡帐圣陵和圣物。而更可怕的还在于，明王朝的边帅王越似神机妙算地洞悉了他的战略目标和行军路线，亲率数万明朝大军跟踪追击杀来。而且还有那诈称回汗廷灭火的少师脱火赤，也突然率丝路义军意外地从另一侧杀来。两面夹击、腹背受敌，甚至连重回丝路绿洲根据地的退路都被截断了。随之传来的消息就更令人胆战心惊：族弟亦思马因早撇下他偷偷溜回了绿洲，而被他逼喝滚烫热油汤的那位首领也带着兀良哈三卫各部族悄悄改投入漠北汗廷。天灭我也，天灭我也！乩迦思兰在惶恐中恍然觉得似有一个超人在主宰着这一切，指挥着这一切！

当然，他立马联想到充满大智慧和大魄力的满都海……

但在这里似乎当应先说说明军统帅王越！必须指出，此人绝非小说家杜撰，而是历史上确有其人，且一生颇具传奇色彩。据《明史》载，其进士及第，文官出身，曾“当朝断袖直谏”。后被贬至长城一线戍边。文人率兵本是奇谈，但凭借其“为帅正直清廉”且“自幼饱读兵书”故令将士皆为之一振。至于满都海与其有无互通讯息，《明史》均唯恐“避之不及”。但有一点却是明确的，王越称帅之后很快便彻底搞清了边关战祸的罪魁祸首乃乩迦思兰与亦思马因。他们打着蒙古汗国的旗号，干得却是野心勃勃的勾当。为此，在这次鄂尔多斯奔袭战中，王越早把歼灭这对祸首，尤其是老奸巨猾的乩迦思兰作为主要目标。应当指出，战争初期并非“马到成功”，乩迦思兰凭借那三千斡亦剌铁骑而采取的“飘忽战术”，却总是使王越难以找到对方统帅营地与之决一死战。须知，这些来自漠北的斡亦剌人均是罕见的马术高手，均可来无影去无踪。而且乩迦思兰为使这些人死心塌地追随自己，不但赏赐特别丰厚，而且从历年掳来的妇女中任挑任选让他们都娶妻生子。比漠北日子过得阔绰多了，这样能不为新主子建功效忠吗？总之，受斡亦剌人“飘忽战术”的困扰，王越一时间竟很难完成明廷“速战速决”之道道旨令。打仗就是“烧钱”，而臃肿的万贵妃却正在敛财！

而正在此时，飘忽的斡亦剌人却突然不再飘忽了……

王越闻知一怔，似受了高人点化马上意识到是有谁在暗助自己，果然不久就有探子来报，似有一队丝路义军正在直奔敌后的“敖鲁营”，即三千斡亦剌铁骑及其他一些部族士兵所携家眷构成的营地，其中也不乏色目将帅所带的宠姬与美妾……当然这些营帐均设置于后方极其隐秘的草莽深处，并派有流动哨岗严密监护。一有风吹草动，便有快马接力传递急讯从而令大部队及时赶来救援。但奇怪的是，丝路义军却又突然来了个“半途而废”，就连斡亦剌铁骑也被他们搞得进退两难。而王越闻知后心胸豁然开朗，当即下令所有明军精锐随已向鄂尔多斯南部草莽地带出发，直捣对方密藏的随军“敖鲁营”。明显的是有高人在幕后点化，岂能不借此诱回所有敌之主力聚歼之？谁料天公偏不作美，正当开拔之际，史载，突然“狂风大作，黄沙弥漫，天地间顿时陷入一片混沌之中”。众将皆曰：“应当暂缓！”唯有一将声称：“此乃天助我也！正好借此漫天黄尘作为掩护打它个措手不及！”王越极为赞赏，遂率师冲入沙尘暴，直捣敌军后方营盘。果然出奇制胜，马到成功：不仅击毙留守敌军无数，俘获留守妇孺无数，缴获储存于此的粮秣辎重无数，而且彻底荡平了乩迦思兰这处精心设置的后方基地。而更值得一提的还在于，当第二日沙尘暴平息，乩迦思兰闻讯率军赶到之后，王越各部早“以逸待劳”潜伏于四野。但老奸巨猾的乩迦思兰毕竟身经百战，首先命斡亦剌铁骑打前锋去探虚实。却不料废墟里响起的妇孺哭声竟令这些人下马弃刀只顾老婆孩子了。乩迦思兰一看大事不好正欲撤退，就听得四野响起一片呐喊，随之潜伏的明军骑兵便从草莽中杀了过来。后果可想而知！不但“挟圣陵以令天下”之妄想彻底破灭，就连乩迦思兰本人也只能靠亲族近卫军“护驾”才得以突出重围勉强保住了老命。

伊金霍洛大草原上的圣陵安然无恙重又大放光彩……

对明王朝来说，这是自1449年瓦剌军阀俘获明英宗以来首次取得对外的一场大胜仗。当然传回中原之后，王越也就由文臣、干臣，直接被“点赞”为文武双全的“治世能臣”。但王越在帅帐里却始终也在想同一个问题：似乎在这场鄂尔多斯决战之中，除了双方的统帅之外尚存在着一个“超人”。好像处处均在暗中助自己一臂之力，仿佛这个“超人”才是这场战役的主宰者。

但他却绝不相信漠北会有这样一个超凡的草原皇后，并认为这只不过是传说，或者顶多是个神话。

而往事却历历在目，能有那么多偶然和巧合吗?

如果真有这样的女人存在，当愧煞男人!

还是不想为好……

但想不想无关紧要，绝不会影响到满都海的存在……

在遥远的汗廷里，小达延汗已经从绰罗斯草原“补服劳役”归来了。显然收获颇丰！不仅更显得英武威猛，而且也更显得冷峻成熟。似已从老岳丈那里尽得驭兵之术与治国之道，从此竟罕有大皇后陪同而单独临朝理政了。

而满都海虽深居简出却从未有过片刻闲暇……

作为草原汗国的摄政者，她只不过是由台前转向幕后了。突显的是成吉思汗圣裔，私下关注的却是围绕争夺圣陵而引发的鄂尔多斯之战。那张巨大的羊皮地图一直铺展在她的寝宫内，敌、我、友三方进驻路线均在上面有所标示。通过驿使接力而快速传递讯息，她对莽原深处的战况几乎了如指掌。比如说，现如今王越已大败乩迦思兰于其后方营地，而这只狡诈的老狐狸正率残部沿黄河南岸向河套漠野逃窜而去，据说最终被撵过黄河隐匿于北岸茫茫的沙漠戈壁之中。而王越也似乎接到明廷的诏旨竟然“穷寇莫追”了。这时对于明王朝来说似尚可理解，取得一次难得之胜而“见好就收”也算上上策。而对于漠北汗廷来说反而平添了几分忧虑，乩迦思兰一过黄河似已只剩下北犯漠北重侵汗国一条路。

总之，满都海日思夜想的均是军国大事……

完全可以这样讲，小达延汗在金顶汗帐面对群臣展现出的日益成熟、沉稳、处事冷静、决策果断之种种背后，显然有满都海为提升他的威望所付出的极多心血。似乎从绰罗斯草原归来后，十五岁的小达延汗突然发现自己的皇后仿佛更加美丽了，也更加值得他尊重了。故而，虽然他内心难免时有骚动焦灼之感但却能意志坚定地维护着那“十年之约”。退朝后在寝宫相聚已经成为常态，只不过反倒成了每日例行的一个议事过程。比如说，今夜小达延汗来到皇后的寝帐，就专为兀良哈三卫首领将亲自前来朝觐之事请教满都海。据说群臣均因其“出尔反尔、背信弃义”而建议“坚拒之”，而满都海却根据乩迦思兰之溃逃，亦思马因之溜归、鄂尔多斯之空虚，以及私下所掌握的一些内线密报，竟力主接受兀良哈三卫朝觐之请求。并且当即把小达延汗拉到那幅铺展在地毡上的羊皮地图旁，详细地为他指点起来，直至深夜。真可谓“诲人不倦”。甚至连相关的细节、应对的语言、事后的安排等都一一替他设计得那么细微周详。难怪小达延汗自“独掌朝纲”以来威望日隆，深受敬仰。

但朝觐之时，这位摄政的大皇后仍深居于幕后……

为了整体的战略布局，最终还是把兀良哈三卫这位部族首领迎进了金顶汗帐。首先令他深感惊讶的便是，在一片庄严的氛围中高居王座的竟然唯有健硕英武的达延汗。虽然年仅十五岁，但高高在上冷峻威严极具王者风范。是没有那神话般的大皇后陪同在侧，却更足以展现成吉思汗圣裔与生俱来的那种特殊的威慑力量！随之一种敬畏之情不禁油然而生，竟使得这位部族首领当即联想到自己昔日曾多次“出尔反尔”的背盟之糗事儿，不由得暗自怀疑自己这是不是在慌不择路自投罗网了。却谁曾料想，此时的少年大汗又展现出“度量弘广”之另一面：不仅对往昔背盟之事只字不提，反而命殿堂之上戒备森严的精锐卫队尽皆撤下，并且威严地下令以古俗大礼迎宾，当即在金顶汗帐设盛宴为兀良哈三卫贵宾接风。更出这位部族首领意料的是，他的座位就安排在少年大汗身旁。

依然“惜语如金”，似更能突显圣裔胸怀……

“大汗！”这位部族首领却已深受感动，“臣将等应当先行叩拜圣上，然后方可享用御赐盛宴！”

“尚早！”谁料小达延汗竟答之曰，“朕深知部帅现今处境之艰难，也深知汝部众尚犹疑未决！设宴仅聊表慰问耳，部帅仍可率部来去自由！朕若先受部帅之君臣大礼，如有变岂不令君又落‘反复无常’之恶名？请入席！”

“啊！”这位部族首领惊叹一声似被击中了要害……

“当先敬圣祖成吉思汗！”当众皆入座后，小达延汗举杯又有惊人之论，“敬圣祖即敬天敬地敬祖先也！想当初圣祖在时，作为一个蒙古人是何等骄傲！谁曾想现如今我马背民族却内斗不休竟被异族军阀操弄。昔日辉煌不在，反倒成为他人戏谑的对象。请看看这位战功赫赫的兀良哈三卫之部族统帅，乩迦思兰竟暗施障眼法灌他吞下一碗滚烫的牛油汤，致使他满口腔的腭皮脱落！蒙古人受到如此大的侮辱，就连朕得知后也心如刀绞啊！”

“这？！”兀良哈三卫首领更惊了，少年大汗竟无所不知。

“值得敬佩啊！”小达延汗却话题一转对其言道，“果不愧是骄傲的蒙古人，竟能强忍剧痛口含那灼人的油汤而面不改色从容应对，致使那阴险狡诈的老贼反倒自己先下不了台！为咱马背民族争了气，英雄啊！”

“惭愧！惭愧！”兀良哈三卫首领根本没想到会有如此赞扬。

“何出此言？”小达延汗竟又展现出其虚怀若谷的另一面，“部帅驰骋沙场，身经百战，而当今虽老贼已远遁于黄河以北之大漠，但天下纷争并未因之结束。为我漠北、漠南之大一统，为我蒙古民族重现昔日之辉煌，部帅必有高见，不知可赐教否？”

“大汗！”兀良哈三卫首领终于心悦诚服，当即离席拜倒在这位年仅十五岁的少年天子脚下，感激涕零地说，“恕罪臣斗胆而言，原闻圣上尚且年少，因有前车之鉴故仍在犹疑不决！今日得以亲见大汗，果然英武圣明！令罪臣如闻圣祖成吉思汗在天之灵的召唤，今后兀良哈三卫所有部众将誓死效忠于汗廷，唯大汗之命是从！如再有反悔，当遭天谴而灭族！”

这是蒙古人之“血誓”，难怪汗廷顿时一片欢腾……

“盛情难却！”小达延汗却似乎依然关注着其“高见”。

“既恕臣之前愆，”兀良哈三卫首领谢恩之后曰，“臣当效忠于大汗而言无不尽！当今天下之形势已今非昔比：漠北东西部早已大一统，漠南各部族也纷纷效忠汗国。唯大西南暂未彻底平定，祸根乩迦思兰与亦思马因尚未彻底歼灭。依臣所见，趁贼酋逃遁鄂尔多斯空虚之际，当派一能臣或重将委以实权，率能征惯战之铁骑雄师乘虚而入占领此战略要地。不仅可在明军撤离后防止贼酋杀归后兴风作浪，而且尚可护卫圣陵圣地以彻底改变卫拉特各部犹疑不决之现状，并兼可就近监控追踪丝路绿洲残敌之动向，以防止其首尾呼应再次勾结不拘谨于漠北汗廷，主动出击，此乃上上策也！”

“好一个主动出击，正合朕意！”小达延汗由衷赞叹。

“尚须名将精兵！”兀良哈三卫首领似在提示，却又唯恐点到自己。

“哈哈！”谁料小达延汗却罕见地大笑曰，“名将精兵何在？远在天边，近在眼前！兀良哈部帅听令：朕命汝率下属部族铁骑隔日出发，日夜兼程，火速攻占鄂尔多斯草原！守卫圣陵圣地，代朕行施大汗职权！”

“这？这……”这显然令兀良哈三卫首领大出意料。

“不必过虑！”没想到十五岁的大汗竟引经据典地开导起了他，“汝知哲别乎？原为敌对部族战将，并曾用箭射伤过圣祖之颈项。然其在被俘后，圣祖却不计前嫌依然放手使用，终使哲别累建奇功成为一代名将。朕只不过在学圣祖成吉思汗的用人之道：疑人不用，用人不疑！难道是部帅见朕年少，不愿助朕延承圣祖忠诚待人之道吗？”

“不敢！不敢！叩谢圣恩！”兀良哈三卫首领虽仍有疑虑，却似也只好跪拜谢恩了。

总之，在乩迦思兰与亦思马因败逃之后，大智大能的满都海就隐居后宫极少露面了。隐身于幕后为朝政出谋划策，突显的却是十五岁少年大汗的“圣裔风范”。而达延汗此次也果然特别争气，不但以超凡的气质彻底征服了兀良哈三卫各部族的人心，而且也使汗廷的文武百官人人振奋，均以有这样的少年大汗而自豪！

当然，在后宫那帝后的“例会”似更难免了……

据史载，此次迎接小达延汗之夜归是按“君臣大礼”跪迎的，其用意乃是为了恭贺少年大汗今日之“不愧圣裔，决策非凡”。但小达延汗却认为尚有欠缺，皆因兀良哈三卫首领激奋之后，却似尚存疑虑。满都海当即指出，此乃其见大汗如此英明果断，更唯恐孤军深入中了借刀杀人之计！当应采取相应对策，在饯行宴上尽解其一切疑虑……果然，在饯行宴上小达延汗虽只字未提兀良哈三卫首领之所忧，但一系列为占领鄂尔多斯推出的新举措竟彻底让其放心了。其一，抽调漠北两千斡亦剌铁骑出征以解救被裹胁的斡亦剌残部；其二，任命原汗廷左丞乌斯曼为圣祖所开辟的丝路大总管，统领色目义军遥相呼应；其三，抽调少师脱火赤率部速赴圣陵圣地，以接应兀良哈三卫各部之到来；其四，此前之圣令依然不变，兀良哈三卫统领仍将代达延汗于鄂尔多斯行施汗权。而兀良哈三卫首领听后顿感惭愧和内疚：只觉得四五十岁的自己越来越渺小，十五岁的圣裔却越来越高大了。

千军万马终于出发了，而满都海却只在幕后出谋划策推进着漠北、漠南的大一统！

但在长城以内的明王朝却与此恰恰相反：宫闱秽乱！年长小皇帝近二十岁的万贵妃更加无法无天，根本没国家之概念，似只有权，权，权！

为此，她竟然教明宪宗公然宣淫。

据史载，明王朝确实在明英宗被俘和复辟之后由于滥杀忠良已经开始走下坡路了，在其子明宪宗继位之后再加上昔日老保姆万贵妃的乱政似更“刹不住车”了。

王越之大胜本来应是振兴朝政的大好转机……

但胸无大志且又怯懦无能的明宪宗朱见深，却听信奸佞之谗言下令“穷寇莫追”，当以“高筑长城，御敌于外”为重，竟命王越收兵与另一重臣余子俊同修大西北残破不堪的古长城。大好时机，就这样消逝了！

也难怪！明宪宗此时已继位十年，却至今仍无子嗣……

皇上忧心，百官难安，一时间竟使得鄂尔多斯大捷也黯然失色。好在有太监密奏，被长期打入冷宫之吴皇后有一宫女曾被皇上偶尔“临幸”生下一子，现正秘藏于吴皇后被贬的冷宫之中。明宪宗闻知当然高兴，却不料“集万千宠爱于一身”的万贵妃竟惶恐不安起来。须知，她此时已经五十五岁，绝对再无生育能力。如果年轻的吴皇后借此子走出冷宫，自己的下场将不堪设想。随之，在使那位生子宫女离奇死亡之后，便效法吴皇后也在自己的亲信宫女中促皇上“广种薄收”。只要有一个亲信宫女得子，便可由自己直接掌控以争夺太子之位。从此，这位比皇上几乎大二十岁的臃肿贵妃，在深宫的主要活动便是与亲信太监在一起力促激发皇上的性欲。什么从民间搜罗来的壮阳药，什么从江南搜集到“据认为有增强特殊生殖力”的珍珠，什么从安南与朝鲜等国外搜寻到的能“坚挺不倒”之形形色色的春药，甚至御用太监还专门为明宪宗印制了各种精美的春宫图和房中术图文集……据史载，万贵妃仍嫌未能立竿见影，除此之外，尚专门请了“道士、僧人、术士、江湖郎中等，日夜为圣上多生皇子炼丹祈法”。总之，紫禁城的后宫很快就变成了个“淫窝子”，皇上的主要职责似成了“日夜宣淫”。

同样在辅佐少主，这一南一北怎么会相差这么远呢?

但你还别说，万贵妃这些胡作非为终于也有了结果。据史载，明宪宗“在此后十年左右的时间里，竟与五个女人先后生下了十七个孩子”，最终达到了她17:1的目的，从而使吴皇后永贬冷宫，难得翻身。而且由于明宪宗自幼养成的习惯，夜夜纵欲后离开万贵妃的怀抱还是难以安眠。完全可以这样说，这个俗不可耐的昔日保姆并非没有追求。有！只不过她唯一感兴趣的就是：敛财！她掌控着狡诈的太监，并通过这些亲信爪牙直接掌控着明王朝的商业、边贸、朝贡、盐务等诸多财政大权。她既是个“财能通神”的崇奉者，又是个“搂抱皇上睡觉”的专业户。难怪杰克·卫则伏这样评价万贵妃：“她既是皇上实际上的妻子，也成为明帝国财政事务的地下总管。”

但也必须指出，在中华民族的历史上从来就不乏忠义之士……

以王越与余子俊为例，据史载，他们在重新修筑大西北那破败的古长城时，同样也展现出一种“精忠报国”的忘我精神。余子俊从1474年春即亲率四万民工，在险峻的山脊上沿着古长城遗迹修筑了达一千公里的新长城。历经十数年，修筑了包括八百余座由关隘和烽火台构成的相互连接的防御单位，确实在特殊历史年代起到了保境安民的作用。而王越修筑的古长城则在更艰险的最西边，虽长仅约二百公里，但因人烟稀少、运输艰难付出的代价更大。二人均意在为明王朝构筑起一道宏伟的屏障，却谁料还是因动了万贵妃的银子最终被调任他职了。从某种意义上来讲，这等于釜底抽薪自毁长城啊！

这除了突显出明王朝的腐败和日益走下坡路，但在客观上却对满都海大有助益。明长城的彻底重筑和加固，等于有效地断了宿敌乩迦思兰和亦思马因的粮道和财路。这就无形中形成了“夹击之势”，正好借此把这两位昔日异族“太上皇”斩草除根。

兀良哈各部早已和少师脱火赤的铁骑会师于鄂尔多斯。

小达延汗的威望日隆，卫拉特各部纷纷归顺。

风景这边独好……

第十一章

成全

小达延汗之初露锋芒

前面已经做过解释：达延，按蒙古语之意为“全”也，达延汗，即全蒙古至高无上之大汗。

但若想“成”，则身后必须有高人指点……

据史载，满都海为了重现成吉思汗圣裔之风采，一直在幕后呕心沥血地辅佐着少主。从小达延汗七岁开始，她便亲自抚育和培养着他，甚至把他放进马驮的箱子里，让他亲历统一漠北的大征战。到小达延汗十二岁时，她又亲自将他送上了大汗的宝座，并甘于依古俗屈坐于王座之左首，以身作则，对尚未成年的大汗极尽人臣之礼。到小达延汗十五岁已长得高大英武时，她更放手让其独自高居王座主持朝政，而她却尽量回避摄政之嫌甘于彻底隐居幕后……完全可以这样说，为了实现蒙古高原的统一，为了重塑圣祖后裔的形象，她不但牺牲了自己的青春、自己的爱情、自己炽热的梦幻，甚至还牺牲了自己所擅长的婉转歌唱。

但她却从未感到寂寞，因为草原风云始终在她心中激荡着……

作为女性天才战略家的满都海，在后宫寝帐中几乎天天均要俯身观看地毯上那幅巨大的羊皮地图。按说在老可汗去世之后这八九年间，她已经不负重托完成了前人八九十年也难以完成的工作。据史载，她并没有保守地只顾巩固漠北汗廷，更没坐守金顶汗帐枯等漠南各部族归顺，而是运筹帷幄、眼观全局，为最后一统大漠南北主动策划着。据统计，在1479年左右，她已经凭着自己的雄才大略，不仅在鄂尔多斯捍卫圣陵中“以智取胜”，而且通过结盟等各种方式取得了漠南中东部蒙古各部族的拥戴。再加上前不久兀良哈各部与少师脱火赤在鄂尔多斯之会师，显然漠南西部之蒙古各部也越来越心向汗廷了。眼见长城以外的蒙古民族就将重新大一统了，但还有极其危险的不确定因素：那就是打着太师或丞相旗号的乩迦思兰和亦思马因的存在。须知，这两位贼酋已在这一带经营多年，通过金银财宝、美女佳人，甚至是联姻，早和这一带的部族首领关系非同一般。现在首领们虽口头上说“心向汗廷”，但只要这两位贼酋不死或卷土重来，说不定某些部族首领就会调头来个“回马枪”。乩迦思兰和亦思马因才是真正的心腹之患，不杀灭之何以谈长城之外的一统？况且，尚有一件更令她深思的事情一直在困扰着她，或许和上述忧虑紧密关联。这就是已十六岁的达延汗主动提出愿御驾亲征，以解皇后对乩迦思兰与亦思马因之“后顾之忧”。但近百年来草原才出现了这样一位英武的大汗，刚刚才迈入十六岁，她能轻易舍得就这样把他放入金戈铁马的搏击中吗？

这一天，小达延汗下朝后又例行来到皇后寝帐相商。

“皇后！”这位年轻大汗坐下就说，“今日汗帐议政，为歼灭心腹大患，有的大臣竟提出当先结盟亦思马因，以彻底孤立乩迦思兰而一举击杀之。”

“陛下如何回应？”满都海问。

“万万不可？！”年轻的达延汗答曰，“朕当即回应，亦思马因之贪婪和狡诈，与其族兄乩迦思兰相比只有过之而无不及。留之等于留下祸患，漠南西部将永无宁日。”

“陛下圣明！后来呢？”满都海再问。

“久议不决！”达延汗进而回答，“朕即自作主张当场决断曰：二者皆是当诛之死敌，绝不可令其中任何一人死灰复燃！但也绝不应双向出击而分散兵力，而应集中兵力先行聚歼潜逃之乩迦思兰，此后再合力围剿潜回丝路绿洲之亦思马因！先后斩草除根，以永绝后患！”

“大汗果不愧为圣祖之后裔！”满都海大加赞叹。

“但朕尚有一事求助于皇后！”年轻的达延汗却突然深沉起来，“朝议之后尚有一议未决，群臣均曰当由皇后定！”

“求助？臣妾岂敢！”满都海嘴上这么说其实已猜出几分了。

“此乃神示啊！”果然年轻的达延汗开始慷慨激昂了，“凡是杰出的大汗均是跨在战马上建功立业的，而那些只会在宫帐安享太平的绝不配称圣祖子孙！”

“是老萨满临终前告诉陛下的？”满都海竟本能地有此联想。

“正是！”谁料年轻的达延汗回答得也非常坦诚，“老人家还对朕说，马背上有勇气，马背上有智慧，马背上有尊严，马背上有天下！但却又叮嘱朕，不得以此轻易干扰皇后，只有在老马识途的汗血宝马向大西南彻夜悲嘶时，方可和盘托出。”

“汗血宝马悲嘶了吗？”满都海忙问。

“悲嘶了！一连三夜。”达延汗作答。

“神示？这？这……”满都海沉吟了。

这是她绝没想到的：老萨满死了一年多了，但他那嘻嘻哈哈的幽灵却似还在宫帐四周不放心地徘徊着。虽死犹生，总在关键时刻要突然点化一下自己！难怪牧人们对这位老萨满有诸多传说，甚至连那场蒙古民族特有的“天葬”也颇多怀疑。按说，死者被放置于马背或勒勒车上向着草原深处缓缓走去，随着颠簸，在哪儿落下这块地方便被视为死者选定的长眠之地。一般来说由于“恋恋不舍”，要走出很远很远才任死者面向蓝天自行融入草原。但老萨满却大异于常人，遗骸在勒勒车上仅颠簸了不远便突然落下，而且次日返回一看早已消逝得无痕无迹。完全不需巫师的跳神作法，融入草原之快实在“大自在”得有点出格儿。故有的人怀疑老萨满根本没有死，只不过变着法子“逗你玩儿”。但绝大多数人却声称他们亲眼看到，送葬之人刚一走便见得两只巨大的神鹰展翅把老萨满接走了。

难怪小达延汗把他的临终之嘱托称之为：神示……

这可使满都海大为其难了！神示似应严格遵守的，但一提小达延汗将离开自己去御驾亲征却仍心痛不已。他们虽尚未有事实上的婚姻，但毕竟从瘦弱的小罗锅儿到英武的大汗已整整相伴九年了。即使是一块石头，也当炽热地紧贴于心尖上剥不下来的。故而当达延汗再次追问时，她竟仍无回答，只见一双眸子里突然溢满泪水。这极为罕见的现象，使得达延汗顿时有点慌了。但正当他进退两难不知所措时，满都海声带哽咽地对他说："陛下欲御驾亲征，乃成吉思汗神圣后裔当应亲历所为的！既有神示，也是臣妾所愿！唯有一言想敬禀陛下，马背上叱咤风云的当应是机警的大汗，而不是只知拼杀的粗鲁莽夫。已经快到'十年之约'的最后时刻了，臣妾将在后宫寝帐静候大汗之凯旋。阿阑豁阿始祖母在上，我多盼为孛儿只斤氏家族早生贵子啊……"据史载，这一夜达延汗竟没有离开皇后的宫帐。但也有同期史者证明，这一夜确无背约之举，以其木格为首的女侍们只听到谆谆的叮嘱及进攻策略等，直到天亮尚在交谈之中。

次日朝议，十六岁的达延汗宣布了御驾亲征之决定。文武百官是曾提出过"当由皇后决定"，但私下里几乎无人不赞同此次的大汗出征。因为在他们看来，十六岁的达延汗虽然已长得高大英武，但只要没经过征战考验这一关，按蒙古民族古风古俗来说还算没完成"成人礼"。故而，文武百官还是把更多的赞颂给了深居幕后的满都海，对她的深明大义与果断抉择无不敬佩有加。因为谁人不知草原汗国近十年来之蒸蒸日上与欣欣向荣，全靠的是这位大智大勇、大贤大能的摄政大皇后，甚至还包括对大汗从小到大的培养，完全可以这样说没有她便难有当今少年神武的大汗。

但达延汗也曾下令：此次行动严格保密，外泄者严惩……

而此时的满都海却仍隐居后宫，似只为了当今大汗的"万无一失"做着种种安排。她先后召见了"云都赤"阿拉腾、后宫总管其木格、大中军统领巴根等，命阿拉腾领带刀侍卫确保大汗安全，命其木格随夫出征照顾大汗的饮食起居，命巴根先赴察哈尔、土默特调兵中途等待，命诸将皆不得调动汗廷禁军以免走漏风声……

总之，行军路线特殊，竟然和此前出兵鄂尔多斯似乎毫不沾边儿；奔袭目标也很模糊，大汗亲征竟不准王车随行。但大家对满都海的大智慧还是深信不疑的。为此，人人均愿为大汗之“亲征立威”而赴汤蹈火。只有一人姗姗来迟，此即新任小萨满朝鲁也！颇受老萨满“嘻哈风格”之真传，到来时不仅带来了“神驹”汗血宝马（达延汗并未乘用，而称神马当由神汉侍奉，故一直仍在朝鲁身边），只不谈尚背着那昔日之大篓子，毫无一点正形儿，但大皇后竟没有给予责备。

某夜，达延汗终于率亲随及一部分亲信铁骑悄然出发了……

据史载，就连少师脱火赤与兀良哈三卫部族首领等，均对此知之甚少。由此不难看出，满都海的目的仍在于为了彻底补上马背民族传统的这一课，从而使达延汗更加名正言顺地全面掌控汗权。而长城以北的草原眼见得一统在望，也似该到托举出这样一位声威并重之圣裔大汗的时候了。故而，满都海为了使达延汗能“一战立威”并从此“天下尽服”，她为他选定的目标竟出人意料的是，最大的死敌乩迦思兰！

百足之虫，死而不僵！更何况其亲族精锐尚保存完好……

据史载，由于明王朝下令王越“穷寇莫追”撤兵后，乩迦思兰于黄河以北的大漠之中确实得到了喘息的机会。只不过因为已闻知背叛了他的兀良哈三卫与少师脱火赤所率的绰罗斯铁骑，早趁王越撤军入关之机而先行攻占了鄂尔多斯莽原。而自己曾经所倚重的三千斡亦剌铁骑除死伤外，绝大部分也被北来的斡亦剌人劝返重归漠北母地了。眼下自己似乎已被掐断退路暂无法回到丝路绿洲的根据地，似也只能在河套以北这大漠深处等待时机了。但茫茫沙海，何时是个头儿？你还别说，乩迦思兰果不愧是只成了精的老狐狸，身经百战岂能轻易认输？一方面，他把所率色目铁骑以亲族为单位，分散隐蔽于河套以北大漠深处有水有草的绿洲中，并激励他们在黄河两岸不时地烧杀抢掠，相互攀比谁掳回的金银财宝、美女少妇、壮丁苦力最多；另一方面，他又深知对手习性，早在暗中打上了兀良哈三卫首领的算盘。为此，他竟然未杀兀良哈三卫留守在自己身边的联络使者，并打算用“十倍于此前之金银财宝，十倍于此前之各色美女，外加奉上一顶全蒙古唯一大汗之桂冠”，且以

“人臣之礼”换取其率部“反水”重打天下！

如果乩迦思兰阴谋得逞，必使草原重陷大乱……

幸运的是，作为一位杰出的战略家，满都海似早已高瞻远瞩地预见到了。她先是派出少师脱火赤转赴鄂尔多斯，主要是为防止兀良哈三卫之“突然变卦”，随后应达延汗的多次欲御驾亲征之愿望，最终策划了这次速战速决、斩草除根的战术方案。为避免消息过早外露，就连为达延汗选用的随征铁骑也是从察哈尔与土默特氏族中挑选的。是夜，达延汗终于严遵满都海划定的特殊路线出发了：悄然驰出漠北而南下，悄然与巴根所率之氏族铁骑会师，悄然避开鄂尔多斯之主战场，悄然沿黄河北岸直插河套以北的广袤大漠。还别说，那一望无垠的沙丘，既可成为敌人分散藏身之地，也可成为我方之隐蔽观察屏障。更值得一提的是，十六岁的达延汗也颇具军事天赋，在这次远途奔袭中已逐渐展现其大汗风范。

但毕竟大漠浩瀚，漫漫无期，难见到一个人影儿……

此时，达延汗已探明乩迦思兰之精锐确实分散隐藏于大漠深处的各个绿洲，但也判断出若想一网打尽是根本不可能的。这使他很快联想到满都海临行前反复叮嘱他的那句谚语：“射人先射马，擒贼先擒王！”为此，达延汗决定，首先必须找到乩迦思兰藏匿的那块绿洲和帅帐，然后发起突然袭击，集中主力打他个首尾难顾、措手不及。众将齐赞大汗英明。只可惜！用人上尚有不当，派出的探子竟会是那位颇具其师“嘻哈风格”的小萨满朝鲁，还有那吊儿郎当的神驹和那莫名其妙的大篓子……

但谁曾想到，才刚刚过了一两天这位小萨满便吊儿郎当地回来了。他斜挂在汗血宝马之一侧，另一侧还挂着那莫名其妙的大篓子。显然结果是令人失望的，一副没心没肺的傻样儿！却不料还没等大家唉声叹气完，这家伙已经从大篓子里抖落出个白胡子小老头儿！再经达延汗亲自面审，这才知道这是一位极其重要的关键人物——被兀良哈三卫首领抛弃于敌营的联络官。而乩迦思兰留着他，今天总算有了用处，命他以同族的亲情身份前往兀良哈三卫帅帐进行讨价还价的首轮谈判。没想到刚刚钻出重重沙丘来到黄河边，就被这位吊儿郎当的小萨满爷给“搂草打兔子”

顺手给捎回来了。众将闻知其尽晓乩迦思兰帅帐所在绿洲，莫不纷纷主张立即率兵奇袭。但达延汗却又显不凡之处，声称老贼奸诈无比常换帅账、常换绿洲，行迹飘忽不定，若无绝对把握而打草惊蛇将来的行动将会更加复杂。遂决定向这位侥幸未死的老头儿说明其部族变化，晓以其民族大义，动员其重返大漠深处以查清乩迦思兰所处的确切位置。老头儿初闻之尚很犹疑，又多亏小萨满朝鲁的“挺身而出”。这小子指着汗血宝马与那大篓子打下了保票，将暗中护卫以确保老头儿全眉全须地归来领功受奖。

其实就在此夜，达延汗尽将精锐悄然推进到敌营四周……

第二天，老头儿也终于出现在乩迦思兰的营帐里。据史载，他是自称“上吐下泻、举步艰难”而急返回大帅营帐讨药的，不然恐半途而废难当此重任。乩迦思兰见其瘦小枯干、浑身污秽、从头至脚皆沾满了沙尘，似从沙窝子里一路爬回来的，也就不再怀疑，并赐予一银盘酒调和着军营常备的止泻药命其喝下。老头儿感激不尽，竟当即发誓定让兀良哈三卫首领彻底回心转意。谁料话还没说完，屎却又憋在屁股门子了。随之竟连银盘子也没顾得上放，提着裤子就来到营帐之后大拉特拉去了。乩迦思兰起先并不在意，但一泡稀能拉如此长之时间却很快引起了他的怀疑。他忙命人去看，回报竟是老头儿又钻进了沙窝子早不见了踪影。显然是小朝鲁得了师傅的真传，又将此计传给老头儿的。

乩迦思兰一怔，死寂得毫无一丝声息。蓦地，便见得不远的沙峰上竟闪现出一匹神异的骏马，一侧驮着个大篓子，一侧斜挂着个嬉皮笑脸的小青年。这匹马好眼熟啊？果然它也一见熟人便跃起前蹄长嘶起来。不好！这显然是高手精心设计的进攻讯号。乩迦思兰一时乱了手脚，似恍然产生了一种末日之感。此时可调动隐藏于大漠各个绿洲的部族精锐明显来不了，唯一的选择便是在一小队卫士的护卫下夺路而逃。

此时，那汗血宝马一见旧主远去又在沙峰上哀嘶了……

乩迦思兰却更觉得胆战心惊，他忙命卫士万箭齐发先将其射死！但已经来不及了，嘶鸣刚落便听得随着沙尘荡起的马蹄声已经逼近了。乩迦思兰再不敢多想，立马在这一小队卫士的簇拥下只顾加速逃命了。而此时大中军将领巴根、带刀护卫阿拉腾均率骁勇闪现了。“擒贼先擒王”的呐喊声响彻旷野，在慌乱中乩迦思兰将帅盔摘下戴在一位部下头上，而自己却戴着他那普通头盔突然调转马头朝反方向逃逸。

以老奸巨猾称雄一生，也以老奸巨猾终其一生……

按说，面对着这位草原汗国昔日的异族“太上皇”，面对着他手中尚握有数千能征惯战的铁骑，这本来应该是一场历史留名、惊天动地之战役，但各类中外史籍中却均仅以寥寥数语带过。仿佛乩迦思兰算不得什么军事家，倒像是赌场上就连裤子都输光了的赌徒……总之，达延汗之铁骑很快就追上了那戴帅盔之人。为了自保，他很快就交代出乩迦思兰逃跑的方向。当然阿拉腾与巴根诸将也绝不会放过，随之《黄金史纲》便有了如下记述：“他们追上了乩迦思兰，抓住他，在乞勒扯尔洼地杀掉他！”此外，《黄金史纲》中还以笃定的口吻写道：“据说他被杀的地方长出了塩。”不知做何种解释？但有一事却是十分明确的：小萨满朝鲁不但用大篓子全眉全须地把那老头儿接了出来，而且还因在沙峰上令宝马频发联络讯号而加授“军师”之衔。谁料这小子次日便扔下汗血宝马当了“逃兵”，看得出小萨满是得了师傅的真传，犯着一样的老毛病。

历史就是这样：有时简单、有时复杂、有时说完就完……

一代枭雄乩迦思兰是说完就完了，而另一颗新星却突然闪现在蒙古草原的夜空。这显然是指年仅十六岁的达延汗，这可是近百年来唯一能在马上重打天下的圣祖后裔！能够敢于率兵悄然远征，得胜后必然会引发更强烈的轰动效应。漠北、漠南各部族莫不引以为傲，无形中他已成为马背民族公认的“共主”——又一任杰出的蒙古大汗！

是英雄造时势，还是时势造英雄？

姑且不论！但有一点却是肯定的，坐镇漠北汗廷的满都海皇后得到捷报后更是激动不已！只不过她没赴金顶汗帐接受群臣恭贺，而是默默地坐在自己的宫帐里含泪计算着——

她，三十三岁了。为完成少女时的宏誓大愿，已历经两代大汗整整十六七年了！

但她，无怨无悔。因为最终“托”出了一位年轻而杰出的大汗！

无愧于圣祖成吉思汗的在天之灵，无愧于老可汗的遗托！

下一步该轮到自己壮大孛儿只斤氏家族了！

“十年之约”也将到期！

准备做母亲吧……

满都海由形式婚姻走向事实婚姻

也许会有人提出，这样一位贤良卓越的女政治家，怎么会接到捷报后竟然联想到做母亲呢？

是否有欠高雅、略显庸俗……

非也！据史载，自北归以来百年的内战和外乱，本土和异族军阀常“挟圣裔以令诸侯”，稍不顺心便随意灭掉另立他人。尤其在本土军阀也先疯狂地灭杀黄金家族的成员后，以成吉思汗为代表的孛儿只斤氏之后裔更少之又少。作为当今大汗之皇后，当然要以壮大黄金家族多生几个圣裔为神圣天职。

汗国所盼、牧众所盼，皇后也当然更“义不容辞”……

更何况！作为一位女政治家为什么就必须失掉女性的天赋：爱情、婚姻、生儿育女以及性？而满都海又是一个特例，在这方面做出的奉献也是可圈可点的。要知道，她比达延汗整整大了十七岁，为保证圣裔生育之健康又苦苦等了整十年。高雅之极，超凡之极，何来“略显庸俗”之说？相比古往今来之女贵人，如武则天、慈禧等，何人能望其项背？难怪至今满都海仍被古今中外的学者称之为：草原传奇皇后！

这场事实婚姻是在达延汗凯旋的次年完成的。据杰克·卫则伏在其专著里称：

“1480年左右，满都海与达延汗完成了婚姻的最后一道手续，开始以夫妻身份同住。当时满都海三十四岁，达延汗十七岁。在此之前，他们已经以形式上的婚姻关系相伴了整整十年。两人何时或怎样开始亲密关系，未有史料传世以兹说明。”

但未有史料以兹说明，却有民间传说加以补充……

因为在始祖母阿阑豁阿灵庙前已走完了“形式婚姻”的过场，故而在完成“事实婚姻”这件事上就根本没必要大操大办。依据古俗，何时或怎样“圆房”纯属小两口的隐私。如遇到小丈夫和大妻子这类情况，由于后者的生理往往要比前者成熟，故在“圆房”过程中需要由大妻子来循循善诱。

在相关的民间传说中“这一夜”当是这样的——

别看达延汗在统率千军万马时尚且沉着果敢，但在男女关系这方面却像一匹不识人间烟火的生骡子马。或许是因为满都海迟迟未生育也从未在旷野里饱经风霜，这一夜她在烛光映辉下竟显得比少女还要靓丽动人。达延汗一时间如走入迷幻的仙境，痴了、傻了、不知所措了。这时还多亏了满都海谦卑地亲自为他脱去了衣服，展开了被褥，并且轻柔地对他说：“小时候是我搂着你睡，长大了该轮到你搂着我睡了……”称谓间一时没了“陛下、皇后”之互称，只有亲昵地一笑后突然灭掉了宫帐里之烛光。黑暗绝对有助于达延汗的激情冲动，刹那间他便把满都海扑倒在地也脱了个精光。而她也温顺地早准备好了承受他的一切“蹂躏”，只不该刚接触那物件儿便激动地欢叫了：“大汗！堪称大汗！”而令她遗憾的却在于大汗根本不知门头脚道，还得她引导着、激发着他那种男性的“征服欲”，配合他那第一次“冲刺”并欢快地呻吟着！

从此，满都海与达延汗如胶似漆的岁月就开始了……

1482年，满都海在与达延汗“圆房”两年后，奇迹般地为孛儿只斤氏生下了第一对双胞胎。举国欢庆，更将这位贤能的大皇后神话了！据史载，在随后的十三年里，她先后为黄金家族生了六个小孩，其中还奇迹般地包括两对双胞胎。难怪消息一经外传竟产生了一种莫名的凝聚力：大皇后能如此成双成对地不断壮大着孛儿只斤氏家族，这说明了“天命所归”，各部族必须统一于圣祖大旗之下。为此，不仅漠北、漠南渐渐融为一体，而且被神话了的满都海又多了一个称呼：全能皇后！

但又有谁能体会到她作为八个孩子母亲的辛劳……

据史载，古代的蒙古民族是没有“坐月子”这一说的，婴儿一旦出生之后母亲就必须依据游牧生活的节奏来抚育自己的宝宝。而蒙古母亲疼爱孩子是举世闻名的，她们为了孩子往往是愿意牺牲一切的。但由于自然环境的严酷，就连抚育一个孩子也必须付出多年的操劳。而满都海头一次做母亲生的就是一对双胞胎，那所付出的操劳和心血就更可想而知了。两年之后，她又生了个可爱的女儿吐鲁勒图。随后十年，她又连怀三胎生下五个儿子。这五子中肯定有两对是双胞胎，但谁和谁是一对就连众多史籍也说法不一。全能皇后？难道仅仅是因为她对圣祖家族的壮大而做出的奉献吗？

绝非如此！多种史籍都会告诉人们历史真相……

其实，自从老可汗辞世之后，她就一直不负遗托主宰着汗国的大权！从女监国、女摄政、隐退到幕后的大皇后，直到1482年生下第一对双胞胎，她一直是汗国大事的真正运筹帷幄者。这皆因为，即使达延汗做了父亲年纪也只不过仅仅十九岁。而他自己也有切身体会：若想成为一代杰出的大汗离了这圣洁的皇后是万万不行的。或许正是由于达延汗这种少年老成的“自知之明”，反倒激发了满都海更加不辞辛劳地去做一个好妻子、好母亲、不孚众望的好皇后、重振汗国的推进者。这不仅仅是因为爱情、因为母爱、因为女人总是期望家庭的美满和谐，好像更多的还是因为少女时就立下的那宏誓大愿，即使是在给孩子哺乳时她也常常忆起。

为此，她甚至依偎在达延汗的怀里也会下“指导棋”……

比如说，另一位异族军阀亦思马因的逃脱，就曾经成为他们热议的一个中心话题。其实，此时的总体形势对汗国不是极为有利。据史载，明王朝此时已经彻底采取了“闭关锁国”之政策。以高墙关隘为界，寄期望于“长城之外各部族之间相互恶斗”。而满都海却早以“雄才大略”来应对，采取“文攻武卫”的方式将其一一化解了。现在，不仅漠北的蒙古人和斡亦剌人已经融为一体，就连漠南中东部的各氏族也纷纷坚定地加盟和归顺了。唯有漠南的西部尚不够平稳，原因便在于尚未彻底做到斩草除根。罪魁祸首乩迦思兰是被达延汗的奇袭歼灭了，其余各部也被少师脱火赤与兀良哈三卫首领所率铁骑追击，大部分都被歼灭了。但其族弟亦思马因犹在，因其也在漠西部经营多年，只要他不死，西部各氏族仍会犹疑不定出现反复。而事实上也确实如此，到1483年，亦思马因已被少师脱火赤的铁骑与乌斯曼统领的义军，乘胜追击到了与西蒙古最南边接壤的哈密绿洲。越过此地便是人类难以生存的广袤沙漠了，但似乎只要把其逼入“如此绝境”，追击者也就心满意足了。

也难怪！亦思马因手中尚有一张心照不宣的王牌。说白了，这就是他那一直高高在上的“第一夫人”——达延汗的生身之母失乞儿！从这一点上来说，亦思马因似要比乩迦思兰阴险狡诈、深谋远虑多了。遥想当年，他在戈壁荒原追捕叛逆的黄金王子时杀掉那小崽子易如反掌，但为何单掳走母亲却抛下幼儿，其中大有文章。但也有史学家认为他没有那么高的智商，只不过是“色迷心窍”碰巧捡了个便宜。且不管怎样，自从掳得失乞儿之后，亦思马因确实对她宠爱有加。不仅夜夜教她如何吃“活肉”，而且先后还生了两个儿子。尤其当听说，那弃儿竟被满都海救出并培养成为当今大汗时更是狂喜不已。凭着掳来的这个蒙古老婆，不费吹灰之力自己就当上了名副其实的“太上皇”了。但刚欲宣示，谁料却受到了失乞儿的强烈抵制，她竟泪流满面地怒斥他道：“是谁，使我在孩子面前成了罪人？是谁，使我一提到满都海就无比羞愧？你如果敢借此吹嘘自己，我失乞儿当即死给你看！”亦思马因深知，失乞儿的内心一直处于矛盾纠葛之中，肯定会说到做到。然而只要一失掉这张最后的“王牌”，自己肯定会火速地陷入灭顶之灾。

好在失乞儿从来不过问军政之事……

亦思马因当即向失乞儿发下血誓保证决不再提，但另辟蹊径却仍力图东山再起。据史载，自其族兄乩迦思兰被汗廷亲朋好友歼灭后，他便自动成为其残余杂牌部队的当然领袖。表面上看来，他是乖乖偏安于哈密一隅，似要以种瓜和酿葡萄酒苦度余生。其实不然，他是在等待着漠北汗廷的内乱和骤变。在他看来，有其父必有其子！达延汗自立后会同样好色，从而难容比他大将近二十岁的老皇后满都海。只要这位大智大能的女人一被逐出权力的中心，那自己绝地反击的时机也就到了。

送美女、送娇娃，然后再打出“母亲”这张王牌进行软化，让草原汗国彻底烂在女人堆里，最终才是自己亲率千军万马唯我独尊地卷土重来的时机。

只是没有料想到，远方的对手也在相拥着密议此事……

“真的！”满都海抚摸着丈夫宽实的胸膛说，“事关大汗的荣誉，是到把母后接回来的时候了！若继续任亦思马因所利用，草原汗国的大西南将永无宁日了！”

“可是她……”达延汗似根本不愿接触这个话题。

“大汗！”但满都海却仍在温柔地劝说着，“大汗的胸怀当如草原般辽阔，既能容得下万马奔腾，又能容得下一只小小的迷途羔羊。是的！她从小就把你抛弃了，近二十年来又从未给过你应有的关爱。但她毕竟是你的生身之母啊，而且是被坏人强迫掳走的。大汗若连这一点也难包容，那还称得上大汗吗？况且母后被掳之事在草原上人人皆知，如果大汗长期置若罔闻下去，那么皇室尊严必受影响！”

“你是让我御驾亲征吗？”达延汗仍很冷漠。

“臣妾不敢！”满都海却依然耐心回应，“我只是恳求大汗更多一些包容！”

“包容？又是包容！”达延汗似仍很心烦。

“少安毋躁！”满都海这回却一本正经起来，“大汗试想一下，若我们能不计前嫌地尽早迎回母后，将在汗国牧众中产生多大影响？依臣妾所见，绝不会亚于大汗前一次亲征的作用。人们常说‘得民心者得天下’，大汗何不当个文韬武略且仁德宽厚之大汗呢？况且仇恨尽可发泄在亦思马因身上，从而一举挖尽祸根定西南！”

“亲征，朕亲征！”达延汗似被突然点醒了，重又燃烧起来。

“谁让大汗亲征了？”满都海被拥入炽热的怀抱还在嗔怪地说，“杀鸡焉用宰牛刀？我已秘密召回少师脱火赤，大汗就在金顶汗帐等待马到成功的好消息吧！”

“天赐皇后予朕也！”达延汗霎时似热血沸腾了。

“怎么？又想要？”满都海娇柔地问。

“想！想！”达延汗气喘吁吁地答。

烛火熄灭了……

剪除亦思马因之"铁旋风"

满都海之秘密召回少师脱火赤，是否略显有点擅权干政?

否！因为历经十余年的艰辛付出，满都海的名字似乎已与民族的兴衰紧密地联系在一起了。达延汗的脱颖而出和意外崛起是令臣民俱深感骄傲，但人们也明白没有满都海的大智慧与大魄力汗国也难以如此兴旺！这已在茫茫的大草原上形成了一种常态。臣民们都唯恐她撒手政务只顾去做一个好妻子、好母亲。

不！现如今草原汗国更需要的是一位贤能睿智的大皇后……

就连比她小十七岁的达延汗更深知这一点：从小就是在她的抚育下长大，稍长又是她亲手把自己推上了汗位，随后还是她出谋划策使自己扬威于天下，最终她更把娇美的柔体奉献给了自己，并一次就为孛儿只斤氏生下两个男子汉。故而，他向来都把她视为自己的导师、形象的塑造者、汗国未来的指路人。不仅不反对这种"擅权干政"，反而切身感受到她的此类幕后策划的结果往往是增添大汗的威望！当然，达延汗做出的是双向选择：既要温柔的好妻子，又要智谋超凡的大皇后！

而更重要的还在于，此时的满都海也"欲罢难休"……

就在她出征监国初期，便曾立下宏誓大愿要实现两个梦：一个是要遵循圣祖成吉思汗的遗教，重新实现蒙古民族之大一统；一个是要辅佐一位圣裔为草原大汗，重振和壮大孛儿只斤氏家族的声威。在她看来，这两个梦想即将都要转变为现实了，唯有两点遗憾尚须最后一搏：其一，草原汗国之大西南尚存祸乱之源；其二，大汗之生母尚掌控在敌酋之手。而满都海更早已深知，这二者间皆关系着一个人，即昔日异族太师亦思马因。面对着这样一个挟持着大汗生母的狡诈敌人，似越动用千军万马越"适得其反"。他既可以押着大汗生母将部众化整为零隐没于大漠深处，又可以在绝望时拿大汗生母之性命来作为拼死的最后赌注。这样的结果，无论成败均会影响大汗的声誉并将陷其于不义。为此，为使"双梦成真"就必须改变对敌的战略战术。满都海不愧为一代杰出的女战略家，沉思多日后终于将脱火赤秘密召归汗廷了。

万事俱备！当然她此时又必将达延汗推向前台……

1484年的一天，御前会议正在金顶汗帐进行着。参加会议的大多是亲信的武将，如“云都赤”阿拉腾，“怯薛台”巴根等。唯一例外的是，小萨满朝鲁被哥哥嫂子胁迫重新效忠汗廷。虽徒有“军师”之虚名，似也只好应卯来参加这次御前的军事会议。好在一直由少师脱火赤在向大汗禀报着这次行动计划，只等着高高在上、冷峻威严的达延汗做出最终圣裁。这小子本无兴趣，没想到脱火赤竟由圣祖成吉思汗之“闪电奇袭”战术说起，越说便越使这小子心驰神往着了迷。原来，脱火赤这回要学的就是圣祖的战术，即不带重兵去远征，免去往返粮草的拖累，仅带二百至二百五十名忠勇剽悍铁骑，并由二十二名能征惯战的青年将领分别带领。每个将领名下将率领十人为一队，最终合成一支“闪电奇袭”的突击劲旅。统一指挥，日夜兼程，神不知鬼不觉地直插敌酋老巢……显然，这个作战方案是威严的大汗颇为赞赏的，但似并不急于圣裁，却命展开羊皮地图令诸将反复研究。遂当日竟未做出决断，只是命“怯薛台”巴根先去大中军中挑选年轻有为的中层将领，命“云都赤”阿拉腾先去绰罗斯部族中挑选骁勇剽悍的马上健儿。万事俱备之后，将以狩猎为名等候大汗之进一步精选……这一切对小萨满朝鲁来说颇具吸引力，竟毛遂自荐曰：“吾乃大汗亲口御封之军师，当随之前往！”谁料达延汗竟对他不屑一顾，当即宣布：退朝！

从始至终，均未看到大皇后满都海的身影……

但却绝对有助于突显达延汗之统帅风范。仅两天，他便在少师脱火赤的陪同下亲临演兵场精选奔袭勇士了。似乎略有点流于形式，但他那段早有准备的激情训示却颇为鼓舞人心！圣示曰：“想我圣祖时期之蒙古人，只要一离开母亲的怀抱就是天生的战士！仅凭着挂在马鞍旁的数条肉干和一革囊奶酒，就能够跟随圣祖南征北战数月不下马鞍。奇袭如闪电，出击犹如铁旋风！朕看诸位皆是百里挑一甚至是千里挑一之勇士，人人皆不会忘却圣祖每战必胜的英雄传统。现朕特任命少师脱火赤为总统领，立即率师随朕开始杀向围场‘狩猎’。”只不该，那小萨满朝鲁竟也莫名其妙地参加了，并且还牵着那匹汗血宝马，还挂着那小篓子。

狩猎好像当夜就结束了，次日大汗便又亲临早朝了……

这的确是一次十分成功的奇袭行动，速度之快，隐蔽之深，均再现了成吉思汗昔日闪电突击般之战略遗风。就连汗廷的诸多大臣也均以为一场“围场狩猎”就此散摊了，当然远在大西南的亦思马因就更难估计到一股铁旋风正悄然向他席卷而来。为此，他竟把乌斯曼所率义军之悄然撤退也俱都归功于失乞儿的存在了。显然是那位初露锋芒的大汗仍在怀念自己的生母，唯恐伤及她才下令乌斯曼撤军的。尚须指出，此时之“大胡子太监”拉合蛮早因报仇心切中计被暗害了，义军名义上皆归乌斯曼统领。而在亦思马因看来，乌斯曼作为一介谋士尚不足为虑，但他那蒙古妻子塔娜——原草原汗廷女子禁军统领——率兵打仗之英勇非凡已令自己的部众闻风丧胆。老天爷！圣祖在世之时就将自己的女儿下嫁于此守官并掌控丝路，谁料三百年之后欲重新打通丝路的还是一位蒙古姑奶奶。好在有失乞儿存在，塔娜再厉害也不敢惹皇太后。

亦思马因从此就把失乞儿当作自己的护身符……

表面上宠爱有加，倍献殷勤，实际上刚等色目义军一撤走，他便命乩迦思兰和自己所余的残部主动出击沿丝路攻城略地。全面开花，打了就走，目的仅在于掠夺财宝、焚烧民房、扩充民源、抢劫性奴……据史载，哈密绿洲四野均是茫茫大漠，养活不了这么多人马，有些乩迦思兰的老部下也早已离他而去自立为王，他不这样干也不行了。因此，失乞儿就变得尤为珍贵，亦思马因竟为她专门在一处四周绿草环绕的碧野里建起了舒适的营盘。有豪华的帐篷，有备用的骏马，有专为挤奶的乳牛，还有成群侍奉的侍女。武装近卫是少了些，但在这沙丘隐蔽的绿野深处似也无关紧要。亦思马因就在这里等着、候着、拖着、期盼着有一天达延汗抛弃了满都海迎归生母时，自己也能顺势成为“太上皇”而重新掌控天下。

谁料想迎来的却是：正西风落叶下长安，飞鸣镝！

据蒙古文史籍《黄金史纲》记述，是毡帐里的一位失乞儿的亲信女仆首先发现地面在颤动。她惊呼着："地面怎么会震动？"随之便冲出帐外从拴马桩上解下一匹马，意在供亦思马因骑上亲自外出去查看。谁料亦思马因虽断定这是马蹄声造成的，但仍然认为没什么大了不的。或许是叛逃的旧部回心转意回来投奔自己？或许是某些丝路商人知道这里藏匿有大量奇珍异宝来找自己做买卖？当然也会有类似"神兵天降"的某种疑虑，只不过因"地北天南"被排除了。故而《黄金史纲》与诸多史籍均未提及亦思马因想要主动逃跑。

但那股"铁旋风"还是从沙谷间席卷而至了……

据史载，这就是满都海与达延汗亲自挑选的那支奇袭劲族，但由于日夜兼程长途急驰所剩下的铁骑已不是二百人了。但领军人物少师脱火赤毕竟是北元的一代名将，且又是一位百步穿杨的神箭手。故而他并不急于下令冲杀，而是押着一名被俘的敌哨隐伏在一个沙丘后静观着绿野上的动静。果然，亦思马因一见来者只不过百八十人，且只围而不攻，竟以为是一伙偶尔闯入掠财的劫匪。随之便挺身而出欲与劫匪谈判以求"舍财消灾"。他在众近卫簇拥下的"挺身而出"当即被隐伏的少师脱火赤看了个一清二楚。再加之敌哨之确认，随之这位北元名将便张弓搭箭强力射出，果然是百发百中，只见得毫无防备的亦思马因当即被"箭穿面部"，猛地栽倒马下一命呜呼了。

这一箭出乎寻常，意蕴深远，尽显名将谋略……

且不说这一箭犹如总攻令，顿时奔袭着的铁骑便动起手来，使"群龙无首"的敌营乱作一团。也不谈这一箭犹如催命符，不仅使亦思马因步其族兄乩迦思兰的后尘命丧黄泉，而且也使大西南之丝路绿洲永除了动乱之祸根。而首先更应提及的当应是，这一箭对满都海、达延汗，乃至整个草原汗国都具有极其重大的意义！请试想一下，如若趁势席卷这处营盘将会产生什么后果？其一，亦思马因劫持着失乞儿且战且退，而又有谁敢伤及未来的太后；其二，亦思马因绝望之余杀掉了失乞儿并与其"玉石俱焚"，这更将是"罪莫大焉"。其中只要占一，此次奇袭将前功尽弃。而如这一箭万一不中，那后果就更不堪设想。因而，这就需要无愧于名将之称的谋略、胆识、忠诚和勇于担当，难怪后代史者称之为"一箭定丝路"。而更深层次的内涵还在于，即使满都海免于困扰，又使达延汗免于蒙羞，更使草原汗国尽雪前耻。

一箭定西南之后，迎归未来的皇太后当是重中之重……

据史载，失乞儿未死也未受到任何骚扰，她那豪华营帐甚至还提前受到了保护。但对于少师脱火赤亲自前来的启发和劝解，史称“她竟持续地沉默和拒不从命”。也难怪！这个命运多舛的女人，一方面心存愧疚似觉“无颜再见江东父老”，另一方面毕竟已和亦思马因共同生活了近二十年，而且尚生下两子：布尔奈、巴布台。况且失乞儿还是极为自尊的人，她不但不“接受搭救”，甚至还为这里的两个孩子失去父亲而流泪。脱火赤显然难以理解，竟脱口斥责她：“你……你为什么还为汗国的死敌哭？”这一斥责不要紧，失乞儿竟应声昏倒了。脱火赤与众将一时手足无措了。这时还多亏那吊儿郎当的小萨满朝鲁及时出现了，并且声称：“少师爷！把这位娘娘交给咱，你就放心吧！咱深得师傅真传，既会作法又通巫医，把这位娘娘全眉全须地送回汗廷保证没问题！”

后来，那大篓子，那汗血宝马，果然又建奇功……

在满都海深谋远虑的策划下，这次闪电般的长途奔袭终于大获成功了。首先是达延汗的威望进一步得到提升，同时也初步圆了满都海那深藏心底的梦：逐步使长城之外的蒙古民族走向大一统，努力使以成吉思汗为代表的孛儿只斤氏家族不留遗憾！

虽为圆梦已打好基础，但却总是“好事多磨”……

首先，应当说说从绿洲被远迎归来的失乞儿。对于突然间竟成为一代大汗的母亲，她似乎很难适应这种身份。而对于达延汗来说，由于二十年从未见过这位母亲竟对她毫无记忆。正如史书所载：“他们之间的亲缘政治、感情纠葛特别复杂，互动没有前例可循。”为此史书上竟没留下母子俩任何互诉衷情的只言片语，只记述了她的孤傲、自尊、沉默不语、独处一隅、久久遥望西南垂泪等情景。表面看来黄金家庭似罕见地三世同堂了，但正由于这种拉近，母子的心灵距离却变得更加遥远了。达延汗似受了一种刺激，致使他对自己的皇后在感情上也越来越依赖。

多亏了满都海一再劝他要包容、要理解、要耐心等待……

其次，应当再说说她那另一梦——马背民族之大一统。在亦思马因被歼灭后，丝路之上那些残余叛乱者也很快被乌斯曼和塔娜所率的义军彻底荡平了。至此，漠南、漠北之各部族总算又重新统一于成吉思汗伟大的旗号下，均纷纷效忠中央汗廷，公认达延汗为全蒙古之统治者。但由于即使在茫茫的大草原上也绝非一个民族，除蒙古人之外尚存有塔塔儿后裔、突厥后裔等多个民族。再加上从1399年以来近百年无法无天的部族间之内战，即使在蒙古部族内部效忠而又复叛的事件也累累出现。大西南在1484年终于平定了，但若想使草原大一统的“好梦成真”道路还很漫长。

好在眼下两件大事终于有了眉目……

更何况！满都海是一位外柔内刚、不屈不挠、极具领袖魅力的杰出女政治家，她显然不会就此满足或知难而退。随着达延汗在感情和治国上越来越依赖，她依然在为“好梦成真”不懈地努力着。比如说失乞儿的孤傲沉默，她就从不把它简单地视为皇室内部的问题。为此，她不仅率先示范对这位和自己年龄相仿的婆母“晨夕抚慰”，而且还不断沟通着母子间的关系，并主张尽早册封失乞儿为太后。但满都海之种种所为似又不仅仅是为了突显自己的“贤惠孝顺”，同时还把从小一起长大的伙伴牡丹、塔娜、其木格等专门召集回来，似为了讨失乞儿喜欢竟一个个均认了这位未来的太后为“干娘”。就这样，在金顶汗帐宣示失乞儿为太后时，无形中牡丹、塔娜、其木格等也均成为“别乞”（公主）。满都海的大智慧就表现在这里，既对上敬献孝心，又对下不忘姐妹旧情。而更重要的意义还不仅仅在此，她这是在高瞻远瞩地蓄积潜在能量。只可悲！已身为太后的失乞儿虽高高在上、备受尊崇敬仰，却反倒面对荣华富贵更加郁郁寡欢。不久，即“薨”了！

没有丝毫负面影响，反而尽显皇室的仁至义尽……

而对于达延汗来说，似乎终于摆脱了心头那块梦魇般的阴影。往事历历在目，仿佛忘了年龄的差距，对满都海更加依赖和钟爱了。这也使这位摄政多年的大皇后，彻底摆脱了古代游牧民族后妃们悲惨的命运。据史载，依照古俗大汗们是有权抛弃年老色衰的后妃，把她们赶出后宫连同仆从一起放逐到最偏远的草原。而大汗本人则还有权重新迎娶美丽的少女为后妃，且令越来越多的部众为之引以为傲。满都海虽然要比达延汗整整大十七岁，到生下第一对双胞胎以后已将近三十六岁了，但年仅十九岁的达延汗却从未嫌弃过她，随后竟和她两情相悦地一连又生了五男一女（其中有两对双胞胎）。在她长达十余年的不断生育中，尤其是怀着大肚子或初生婴儿哺乳期，是难以辅佐达延汗理政治军的。但她却似乎早有准备，那就是随着失乞儿提升为太后连带册封了那几位“别乞”（公主），即从小与她一起长大的姐妹牡丹、其木格、塔娜等。依成吉思汗时期重用女儿之遗风，公主是可以代行汗权处理一方事务的。而现在这几位“别乞”的“古列干”（即驸马）又多是武将，故而即使在生育期间若遇到突发的难题，满都海也可面授机宜，命他们火速前往代行汗权。

如此之深谋远虑，年轻的达延汗能离开这样的皇后吗？

智慧即魅力！据史学家考证，各种史籍里均很鲜见记载达延汗有什么花花事儿，倒是详细记载了他与满都海1482年以来一直成双成对地壮大着孛儿只斤氏家族。七子一女，其中尚有三对双胞胎。

依据《黄金史纲》实录，现并将各自名字分列于下：

图鲁博罗特（或可译为“钢权”）

乌鲁斯博罗特（或可译为“钢国”）

图鲁勒图（女）（或可译为“国霞”）

巴尔斯博罗特（或可译为“钢虎”）

阿尔苏博罗特（或可译为“钢狮”）

瓦齐尔博罗特

阿勒楚博罗特

阿尔博罗特

总之，是满都海使已经式微的孛儿只斤氏逐渐壮大起来，是满都海使长城之外各部族逐渐走向了大一统，甚至就连当今威望日隆的达延汗也是由她从七岁抚育培养长大的。少女时期立下的宏誓大愿正在一件件落实，到如今两大梦想也即将实现。她对自己年龄相差悬殊的婚姻从未有过丝毫不自信，而仍在忘我地与年轻的达延汗共同推进着草原汗国继续向前。难怪杰克·卫则伏在其专著里是这样总结两人之间的忘年婚姻：“虽有机会摆脱对方，展开全新的人生，但满都海与达延汗却决定坚守着对方，而且似乎两人还颇为恩爱，他们在政治上与婚姻上的结合都非常牢固！”

因为圣祖似乎时时在召唤，草原的未来尚须二人共同奋斗！

因为达延汗尚且年轻，而满都海的魅力却永不消退！

而长城内外尚仍在对峙着：是战？是和？

更重要的是漠南、漠北的大一统！

又出乱子了……

第十二章

献身

为草原统一而献身的巾帼皇后

详查历史就可得知，满都海终其一生几乎都是在马背上度过的！

从少女时期初展军事才华到成为王妃后组建女子禁军，从统率汗国铁骑西征斡亦剌到运筹帷幄令少年大汗一夜成名，从遥控指挥歼袭亦思马因到此后亲自率军平定叛乱的各次战役，无不说明她是一位杰出的女战略家、草原汗国卓越的女统帅！即使身不在马上，心也永远驰骋在战马上……

难怪后人皆称颂她为“马背民族的骄傲”……

她于1480年和达延汗完成事实婚姻后，怀孕、生子、抚育孩子，似乎已成为她的生活常态，但她起初也并未影响或耽搁必要的军事行动。满都海和年轻的达延汗依然过的是游牧战士的生活。她坚定不移的信条是，面对现实必须坚守“从马上打来的天下，更须从马上加以治理”的法则。为此，这对年龄悬殊的达延汗和皇后，总是常年战马纵横于天下：时而打击边境之小冲突，时而平息部族间的内乱，时而为丝路通畅出击，时而去荡平野心家的叛乱……据史载，由于他们坚守“马上治天下”的信念，最终带来了“成吉思汗逝世后数百年间，草原上所出现最强有力的中央集权统治”。

然而长城之内的明王朝却依旧“死水一潭”……

重用太监的万贵妃年纪越来越大了，却越老越注重让皇上对她“乐不思蜀”。而明宪宗也早对她依恋成癖，竟只听她找来的太监“歌颂盛世”之奏报，竟认为有了长城就一劳永逸了，高墙之外正只顾相互恶斗呢。明宪宗当然愿意游手好闲地当这个“盛世明君”，致使万贵妃正好让自家那些无赖亲戚个个加官晋爵、富可敌国。史载：“大明皇宫变得越来越沉闷、腐败……”

但满都海却使长城之外的马背民族充满活力。

然而，正如民谚所言“林子大了什么鸟儿都有，草场大了什么畜生都有”，长城之外也绝不乏挑拨离间、窥视汗权的阴谋家。其代表性人物便是：义巴来。据史载，他是某部族首领之子，曾是乩迦思兰重点培养的年轻代理人。依仗其父的及时转向侥幸逃过了上回那一劫，但他依旧野心勃勃、贼心不死。常在西部各部族暗中煽动反对孛儿只斤氏家族的统治。其煽动的话语是：“他们说要来统治（管理）只属于我们自己的部落！”“难道说他们还想来管治我们的脑袋吗？”最终，他煽动起一次规模大的叛乱，而义巴来却借口年轻尚未接掌部落兵权而置身事外。从此在暗中搞阴谋策划便成了他的专长，他更乐于“隔山观虎斗”。而此时满都海正在怀最后一个孩子，行动已有所不便。

为此，这一役差点成了满都海人生中的最后一役。

按史料推算，其时满都海已四十三四岁了，正在怀最后一胎，而且已到怀孕晚期。但不知为什么，她仍像十五年前那样坚持亲自率兵平叛。至于达延汗为何不去亲征，相关史书未加提及。或出巡，或生病，或坐镇汗廷，或有其他情况，均只字未提。只提到贤德皇后亲自统率千军万马冲杀到了平叛的第一线，而且众将领与无数铁骑均深受鼓舞。

须知，指挥他们的将是威震草原、百战百胜的女统帅……

却不料！眼看就要击溃叛众、即将取得决定性胜利的关键时刻，战马上的满都海却出现了意外的状况：先是身子一斜，随之便“旋落”在地上了，整个人痛苦地“扭成一团”。天哪！女统帅虽然总是百战百胜，但是为什么又累遭不测呢？上次的落盔、这次的坠马，均可引来刀砍马踏的杀身之祸！而更重要的还在于，最高统帅的突然坠马很可能引发军心大乱，群龙无首必将使众将士失去主心骨而无所适从。如若被敌人看到这一幕，将会使其士气大振、调转马头疯狂地进行反扑。

此战发生在1488年，土猴年。满都海危矣……

因为据传猴子是最善变的动物，在猴年发生任何惊天动地的大事也不令人意外。（时人语）而另一种说法为，马即象征着国家。控制住马就等于控制住国家，控制不住马而坠落就等于被国家抛弃了。故而，满都海这一“坠”不但有危于整个战局，而且还可能摧毁她一生一世奋斗之功过。然而，就在这千钧一发之际，说时慢，来得快，只见在四位忠心耿耿的勇士带头下，一小队奋不顾身的铁骑早环绕到她的四周筑起一道人墙。几乎与此同时，那小萨满朝鲁也奇迹般地闪现了，还是牵着那匹汗血宝马，还是驮着那个大篓子。令人大感意外的是，这小子还真从师傅那里得到了巫医真传。难怪史载：“满都海的部下不仅救了她一命，而且还帮助她巩固了统治者之地位。”同时也说明：“部下的赤诚已通过考验，而她多年的亲自训练与统率的汗国军队也是坚强而成功的！”但也有令近代史学家质疑之处，难道这一切均是满都海预先估计到和安排好的？若不然史书上怎么会有这样的记载：“那一天，满都海忠心的将士们接着作战，最终大获全胜！”试想，丧失统帅的指挥，一场重大的战役还能这样轻易取得胜利吗？

孕妇更理解孕妇会出现的情况，还有更深层的用意……

编年史家证实了这一点，不仅详述了整个事件的全过程，而且把每个挺身而出救她的勇士们全部记载下来。而尤为重要的是，还特别记载了勇士们的部落和氏族。细看可以发现，其中竟没有一个是来自满都海或达延汗所属部族的。意义非凡！这突显了大漠南北各部族牢固且强有力的效忠。在这次大获全胜之后，茫茫的塞北大草原之上马背民族终于凝聚成了一个单一的汗国。

凯旋一个月之后，满都海又为皇族生下一对双胞胎……

孛儿只斤氏家族一下子增添了两个男孩，当然值得大贺特贺！消息传出后，远远近近的各部族纷纷赶来为圣祖家庭之壮大而祝贺祈福。达延汗虽时年尚不到三十岁，却竟然已有了七子一女，自然高兴无比。而满都海虽生的是最后一对双胞胎，却也愿借此共祝草原汗国的大一统。人人皆赞她为皇族连生三对双胞胎功不可没，可想而知她听后也是深感欣慰的。只可惜！她那从小一起长大的女伴一个都没有来，皆因为她们被册封为“别乞”之后，均依照圣祖之传统坐镇一方代汗廷行使汗权。比如，其木格坐镇土默川掌管边关事务，塔娜坐镇绿洲掌管丝路的畅通，牡丹则因地位提升成为诸侯级的“哈敦”……但他们的“古列干”却都带着自己的儿女前来朝贺了。尤为罕见的是……

与乌纳博罗特的再次相会与诀别

满都海与达延汗当然要隆重接见这位黄金家族的重要成员，以及随他而来的八岁至十六七岁的三个儿子。朝觐礼仪一毕，达延汗已对其英武帅气的长子赞赏不已。他叹曰：“朕虽七子，最长者也不过七八岁也！今见亲王已有如此少年英才，朕似还须再等十年也！”乌纳博罗特也趁势跪禀道：“臣此次前来朝觐圣上另一目的，即打算将此子留下以受大汗教诲。”达延汗听后更加激动，当即就将此子带出帐外一试本领，准备次日早朝即拜将授爵。

只留下了满都海与乌纳博罗特，也只留下了尬尴……

“臣代牡丹，”半晌乌纳博罗特才嗫嚅着说，“向……向大皇后谢恩！她……她说，没有大皇后赏赐的‘别乞’封号，臣等一辈子也难以扬眉吐气……”

“同属黄金家族，何出此言？”满都海似只顾望着他。

“大皇后……”他被盯视得惶恐不安了。

“我……我在照镜子。”她却平静地答道。

“照镜子？”他依然困惑不解。

“是的，是在照镜子。”她却依然肯定着。

“这？这……”这更使他手足无措了。

“这并不奇怪！”这时满都海才解释说，“从你脸上就可看出，你我均青春不在，往事如烟也均已消逝了，只留下你我均渐渐步入老年了。你老了，瘦削了，脸上皱纹增多了，也不再有当年的英武了。看到你也就像看到了我自己，你脸上岁月的留痕肯定在我脸上都有。岁月不饶人！但流逝的往事能轻易忘却了吗？”

“谢皇后！”似只有乌纳博罗特才懂并为之泪流满面。

“我也感谢你！”满都海也眼含泪光回应，“从这近二十年来说，没有你对圣祖成吉思汗的忠心耿耿，草原汗国哪会有今天？你总是以黄金家族的后裔和蒙古名帅的两重身份坐镇后方，才使我和大汗得以放心地纵横南北，使马背民族重新凝聚在一起！你对汗国居功至伟，未来必将永垂青史！”

“臣有愧！”乌纳博罗特听后竟泣不成声了。

应当说，满都海与乌纳博罗特的这次久别对话，既符合君臣大礼，又各自心知肚明，充分体现了这位草原皇后的大智慧。只是最后一句“永垂青史”，似乎“脱口而出”过早了一些……多亏达延汗此时携英武少年返回宫帐了，并对其之骑术箭法均赞不绝口，致使这场亲族间的久别相聚总算以皆大欢喜结束了。却不料此事竟引起了连锁反应，乌斯曼也带来了他和塔娜的长子，阿拉腾也带来了他和其木格的长子，甚至好些部族首领也纷纷带来了自己的长子，皆愿将儿子留在汗廷，以效忠于大汗和大皇后。

为最后一对双胞胎祈福，这回才算功德圆满了……

须知，由乌纳博罗特亲王带头，随之众首领纷纷跟进，以长子留于汗廷效忠大汗之举确实意义非凡。古今中外均不乏先例！尤其对游牧民族历经百年的内战之后，这种现象的出现不仅说明了中央集权的更加壮大，而且也说明了部族间矛盾越来越小。故而，称之为功德圆满毫不过分。并应指出，是带有一定“质子”的性质，但对当时谁也不服的草原也可算是某种进步。

只不该！父亲们回去不久后，母亲们又接踵而来了……

哪个母亲不心疼自己的孩子？她们的后续到来是为这些英武少年亲手安排生活

的。其实在满都海的关照下绝对多此一举，但她们还是带来了冬夏的衣物、毛皮被褥、各种奶食，甚至还有毡帐和侍从。母子情深，无法阻拦！但也有令满都海惊喜之处，那就是从小一起长大的女伴也都来了。她们都已四十多岁了，岁月留痕可真不饶人：塔娜变得又胖又壮，其木格却变得更加消瘦了，唯有牡丹似乎风韵犹存，却也显老了。她们一白天似乎就顾围着儿子忙乱了，直至深夜昔日的小姐妹才最终欢聚在后宫毡帐里。

达延汗的自觉退出，使他们敞开心扉更加无拘无束了……

“大皇后！”塔娜第一个嚷嚷上了，“我们都比您早成婚七八年，您怎么反倒‘后来居上’啦？我们最多的也只生了三四个，您怎么就一连生下整八个？七儿一女，让人真羡慕死了！快说说，是不是有什么宫廷秘方？”

“没有！”满都海端庄地笑答。

“我不信！”牡丹也来劲儿了，“别的且不提，就说生双胞胎吧！怎么你一生就是三对，而我们怎么祈天告地为何就连一对也生不出来呢？”

“我也真想有一对双胞胎……”就连文静的其木格也感叹了。

“真没有！”满都海认真地解释说，“要有，北归战乱以来孛儿只斤氏的后裔能逐渐式微吗？再说了！就是真有这种秘方，对我们这些四十多岁的女人还有用吗？”

“也是。”牡丹首先沉吟了。

“其实，”满都海继续说道，“我认为，有儿、有女、有丈夫，团团和和就是福！并请都告诉我，你们依仗‘别乞’之势欺侮过丈夫吗？”

“他是亲王，我敢吗？”牡丹首先回答。

“他对我关爱备至，我能吗？”其木格也答。

“乌斯曼文绉绉的，除了鬼点子多之外根本不像顶天立地的男子汉。整天客客气气的，能不惹我处处发火吗？”这是塔娜的回答。

“说得对！”满都海最终表态了，“她这叫身在福中不知福！本来我是想找从小一起长大的姐妹们，先商量一件重要的大事儿。就冲塔娜这火暴脾气，头一个就得把她排除了。”

“我改还不成吗？快说！什么事？”塔娜又来劲儿了。

“我一直在想，”满都海沉思了片刻才说，“你们和许多部族首领都要将长子送到汗廷，这不仅是体现了对大汗和国家的效忠，而且也体现了对我这个皇后的信任——相信我一定能把孩子们带好的！但事事均应将心比心，大家这样信任大汗和我，难道大汗和我不应当更信任大家吗？大家能把自己的孩子放心地交给我们，我们也应把自己的孩子放心地交给大家！我已和大汗初步商量过了，我们这七个儿子大一个往下送一个！你们愿意带头收留吗？”

“先仅我！先仅我！”牡丹和塔娜竞嚷嚷着争了起来。

“大皇后圣明！”只有其木格跪地而赞曰。

据史载，这的确是满都海又一大智慧之抉择！但绝不是为了什么单纯的相互信任，而是着眼于中央集权所设计的更加长远的政治布局。此后，她果然在儿子们稍长之后，便将他们在重臣护卫下分别安插在各边疆要塞部族之中。既饱经风霜在磨难中成长，又增长见识学做未来的统治者。满都海的七个儿子的名字中均含有“博罗特”一词，意为：钢。有史可考，果然后来这七块“钢”均颇有出息，“同心协力为草原汗国筑起了一道钢墙”。

当时臣众们尚难理解，似乎从中只看到满都海之贤德……

不是吗？有来有往，相互信任，似乎大皇后此“贤德之举”更鼓舞人心，好像这才算彻底功德圆满了。但也有人持相反意见，竟敢妄称：“功德圆满个屁，远水解不了近渴！”这是何人敢如此胆大包天，竟敢公然亵渎受万民尊崇的大皇后？众人正在猜疑间，这小子竟还敢摇摇晃晃来自闯宫帐了。天哪！原来是小萨满朝鲁，也不知是喝多了酒还是神鬼附了体，只见他东倒西歪满口叨叨着“功德圆满个屁，屁屁屁”冲宫帐走去了。

后头便是“据说”了……

据说，满都海不但没下令阻止这小子的“闯宫”，而且还命侍卫搀扶着他“请”进了宫帐，让这小子尽情地嚷嚷，放肆地胡言乱语……据说，这小子这天确实有些神迷智乱像是中了邪，似乎晃晃悠悠骂骂咧咧全不由自己。据说，满都海反倒神态自若，特别平静地问他：“为什么说‘功德圆满是个屁，远水解不了近渴’？”据说，就在此时令人惊诧的神异现象发生了：明明是小朝鲁的嘴在动，但发出的声音却是地地道道的死去的老萨满的，就连那“嘻哈风格”也不差分毫。据说，当即把侍从们惊得目瞪口呆了，但大皇后却见怪不怪地予以点赞曰：“言之有理！”这小子听后便一翻白眼、口吐白沫、猛然栽倒在地不省人事，好半天才缓过气来，却似乎成了个半傻子……总之，传说颇多，有人甚至将其称为“神谏”。

其实，满都海也早已在深思熟虑这个问题……

在她的亲自统率下，虽差点丢了性命，但总算把一场内部最大的叛乱平定了。然而，似仍缺更重要的一步，否则这只能算是漠北汗国的一次大胜利，而不能称之为大漠南北百年之后的重新大一统。尤其当自己生下最后一对双胞胎全民欢庆之际，朝野纷纷一再高呼“功德圆满”是有其原因的：一来说明人心思定已满足于现状，另一方面也说明部族首领奉献出长子也要维护相对独立的特权。而这一切均有害于草原汗国真正的大一统，更有害于彻底的中央集权推行新政。但在这全民欢庆孛儿只斤氏更加壮大的时刻，如果当即处置此事，肯定会“有拂民意”，影响臣众欢乐情绪。

多亏有这次怪异的“神谏”事件出现……

在数百年前的茫茫大草原上，牧人们把很多灵异现象均视为“神示”，这并不奇怪。甚至就连满都海都没怀疑这或许是小朝鲁在装神弄鬼，这小子还没那份水平也没这种必要。关键是这位大智慧的皇后如何对待这次“神谏”。果然在不久之后她应来自各方的臣众之要求，最终还是“顺应民愿”并召见文武百官公布了其内容。原来，死去的老萨满借小朝鲁之口道出的“神谏”是：“非圆满也！上次于始祖母阿阑豁阿灵庙前祈天仅为立汗即位，今后必须赴圣祖成吉思汗陵寝前祭祖立国方可为承继大统！”神示谁敢不遵？传出之后朝野内外均为了“圣陵重新立国”——再办一次达延汗之即位大典——纷纷开始筹办了。

这正符合了满都海大一统马背民族之愿望……

只可惜！经历这次梦魇后小朝鲁死活也不肯接师傅的班当小萨满了，他成天骑着那匹只听他指挥的汗血宝马就顾着在牧场上追逐小姑娘。那大篓子还在，只不过里头常装着的是娇柔的美少女。显然，这对满都海造成了很大的困扰：汗权怎么能离开神权的帮忙呢？好在这小子一犯浑，已逝的老萨满总会不时地在他身上“附体”，并常借他的嘴发着老人家的音，折腾得这小子最后也只好乖乖地又当了宫廷小萨满。

却谁料！一波未平一波又起……

历经半年多的准备，到1489年春末，达延汗赴鄂尔多斯成吉思汗陵帐前的祭祖大典时机就要成熟了，偏在这时一个不幸的噩耗却传到了汗廷——东蒙古深孚众望的首领、一代杰出的蒙古统帅、一生均献给了马背民族大一统的乌纳博罗特亲王“英年早逝”了，时年尚不满五十岁。这里先补充说明一点：在蒙元时期，汗可分为帝王级与诸侯级。像乌纳博罗特这样的黄金家族后裔的部族首脑也可称之为汗（诸侯级的，但不能称大汗或可汗）。因恐读者混淆，故权且以“亲王”代之。乌纳博罗特的去世在汗廷引起了极大的震动。这不仅仅因为他是黄金家族极具威望的代表性人物，而且还因为他的忠诚、厚道、顾全大局、统帅才能等也深受汗国臣众的普遍敬重。难怪就连平时以冷峻寡言著称的达延汗闻之也失声恸哭曰：“天不佑我！天不佑我！今后何人能代朕撑起东部半壁江山？”

而满都海得知凶讯后，感情尤为复杂……

从十六岁开始进宫以来，她和老可汗身旁这位年轻的禁卫军将领朝夕相处了。不可否认，他们曾有过一段颇纠结的感情经历，甚至还有过分别时那终生难忘的“一夜情”……她本来以为几十年过去了，随着国事家事的日益繁忙这一切早已了结了。但谁料这凶讯一传来，却犹如五雷轰顶一般一件件往事反倒又被激活了。满都海几近肝肠寸断、悲痛万分，似这才知道他在自己的心目中分量有多重。苍天在上！毕竟是他第一个让她知道了什么叫女人，但她却绝没有想到这次见面时对他所说的“必将永垂青史”竟成了永别的忏言。追悔莫及啊，但又必须追悔！

当务之急是，重新撑起汗国东部之半壁江山……

随之，满都海便与达延汗决定，带着乌纳博罗特的长子亲赴金箭匣草原送亲王魂归长生天。一方面极尽哀悼之能事，一方面也在为他的身后事做出后顾无忧的安排。

满都海与牡丹相见之情可想而知……

最终，乌纳博罗特的长子承袭了父亲的爵位，成了东部黄金家族的当然统领。而牡丹“别乞”则由大汗册封为“金箭匣哈敦”，有权代表汗廷监理东部草原一切政务。在达延汗和满都海皇后的亲自主持下，母子俩还接受了金箭匣草原各部族之效忠。

当然，当年那套曾代表皇后的衣饰，也被牡丹悄然放在丈夫身旁一起“天葬”了。

半壁江山重又撑起，满都海和达延汗才又返回了汗廷。

斯人虽已去，但汗国的脚步不能停!

重又规划前往对圣陵的祭祖大典!

意涵深远，必不可少……

祭祖大典与立汗新风

1490年，一辆全新而巨大的王车在数百头牤牛的牵动下，在众多文臣武将和无数铁骑的簇拥下，缓缓地驰出了汗廷所在地梦可宝力格大草原。

车轮滚滚！直向每个蒙古人心目中永远的圣地前进……

王车上的宫帐也是全新的，洁白的毡顶围上绘有描金和天蓝色的绚丽图案。别具一格的蒙古族情调，突显了历经百年内乱后马背民族的全新追求。毫无疑问，在这崭新的流动宫帐里坐着的是这个全新汗国的造梦者——大智大勇的皇后满都海与冷峻威严的达延汗!

但也有一点令人感到奇怪和不解，那就是身在长城之内的明王朝却似乎对关外游牧民族的重新崛起仍无动于衷。文官大搞钩心斗角，武将只顾冒功贪腐，太监伺机揽权乱政。故而，虽号称“地最广、物最丰、兵最多、将最众、财最富”云云，但在贪腐成风、醉生梦死的社会风气影响下竟毫无一点“防范意识”。这就使满都海能够得以尽显才华，纵横于塞外茫茫大草原，一步步在为马背民族的大一统施展她的宏图大略。难怪当时就有外国使者称：“明王朝的日益腐朽沉沦，似正在等待元王朝之复辟！”

分分合合！长城似乎很难阻隔多民族间之磨砺和交融……

其实，就在塞外将要举行的“祭圣大典”的前三年，明王朝后宫里那带有恋母情结的“畸形之恋”也总算到头了。1487年2月，那独享专宠擅权乱政的万贵妃终于死了，享年大约五十七岁。紫禁城内外均为之一振，莫不为这老妖婆之死感天谢地。却谁曾想，明宪宗竟没熬过“痛失挚爱”的极度哀伤，七个月之后也随之撒手人寰，时年仅仅三十九岁，死于1487年 9 月 9 日。皇帝驾崩了，这对于封建王朝可算得国之头等大事。又是隆重之国丧，又是新皇之登基，哪还顾得上边关之事？只顾得在紫禁城内乱乎了！而且这一乱就是两三年，足以为满都海重振汗国留下更多可利用的时机！

1490年，满都海和达延汗的王车终于抵达了鄂尔多斯。此次来到漠南，对于这位人称“智慧化身”的大皇后来说，尤有特殊而重要的意义。因为她就出生在漠南的土默川，自幼即跟随父兄为朝拜圣陵来过鄂尔多斯。往事历历在目，竟使她恍然产生了一种回家的感觉。但她却更牢记着此行之目的：通过朝圣祭祖，重新确立以成吉思汗为代表的孛儿只斤氏之统治权，以展现一个全新游牧汗国浴火重生后的再次大一统！

而此时，高大威猛的达延汗也适时亮相于王车之上了……

金盔、金甲、金箭匣，在金色阳光的映辉下宛若一尊金铸的神像。果不愧圣祖成吉思汗的嫡传圣裔，顿时便引起护驾的千军万马一片狂热的欢呼。前来迎驾的漠南各部族首领均受到了强烈的震撼，竟纷纷扑倒在地跪迎王车之到来。而达延汗仍是那么冷峻威严，仅传见了专司守护圣陵的达尔扈特部族头领。命侍从“代朕赐酒”且传达旨意之后，随之竟出人意料地步下王车跨上战马巡视，并与各部族首领以古礼一一相见。无言自威，效果奇佳，突显了圣祖子孙之威严。

据史载，这在当时可称之为近百年来规模最为宏大的祭祖大典，极为隆重，盛况空前。满都海与达延汗在达尔扈特守陵人头领的安排下，首先向成吉思汗陵帐献上了精心铸制的铜酥油灯盏和一个更大的铜香炉。在焚香燃灯之后，随之便又将牛和绵羊宰杀后九头（只）为一组，献祭于成吉思汗灵旗苏鲁锭前。仪仗队分别由全身白色打扮的“白马骑士”与全身黑色打扮的“黑马骑士”所组成。鼓手敲打着巨大的蒙古鼓，掌礼官吹响低沉而又洪亮的长约一点五米的大铜号。达延汗及其七个如钢似铁的儿子，作为成吉思汗家系的嫡传子孙，当然是这次百年一遇的大祭之中心人物。依照古礼古俗这传统的仪式还在庄严肃穆的氛围中进行着，但昔日孛儿只斤氏的辉煌似又重现眼前。

还有一项重要的内容，似乎是由满都海特意安排的……

那就是由达尔扈特人司礼官在仪式进行中，不时插入的押头韵之长篇吟诵，重温历史、歌颂成吉思汗的崇高品德等。比如，圣祖保护行为平和者，消灭行径粗暴者，被普世誉为吉祥皇帝。再比如，尚有提醒人们牢记圣祖教诲的：“要接受不中听或烦人的建言，要以无情的律法惩罚坏人，要以仁心保护众多子民，要追求扬善于每个地方的好名声。”内涵颇深！似在告诫头头脑脑自以为是、为所欲为的时代结束了，今后的一切将以成吉思汗钦定的“札撒”而论。

但对于牧民庶众却毫无影响，似乎人越来越多了……

据史载，出于对圣祖的崇拜，参祭者日众。他们带着酸马奶、肉、奶酪、奶酒以及各种传统的乳制品，怀着无比虔诚和敬仰的心情依照传统古仪纷纷敬献于圣祖陵帐。而还有一个重要的原因，那就是人人都想亲眼看见圣祖后裔——当今大汗的英武风采。果然极具先祖遗风，顿时引发茫茫大草原上欢声雷动。而这正是坐镇王帐的满都海最需要的。祭拜完毕，随之便是摆开盛大的宴会请所有的参祭者开怀畅饮，并在其后一连三日举办了传统的“那达慕”盛会，如赛马、射箭、搏克（蒙古式摔跤）等，使狂欢达到高潮。而达延汗亲临“与民同乐”，更加深了牧众对他的拥戴。

难怪史载，此次祭拜圣陵乃北元史上的一个里程碑，起码有以下几个重要意义：

其一，宣示一个新的统一的汗国浴火重生了。

其二，宣示各部族必须严遵“札撒”唯崇孛儿只斤氏。

其三，宣示确认达延汗从此成为各部族的最高统治者。

总之，在满都海的精密而又周详的策划下，这等于为达延汗在成吉思汗陵园又补办了一次即位大典，也等于补开了一次“忽里台”选汗大会，从而结束了近百年来各部族之“无法无天”，使成吉思汗一脉重掌实权。而为了巩固初步大一统的成果，她又与达延汗商定就此将中央汗廷也一并移至大漠之南。游牧汗国，游牧汗廷，漠南各放牧部族似也只能接受这种现实。

当然，满都海如此而为是有她更长远的打算——

首先，为了巩固孛儿只斤氏的权力，她与达延汗废除了元王朝时的许多旧官衔。如过去常被异族军阀利用的“太师”“丞相”等；并为防止未来汗国内部的倾轧，他们还取消了诸侯级“汗”之称号；当众宣示：从今以后汗国将只有一个大汗，一个哈敦，一个济农，其他皇子将赐封为台吉（即皇族出生的首领），唯一的女儿仍然赐封为别乞，后与东蒙古的喀尔喀部首领完成了一桩策略性联姻。

其次，满都海深知“得民心者得天下”，她与达延汗经常奖赏英勇者，安排新婚事，赐头衔给功臣，创造新税制（惠及于民），并且赐金印给新任公职者……在如此种种深得民心之举措下，刻意而又仔细地呼应着成吉思汗的作为：逐步削弱部族间的分裂势力，而让孛儿只斤氏尽早重登统治之位。民心所向，中央集权！

再次，史家所称之“更难啃的骨头”，即对近百年来氏族部落乱状之改造。满都海与达延汗认为，为了草原汗国的根基稳固与长治久安，就必须在大漠南北创建新的氏族部落制度。只惩罚叛乱首领，不株连部落牧众。此外决策将凡是在蒙古高原生活的各个氏族部落，不论是本土人还是奥塞梯人与钦察人的后裔，以及汪古人与党项人的残部，直至部分归顺的畏兀儿人等，只要效忠于中央汗廷均可被视为草原汗国的忠实臣民。而在此基础上，再分别组成以汗廷为中心的左翼与右翼，每个“翼”下分辖三个“土曼”（蒙古语：万户）。左翼（东部）下辖察哈尔、喀尔喀、喀喇沁三个“土曼”，右翼（西部）下辖鄂尔多斯、土默特、永谢布三个“土曼”。六个“土曼”均是由地理上相近而又带亲属关系的族群组合而成，但再也没有昔日那种“各自为政”的特权了。而每个“土曼”下尚辖数个“鄂托克”（非指今日内蒙古之鄂托克旗也，系指一级部族实体，如“千户”“百户”之类），从中不难看出满都海和达延汗是如何在传承成吉思汗“治国如治军”之遗风，加强中央集权统治，防患于未然的。

最后，也就是满都海与达延汗这一生必须面对的最大的问题，即如何面对长城之内的明王朝。作为蒙古民族也曾从边关走进去建立了盛极一时的大元王朝，又曾从边关败退北归历经了百年的内乱。但长城内外这种复杂纠结的关系，似一直处于“剪不断、理还乱”的状态。据史载，在满都海监国时期，似为了首先一统草原对明王朝采取了“以和为贵、通商贸易”之策。但仍拒绝承认大元王朝之消亡，故双方也难免时有冲突发生。1487年，万贵妃与明宪宗之去世，为长城内外的双方缓和关系与通商贸易打开了一扇机会之门。1488年，满都海与达延汗主动派出一支贸易使团赴明廷，但达延汗在蒙古文的函件里却仍表明“达延汗即大元汗”。好在明王朝国势日衰似也只好睁一只眼闭一只眼答应通商。这可算迈出的极为重要的一步，使长城两边开始合法地互通有无。1490年，在祭陵大典之后，满都海与达延汗又决定将中央汗廷由漠北迁往漠南，离长城更近了，也对明王朝的动态和变化更加了解了。在此期间，大的战争没有，小的冲突未断。1501年，满都海与达延汗曾扎营于鄂尔多斯某防御薄弱的地带，由于有内奸报讯几乎被贪功的明军将领端了“老窝”。在险遭此劫之后，遂有了他们将七个儿子（七块钢）派驻长城沿线筑成一道钢墙之举。不是复仇，而是对明王朝的警示！

生于漠南，重返漠南，造福于整个马背民族……

总之，在相关的史籍中均给予上述决策很高的评价。杰克·卫则伏更进而如此评价满都海：“满都海这一切决策，或者更清楚地展现了她对蒙古民族历史和传统文化的执着。她要为自己的人民和后代子孙建立一个稳定安全的草原汗国，而绝非是由城市和外邦构成的世界帝国。”

但她也有失策之处……

比如，在那次鄂尔多斯险遭劫难之后，她竟只认定这是一次偶发事件，并不相信蒙古人之内也会出内奸。好几年后惨痛的事实才告诉她，原来那个在祭圣时“最先效忠、带头尊汗”的义巴来就是暗通明军的奸细。上次部族叛乱时他因尚未成为部族首领潜伏下来了，这次祭圣时他刚接了亡父的班地位尚且不稳。为此，他极尽卑微之能事，装出一副孤儿可怜相只顾讨好达延汗以示忠诚。谁料众人眼中的可怜虫，背后却阴险狡诈地来了这么一手。

只可惜！在明军偷袭不成反败后，义巴来却又溜掉了……

而在此时，满都海经这次劫难也正在深思一个问题：漠南因靠近长城和农耕文明地区，虽驼道来往畅通，物资供应充裕，也好就地掌控各大部族，但毕竟面临一个人口众多、由砖木垒就城池的巨大帝国，且不说随时可能引发战争，就单论物质诱惑也能把中央汗廷变得软化了。恰好此时其兄左翼副统帅脱火赤来报丧了：不久前满都海之父特穆尔老太师以草原罕见的高龄（七十岁左右）辞世了。居功至伟，却为人低调，漠北牧人莫不为之深感悲伤和怀念。

满都海得知后心存愧疚，悲恸不已……

“皇后节哀！”脱火赤以君臣大礼反倒劝说上了，“父亲病中曾告诫臣等道：‘谁言自古忠孝不能两全？为国尽忠即为大孝也！老朽虽已久未与皇后谋面，但随着汗国之振兴却无时无刻不感到女儿孝心就在身边……’”

“老人家还有何遗托？”满都海强忍悲痛问道。

“未有所托！”脱火赤躬身回应曰，“老人临终只反反复复念叨着一句话，没有了草原、畜群、游牧和战马，也就没有了马背民族……”

“也就没有了草原汗国。”满都海含泪补充道。

“皇后保重！”此时达延汗也闻讯赶来了，“太师逝世，国之大事！朕已命大中军做好准备，及时赶回漠北绰罗斯草原亲自去哀悼！太师辅佐之恩朕终生难忘，此乃国丧也！”

“大汗当应听听老人遗言再定。”满都海说。

“脱火赤将军，请讲！”达延汗显然对皇后仍特别尊重。

“启禀大汗！”脱火赤似也只能再重述一遍，“末将家父临终只留下一句话，没有了草原、畜群、游牧和战马，也就没有了马背民族……”

“甚至没有了草原汗国。”满都海也重复了一遍。

“难得的真知灼见！”看来达延汗也曾想过这个问题。

“大汗圣明！”满都海趁达延汗沉吟进言道，“请大汗试想，如上次明军偷袭成功万一有个意外，这不等于孛儿只斤氏又一次遭遇灭顶之灾吗？再加上漠南各部族之反复无常投而复叛，就连圣祖在世时也深感棘手。而大汗乃近百年牧众期盼来的英明大汗，焉能长期置身于战争与动乱之险境中？现今祭圣效应已充分发挥，大汗地位在大漠南北已更加得到确认。而两翼与六‘土曼’制也已架构成功，并已可确保孛儿只斤氏的统治权威。故臣妾建言，为何不趁此离开这险象环生之地，将汗廷重新迁归漠北草原？以利大汗于远方纵观天下、遥控整个草原汗国，并可确保大汗圣体之无虞与马背民族之永存！”

“皇后所言极是，此即朕之所想！”谁料达延汗竟慨然地一锤定音了。

次日，先是两位皇子紧随脱火赤赴绰罗斯奔丧，随之便是巨大的王车在“怯薛”卫队和无数铁骑的护卫下，开始向漠北大草原缓缓前行。

豪华的宫帐里坐着悲伤的皇后与深思的大汗。

史无详载，时间大约在1504年前后。

沿途有无数爱戴满都海的牧众送行。

但却没有一个人会估计到——

她再不会回来了！

生身之地……

第十三章

归根

怯绿连河河畔的汗廷岁月

据史载，满都海和达延汗率领所有文武百官终于返回了漠北，但却没有重归梦可宝力格那茫茫的大草原。

据史载，这是贤者满都海皇后的主意……

应当说，在漠北她似乎具有更高的人气。因为生活在这里的牧人们都亲眼看见过，她是如何将一个抱残守缺的衰败汗国变得如此统一强大的，她又是如何将一个孱弱的七岁小男孩变为威震南北的大汗……久久的离别，给人们留下了深深的思念。为此，漠北的行吟诗人从东到西莫不吟诵着她："鸿雁啊！向南飞，带去牧人的祝福吧！为了草原献身的满都海，将是牧人心中永远的神话……"

现在总算重又盼回来了，牧人们莫不感到欢欣鼓舞……

当然，她和达延汗重新选定的汗廷所在地，也会受到朝野上下臣众们一致的尊重和肯定。更何况！这里确实有一处圣地，坐落在怯绿连河旁，依傍着布尔罕合勒敦山脉。据史载，这里是"点燃孛儿只斤氏灶火"之地，也就是成吉思汗长大的草原。至今圣祖后妃的四大"斡耳朵"与黑灵旗仍供祭在这里。历代均被公认为圣地，来自各处的蒙古人均纷纷前来朝拜祈福！总之，这里就是成吉思汗的发祥地，这里有着马背民族的根。汗廷扎营于此，只能证明满都海与达延汗抉择之英明。

归来的首要任务，是先赴绰罗斯悼念老太师之辞世……

当满都海再次返回怯绿连河河畔时，汗廷之一切均早已在碧草如茵的大草原上安排好了。时间大约在1505年前后，从此她好像就再没有离开过扎在金顶汗帐后的宫帐。她是彻底远离了自己的故乡，但漠南的牧人也同样怀念着她。据史载，好多部族都派代表越过大漠北上，恳求他们再回漠南。因为他们曾给人民带来过平稳、安定，起码赋税要比走后少得多。

但突显大智慧的满都海似已骑马也困难了……

按时间推算，她已五十开外了，而达延汗尚不满四十。但据史载，他们仍难割难舍、相互依存。为此，大汗并未亲自前往，而是派儿子前去代为治理。对古代游牧民族的妇女来说，由于日夜辛劳过了五十岁即算死年了。虽然有的史者写道："满都海五十多岁却依然魅力不减。脸上是多了不少皱纹，却反倒平添了几分感人的慈祥。"但满都海自己却深知岁月不饶人，老了就是老了，是该谈到为草原的未来尽最后一份心力了。为了以防万一，大汗需要一位得力的助手，汗国需要一位稳定人心的卓越接班人。

这就是指定次子乌鲁斯博罗特为"济农"……

这是由满都海与达延汗几经商议初定的，然后再经孛儿只斤氏皇室家族内部协商确定。在此期间，满都海从小一起长大的姐妹——"金箭匣哈敦"牡丹起了很大的作用。按说，作为乌纳博罗特的遗孀，她算不得什么孛儿只斤氏的嫡系成员，充其量只属于黄金家族范围内。有史为证，在达延汗如日中天期间曾整顿过这种鱼龙混杂的家族关系，尤其对圣祖孛儿只斤氏这一系要求更严，凡冒牌或生拉硬扯者一律清除。但只有一个例外，即由于乌纳博罗特亲王对圣祖、对汗国、对孛儿只斤氏圣裔的高度忠诚，终其一生都在为达延汗登上大位保驾护航，故而被破例"获准在孛儿只斤氏族内保有独具一格的身份"（史籍原话）。而二皇子在少年时期确也曾在东部蒙古锻炼过，与牡丹有着极深的感情。

当然，“立储”对于整个汗国来说都是一件大事……

为此，漠南漠北各部族首领都会赶来祝贺，而满都海借此也与从小一起长大的姐妹们又得以欢聚了。除了牡丹先到之外，随之塔娜、其木格以及那两位没有“别乞”封号的姐妹也纷纷赶到了。伴随着丈夫带着儿孙，齐又重逢于怯绿连河河畔后宫的帏帐里。但再次相见的第一感觉是：老了，都老了，似乎比上一次相见时更老了！昔日以秀发骄人的牡丹已变成满头华发了；昔日婀娜娇美的其木格快抽抽成个小老太太了；而塔娜则更倒霉，不仅乌斯曼抛下她先去世了，而且她自己也越老越臃肿似早变成个又胖又大的老奶奶了。相对来说，似只有身为皇后的满都海尚依稀可见昔日的风采。这可引起了姐妹们的议论纷纷，直脾气的塔娜首先就不平地嚷嚷上了：“大皇后呀！为什么老天爷处处都偏向着您？且不说您一生就是三对双胞胎，我们却连一对也生不出！就单说这个‘老’字，为什么您脸上的皱纹要比我们稀？为什么您的腰肢要比我们细？为什么您身上的赘肉要比我们少？老天爷呀！同样是女人，待遇怎么就这样不公平？莫非，莫非您是天女下凡？”

谁料“天女下凡”这句话很快便传开了，有史料为证。

直到儿孙们齐来参拜大皇后，这场有关“老”的争论才暂告一段落。满都海看到，昔日那些被送到汗廷效忠的十五六岁的少年，现在大多已年近三十了。一个个均已在“两翼与六土曼”的架构中肩负重任，而且就连他们的孩子也大多十岁左右了。他们都是为年轻的“济农”宣誓效忠的。满都海见之感慨万千，对着众姐妹说：“一茬顶一茬，咱们能不老吗？老天爷对谁也不偏心，每一家都儿孙满堂还不公平吗？来呀！先给小孙孙们赐赏！”顿时一片欢腾，后宫毡帐里溢满了老奶奶们的笑声。

但更出彩的还要数“济农”——黄金王子的“亮相”……

立储，乃国之大事也！为此，就连祖传的金顶汗帐也重新换毡并描金。怯绿连河河畔的碧草如茵的大草原上，扎满了大漠南北各部族首领来贺的帐篷。人欢马叫，到处都呈献出一片振奋人心的节日气氛。是日，宣示的时刻终于到了。金顶汗帐内尽显庄严肃穆，王座上高高在上的是达延汗和满都海皇后，下面环立的是文武百官、皇亲国戚，乃至各部族首领。而金顶汗帐之外，尚聚集着等候的牧人们。一切均依照着马背民族的古老传统，事事均严守草原汗国的古风古俗。总之，在经历过漫长而又烦琐的宣示仪式之后，新册立的“济农”——黄金王子乌鲁斯博罗特终于从幕后走到台前了。谁料这位黄金王子一登场，似乎一切仪式均不重要了。人们的目光顿时便聚焦在他的身上，仿佛只想着要从他的身上看到汗国的未来。

果然，黄金王子一亮相就全场慑服了。只见他双目炯炯、英气逼人，似兼备了父母双方的特点。既像达延汗那样长得高大魁梧，又像大皇后那样眉宇间透着睿智和聪慧。一种与生俱来的王者之气，刹那间便令文臣武将、皇亲国戚、部族首领等莫不躬身敬服。但也就在此时，有人看到坐在王座上的满都海皇后，却紧盯着儿子的一举一动潸然落泪了。不知是因为喜不自禁，还是因为过于激动？而那古老的仪式还在依规进行着，好像已到了黄金王子该到金顶汗帐外接受牧人欢呼的时候了。但满都海却仍坐在高高的王座上一动不动，任眼中的泪珠儿在脸颊上滚落着。金顶汗帐外的欢呼声一浪高过一浪，但大皇后却越来越陷入了对往事的沉思。

往事悠悠！泪光中透出的是伟大的母爱啊……

应当指出，这位黄金王子是让母亲付出心血最多的一个。1482年，满都海三十多岁了才第一次当母亲。谁曾想一生就是一对双胞胎，而且一个壮实一个却非常孱弱。为了使孛儿只斤氏尽快添丁进口，她毅然决然地把那个奄奄一息的留在身边亲自哺乳和抚养。在严酷的漠北草原为这个婴儿所付出的心血和操劳就不用说了，这个能死里逃生的孩子就是当今的黄金王子乌鲁斯博罗特。即使在后来生下其他的儿女之后，满都海还是总关心着他的健康和成长。比如说，因为他从小就怕冷和腿软站不稳，从他一岁起满都海便专门命人给他做“毛窝子”（即毡靴），而且习惯性地每长一两岁就又命人再给他做一双。至今后宫毡帐里还存有大大小小十几双，好像怕忘了这个孱弱孩子成长的印迹。

金顶汗帐之外，为欢庆册立黄金王子的“那达慕”盛会也开始了……

是夜，当草原重归宁静时，满都海在后宫毡帐里向着自己最至亲的人——达延汗和黄金王子出人意料地宣示了自己的最终决定。

按现在的话来说，她要彻底“退休”了……

“我老了！”满都海反复强调着，“真的老了！脚已无法踩住马镫，腿也无法踏上王车，眼老花，腰难弯，手发抖，脑子也越来越糊涂……我老了，也累了，该到歇着的时候了……”

“皇后！朕离不开你呀！”达延汗竟悲声惊呼了。

“谢陛下！”满都海却仍谦恭地回应，“大汗正当盛年之时，前程如日中天！臣妾虽因老弱体衰再难相伴南征北战，但现已册封了‘济农’可助陛下完成未竟之大事！难道一位生龙活虎的皇子还不如一个疼痛缠身的老太婆吗？”

“母后……”黄金王子跪倒在地哀求了。

“起来！”满都海似乎生气了，“圣祖的后裔能这样没出息吗？你要牢牢记住，作为成吉思汗的后代，打从你一出生就肩负着重振汗国的天赋使命！尤其在被册立为黄金王子之后，这神圣的责任就更义不容辞！”

看来这位摄政或参政几十年的大皇后的主意已经不可更改了，册立“济农”原来就是为了这一天！

据史载，从此她果然再不过问朝政彻底歇着了。

将汗国交由丈夫和儿子管理。

但有关她的神话并未结束！

牧人们均在为她祈福！

保佑汗国……

黄金王子赴漠南之惊人噩耗

据史载，满都海的隐退是坚定而又彻底的。为此，她竟把自己的宫帐，即那座陪嫁的蒙古包搬迁到了那远离金顶汗帐的皇家牧苑里。

山清水秀，碧草如茵，确实是个养老的好地方……

但也有缺陷，那就是略显孤独。这倒不是因为没有侍女侍卫陪着，主要是常年难得与孩子们见上一面：唯一的女儿远嫁到喀尔喀了，六个儿子也各自身负重任分赴“两翼、六土曼”坐镇一方了，唯一留在汗廷的也只有身为“济农”的皇子，但因为政务过于繁忙她也不忍心常常召见。好在达延汗对这段“忘年之恋”始终忠贞到底，依然不断跨马而来夜宿在这里。有史可考，达延汗在满都海生前从未纳过一个妃妾。但也有史者称，这或许是因为达延汗的施政从来就离不开满都海的大智慧！

除此而外，应召常来的便只有小萨满朝鲁一人……

也难怪！在古代的游牧民族中再聪慧的人也均是崇奉长生天的。尤其对于满都海这样子女均在远方的母亲来说，求神占卜祈求长生天赐福保佑便成了经常的事儿。而此时的小萨满朝鲁，随着岁月的流逝似也年过五十岁了。昔日之种种花花事儿早成为流言，现已活脱脱地成为师父的“转世化身”，也被称为萨满爷了。由于他和皇室的特殊关系：既参加过最早的西征斡亦剌，随后他和他那汗血宝马以及那大篓子，又送归过太后和救助过坠马的大皇后，故而他那“嘻哈风格”虽依然难改，却仍被大汗重用为“宫廷御用萨满”。只有一点他和其师不同，师傅追求“大自在”，他却追求弟兄六个“抱团儿”。详见史料，因兄嫂等均因救护幼年的达延汗有功现皆受汗廷重用，为此他似乎也只能跟着对皇室一忠到底了。

奇怪的是，一连多日这家伙竟敢违召不至……

1508年，黄金王子乌鲁斯博罗特应漠南各部族首领之请，带领着一小队亲信的剽悍侍卫前往祭祖。目的在于依照古制通过在成吉思汗陵帐前的祭祀大典再一次向大漠之南彰显和确立他的“济农”之神圣地位。据史载，事前均安排好了，就连漠南各部族首领也均保证了万无一失……而就在黄金王子刚刚出发不久，那位迟迟不露面的继任萨满爷却不召自到了皇家牧苑。满都海忙问：“这些日子又到哪儿鬼混去了？”谁料他竟无比悲伤地回答：“师傅偷来的那匹汗血宝马，大汗不愿骑一直由我伺候着！谁料说老它就老了，这不我一连守着伺候它十几天，昨夜趁我打瞌睡它竟然老死了！有良心，怕我眼瞅着难受……”满都海顺口安慰他说：“犯得着流眼泪吗？这也算一匹长寿马！别说它了，就是人也总会有这么一天的……”语带不祥，朝鲁萨满当即为之一怔！

偏在这时，达延汗来说黄金王子南下的消息了……

满都海既已决定退出政坛，将汗国交由大汗和“济农”全权掌控，而且这一步势在必行，当然也就不好再说什么了。但当听说儿子只带了一小队轻骑前往，平时沉着冷静的满都海却出现了一种莫名的惊慌。达延汗当即向她解释，有各部族首领的保证和事前周密的安排当万无一失。但满都海却似乎更恍惚不安了，目光痴痴地盯着帐外只在叨叨着两句话：明枪易躲，暗箭难防……随之，竟命人立即备马，她要亲自为儿子送去这两句话，但她已经晃晃悠悠连站也站不稳了。现如今萨满爷朝鲁再也看不下去了，出于对满都海一贯的敬佩和爱戴最终“挺身而出”了。他自称自己是通天的萨满，又是一员福将，他愿代皇后去传禀这两句话。达延汗闻之大为高兴，当即命他骑上自己的御马去追赶王子一行。只不该！这家伙纵马离别时竟朝着满都海多了一句嘴：“放心吧！有我在黄金王子就必定在！”

那如果反过来说呢？不祥……

据史载，朝鲁直至追到鄂尔多斯边缘才总算追赶上这支护驾的轻骑。虽然已将大皇后的叮嘱传给黄金王子，但似乎并未引起少年气盛的“济农”的高度关注。而且的确如满都海所预料，“暗箭难防”之阴谋大有人在。此人即前面一再提到过的阴险狡诈的义巴来！现如今他已经借异国势力的支持逐渐成为一支部族军阀的首领，并在暗中收买丝路军阀的残部有意追随乩迦思兰和亦思马因的脚步称雄漠南。当他闻知黄金王子即将到此祭圣之后，便提前一步到来并大肆谣言惑众竭尽挑拨离间之能事。比如说：“老子来统治我们的部族还不够，现在又要派儿子来管理我们的脑袋吗？”你还别说，他还真暗中结识和收买了不少反孛儿只斤氏的死党！

但无论在大漠南北，唯崇圣祖成吉思汗的依然是主流……

一开始在无数忠实的牧众欢迎下，一切均显得那么气氛祥和、诸事如意。朝鲁萨满没有中途折返，而是为兑现自己的诺言也追随黄金王子来到了这里。头一天，在鄂尔多斯所有忠诚部族首领的见证下，黄金王子在圣祖陵园前之即位“济农”的仪式便已隆重地完成了。尤其是专司守陵的达尔扈特人更为之高兴，成吉思汗的子子孙孙越辉煌便越突显他们的重要性。第二日，该轮到已身为“济农”的黄金王子以直系后裔的身份在圣陵面前行祭祀礼了，这时只见得三五成群鬼鬼祟祟的假扮观众的人出现了。黄金王子尚未走到“八白屋”灵帐之前，便有人敢于公开拦路寻衅闹事，甚至制造了“莫名流血事件”，却反诬黄金王子血污和亵渎了神圣的陵园。在幕后策划的主使义巴来见黄金王子已陷入困境，更进而公然煽动某些部族的一些阴谋家和异己分子更加紧了包围。最终这位刚即位的“济农”，似也只能在达尔扈特祭司的掩护下躲进了陵帐暂避一时。却谁料此时的义巴来竟凶相毕露了，干脆带着部下的骁勇和弓箭手公然践踏圣陵冲了进来。陵帐里只有朝鲁萨满和几个侍卫护卫着黄金王子，大部分侍卫和义巴来的部下血拼。但终因寡不敌众纷纷倒在血泊中了，此时义巴来为杀人灭口又恶毒地下令弓箭手万箭齐发向陵帐内射去！

刹那间，满都海和朝鲁分别时那段不详的预言似就要变为现实了。

“人总是要死的！”“有我在黄金王子就在！”

这位“嘻哈风格”的萨满爷第一个扑上去以身子挡住了黄金王子，甘愿代他忍受万箭穿胸之痛。临倒下时还梦幻般地说：“马，我那匹老马来接我了……大篓子呢？”

黄金王子果不愧圣祖后裔，更绝不会坐以待毙。在朝鲁倒下之后，当即英勇无畏地率领几个侍卫冲杀出陵帐，与百倍于己的敌人搏杀起来。据史载，他亲手杀了叛军敌将一名，并伤敌无数，还砍下义巴来之两指（也有史载，乃太子部下所为）。

但终因寡不敌众，他被万箭射死！

传说中，他仍靠着圣祖黑灵旗的后基岿然不倒！

但无论英雄的形象有多么高大，也难掩母亲痛彻心扉的悲哀！

儿子呀！哪是儿子呀……

达延汗亲往平叛与“神鹿归天”

黄金王子乌鲁斯博罗特遇害的消息很快便传回来了……

像漠南各部族间的时而效忠时而复叛，自圣祖成吉思汗时代已屡见不鲜了。但像此次这样敢于公然杀害大汗的接班人——济农，这在马背民族的历史上尚属头一次。

如此的搞阴谋诡计，顿时整个汗廷被激怒了……

达延汗在金顶汗帐内当着文臣武将的面誓言要为儿子复仇！他在祷告长生天和圣祖之灵后这样宣示道："愿上天，愿圣祖，让广大臣民终生莫忘，记住已流下而至今仍遭弃置的血，记住横陈在地上至今已逐渐干枯的骨！"随之便又宣示了那些在这场劫难中为汗国献身的勇士们，尤其是那位忠义萨满爷的奋不顾身之事迹。而达延汗这种蒙古民族特有的宣示复仇方式，果然顿时便激发起所有将士们的义愤填膺和同仇敌忾！

随之，两翼与六土曼也都逆风而动了……

但直到此时，汗廷上下仍然在瞒着一个人——远离金顶汗帐住在皇家牧苑的满都海皇后。因为汗廷的老臣们都知道，乌鲁斯博罗特是皇后亲自哺育大而又最心疼的一个儿子。要知道，大皇后已经年过六十了，身体也越来越不行了。若是她知道了这个噩耗，那不等于要她的命吗？这可是一个泽及牧众的大智慧皇后啊，只盼她长命百岁永远辅佐大汗。而达延汗更是如此，严禁侍卫侍女走漏风声，违者严惩不贷！

但总会有一天瞒不下去的……

第二天，达延汗即将率兵赴漠南复仇，前一夜特意赶到皇家牧苑来看望满都海。临来前他很可能还准备了一些善意的谎言，但当他一踏进满都海的毡帐就觉得全没有必要了。只见得才几天不见，她竟变得如此衰老了。头发再无一根是黑的，就像满头突然堆起了白雪。只是令人诧异的是目光仍是那么平静，看了他一眼就又自顾自地趴在毡毯上摆那一双又一双的毡靴了。她还自言自语地数着："两岁的，四岁的，八岁的，十二岁的，十五岁的，二十岁的……这双……这双再也用不着了……"

"你……你都知道了？"达延汗惊问道。

“朝……朝鲁，”她却恍恍惚惚回答道，“骑……骑那匹汗血宝马，从……从天而降，亲……亲自告诉我的……”

“他……他也死了！”达延汗脱口而出。

“没……没死！”她却坚持说，“今……今天早上，我……我还见过。他还说，咱们的儿子，在天上活……活得真好……”

“皇后！”达延汗再也听不下去了，猛地将她揽入怀中。

“啊！”满都海惊叫了一声，似突然如梦初醒了，“大汗！是你吗？”

“是，是我！”达延汗怜爱地搂紧了她说。

“我们的儿子啊……”满都海才紧贴着他宽阔的胸怀，悲痛欲绝地啜泣起来。声声泪，泪声声，压抑的泪水很快便湿透了达延汗的胸襟。

达延汗无语，似内心里充满愧疚。

满都海也只有哀痛的啜泣，却没有一句悲情的倾诉。但她心里却十分明白，这是丈夫复仇前之临行告别，或许就是永诀。正如有的史籍所记述的那样：“已年过六十岁的满都海深知，自己已再没体力骑马穿越戈壁大漠重返战场了。她征战沙场已三十多年，在那些岁月里她和他几乎形影不离。自从她和他走到一块之后，一直都在分享彼此的生活。如今，却到了他得离开她独自去为儿子复仇的时候了，而自己却因行动不便也再难与他共同出生入死了。但愿长生天保佑！不能让自己这一生为草原的心血全部付之东流……”

为此，她强忍悲痛不再啜泣了，只把脸颊紧紧贴在达延汗的胸前，让他重归平静，让他后顾无忧。夜幕之下草原静悄悄的，满都海甚至想为即将出征的丈夫尽一份妻子应尽的责任。

只不该！达延汗已经疲惫得鼾声大作了……

第二天凌晨，当他睁开眼时，发现自己的皇后已早早起来了。和昨晚相见时的情形似有天壤之别，她竟穿起了皇后的冠服又仿佛再现了几分昔日之风韵。不仅为他早备好了奶茶、奶酪、手把肉和炒米等早餐，而且还谦恭有礼地陪着他享用。像什么不幸也没发生过似的，一切均又恢复正常……

为此，两个人均小心翼翼地唯恐再触及“儿子”这个主题。她是为了他能够放心地去出征，他是为了她能够安心地等待！内心的情绪特别复杂，似都在暗自祷告上天但愿这不是最后诀别的早餐。也难怪！近三十多年的出生入死两人从未分开过！

而今天，达延汗就要离开独自率军远征了……

“放心吧！”最终还是满都海先开口，“我的身子是行动不便了，但我的心却会永远追随着大汗去征战！心在一起就足够了，何必非要日夜相守呢？大汗，是该到你独自展翅直冲云霄的时候了，臣妾会在这里安心静候大汗凯旋！”

“朕还想借点皇后的大智慧……”达延汗竟然提出。

而此时的满都海似已再难装下去了，似也只能泣不成声地断断续续地说：“我……我哪有什么大智慧？全……全都是照着圣祖的遗训办！陛下当牢记以下三点……”

达延汗记下了！

其一，必须借此次南征，彻底摧毁旧部族架构，首恶必办。

其二，必须借南征，加固“两翼六土曼”制，以集权中央。

其三，达延汗即大元汗！不承认灭国，对明王朝当以通商贸易为主。

由“复仇”到“为国”，达延汗为之眼前一亮……

据史载，达延汗终于告别了相濡以沫的大皇后，来到了千军万马斗志昂扬的军阵前。出乎他意料的是，当剽悍的勇士们一看满都海没有并马同来，竟不约而同地齐声呐喊：“为黄金王子报仇！”“替大皇后讨还血债！”由此不难看出，人民对满都海感情之深！当然，达延汗也深受感染。

为此，出征前他还带着另一个儿子再次去安慰过她……

据史载，当必须分别的时刻，满都海尚能在身心俱疲的状况下走出宫帐亲自送别丈夫与儿子。哪个儿子不是母亲的心头肉？按古俗，分别时母亲当嗅闻儿子的双颊，但满都海这次只嗅闻了一面，或许她这是在说：“额吉要等你回来嗅闻另一边！”她望着他们骑在马上转身离去时当然不会哭，只会望着策马远去的背影凝神远眺着。随之便提出了奶桶，用手醮着把洁白乳汁抛洒向空中。这也是一种古老的送别习俗，但丈夫不会回头看妻子，儿子也不会回头看母亲，而她却会站在那里向着蓝天一直抛洒乳汁，直到父子俩策马的背影远远地消失在草原的地平线下。

或许她早已预感到，自己再也见不到丈夫和儿子了……

勇士们都为民族的大一统赴漠南去征战了，怯绿连河河畔的茫茫草原一时显得寂静起来。但每天早上都可看到一位孤独的老人提着奶桶，向着遥远的南天一再抛洒着洁白的乳汁。这个步履蹒跚的老人，便是昔日英姿飒爽的女统帅——满都海！老了，真老了！自从送别了丈夫和儿子之后，她在草坡上向远方凝视着，往往一坐就是大半天。

等待！满都海似就在等待中渐渐走向人生的终点……

牧人们眼瞅着心疼啊，却又束手无策。但后世的史学家却这样评价她："满都海是会死的，但因她那大智慧救活的草原汗国却不会死。她拯救了马背民族，开拓了从北方的西伯利亚冻原、贝加尔湖，穿过戈壁大漠，直至黄河以南的鄂尔多斯；从东起的满洲森林，往西越过阿尔泰山，直至中亚广袤的大草原，她给世世代代子子孙孙留下了足够大的生存空间。在成吉思汗逝世两百多年之后，满都海皇后又复兴了一个支离破碎即将垂死的王朝，并赋予它活力和新风貌！"

为此，牧人们都在祷告上苍，但愿她多活一天是一天……

然而，毕竟岁月不饶人啊！昔日伙伴一个个逝去的噩耗不断传来，似也在频频催着她赶快"上路"。先是和她共同抚养过达延汗的赛柴夫妇走了，不久自己的兄长、少师脱火赤也走了，随之就连和自己一起长大的闺密塔娜也走了……一次次悲痛的致命打击，最终使满都海再也不能出去抛洒乳汁了，似也只能衰弱地久久躺卧在宫帐里的毡榻上了。

但她的面容却仍很安详，似睁大眼睛只顾回首往事……

且引一位外国学者的论述代为总结吧！他称："满都海的一生经历过种种不幸、障碍、骇人的遭遇，但她都展现出顽强不屈的精神而活了下来。她从未把自己的人生交给任何男人掌控，她从未让自己的战士降服于任何敌人，也从未把自己的子民交给任何异族军阀。上天未给她顺遂的人生，但如蒙古史诗中所说却允许她打造‘自己选择的命运’。由于她选择道路之正确，她成为实至名归的英雄。她不但创造了自己的命运，也替马背民族选择了命运！”

再辉煌的人生，也必有其终点……

据史载，满都海是在“捷报频传”的状况下，尤其是当得知“叛首义巴来终被斩获，已弃尸荒野任万千铁骑践踏之”后不久，便阖然与世长辞了。但在民间传说中，却广为流传着另外一种说法：据称，满都海并不是安详地逝世于自己的毡帐里，而是侍卫和侍女们次日凌晨突然发现这位垂危的老人神秘地不见了。人们慌忙四处去找，最终在远方那翠绿的草冈，即她平时向漠南抛洒乳汁的地方找到了她老人家。她穿戴着蒙古皇后特有的高贵典雅之头饰和盛装，面带着少有的宁静与安详，正仰面朝天舒展地睡在绿草和盛开的野花丛中。但早已故去了，只留下怪异的难解之谜又化作一个个传奇的神话。

但不管怎样，贤者满都海确实是与世长辞了……

史料说法不一，大约死于1509至1510年间，享年六十四五岁。但有关她的神话并未因此而结束。当第二天草原上的牧人们闻讯赶来悲痛地悼念自己的大皇后时，却发现她的遗体早就消失得无影无踪了。眼前的翠冈上却骤然野花怒放、碧草如茵，似更透出一片神秘的灵异现象。对于古代崇尚“天葬”的游牧民族来说这是求之不得的，这说明他们的贤德大皇后已经被长生天早早接走了。恰好此时一列鸿雁从蓝天上向南飞过，有的牧人竟眼含热泪高呼了：“看啊！我们的大皇后乘着鸿雁南飞，正要探望大汗和儿子们！”

这起码说明，人虽已去，但满都海的时代却远未结束……

有史为证，在这位深得人心的大皇后逝世之后，她亲手抚育和培养起来的大汗依然沿着她开辟的道路继续走着！

平定叛乱，一统汗国，造福于马背民族！

这就是比她小十七岁的丈夫达延汗！

他正在含悲忍痛征战着！

为了回报满都海……

第十四章

余音

达延汗之晚年时期

神鹿归天！达延汗及七个子女的悲痛欲绝是可想而知的……

尤其对大胜而归的达延汗来说，更是久久地陷入了不可自拔的哀思之中。也难怪，往事历历在目，令他件件铭刻在心。因为他深知，如果没有贤能的满都海精心之抚育和培养，他是很难成为振兴中原的杰出历史人物的。

据史载，他对比自己大十七岁的妻子终生难以忘怀……

即使在满都海去世之后，达延汗也并未放弃二人共同制定的战略目标。据史载："最终他平定了漠南之乱，彻底大一统了草原汗国，在他生前再未出现过严重动乱！"并有史者称："达延汗彻底打破了旧部落的架构，实行中央集权，大力推行'两翼六土曼'制，并派出六个儿子分别坐镇六'土曼'，确保了成吉思汗家族孛儿只斤氏的绝对统治地位！"难怪有的史学家还这样评价他："在北元百余年的动乱史中，达延汗是唯一名副其实可配称'大汗'之圣祖后裔！"

但他始终也难以摆脱满都海顶上那圣洁的光环……

贤者满都海永远活在牧人心中！无论是时人还是后人，往往一提到达延汗和他的丰功伟绩，就会立即想到这位充满大智慧的贤德皇后。就连外国的学者也颇多感慨地这样写道："回首来时路，当年不良于行的七岁小男孩，是由她帮助穿上大靴，是由她站在始祖母灵庙前立他为大汗，是由她把他安放在马侧的箱子里带他去出征；他长大后，她嫁给他，跟他生了八个孩子；终老前，她还目送着丈夫和儿子去完成她终生追求的大事……"

故而，达延汗的地位越高，有关满都海的神话就越难抹去。

同时也应特别指出，这位草原汗国的最高统治者，终其一生还是对与自己相守了几十年的大皇后念念不忘。多种相关史籍中均记载着：每当提到汗国的振兴，达延汗总会首先提到满都海的智慧与魄力。不难看出，他一生均把她视作自己的恩人、导师、主心骨和引路人。

难怪牧人们对满都海的怀念和追思也是那么绵延不绝……

遗憾的是，在贤者满都海皇后去世七八年之后，据《黄金史纲》记载，这位成吉思汗杰出的后裔，再造草原汗国之卓越大汗，也追随自己的大皇后而去了。他卒于1517年，时年四十四岁（1473—1517）。

他盛年去世，令族人措手不及，似为汗位问题留下诸多历史谜团。

但另一部重要的史籍《蒙古源流》中却记载，达延汗逝世于1543年，在位七十四年，是死于满都海去世三十多年以后。各种史籍对他生卒年月之说法不一是很正常的，但从1517年前后便出现了如谜团的汗位更迭就令人费解了。这期间到底发生了什么，就连专家学者也正在考证之中。

但这起码说明，满都海重振草原汗国的初衷已被子孙渐渐遗忘了！

由部落式的内斗，逐步走向了家族内部的封建割据！

但余音未绝，尚可期待下一代的崛起！

孙子俺答汗……

俺答汗和三娘子

显然，现实离满都海的追求越来越远了……

她所设想的是，建立一个远离都市文明、永保游牧文化大一统的草原汗国。却不料在她死后尚不到十年，她为之奋斗多年的中央集权就名不副实了。

权欲，使孛儿只斤氏家族又陷入分化……

据史载，在达延汗彻底统一塞北草原后，便让六个儿子分赴六个“土曼”代行汗权。但在1517年前后因汗位“暧昧”地不断更迭，致使大汗之位逐渐失掉权威性而形同虚设了。六个“土曼”各自为政，甚至有时还发生内斗。

这时，多亏马背民族又出现了一位杰出的历史人物……

他，就是达延汗的孙子——重新一统汗国的俺答汗（也称阿勒坦汗）。其父巴尔斯博罗特就极具帅才，在彻底平定漠南之乱后即被达延汗派往漠南的前沿要塞，即执掌长城之外与明王朝对峙的土默川“土曼”之大权。显然，巴尔斯博罗特出众的才干已为儿子打好了崛起的基础，这才又有了一代杰出的大汗——俺答汗！

更何况！这里就是贤者满都海生身之地……

人杰地灵！俺答汗（1507—1582）显然是不会忘记自己这位恩泽后人的老祖母的，从年轻时期起即率土默特部称雄于长城之外的边塞地带，并随着实力逐步增强，先后统一了漠南蒙古右翼各部，且控制了东起辽东、西至河套、远至青海甘肃等广袤地带，同时也使古代之土默川（今日之呼和浩特地区）开始成为蒙古社会之政治、经济、文化中心。

名不副实！那时的土默川还是一片茫茫的大草原……

据相关的史籍记载，虽然当时以俺答汗为首的草原健儿在关外称雄，但除了单一的牧业经济尚且发达外，其他如粮食、布帛、铁器、盐、茶等均需与长城之内交换。而此时的明王朝为防止蒙古铁骑再一次践踏中原，竟采用了对塞外实行“经济封锁”之策。谁料却反倒激化了长城内外民族间的矛盾，俺答汗就曾不惜动用武力强行进行掠夺。再加上他还多次远征过青海和甘肃等地，完全可以说他就是在戎马生涯中渐渐变老的。作为北元史上一位杰出而睿智的大汗，俺答汗从晚年开始一反常态陷入沉思了。他似乎不仅看到了长期的战争给草原带来的内耗和困难，而且看到了疲惫的马上健儿们之厌战情绪。但更可能是因为老迈年高改变策略已寄期望于后代之崛起，而此时又多亏有另一位杰出的蒙古族女性出现在他的晚年生涯中。

这就是俺答汗的第三任哈敦：诺颜楚・钟金。

她有很多地方与她的婆祖母满都海相似：均天资聪颖，美貌绝伦，胸怀大志，足智多谋；均在十六七岁时，自愿嫁给了比自己大几十岁的大汗做老婆。唯一不同的是，时代不同了，她们辅佐丈夫的方式和目的也不同了。

诺颜楚・钟金的汉文化积淀似要比满都海还深。但这并不能说明谁高谁低，似也只能说明分处于漠北、漠南自然环境不同罢了。满都海永远是战乱后再造草原汗国的先驱，而诺颜楚・钟金也只不过是个审时度势卓越的后来人。由于她是俺答汗的第三任哈敦，故而汉族百姓又多把她尊称为“三娘子”。

俺答汗的晚年，在三娘子的辅佐下大体完成了以下几项重大的变革：

其一，包容各族，发展经济。

据史载，由于明王朝之苛捐杂税过重，并不断强力镇压白莲教为首的农民起义，到1570年，已有近五万的破产农民及白莲教徒冒险偷越长城来投靠。而在土默川上罢战休兵的俺答汗，却胸怀如草原般辽阔尽数容纳。虽时已近老朽却睿智不减当年，他竟然发现其中不仅具有众多的能工巧匠而且其余人也是难得的劳力，遂下令“给以瓯地，令其锄耕”。他还曾亲自扶犁耕种以作示范。为此，不久便在土默川大地上出现了许多以家耕为主的“板申”（即村镇），甚至还利用能工巧匠初建成了汗都美岱古城（即今日阴山脚下的美岱召）。总之，从主观上讲是为了“自给自足”，但从客观上讲却促进了游牧文明与农耕文明的交融与转化。但据史载，他是严禁这种现象出现在漠北祖地的草原上的，目的在于他要为游牧民族保持一方净土。

其二，息战议和，俺答封贡。

1571年，经过俺答汗的不懈努力，长城之外的土默川一带农牧业交融，经济已得到了迅速发展。但就在此前，俺答汗却与三娘子又做出了一项重大的决策：彻底罢战休兵与长城之内的明王朝议和。双方一打就是好几十年，真可谓“两败俱伤”，当然腐朽衰败的明廷更愿意了。随之便在明庆隆五年（1571年）双方终于达成了“通贡互市”协议。明廷开放了张家口、新平堡、得胜堡、水泉营、红山墩、清水营、守口堡等七处长城要塞为互市边贸场所，而俺答汗也屈就了明廷所加封的“顺义王”之名号。双方均不吃亏！明王朝似得了个“大面子”，而草原汗国却依旧“我行我素”，并可年年白拿明廷“岁赐”的大笔金银及绸缎等财物。此即历史上所谓的“俺答封贡”，起码使长城内外的两大民族由磨砺逐渐走向了交融。

其三，皈依佛教，放弃征战。

据史载，俺答汗之皈依藏传佛教是有其历史根源的。详查蒙古史便可尽知，成吉思汗、窝阔台汗、贵由汗、蒙哥汗等前四任大汗均是崇信萨满教的。直至忽必烈大帝结识藏僧八思巴之后，才逐渐改为崇奉藏传佛教的。到他成为一统大江南北之中国历史上少数民族第一帝时，藏传佛教便已为蒙古民族普遍信仰了。后因北归后之多年内乱而又无固定召庙，在草原上喇嘛教便逐渐式微又由萨满教取而代之。故而追溯历史渊源，俺答汗之皈依藏传佛教绝非偶然。在他晚年之时，曾多次派人赴藏邀请著名的黄教首领索南嘉措到青海（他的势力范围）相见。1578年，这位极具影响力的黄教领袖终于应邀而来与俺答汗会面。驻跸于青海察十齐雅勒庙（即仰华寺），其间并向数万名各族信众讲解了佛经，还特别为俺答汗夫妇举行了藏传佛教的“灌顶”仪式。不仅完成了这位汗王“皈依佛祖”的心愿，而且被黄教首领索南嘉措授予“占克拉瓦尔第彻辰汗”之尊号，即“聪明智慧的转轮王”之意。而俺答汗为回报“灌顶之恩”，也从此尊称索南嘉措为“圣识一切瓦齐尔达拉达赖喇嘛”，蒙古语意为“如大海一般、遍知一切、金刚不败之大师”。这可绝非是简单的互致敬意，而是颇值得在华夏民族史上大书特书的一笔！皆因自此之后，才有了为世人所熟知的“达赖喇嘛”这一称号，而且此后之三世达赖就是为传布藏传佛教而圆寂于今内蒙古正蓝旗境内的。后西藏三大寺派出高僧来寻找“转世灵童”，谁料经过严格验证和确认竟认定俺答汗之三岁曾孙即是。随之便改名为云丹嘉措，迎回西藏举行了“坐床大典”而成为“四世达赖”，也是历代达赖喇嘛中唯一的蒙古族达赖喇嘛。

其四，建设召城，库库和屯。

当然，曾孙之称达赖活佛，俺答汗并未亲身经历过。据史载，自1578年在与藏传佛教一代宗师索南嘉措告别返回土默川之后，他一直牢记着圣僧之“放弃征战、普度众生”等诸多教诲，因而归来后更多的是容纳了偷越长城的难民，使得茫茫的土默川上不久便又增添了更多的“板申”，形成了农牧业的相辅相成，并促进了边贸的繁荣。而“板申”的增多，必然会推进城市的出现。比如说，美岱古城、归化古城等，早在1571年前后就已初具规模。1581年，俺答汗和三娘子又决定将作为汗国政治、经济、军事、文化中心之归化古城进行扩建，但因俺答汗于1582年即辞世，故只完成了部分古城的扩建与加固维修。其实，归化古城早名声在外，蒙古语称之为“呼和浩特”，明廷称之为“库库和屯”，还给它赐了汉语名字“归化”。但不管扩建得如何，俺答汗于生前在归化古城优先兴建的却是大量佛教寺庙。又因喇嘛庙被称为“召”，故老归化城又有时被称之为“召城”。至今仍流传有“七大召、八小召、七十二个面面召（即更小的召庙之意）”之民谚。

综观上述，这就是俺答汗晚年推行的四大政策……

是功是过，是是是非，后世评价不一。真可谓“仁者见仁，智者见智”。甚至还出现过评价的“两极化”。其中某些中外学者的一种新观点也颇值得一提，他们认为俺答汗才是满都海的真正传承人。表面上看，他是屈身接受了明王朝“顺义王”的封号，而实际上他是在迷惑对手，暗中集聚人力和物力，甚至还在营建着前沿阵地和城池。其实他的另一方面却是在通过宗教与战争软硬两手，始终在经营着明势力薄弱的一线：甘南——青海——西藏之弧形包围圈。只等待时机成熟便从正面与侧翼齐动，一举夺取天下而恢复大元王朝昔日之辉煌。只可惜！天不假年，后辈儿孙又少有雄才大略之辈。虽有三娘子在苦苦支撑着，但俺答汗的一世雄心还是化成了“为他人作嫁衣”。比如说，随后之清王朝就从中受益匪浅。难怪，也有的史学家将俺答汗称为“多民族融合国家的推动者” “华夏疆域的英勇捍卫者”。如果从某个历史的角度来看，这些赞誉并不过分。俺答汗不愧为贤者满都海的卓越子孙。

但难就难坏了他那年轻的遗孀三娘子……

据史载，1582年初俺答汗逝世后，“权力悉归年轻的三娘子掌控，但现实已使她再难实现老汗王重现大元王朝昔日辉煌”的遗愿了。由于王族间的内讧不断，长期的“罢战休兵”造成的人民厌战，再加上土默川之日益欣欣向荣，形势逼迫她只能做一个贤能的“守成之主”。依照北方游牧民族“继婚制”的遗俗，她曾先后下嫁给俺答汗之子黄台吉以及黄台吉之子扯力克，但他们均非雄才大略之辈。为永保俺答汗在长城之外这份兴旺的基业，她睿智地选了“永不交兵、多民族和谐共外”之策。

韬光养晦，以待来日。

而明王朝此时已处于崩溃的边缘，还自以为得计。除每年“岁赐”大笔银两外，还于1587年册封黄台吉继承“顺义王”之名号，同时还加封她为“顺义夫人”。为突显她的地位，明廷还规定来往公文必须由“顺义王与顺义夫人共同签署”。总之，她是在竭尽全力地守护着俺答汗开创的基业：长期确保长城内外无战争，长期确保边关贸易的繁荣以促进民族交流，长期确保广袤的土默川上亦农亦牧的经济大发展……甚至就连归化古城的扩建也按俺答汗的原先规划，在她的亲自主持下一步一步完成了。难怪当地各族居民至今仍俗称老归化城为“三娘子城”（即今日之呼和浩特市旧城区）。

但又一代神鹿最终也归天了……

诺颜楚·钟金死后依其遗愿，归葬回了美岱古城。各族人民念其功德，建庙立塔将其供奉，史称“太后庙”，当地民众也俗称之“三娘子庙”，后因之美岱古城也改称美岱召了。

显然，继贤者满都海皇后之后，诺颜楚·钟金是又一位杰出的蒙古族女性。

是否遵从了满都海的遗愿？历代史学家分歧很大。

俱往矣！随着达延汗和满都海的远去，随着俺答汗和三娘子的辞世，千秋功过，似也只能任人评说了！

家族式的余音逐渐消逝，将融入整个民族的命运！随着又一个少数民族的崛起，这段历史似就要结束了……

北元秘史之终结篇

以满都海为代表的北元史就要告一段落了……

早在20世纪50年代，我国的史学界元老翦伯赞先生在应邀参访呼伦贝尔大草原时就曾说过：这里就是中国历史的大后台，各少数民族一旦在这里演练成功，便会冲向中原大地演出一幕幕波澜壮阔的历史剧。北魏、辽、金、元、清，莫不如此。

而草原汗国竟然会终结于清之怀柔政策……

是的，清王朝在崛起初期，还是绝不敢小觑马背民族的，而是充分利用俺答汗死后部族纷争又起之机，采用了“分化瓦解、联姻结盟”等诸策以各个击破。综观清宫十三朝竟有五位蒙古族皇后，并且清王室也不惜将皇族格格下嫁于有影响力的蒙古诸王。这种怀柔政策显然是“一石多鸟”的。既废止了汗国汗位等名号而集权于清王室，又推行了“分而治之”的蒙古族王公制度令其醉生梦死。就连草原汗国的名号最后也不复存在了，当然辉煌一时的北元史也就成了禁忌的隐秘地带。但是，它的历史地位却是难以抹杀的！

承前启后！满都海一统草原的丰功伟业将永垂青史……

正如我国著名的历史学家、南开大学的博士生导师、中国元史研究会会长李治安教授在其著作中所说：“蒙古人成功北归和继续栖息于大漠，虽然给长城以南的明帝造成长期军事骚扰和威胁，但其本身又遏制着该地蒙古族以外的其他部族的兴起和强盛。于是，14世纪至今的大漠南北，始终是蒙古人的世界。请不要忘记，这些蒙古人恰恰是大元帝国曾经统治汉地全境的主人。这段近百年的光荣经历，非常重要，既有征服和反抗的腥风血雨，又有各民族之间的水乳交融。它给蒙古族留下的心理印记难以磨灭。它让蒙古人视汉地为停云落月的第二故乡，一直和汉地保持着向心和内聚联系。清代以后特别是20世纪以来，蒙古族一直被公认为中华民族基本成员之一。应该承认，蒙古族融入中华民族大家庭的进程，是从元王朝统治中国和元末蒙古人成功北归发轫的。”（详见李治安《忽必烈传》第七百九十一页。）

当应指出，这是对北元史最中肯的历史评价……

尤其是文中所提及的“成功北归”与“光荣经历”等，更体现了一位权威元史专家对蒙古民族的理解和尊重。而在北归后“这段近百年的光荣经历”中，无疑草原传奇皇后满都海是最令人难以忘怀的历史人物。难怪至今内蒙古各族人民仍在敬仰着她，并把首府呼和浩特的一处风景如画的公园命名为满都海公园。

金戈铁马远逝，民族团结永存！

往事悠悠，竟使人不禁又想起《黄金史纲》对她的吟诵——

贤者满都海皇后，
想起替前几任可汗雪耻之事，
举兵出征。
她要步兵和牛队先行出发，
三天三夜后她带着骑兵开拔。
贤者满都海皇后，
优雅佩上她的箭囊，
梳理她凌乱的秀发，
把达延汗放进箱子，开拔！

如诗的画面，使人又仿佛目睹了这位草原巾帼统帅率兵出征的场景！

大贤大能、大智大勇，再加上罕见的雄才大略，构筑了她令人难忘的史诗般传奇人生！

啊！永远的蒙古民族！

永远的满都海……

跋

退休之后为回报草原，历经十六七年总算把蒙古历史从古至今捋了一遍。虽然和专家学者的研究成果无法相比，但继《震撼崛起——成吉思汗及其英武儿孙》《一统华夏——忽必烈大帝之文韬武略》《宫闱秘史——蒙元帝国的后妃轶事》之后，最终也把这部介绍北元史的《重振北元——草原传奇皇后满都海》写完了。目的只有一个，以通俗易懂的方式，将为华夏历史做出过卓越贡献的蒙古民族更准确、更全面地介绍给全国人民！

我也曾有过困惑，但多亏得到李治安教授的指点……

李治安先生是南开大学的著名学者、中国元史研究会的会长。他告诉我："历史的传承向来是靠双翼的，一翼是靠专家学者的探索和研究，一翼是靠通俗演义和野史笔记的普及和传播。如陈寿的《三国志》以及罗贯中的《三国演义》就是很好的例证。元史所欠缺的正是后者，你大可继续尝试下去！"

元史专家如是说，最终鼓励我尝试了下去……

但必须实事求是地说明，我这种"尝试"是建立在古今中外诸多专家学者研究成果基础上的。比如说，前三部就大量采用明代宋濂主撰的《元史》、李治安先生所著的《忽必烈传》，以及蒙古史上最重要的经典著作《蒙古秘史》等。而在写作最后这部《重振北元——草原传奇皇后满都海》时，由于《明史》之有意隐晦和抹杀，如将达延汗晦去其“大元”之意，竟只称其为“小王子”种种，故多采用的是一些汉译后的蒙古文经典史著，如《黄金史纲》《蒙古源流》《斡亦剌黄史》等。尤其是当详读珠荣嘎先生译注的《阿勒坦汗传》后，颇为其严谨的治学精神所感动。从而更进一步认识到，这一批蒙古族的专家和学者才是研究元史和蒙古史的真正中坚力量。没有他们的学术研究成果，何谈通俗与普及？除此之外，这部演绎小说还参考了杰克·卫则伏所著的《蒙古皇后秘史：看成吉思汗的女儿如何拯救他的帝国》（也译为《成吉思汗的女儿们》）等国外相关学术著作。尤其对李治安先生的元史巨著《忽必烈传》，我竟在不断参考校阅中翻烂了三部。

前人栽树，后人乘凉！为的是将蒙古史准确地普及下去！

耄耋之年，总算完成了人生的一桩心愿：

为了民族的团结，为了祖国的统一……

最后，我还要特别诚挚地感谢无私帮助过我的那些蒙古族朋友们！没有他们的大力支持，我是很难完成这套《元史演绎系列》的。比如说，我国著名的文学评论家包明德先生，他不但替我为每部书“把关”，而且部部书均为我写序。十六七年来几乎与我的创作相伴，民族情谊感人至深。再比如，托娅同志担任我的民俗顾问，阿拉腾巴根同志担任我的史学顾问，巴拉吉同志担任我的蒙语顾问，均是倾力相助，有求必应，充分展现了蒙古民族那种坦荡无私、赤诚待友的崇高风尚。故而从某种意义上来讲，这套系列丛书当属蒙汉民族共同努力之成果。

我再一次向诸多蒙古族挚友致以由衷的感谢……

正是他们助我在古代的大草原上“神游”了十六七年，不知其苦，反自得其乐，并且通过这漫长的写作，使我更加感受到——

蒙古民族是一个源远流长的伟大民族！

既有辉煌的过去，也有灿烂的今天！

未来必将更加美好！

充满希望……

2015年国庆前夕写于呼和浩特

忱谢

还须特别指出，在退休后为回报草原苦研苦读《元史》十六年，我曾得到了诸多蒙古族挚友的相助。如果没有他们的鼓励和支持，这套一百多万字的《元史演绎系列》在我耄耋之年是很难完成的。从《震撼崛起——成吉思汗及其英武儿孙》到《一统华夏——忽必烈大帝之文韬武略》《宫闱秘史——蒙元帝国的后妃轶事》，以至最后这部《重振北元——草原传奇皇后满都海》，他们始终在为我作序或担任着各方面的顾问。有的为我指正方向，有的为我释疑解惑，有的为我翻译史料，有的为我详查古代游牧民族的民俗民风……从某种意义上完全可以这样说，这套系列作品也可称之为“民族团结的产物”！

我永远感谢他们的无私相助，尤其是以下诸位——

序作者：包明德

蒙语顾问：巴拉吉

民俗顾问：托娅

史学顾问：阿拉腾巴根

当然，还有许多人也曾给过我鼓励和关注，如云照光、戈夫、包银山、图巴特、苏那嘎、陈莎莎以及区外的江曾培、修晓林、陈先法、古丽、赵文嫱等，也在此一并致以深深的谢意！

2015年10月夜有感而发